COLLECTION
L'IMAGINAIRE

Jean Genet

Querelle de Brest

Gallimard

A Jacques G.

« *Pendant les deux années qu'il passa au corps de la Marine, sa nature insoumise, dépravée, lui valut soixante-seize punitions. Il tatouait les novices, volait ses camarades, et se livrait sur les animaux à des actes étranges.* »

Relation du procès de Louis Ménesclou
âgé de 20 ans. Exécuté le 7 septembre 1880.

« *J'ai suivi, disait-il, les drames judiciaires, et Ménesclou m'a empoisonné. Je suis moins coupable que lui, n'ayant ni violé, ni dépecé ma victime. Mon portrait doit être supérieur au sien car il n'avait pas sa cravate, tandis que j'ai obtenu la faveur de conserver la mienne.* »

Déclaration au juge d'instruction
de l'assassin Félix Lamaître âgé de 14 ans.
(15 juillet 1881.)

« *Un autre soldat étant par cas de fortune tombé sur le visage en combattant, comme l'ennemi haussait l'épée pour lui en donner un coup mortel, le pria d'attendre qu'il se fût retourné de peur que son ami ne le vît blessé par-derrière.* »

Plutarque. *De l'amour.*

'IDÉE de meurtre
évoque souvent l'idée de mer, de marins. Mer et marins ne se
présentent pas alors avec la précision d'une image, le meurtre plutôt
fait en nous l'émotion déferler par vagues. Si les ports sont le
théâtre répété de crimes l'explication en est facile que nous
n'entreprendrons pas, mais nombreuses sont les chroniques où l'on
apprend que l'assassin était un navigateur, faux ou vrai et s'il est faux
le crime en a de plus étroits rapports avec la mer. L'homme qui revêt
l'uniforme de matelot n'obéit pas à la seule prudence. Son déguisement
relève du cérémonial présidant toujours à l'exécution des crimes concer-
tés. Nous pouvons d'abord dire ceci : qu'il enveloppe de nuées le criminel ; il le fait se détacher d'une ligne d'horizon où la mer touchait
au ciel ; à longues foulées onduleuses et musclées il le fait s'avancer
sur les eaux, personnifier la Grande-Ourse, l'Etoile Polaire ou la
Croix du Sud ; il (nous parlons toujours de ce déguisement et du criminel) il le fait remonter de continents ténébreux où le soleil se lève et
se couche, où la lune permet le meurtre sous des cases de bambous, près
des fleuves immobiles chargés d'alligators; il lui accorde d'agir sous
l'effet d'un mirage, de lancer son arme alors qu'un de ses pieds repose
encore sur une plage océanienne si l'autre déroule son mouvement
au-dessus des eaux vers l'Europe ; il lui donne d'avance l'oubli
puisque le marin « revient de loin » ; il le laisse considérer les terriens
comme des plantes. Il berce le criminel. Il l'enveloppe dans les plis,

9

étroits du maillot, amples du pantalon Il l'endort. Il endort la victime déjà fascinée. Nous parlerons de l'apparence mortelle du matelot. Nous avons assisté à des scènes de séduction. Dans la très longue phrase débutant par : « il enveloppe de nuées... » nous nous sommes abandonnés à une facile poésie verbale, chacune des propositions n'étant qu'un argument en faveur des complaisances de l'auteur. C'est donc sous le signe d'un mouvement intérieur très singulier que nous voulons présenter le drame qui se déroulera ici. Nous voulons encore dire qu'il s'adresse aux invertis. A l'idée de mer et de meurtre, s'ajoute *naturellement* l'idée d'amour ou de voluptés — et plutôt, *d'amour contre nature*. Sans doute les marins transportés (animés nous semble plus exact, nous le verrons plus loin) du désir et du besoin de meurtre appartiennent-ils d'abord à la Marine Marchande, sont-ils les navigateurs au long cours, nourris de biscuits et de coups de fouets, mis aux fers pour une erreur, débarqués dans un port inconnu, rembarqués sur un cargo pour un trafic douteux, pourtant il est difficile de frôler dans une ville de brouillard et de granit ces costauds de la Flotte de Guerre, balancés, bousculés par et pour des manœuvres que nous voulons dangereuses, ces épaules, ces profils, ces boucles, ces croupes houleuses, coléreuses, ces gars souples et forts, sans qu'on les imagine capables d'un meurtre qui se justifie par leur intervention puisqu'ils sont dignes d'en accomplir avec noblesse tous les mouvements. Qu'ils descendent du ciel, ou remontent d'un domaine où ils connurent les sirènes et des monstres plus étonnants, à terre les marins habitent des demeures de pierres, des arsenaux, des palais dont la solidité s'oppose à la nervosité, à l'irritabilité féminine des eaux, (dans l'une de ses chansons, le matelot ne dit-il pas : « ...on se console avec la mer » ?) sur des quais chargés de chaînes, de bornes, de bittes d'amarrage où, du plus loin des mers ils se savent ancrés. Ils ont pour leur stature des dépôts, des forts, des bagnes désaffectés, dont l'architecture est magnifique. Brest est une ville dure, solide, construite en granit gris de Bretagne. Sa dureté ancre le port, donne aux matelots le sentiment de sécurité, le point d'appui d'où s'élancer, elle les repose du perpétuel vague de la mer. Si Brest est légère c'est à cause du soleil qui dore faiblement des façades aussi nobles que des façades vénitiennes, c'est à cause encore de la présence dans ses rues étroites des marins nonchalants, à cause enfin du brouillard et de la pluie. L'action du livre s'y déroule dont nous commençons le récit alors qu'un aviso, le « Vengeur » est en rade depuis trois jours. D'autres navires de guerre l'entourent : « La Panthère », « Le Vainqueur », « Le Sanglant », et entourant ceux-là, « Le Richelieu », « Le Bearn », « Le Dunkerque », d'autres. Ces noms ont leurs équivalents dans le passé. Aux murs d'une chapelle latérale de l'Eglise Saint-Yves, à la Rochelle, sont accrochés des petits tableaux ex-voto, représentant les bateaux perdus ou sauvés : « La Mutine », « Le Saphir », « Le Cyclone », « La Fee », « La Jeune Aimée ». Ces bateaux n'eurent aucune influence sur l'imagination de Querelle qui les vit quelquefois dans son enfance, néanmoins nous devions signaler leur existence. Pour les équipages, Brest sera la Ville de « La Féria ». Loin de France, entre eux, les marins n'ont parlé de ce bordel que par boutades, avec un rire outré, comme ils parlent des canards de Cholon, des Naï annamites, ils ont évoque le patron et la patronne à l'aide d'expressions comme celle-ci :

— « J'te les joue aux dés. Comme chez Nono ! »

— « Lui, pour se farcir une gonzesse il irait bien jusqu'a jouer avec Nono ! »

— « Qui-là c'est pour perdre qu'il irait à « La Feria. »

Le nom de « La Féria » et de « Nono », si celui de la patronne est ignoré, aura fait le tour du monde, murmure par les lèvres des matelots, lancé dans une apostrophe moqueuse. A bord, personne au juste ne sait ce qu'est « La Féria », ne connaît avec précision la règle du jeu qui en fait la réputation, mais personne, ni les Bleus, n'ose se rien faire expliquer : chaque marin laisse croire qu'il est au courant. L'établissement de Brest apparaît donc dans une aura fabuleuse, et les marins, en approchant du port, secrètement rêvent de cette maison de passe dont ils ne parlent qu'en riant. Georges Querelle, le héros du livre, en parle moins que quiconque. Il sait que son frère est l'amant de la patronne. Voici, reçue à Cadix, la lettre qui le lui apprit :

« Cher Frangin, je t'écris ces quelques mots pour te faire savoir que je suis retourné à Brest. J'ai voulu reprendre le boulot aux docks, mais c'était complet. J'avais la poisse. Et moi pour le boulot, tu sais, j'ai pas la bosse et comme les petits pois j'ai la cosse. Pour me dépanner j'ai trouvé Milo et tout de suite après j'ai vu que j'avais tapé dans l'œil à la femme du patron de la Féria. J'ai fait de mon mieux, maintenant ça rend à bloc. Le patron s'en fout vu qu'avec sa femme ils ne sont plus que comme associés. Moi ça va. J'espère que toi ça va aussi, et si tu viens en perme, etc... Signé : Robert ».

Il pleut quelquefois en septembre. Aux muscles des ouvriers du port et de l'arsenal, la pluie colle leurs légers vêtements de toile, la chemise, le pantalon bleu. Il arrive encore que certains soirs soient beaux et des chantiers descendent des groupes de maçons, des charpentiers, des mécaniciens. Ils sont las. Leur démarche est pesante et s'ils l'aèrent c'est que leurs souliers, leurs pas épais écrasent des flaques d'air jaillissant autour d'eux. Ils traversent lentement, lourdement, le va-et-vient plus rapide, plus léger des marins en bordée devenus l'ornement de cette ville qui scintillera jusqu'à l'aube des écarts de leurs jambes, des éclats de leurs rires, de leurs chants, de leur joie, des insultes criées aux filles, des baisers, des cols, des pompons. Les ouvriers rentrent à leurs baraquements. Toute la journée ils ont travaillé vraiment (le soldat, qu'il soit matelot ou fantassin n'a jamais le sentiment d'avoir travaillé) confondant leurs gestes, les enchevêtrant, les complétant l'un par l'autre aux fins d'une œuvre qui en sera le nœud visible et serré, et maintenant ils rentrent. Une obscure amitié — obscure pour eux — les lie, et une haine légère. Peu sont mariés, et la femme de ceux-là est loin. Vers les six heures du soir les ouvriers franchissent les grilles de l'Arsenal et l'entrée des Docks. Il remontent vers la gare où sont les cantines, ou descendent vers Recouvrance où ils ont loué une chambre au mois, dans un petit hôtel meublé. La plupart sont des Italiens, des Espagnols, quelques Bicots, quelques Français. C'est une telle débauche de fatigue, de muscles lourds, de virile lassitude qu'aimait parcourir le lieutenant de vaisseau Seblon, officier sur le « Vengeur ».

Les couvreurs travaillent sur les toits des bâtiments de l'Amirauté. Ils sont à plat, couchés comme sur une vague, dans la solitude d'un ciel gris, loin des hommes qui marchent sur le sol. On ne les entend pas. Ils sont perdus en mer. Chacun sur un versant du toit, ils se font face, ils rampent, ils se mesurent du buste dressé, ils échangent du tabac.

Constamment, un canon était braqué sur le bagne. Aujourd'hui, ce canon (son tube seul) est debout, dressé au milieu de cette cour où s'alignaient les galériens. Il est étonnant qu'afin de punir les criminels on en fît autrefois des marins.

Passé devant « La Féria ». Je n'ai rien vu. Tout m'est refusé. A Recouvrance j'entr'aperçois, sur la cuisse d'un matelot — et de ce spectacle fréquent à bord pourtant je ne suis pas blasé — un accordéon se plier et se déplier.

Se « brester ». De bretteur sans doute : se quereller.

Apprenant — fût-ce par le journal — qu'un scandale éclate, ou seulement que je redoute qu'il n'éclate, et je me prépare à la fuite : je crois toujours que c'est moi qu'on va soupçonner d'en être l'auteur.

Je me sens une nature démoniaque à force d'avoir *imaginé* des sujets de scandale.

A l'égard des voyous que je tiens dans mes bras, ma tendresse et mes baisers passionnés aux têtes que je caresse, que je recouvre doucement de mes draps, ne sont qu'une sorte de reconnaissance et d'émerveillement mêlés. Après m'être tellement *désolé de la solitude* où me garde ma singularité, se peut-il, est-il vrai, que je tienne nu, que je retienne serrés contre moi ces garçons que leur audace, leur dureté mettent si haut, me terrassent et me foulent aux pieds ? Je n'ose y croire et des larmes viennent à mes yeux pour remercier Dieu qui m'accorde ce bonheur. Mes larmes m'attendrissent. Je fonds. Avec leur eau sur mes propres joues, je roule, je m'écoule en tendresse pour la joue plate et dure des gars.

Ce regard sévère parfois presque soupçonneux, de justicier même, que le pédéraste attarde sur un beau jeune homme qu'il rencontre, c'est une brève mais intense méditation sur sa propre solitude. Dans un instant (la durée de ce regard) est enfermé, compact, un désespoir constant, à la fréquence rapide et serrée, tissé minutieux avec la crainte de se voir repoussé. « Ce serait si beau »... songe-t-il. Ou s'il ne le songe le veulent dire ses sourcils crispés, la condamnation de son regard noir.

Une partie de son corps est-elle nue, Il (Querelle, dont l'Officier n'écrira jamais le nom, pas seulement par prudence à l'égard de ses camarades ou de ses chefs, puisque à leurs yeux le contenu de son carnet intime suffirait à le perdre) Il l'examine. Il recherche les points noirs, les ongles déchirés, les boutons roses. Fâché s'il n'en trouve, il en invente. Dès qu'il est inactif, c'est à ce jeu qu'il se livre. Ce soir il examine ses jambes où les poils noirs et drus sont légers malgré leur dureté et font autour d'elles, du pied à l'aine, une sorte de brume qui adoucit ce que les muscles ont de rude, d'abrupt, d'un peu caillouteux. Je m'étonne qu'un tel signe de virilité enveloppe la jambe d'une si grave et si grande douceur. Avec sa cigarette allumée Il s'amuse à faire griller les poils, puis Il se penche sur eux pour sentir l'odeur du roussi. Il ne sourit pas plus que d'habitude. Son corps au repos est sa grande passion — passion morose, non exaltante. Penché sur lui Il s'y mire. Il le considère comme à la loupe. Il en observe les accidents minuscules avec la minute de l'entomologiste les mœurs des insectes. Mais s'Il se meut, quelle éclatante revanche prend dans la gloire d'agir son corps entier !

Il (Querelle) n'est jamais absent, mais attentif à ce qu'il fait. A chaque instant. Il ignore le rêve. Sa présence est éternelle. Il ne repond jamais, «l'esprit comme ailleurs.» Et pourtant la puérilité de ses préoccupations apparentes me déroute.

Les mains dans les poches de mon pantalon, flemmard, je lui dirais :

«Bouscule-moi un peu pour faire tomber la cendre de ma cigarette.» Et vachement, en homme, Il me tirerait un coup de poing dans l'épaule. Je m'ébroue.

J'aurais pu rester droit, m'accrocher à la rembarde, le roulis n'était pas si grand, mais je profitai promptement, avec joie, du mouvement du bateau pour me laisser déporter, osciller, et chaque fois dans sa direction. Je réussis même à frôler son coude.

Un molosse cruel et dévoué à son maître, prêt à vous dévorer la carotide, semblait le suivre, et parfois marcher entre ses mollets, les flancs de la bête se confondant avec les muscles des cuisses prêt à mordre, grondant toujours et montrant les crocs, et si féroce qu'on s'attendait à le voir arracher les couilles à Querelle.»

Après ces quelques notes relevées çà et là, mais non au hasard, dans un carnet intime qui nous le suggère, nous désirons qu'il vous apparaisse que le matelot Querelle, né de cette solitude où l'officier lui-même restait reclus, était un personnage solitaire comparable à l'ange de l'Apocalypse dont les pieds reposent sur la mer. A force de méditer de Querelle, d'user par l'imagination ses plus beaux ornements, ses muscles, ses bosses, ses dents, son sexe deviné, pour le lieutenant Seblon le matelot est devenu un ange (il écrira, nous le verrons plus loin, «l'ange de la solitude») c'est-à-dire un être de plus en plus inhumain, cristallin, autour de qui se développent les bandes d'une musique basée sur le contraire de l'harmonie, ou plutôt une musique qui est ce qui demeure quand l'harmonie est usée, passée à la meule, au milieu de quoi cet ange immense se meut, lentement, sans témoin, les pieds sur l'eau, mais la tête — ou ce qui devrait être sa tête — dans la confusion des rayons d'un soleil surnaturel. Qu'afin de dérober à l'ennemi des plans précieux dont la connaissance nous sauvera, se prépare un agent secret, le but qu'il poursuit concerne si précisément notre destin, que nous sommes attachés, suspendus à sa réussite, et ce but s'en avère d'une telle noblesse qu'à la pensée de celui qui le réalisera, la poitrine se gonfle d'émotion, de nos yeux coulent des larmes, cependant que lui-même s'entraîne à sa tâche avec une froide méthode. Examinant les plus efficaces, il essaie des techniques, bref, il poursuit une expérience. Ainsi à l'accomplissement d'un acte que nous devons garder secret, que nous conserverons parce qu'il est inavouable, et qu'il doit se commettre dans les ténèbres dont il sera la justification, nous apportons parfois une lucidité glacée dans le choix au grand jour de notre œil, des détails. Le lieutenant Seblon, avant que de descendre à terre pour la première fois à Brest, prit un crayon au hasard sur sa tablette et le tailla avec soin. Il le mit dans sa poche. Ensuite, supposant que peut-être les parois d'ardoise seraient trop sombres ou trop grenues, il emporta quelques petites étiquettes gommées. A terre, sous un prétexte banal, il abandonna ses camarades de bord et, entrant dans la première pissotière qu'il rencontra, tout en haut de la rue de Siam, après avoir ouvert sa braguette, surveillant les abords avec précaution, il écrivit son premier message : « Jeune homme de passage à Brest cherche beau garçon ayant belle queue ». Il essaya, sans y parvenir, de déchiffrer les inscriptions obscènes. Il enragea qu'un si noble endroit fût souillé de graffiti à tendance politique. Se retournant alors vers son propre texte, il le lut mentalement, en éprouvant un trouble aussi grand que s'il l'eût découvert et il l'illustra d'une verge monstrueuse de taille, rigide, dont il exagéra la naïveté du dessin. Puis il sortit avec autant de naturel que s'il n'eût qu'uriné. Il parcourut ainsi la ville de Brest, entrant délibérément dans chaque pissotière.

Eux-mêmes voulant la nier, l'étrange ressemblance des deux frères Querelle n'était un attrait que pour les autres. Ils ne se rencontraient que le soir, le plus tard possible, dans l'unique lit d'une chambre, près de la pièce où vivait pauvrement leur mère. Ils se rencontraient encore peut-être, mais à une telle profondeur qu'ils n'y pouvaient rien voir, dans leur amour pour la mère, et très certainement encore dans leurs bagarres presque quotidiennes. Le matin ils se quittaient sans mot dire. Ils voulaient s'ignorer. A quinze ans Querelle souriait déjà de ce sourire qui le signalera toute sa vie. Il a choisi de vivre avec les voleurs dont il parle l'argot. Nous essaierons de tenir compte de ce détail pour bien comprendre Querelle dont la représentation mentale, et les sentiments eux-mêmes, dépendent et prennent la forme d'une certaine syntaxe, d'une orthographe particulière. Dans son langage nous trouverons ces expressions : « laisse flotter les rubans..., » « J'suis sur les boulets... » « magne-toi le mou... » « faut pas qui ramène sa crêpe... » « ...il a piqué un soleil » « ...comment qui grimpe à l'échelle le gars... » « ...dis donc, poupée, je marque midi... » « laisse couler... », etc... expressions qui n'étaient jamais prononcées d'une façon claire, mais plutôt murmurées d'une voix un peu sourde, et comme en dedans, sans les voir. Ces expressions n'étant pas projetées, son langage n'éclairait pas Querelle, si nous l'osons dire, ne le dessinait pas. Elles semblaient au contraire entrer par sa bouche, s'amasser en lui, s'y déposer, et former une boue épaisse d'où parfois remontait une bulle transparente explosant délicatement à ses lèvres. C'était un mot d'argot qui remontait.

Quant à la police du port et de la ville, Brest était sous l'autorité du Commissariat où travaillent, à l'époque de notre roman, liés l'un à l'autre d'une singulière amitié, les inspecteurs Mario Daugas et Marcellin. Ce dernier était à Mario une sorte plutôt d'excroissance (on sait que les policiers vont par paire) assez lourde, pénible, et parfois heureusement soulageante. Toutefois, c'est un autre collaborateur, plus subtil et plus cher — plus facilement sacrifié aussi s'il devenait nécessaire qu'il le fût — qu'avait choisi Mario : Dédé.

Comme dans chaque ville de France il existait à Brest un Monoprix, endroit choisi pour les promenades de Dédé et de nombreux marins qui circulaient entre les comptoirs où ils convoitent — et quelquefois achètent — avant toute chose, une paire de gants. Enfin, les services de la Préfecture Maritime remplaçaient à Brest l'ancienne Amirauté.

« Pendant les deux années qu'il passa au corps de la Marine, sa nature insoumise, dépravée, lui valut soixante seize punitions. Il tatouait les novices, volait ses camarades, et se livrait sur les animaux à des actes étranges. »

Relation du procès de Louis Ménesclou âgé de 20 ans. Exécuté le 7 septembre 1880.

« J'ai suivi, disait-il, les drames judiciaires, et Ménesclou m'a empoisonné. Je suis moins coupable que lui, n'ayant ni violé, ni dépecé ma victime. Mon portrait doit être supérieur au sien car il n'avait pas sa cravate, tandis que j'ai obtenu la faveur de conserver la mienne. »

Déclaration au juge d'instruction de l'assassin Félix Lamaître âgé de 14 ans. (15 juillet 1881)

« Un homme s'avance, tête nue, les cheveux ondulés, élégant vêtu d'un simple tricot de soie ouvert malgré le froid. Jeune, fort, le regard dédaigneux, il passe devant vous en vous dévisageant, suivi d'un magnifique chien esquimau. A sa vue chacun tremble. Cet homme c'est l'Autrichien Oscar Reich, Inspecteur Général du Camp de Concentration de Drancy. »

Quatre et Trois, du 26 mars 1946.

« Un autre soldat étant par cas de fortune tombé sur le visage en combattant, comme l'ennemi haussait l'épée pour lui en donner un coup mortel, le pria d'attendre qu'il se fût retourné de peur que son ami ne le vît blessé par derrière. »

Plutarque — *De l'amour.*

« Prévost dit en balbutiant :

— Je suis heureux... bien heureux... Ah ! oui je suis bien heureux !... que l'on trouve des taches de sang. Elles sont fraîches... bien fraîches... très fraîches ! »

Extrait du procès-verbal relatif au triple assassinat commis par le Cent-Garde Prévost. Exécuté le 19 janvier 1880.

« Une taille moyenne, un corps sain, des proportions qui exprimaient la force... des cheveux épais, des yeux vifs et petits, le regard dédaigneux, les traits réguliers et la physionomie austère, la voix forte mais voilée, une teinte générale d'anxiété... une froideur extrême dans les manières... Soupçonneux, dissimulé, ténébreux, il sut, sans conseil et sans étude être impénétrable et garder son secret ».

Portrait de Saint-Just par Paganel.

Acheté ou volé à un matelot, le pantalon bleu de fil cachait ses pieds ravissants, maintenant immobiles, crispés sur un dernier pas de bravoure qui fit sonner la table. Il était chaussé de souliers vernis noirs, craquelés et jusqu'où, nés à la ceinture, roulaient les frissons du drap bleu. Son torse était pris, très à l'étroit, dans un maillot à col roulé, de laine blanche un peu crasseuse. Querelle rapprocha l'une de l'autre ses lèvres. Il fit le geste de porter le mégot à sa bouche, mais sa main s'arrêta en route à hauteur de sa poitrine et sa bouche resta entr'ouverte : il considéra Gil et Roger, comme par la bouche reliés par le fil presque visible de leurs regards, par la fraîcheur de leur sourire, et semblant, Gil chanter pour le gosse et Roger, comme le souverain d'une débauche intime, élire le jeune maçon de dix-huit ans que sa voix pour un soir faisait héros d'une guinguette. Cette façon qu'avait le matelot de les considérer les isolait. Querelle eut à nouveau conscience de garder la bouche entr'ouverte. Son sourire en coin s'accentua, mais à peine. Une légère ironie gagna son visage, puis tout son corps, et, à son corps accoté au mur, à cette attitude abandonnée donna un sens ironique, amusé plutôt. Dévié par le haussement du sourcil (qui correspondait au sourire en biais) son regard prit une expression malicieuse pour examiner les deux gosses. Disparu des lèvres de Gil comme s'il en eût dévidé toute la pelote conservée dans l'une de ses joues, le sourire expira sur les lèvres de Roger, mais, en reprenant quatre secondes après, son souffle et sa chanson, Gil debout sur la table reprit son sourire qui fit renaître et entretint sans coupure jusqu'au dernier couplet, le sourire de Roger. Les deux garçons n'avaient cessé une seconde de se regarder. Gil chantait. Querelle épaulait le mur du bistrot. Il prenait conscience de soi, pour se sentir opposer sa masse vivante, la musculature tumultueuse de son dos, à la masse indestructible et noire de la muraille. Ces deux ténèbres luttaient en silence. Querelle connaissait la beauté de son dos. Vous verrons comment, quelques jours plus tard, il la dédiera secrètement au lieutenant Seblon. Sans presque bouger il faisait rouler la houle de ses épaules, il la confrontait avec la surface du mur, avec les pierres. Il était fort. Une main — l'autre restant dans la poche de son caban — à ses lèvres porta un mégot allumé. Il eut un sourire léger. Robert et les deux autres matelots n'écoutaient que la chanson. Mais Querelle conserva son sourire. Selon une expression très en vogue parmi les soldats, Querelle brillait par son absence. Après avoir lâché un peu de fumée dans la direction de sa pensée, (comme s'il eût voulu la voiler ou montrer à son égard une gentille insolence) ses lèvres demeurèrent un peu retroussées sur ses dents dont il connaissait la douceur, leur blancheur atténuée par la nuit et par l'ombre de sa lèvre supérieure. Regardant Gil et Roger reliés par leurs regards et leurs sourires, il ne pouvait se décider à refermer ses lèvres entrebaillées, à rentrer en soi-même ses dents ni leur éclat si doux qu'il causait à sa vague pensée le même repos que l'azur à nos yeux. Derrière ses dents en frôlant son palais, il fit légèrement bouger sa langue. Elle était vivante. Un des matelots commença le geste de boutonner son caban, d'en relever le col. Querelle ne s'habituait pas à l'idée, jamais formulée, d'être un monstre. Il considérait, il regardait son passé avec un sourire ironique, effrayé et tendre à la fois, dans la mesure où ce passé se confondait avec lui même. Un jeune garçon métamorphosé, dont l'âme apparaît dans les yeux, en alligator, s'il n'a tout à fait conscience de sa gueule, de sa mâchoire énorme, pourrait ainsi considérer son corps crevassé, sa queue géante et solennelle qui bat l'eau ou la plage ou frôle d'autres monstres, et qui le prolonge avec la même émouvante, écœurante — et indestructible — majesté que la traîne ornée de dentelles, de blasons, de batailles, de mille crimes, une impératrice enfant. Il connaissait l'horreur d'être seul, saisi par un enchantement immortel au milieu du monde vivant. A lui seul était accordé l'effroyable privilège d'apercevoir sa monstrueuse participation aux règnes des grands fleuves boueux et des jungles. Il redoutait qu'une lueur quelconque venue de l'intérieur de son corps ou de sa propre conscience ne l'illuminât, n'accrochât dans sa carapace écailleuse le reflet d'une forme et le rendît visible aux hommes qui l'eussent forcé à la chasse.

Les remparts de Brest, plantés d'arbres à certains endroits, forment des allées qu'on appelle, par dérision peut-être, le Bois de Boulogne. Là, s'ouvrent l'été quelques bistrots où l'on boit sur des tables de bois gonflées par la pluie et le brouillard, sous les arbres ou les charmilles. Les matelots avec une fille s'enfoncèrent sous les arbres : Querelle laissa ses copains la troncher d'abord, puis il s'approcha d'elle étendue dans l'herbe. Il fit le geste de déboutonner le pont de son froc, et soudain, après une brève, une charmante hésitation dans les doigts, il le rajusta. Querelle était tranquille. Qu'il tournât à peine à droite ou à gauche la tête et sa joue frôlait le col rigide et relevé de son caban. Ce contact le rassurait. Par lui il se savait vêtu, merveilleusement vêtu.

En retirant ses godasses la scène du bistrot revenait à l'esprit de Querelle, qui manquait d'habileté pour lui donner une signification précise. Il pouvait à peine la penser en mots. Il savait seulement qu'elle avait provoqué en lui une légère ironie. Il n'eût su dire pourquoi. Connaissant la sévérité, presque l'austérité, de son visage et sa pâleur, cette ironie lui donnait ce que l'on nomme communément un air sarcastique. Quelques secondes il était resté émerveillé par l'accord qui s'établissait, s'entretenait, devenait presqu'un objet, entre les yeux des deux gosses : l'un qui chantait, debout sur la table, le visage baissé vers l'autre, assis, dont le regard était levé. Querelle retira une chaussette. Outre le bénéfice matériel qu'il en tirait, ses meurtres enrichissaient Querelle. Ils déposaient en lui une sorte de vase, de crasse dont l'odeur endolorissait son désespoir. De chacune de ses victimes il conservait quelque chose d'un peu sale : une chemise, un soutien-gorge, des lacets de chaussure, un mouchoir, objets constituant autant de preuves contre ses alibis et risquant de le perdre. Ces indices étaient les signes originels de sa splendeur, de sa réussite. Ils étaient les détails honteux qui sont la base de toute lumineuse mais incertaine apparence. Dans le monde des matelots éclatants de beauté, de virilité et d'orgueil, ils répondaient sourdement à ceux-ci ; un peigne crasseux et édenté au fond de la poche ; les guêtres de la tenue de guerre, de loin impeccables comme les voiles mais, comme elles, imparfaitement blanchies ; les pantalons élégants et mal taillés ; des tatouages mal exécutés ; un mouchoir sordide ; des chaussettes trouées. Ce qu'était pour nous le souvenir du regard de Querelle, nous ne pouvons mieux l'exprimer que par une image qui s'offre à nous : la tige délicate, discrètement épineuse et facilement franchie, d'un fil de fer barbelé, où s'accroche la lourde main d'un prisonnier, ou que frôle une étoffe épaisse. Presque malgré soi, doucement, à l'un de ses copains, déjà allongé dans son hamac, il dit :

— I' s'étaient marrants les deux mômes.

— Quels deux mômes ?

— Hein ?

Querelle leva la tête. Son pote ne paraissait pas comprendre. La conversation s'arrêta là. Querelle retira l'autre chaussette et se coucha. Il n'était pas question de dormir, ni de s'occuper des histoires du bistrot. Couché, il avait enfin la paix pour songer à ses affaires, mais il devait y songer vite, malgré la fatigue. Que le patron de « La Féria » prenne les deux kilogs d'opium, si Querelle peut les sortir de l'aviso. Les douaniers ouvrent les valises des matafs, même les plus petites. Sauf les officiers, ils fouillent tout le monde au débarcadère. Querelle, sans sourire, songea au lieutenant. L'énormité de cette idée lui apparut en même temps qu'il pensait quelque chose que lui seul aurait pu traduire par ceci :

« D'puis le temps qui me regarde en rebolant les œillots. On dirait un chat qui chie dans la braise. J'ai la touche, quoi. »

Il pourrait faire servir la passion maladroite que trahissait, pour lui seul, le lieutenant.

« Seulement c'est un con. Un tordu comme ça, i'serait capable de me faire gauler ».

Furtivement l'esprit de Querelle fut traversé par le souvenir d'une scène récente où, en face de lui, le lieutenant Seblon avait répondu avec hauteur, presque avec impertinence, à un commandant.

Querelle était heureux de savoir Robert mener une vie orientale, moelleuse et tranquille, de le savoir l'amant d'une patronne de *clac* et l'ami du mari complaisant. Il ferma les yeux. Il regagnait cette région de lui-même où il se retrouverait avec son frère. Il s'enfonçait au sein d'une confusion avec Robert mais d'où il tirait, d'abord les mots, ensuite et grâce à un mécanisme pourtant élémentaire, une pensée claire, peu à peu, vivante, et qui, à mesure qu'elle s'éloignait de ces profondeurs, le différenciait de son frère, provoquait des actes singuliers, tout un système d'opérations solitaires qui, lentement lui devenaient propres, parfaitement siennes et qu'il partageait — en l'unissant à lui — avec Vic. Et Querelle, dont les pensées avaient conquis l'indépendance pour atteindre Vic, s'en écartait à mesure qu'il rentrait en soi-même, à la recherche aveugle de ces limbes indicibles qui sont quelque chose comme une inconsistante pâtée d'amour. A peine caressait-il sa queue blottie dans sa main. Il ne bandait pas. Avec les autres matelots, en mer, il avait dit qu'à Brest il irait se vider les burnes et cette nuit il ne songeait même pas qu'il aurait dû baiser la fille.

Querelle était l'exacte réplique de son frère, Robert un peu plus fermé peut-être et l'autre un peu plus chaud (nuance en quoi on les reconnaîtra, mais que ne pouvait percevoir une fille en colère). Il fallait qu'en nous-même nous pressentions l'existence de Querelle puisqu'en certain jour, dont nous pourrions préciser la date avec l'heure exactes, nous résolûmes d'écrire l'histoire (ce mot convient peu s'il sert à nommer une aventure ou suite d'aventures déjà vécues). Peu à peu, nous reconnûmes Querelle — à l'intérieur déjà de notre chair — grandir, se développer dans notre âme, se nourrir du meilleur de nous, et d'abord de notre désespoir de n'être pas nous-même en lui mais de l'avoir en nous. Après cette découverte de Querelle nous voulons qu'il devienne le héros même du contempteur. Poursuivant en nous-même son destin, son développement, nous verrons comment il s'y prête pour se réaliser en une fin qui semble être (de cette fin) son propre vouloir et son propre destin.

La scène que nous rapporterons est la transposition de l'événement qui nous révèla Querelle. (Nous parlons encore de ce personnage idéal et héroïque, fruit de nos secrètes amours.) De cet événement nous pouvons écrire qu'il fut comparable à la Visitation. Sans doute ce n'est que longtemps après qu'il eut lieu que nous le reconnûmes « gros » de conséquences mais déjà, en le vivant, fûmes-nous parcouru d'un frisson annonciateur. Enfin pour être visible de vous, pour devenir un personnage de roman, Querelle doit être montré hors de nous-même. Vous connaîtrez donc la beauté apparente — et reelle — de son corps, de ses attitudes, de ses exploits, et leur lente décomposition.

Dans une lenteur solennelle, sous le doigt nonchalant, peut-être, de Dieu, le globe terrestre tourne autour de son axe. A notre regard se déploient les Océans, les Sables, les Forêts, les Landes couvertes de bruyères. Le regard de Dieu perce l'azur. Son doigt s'immobilise. Il écarte le brouillard avec la précaution d'une fermière qui voulant s'assurer d'une portée de petits lapins, écarte la couche de duvet qui les protège ; avec la même lenteur et la précaution qui nous communique au bras et à la poitrine une craintive audace, dont nous-même écartons du doigt le tissu négligent, lassé, de la braguette d'un garçon imprudemment endormi près de nous. Notre œil devient fixe. Dieu cesse de respirer. Son regard *anime* Brest.

A mesure qu'on descend vers le port, le brouillard semble s'épaissir. Il est tel, à Recouvrance, après qu'on a franchi le pont de la Penfeld, que les maisons, les murs et les toits paraissent flotter. Dans les ruelles qui descendent jusqu'aux quais on est seul. Luit doucement parfois le soleil frangé d'une crémerie entr'ouverte. On traverse la clarté vaporeuse et c'est encore la matière opaque et séduisante, le brouillard dangereux qui protège : un marin saoul chancelant sur des jambes épaisses, un docker courbé sur une fille, un voyou peut-être armé d'un couteau, nous-même, vous-même au cœur palpitant. Le brouillard unissait Gil et Roger. Il leur donnait une confiance et une amitié mutuelles. Encore que peu discernable par eux, cette solitude leur accordait une légère hésitation un peu craintive, un peu tremblante, une charmante émotion comme celle des enfants — leurs mains au fond des poches cependant — se touchèrent et s'emmêlèrent leurs pieds.

— Fais gaffe, merde. Avance.

— Ça va être le quai. Faut se méfier.

— S'méfier d'qui ? T'as les jetons ?

— Non, mais des fois...

Parfois, ils pressentaient le passage d'une femme, ils apercevaient la lueur immobile d'une cigarette, ils devinaient un couple serré.

— Ben...? Des fois quoi ?

— Oh dis, Gil, on dirait qu' t'es en rogne. J'y suis pour rien, moi, si ma frangine elle a pas pu venir.

Et, un peu plus bas, après deux pas en silence, il ajouta :

— Hier soir t'as pas dû y penser souvent à Paulette, avec la brune que t'as dansé ?

— Qu'est-ce que ça peut te foutre ? J'ai dansé avec, oui, et puis ?

— Oh ! t'as pas dû qu'danser, t'es parti avec.

— Et après ? J'suis pas marida avec ta frangine, mon pote. Et c'est pas toi qui va me faire la morale. Seulement j'dis qu't'aurais pu t'arranger pour qu'elle vienne. (Gil parlait assez fort, mais sans articuler clairement, de façon à n'être compris que de Roger. Gilbert baissa encore la voix qu'un peu d'inquiétude altéra) :

— Et pour ce que j' t'ai dit ?

— J'ai pas pu, tu sais, Gil, je te jure.

Ils tournèrent à gauche, dans la direction des Entrepôts de la Marine. Une seconde fois ils s'entrecognèrent. Machinalement Gil posa la main sur l'épaule du gosse. Elle y demeura. Roger ralentit un peu, espérant que son copain s'arrêterait. Qu'allait-il advenir ? Une infinie tendresse amollissait le corps du gamin, mais quelqu'un passa : avec Gilbert il ne serait là jamais en parfaite solitude. Gil retira sa main, la remit dans la poche de son pantalon et Roger se crut abandonné. Pourtant, en la retirant, Gil ne put empêcher qu'elle ne s'alourdît davantage sur l'épaule du gosse. Il semble que ce fut une espèce de regret qui l'y rendit pesante. Tout à coup Gil banda.

— Merde.

Il sentit la résistance du slip emprisonnant sa queue. L'idée de « merde » (pas encore de l'étonnement) s'établissait en lui, s'emparait de tout son corps à mesure que sa queue durcissait, s'arquait dans le filet, se redressait enfin malgré le slip de treillis étroit, solide et fin. Gil essaya de voir en soi-même, avec plus de précision, le visage de Paulette, et tout à coup, son esprit se portant sur un autre point tenta, malgré l'obstacle de la jupe, de fixer ce qu'entre les cuisses portait la sœur de Roger. Ayant besoin d'un support physique facilement, immédiatement accessible, il se dit, avec, mentalement, un accent cynique :

— Et y a son frangin qu'est là, à côté, dans le brouillard !

C'est maintenant qu'il lui paraissait délicieux d'entrer dans cette chaleur, dans le trou noir, fourré, légèrement entrebâillé, d'où s'échappent des vagues d'odeurs lourdes et brûlantes, même quand les cadavres sont déjà glacés.

— Elle me plaît, tu sais, ta frangine.

Roger sourit largement. Il tourna son visage clair vers celui de Gil.

— Oh !...

Le son était doux et rauque, semblant sortir du ventre de Gil, n'être même qu'un soupir angoisse né à la base de la verge dressée. Il y sentait certainement un système rapide, direct, reliant immédiatement la base de sa queue avec le fond de la gorge et son râle assourdi. Nous aimerions que ces réflexions, ces observations que ne peuvent accomplir ni formuler les personnages du livre, permissent de vous poser non en observateurs mais en créatures ces personnages qui, peu à peu, se dégageront de vos propres mouvements. De plus en plus la queue de Gil devenait vigoureuse. Dans sa poche, sa main la retenait, en l'y plaquant, contre son ventre. Sa queue avait l'importance d'un arbre, d'un chêne au pied moussu, entre les racines duquel naissent les mandragores qui se lamentent. (Plaisantant de sa queue érigée, au réveil Gil disait parfois : « mon pendu »). Ils marchèrent encore un peu, mais plus lentement.

— Elle te plaît, hein?

Il s'en fallut de peu que la lumière du sourire de Roger n'illuminât le brouillard, n'y fît éclater des étoiles. Il était heureux de sentir à côté de lui le désir amoureux faire la salive se presser aux lèvres de Gil.

— Ça te fait marrer, toi.

Les dents serrées, sans quitter ses mains des poches, lui faisant face, Gil força le gosse à reculer jusqu'à un renfoncement de la muraille. Il le poussa à l'aide de son ventre et de son buste. Roger garda son sourire, le reculant à peine, retirant à peine sa tête devant le visage tendu du jeune maçon qui l'écrasait de tout son corps vigoureux.

— Dis, ça t'a fait rigoler?

Gil sortit une main — celle qui ne maintenait pas sa queue — de la poche. Il la posa sur l'épaule de Roger, et si près du col que son pouce frôla la peau glacée du cou du môme. Les épaules appuyées au mur, Roger se laissa glisser un peu, comme en s'affaissant. Il souriait toujours.

— Hein? Ça te fait marrer? Dis?

Gil avançait en conquérant, presque en amoureux. Sa bouche avait la cruauté et la mollesse des bouches de séducteurs, ornées d'une fine moustache noire, et son visage devint tout à coup si grave que le sourire de Roger, par le fait d'un léger abaissement des coins de ses lèvres, s'attrista. Le dos au mur, Roger glissait toujours très doucement, gardant le sourire un peu triste avec lequel il paraissait sombrer, s'engloutir sous la vague monstrueuse de Gil qui coulait avec lui, une main dans la poche, accroché à la dernière épave.

— Oh !

Gil fit entendre ce même râle, rauque et lointain, que nous avons dit.

— Oh, j'la voudrais, tu sais, ta frangine, J' te jure si j'la tenais comme j'te tiens, qu'est-ce que j'y foutrais !

Roger ne répondit rien. Son sourire disparut. Ses yeux restèrent fixés sur ceux de Gil, où seuls étaient doux les sourcils poudrés par le ciment et la chaux.

— Gil !

Il songea :

— C'est Gil. C'est Gilbert Turko. C'est un Polonais. Y a pas longtemps qu'i travaille à l'Arsenal, su' l'chantier, avec les maçons. Il est coléreux. »

Près de l'oreille de Gil, confondant les mots avec son haleine qui trouait le brouillard, il murmura :

— Gil !

— Oh !... Oh !... J'en ai drôlement envie. Et qu'est-ce que j'y foutrais. Toi, tu y ressembles. T'as sa p'tite gueule.

Il approcha la main plus près du cou de Roger. De se trouver maître au cœur de la masse légère de ce tulle donnait encore à Gil Turko le désir d'être dur, net, cassant. Déchirer le brouillard, le crever d'un geste brusque et brutal, d'un regard violent eût suffi peut-être pour affirmer sa virilité qui serait encore, à son retour ce soir aux baraquements, sottement, méchamment humiliée.

— T'as ses mêmes yeux. C'est dommage que tu la soyes pas. Eh ! Alors ? Alors, tu coules ?

Comme pour empêcher Roger qu'il ne « coule », son ventre se plaqua sur le sien, pressant le gosse contre mur, tandis que sa main libre retenait la tête charmante, la maintenait hors d'une mer souveraine, sûre de sa puissance, hors de l'élément Gil. Ils s'immobilisèrent, l'un surplombant l'autre.

— Qu'est-ce que tu vas lui dire ?

— On va essayer qu'elle vienne demain.

Malgré son inexpérience Roger comprit la valeur, et presque le sens de son trouble quand il entendit sa propre voix : elle était blanche.

— Et pour ce que j't'ai dit ?

— Ça aussi je vais essayer. On rentre, Gil ?

Ils se remirent d'aplomb. Tout à coup ils entendirent la mer. Depuis le début de cette scène ils étaient au bord de l'eau. Un instant, l'un et l'autre s'effrayèrent d'avoir été si près du danger. Dans sa poche Gil prit une cigarette et l'alluma. Roger vit la beauté de son visage dont nous dirons qu'il était recueilli par des mains larges, épaisses et poudrées, dont une flamme délicate et tremblante illuminait l'intérieur.

Comme avec une branche de lilas, l'assassin Menesclou, dit-on, attira la fillette qu'il égorgera; c'est par ses cheveux et ses yeux — son sourire entier — qu'Il (Querelle) m'attire. Cela veut-il signifier que je vais à la mort? Que ces boucles, ces dents sont empoisonnées? Cela signifie-t-il que l'amour est un antre périlleux? Cela signifie-t-il enfin qu'«Il» m'entraîne? Et «pour cela»?

Sur le point de sombrer « en Querelle » pourrais-je actionner la sirène d'alarme?

(Si les autres personnages sont incapables du lyrisme dont nous nous servons pour plus efficacement les reconstituer en vous, le lieutenant Seblon est seul responsable de celui qu'il manifeste).

J'aimerais — ô, je désire ardemment! — que sous ce costume royal « Il » ne soit qu'un voyou! Me jeter à ses pieds! Baiser ses arpions!

Afin de « Le » retrouver, comptant sur l'absence et l'émotion du retour pour oser « Le » tutoyer, j'ai feint de partir pour un congé de longue durée. Mais je n'ai pu résister. Je rentre. Je « Le » revois et je « Lui » donne un ordre presque méchamment.

Il pourrait tout se permettre. Me cracher à la figure, me tutoyer le premier.

— Vous me tutoyez, « Lui » dirais-je!

Le coup de poing qu'« Il » me donnerait en pleine gueule, me ferait entendre ce murmure de hautbois: « Ma vulgarité est royale et m'accorde tous les droits ».

D'un ordre donné sec au coiffeur du bord, le lieutenant Seblon se faisait couper les cheveux très courts afin d'obtenir une apparence virile — moins pour sauver la face que pour traiter d'égal à égal (croyait-il) avec les beaux garçons. Il ne savait pas alors qu'il les faisait s'éloigner de lui. Il était de belle carrure, large d'épaules, mais il sentait en lui-même la présence de sa féminité contenue quelquefois dans un petit œuf de mésange, de la grosseur d'une dragée bleue pâle ou rose, et quelquefois débordant pour s'épandre dans tout son corps qu'elle remplissait de lait. Le sachant si bien que lui-même se croyait la faiblesse, la fragilité d'une énorme noisette verte dont l'intérieur blanc et fade est cette matière que les enfants appellent le lait. Cette féminité, le lieutenant le savait avec une tristesse immense, pouvait se répandre immédiatement dans ses traits, dans ses yeux, au bout de ses doigts, marquer chaque geste en l'amollissant. Il était attentif à n'être pas vu tout à coup comptant les mailles d'un imaginaire ouvrage de dames en se grattant les cheveux avec une imaginaire aiguille à tricoter. Il se trahit cependant, aux yeux de tous les hommes quand il prononça devant nous la phrase : « S'emparer du fusil », car il prononça fusil comme « asile » et avec tant de grâce que toute sa personne parut s'agenouiller devant le tombeau d'un bel amoureux. Jamais il ne souriait. Les autres officiers, ses camarades, le trouvaient sévère, légèrement puritain, mais sous sa dureté ils croyaient reconnaître une étonnante distinction à cause du ton précieux dont malgré lui il prononçait certains mots.

Bonheur de serrer dans *mes* bras un corps si beau, même s'il est fort et grand ! Plus fort et plus grand que le mien.

Rêverie. Le serait-il ? « Il » descend à terre chaque soir. Quand « Il » rentre, le bas de son pantalon de drap bleu, large et couvrant ses pieds malgré le règlement, est taché, peut-être de foutre auquel s'ajoute la poussière des routes qu'il a balayées de son bord frangé. Son pantalon, c'est le pantalon de mataf le plus sale que j'aie vu. Si je « Lui » demandais de m'expliquer, « Il » sourirait en rejetant son béret en arrière :
« Ça, c'est tous les mecs qui me font des pipes. Pendant qu'ils me sucent ils se branlent dans mon froc. Ça c'est leur décharge. Pas plus. »
« Il » en paraîtra très fier. « Il » porte ces souillures avec une impudeur glorieuse : ses décorations.
S'il est le moins élégant des bordels de Brest, où ne vont guère les marins de la Flotte de Guerre capables d'y apporter un

peu de grâce et de fraîcheur, « La Féria » est le plus illustre. C'est l'antre solennel, or et pourpre, où vont se soulager les coloniaux, les gars de la marine marchande et de la fluviale, les dockers. Où les matelots viendraient « baiser » ou « niquer », les dockers et les autres disent : « On s'apporte pour tirer notre chique ». La nuit, « La Féria » accordait encore à l'imagination les joies profondes du crime étincelant. On soupçonnait trois ou quatre apaches de guetter dans la pissotière veillant debout, enveloppée de brume, sur le trottoir en face. La porte du bordel, quelquefois entrebaillée, laissait des airs de piano mécanique, des copeaux bleus, des serpentins de musique se dérouler dans les ténèbres, s'enrouler autour des poignets et du cou des ouvriers qui ne faisaient que passer. Mais le jour permettait de tirer davantage encore de cette masure sale, aveugle, grise, ravagée de honte. A la seule vue de sa lanterne et des persiennes tirées, on la croyait pleine du luxe chaud, fait de seins, de hanches laiteuses sous des robes collantes de satin noir, gorgée de gorges, de cristaux, de glaces, de parfums, de champagne, auxquels rêve le matelot dès qu'il entre dans le quartier des bordels. La porte de celui-ci étonnait. C'était un panneau épais recouvert de fer, armé de longues pointes de métal luisant — peut-être d'acier — dirigées contre la rue. Elle était déjà un mystère si hautain qu'il répondait à toutes les inquiétudes d'une âme amoureuse. Pour le docker ou l'ouvrier du port cette porte était le signe de la cruauté accompagnant les rites de l'amour. Si elle était une gardienne il fallait que cette porte le fût d'un trésor tel que seuls des dragons insensibles ou d'invisibles génies la pouvaient franchir sans saigner à ses ronces — à moins qu'elle ne s'ouvrît d'elle-même sur un mot, sur un geste de vous, docker ou soldat qui êtes ce soir, le prince heureux et très pur accédant par magie aux domaines interdits. Pour être si bien gardé, il fallait que le trésor fût dangereux au reste du monde, ou qu'étant de nature si fragile, sa protection exigeât les moyens qu'on accorde à la protection des vierges. Le docker pouvait sourire et plaisanter en apercevant les pointes aiguës dirigées contre lui, il ne s'empêcherait d'être, pour un instant, celui qui force — par le charme d'un mot, d'une physionomie ou d'un geste — une virginité inquiète. Et dès le seuil, s'il ne bandait à proprement parler, sentait-il dans sa culotte la présence de son sexe, encore mou peut-être, mais se rappelant à lui, le vainqueur de la porte, par une légère contraction vers le haut de la verge, qui se continuait par la base, jusqu'à émouvoir le muscle de la fesse. A l'intérieur du sexe encore flasque, le docker éprouvait la présence d'un sexe minuscule et rigide, quelque chose comme une « idée » de roideur. Et cet instant était cependant solennel qui allait de la vue des clous au bruit de la porte verrouillée derrière le client. Pour Madame Lysiane cette porte avait d'autres vertus. Si bien close, elle faisait de la patronne une perle océanienne parmi les nacres d'une huître qui peut ouvrir sa valve quand elle veut, et la refermer aussi. De la perle, Madame Lysiane avait la douceur. un éclat étouffé qui venait moins de son teint laiteux que d'un dépôt, en elle, de bonheur calme éclairé par la paix inté· rieure. Ses formes étaient rondes, polies et riches. Les millénaires d'un lent travail, de nombreux apports et de nombreuses usures, une patiente économie avaient été nécessaires pour obtenir cette plénitude. Madame Lysiane était sûre d'être la somptuosité même. La porte la garantissait. Les pointes étaient de féroces gardiennes, même contre l'air. La tolière vivait donc sur un mode très lent, dans un château féodal dont l'image souvent se présentait à son esprit. Elle était heureuse. Seul le plus subtil de la vie extérieure parvenait jusqu'à elle pour l'engraisser d'une graisse exquise. Elle était noble, hautaine et superbe. Préservée du soleil et des étoiles, des jeux et des rêves — mais nourri de son soleil, de ses étoiles, de ses jeux et de ses rêves — chaussée, dressée sur des mules à talons Louis XV, sans frôler les filles elle évoluait lentement au milieu d'elles, elle montait des escaliers, traversait des corridors tendus de cuir doré, parcourait les chambres et les salons étonnants que nous essaierons de décrire, éblouissants de lumières et de glaces, capi-tonnés, ornés de fleurs d'étoffe dans des vases en verre, et de gravures galantes. Travaillée par le temps elle était belle. Robert était son amant, depuis six mois.

— Tu les payes cash ?
— Je t'ai dit oui.
Querelle était gelé par le regard de Mario. Ce regard et l'attitude de Mario étaient plus qu'indifférents : glacials. Pour paraître l'ignorer Querelle s'obstinait à ne regarder, droit dans les yeux, que le patron du clac. Sa propre immobilité le gênait aussi. Un peu d'assurance revint quand il eut fait un mouvement de marche ; un peu de souplesse fit jouer légèrement son corps en même temps qu'il pensait : « Moi j'suis

un mataf. J'ai qu'ma paye. Faut que j'me démerde autrement. C'est pas déshonorant. C'est de la came que je propose. Il a pas à me juger. Et même si c'est un flic, moi j'm'en branle ». Mais il sentait ne pouvoir mordre sur la calme tranquillité du patron qu'il intéressait à peine par la marchandise offerte et pas du tout par sa propre personne. L'immobilité et le silence presque total de ces trois personnages pesaient sur chacun d'eux. Querelle pensa encore à peu près ceci : « J'y ai pas dit que j'étais son frère, à Bob. Il oserait quand même pas me donner à la police ». En même temps il appréciait la force extraordinaire du patron et la beauté du flic. Jamais encore il n'avait éprouvé de véritable rivalité virile, et s'il ne pouvait s'étonner de celle où il était en face de ces deux hommes — ne reconnaissant pas ce trouble pour ce que nous l'avons nommé — il souffrait pour la première fois de l'indifférence des hommes. Il dit encore :

— Y a pas de pet, non ?

Son intention était de paraître se méfier du gars qui le regardait sans broncher, mais il n'osa pas préciser trop sa méfiance. Il n'osa même pas, au patron indiquer Mario des yeux.

— Avec moi t'as pas à t'inquiéter. Je te dis qu't'auras ton fric. Tu t'amènes avec tes cinq kilogs de came et tu ramasses tes sous. Compris ? Allez, vieux.

D'un mouvement de tête très lent et presque imperceptible, le tôlier indiqua le comptoir auquel Mario était accoudé.

— Çui-là c'est Mario. T'occupe pas, il est de la maison.

Sans qu'un muscle du visage ne bougeât, Mario tendit sa main. Elle était dure, solide, armée plutôt qu'ornée de trois bagues d'or. Querelle avait dans la taille quelques centimètres de moins que Mario. Il le sentit au moment même qu'il voyait ces bagues somptueuses, signes tout à coup d'une grande puissance virile. Il n'était pas douteux que le domaine où régnait ce type fût terrestre. Précipitamment, avec un peu de mélancolie, Querelle songea qu'il possédait, sur l'aviso mouillé en rade, dans le poste avant, ce qu'il fallait pour être l'égal de ce mâle. Cette pensée le calma un peu. Mais était-ce possible que la police fût aussi belle, aussi riche ? Et qu'à la force d'un hors-la-loi (car il voulait ainsi considérer le patron du bordel) elle ajoutât sa propre beauté ? Il pensa : « Un poulet ! C'est qu'un poulet ! » Mais une telle pensée, qui développait lentement ses volutes en Querelle, ne le calmait pas, et son mépris cédait à son admiration.

— Salut.

La voix de Mario était large, épaisse comme ses mains — sauf qu'elle ne portait aucun brillant. Elle se posait à plat sur le visage de Querelle. C'était une voix brute, calleuse, capable de remuer des mottes, des pelletées de terre. En parlant d'elle, quelques jours plus tard, Querelle dira au policier : « Ta liv' de viande, chaque fois qu' tu m' la colles su' la gueule... » Querelle sourit largement et tendit la main, mais sans un mot. Au patron il dit encore :

— Mon frangin, i' va pas venir, non?

— Pas vu. J'sais pas où il est.

Craignant de manquer de tact, d'indisposer le patron, Querelle n'insista pas. La grande salle du bordel était vide et calme. Elle semblait enregistrer gravement, attentivement ce conciliabule. A trois heures de l'après-midi, ces dames mangeaient, au réfectoire. Il n'y avait personne. Au premier, dans sa chambre, Madame Lysiane se coiffait. Une seule lumière était allumée. Les glaces étaient vides, pures, étonnamment proche de l'irréalité, n'ayant personne et presque aucune chose à refléter. Le patron trinqua et vida son verre. Il était formidablement costaud. S'il n'avait jamais été beau, dans sa jeunesse c'était un beau mâle, malgré les points noirs de sa peau, les minuscules sillons noirs de son cou, et les traces de la petite vérole. Sa petite moustache taillée à l'américaine était sans doute un souvenir de 1918. Grâce alors aux Sammies, au trafic des stocks, aux femmes, il avait pu s'enrichir et acheter « La Féria ». Ses longues promenades en barque, ses parties de pêche à la ligne avaient hâlé sa peau, bronzé son visage. Ses traits étaient durs, l'arête du nez solide, les yeux petits et vifs, le crâne chauve.

— Tu viens vers quelle heure ?

— Faut que j'm'arrange. Faut que j'sorte le colis. Mais pour ça je suis tranquille. J'ai mon truc.

Un peu soupçonneux, le verre de blanc à la main, le patron regarda Querelle.

— Oui ? Pasque moi, faut pas confondre, j'veux pas m'mouiller.

Mario était immobile, presque absent. Il était debout contre le comptoir et derrière lui la glace réfléchissait son dos. Sans dire un mot il se détacha de cet accoudoir qui lui permettait une pose intéressante, et il vint s'adosser au miroir, près du patron : il parut alors s'appuyer à soi-même. En face des deux hommes Querelle éprouva tout à coup un malaise, une sorte d'écœurement comme en connaissent les assassins. Le calme et la beauté de Mario le déconcertaient. Ils étaient trop grands. Le patron du bordel — Norbert — était trop fort. Mario aussi. Les lignes du corps de l'un allaient à l'autre, une confusion terrible mêlait les deux musculatures, les deux visages. Il était donc impossible que le patron ne fût pas une donneuse, mais il était impossible encore que Mario ne fût qu'un policier. A l'intérieur de soi, Querelle sentit trembler, vaciller, sur le point de s'abolir dans un vomissement, ce qui était proprement lui-même. Saisi de vertige devant cette puissance de chair et de nerfs qu'il apercevait très haute — en levant la tête comme on voudrait toiser un sapin géant — qui se doublait et se dédoublait constamment, que la beauté de Mario couronnait mais que la calvitie et l'encolure de Norbert commandaient, Querelle gardait la bouche un peu entr'ouverte, le palais un peu sec.

— Non, non. J'vais m'démerder tout seul.

Mario était vêtu d'un complet croisé marron, très simple. Il avait une cravate rouge. Il buvait avec Querelle et Nono (Norbert) le même vin blanc, mais il ne paraissait pas s'intéresser au débat. C'était un vrai flic. Querelle reconnaissait l'autorité dans les cuisses et dans le buste, la sobriété des gestes que vous accorde un pouvoir total : celui de relever d'une autorité morale indiscutable, d'une organisation sociale parfaite, d'un revolver et du droit de s'en servir. Mario était maître. Querelle tendit encore la main et se dirigea, en relevant le col de son caban, vers la porte du fond : il était préférable en effet qu'il sortît par la petite cour de derrière.

— Salut.

La voix de Mario, nous l'avons dit, était large et monotone. Quand il l'entendit, Querelle étrangement connut un peu de tranquillité. Dès qu'il eut franchi la porte, il s'efforça de sentir sur lui, autour de lui, ses vêtements et ses attributs de matelot : d'abord le col rigide du caban, dont il sentit son cou protégé comme d'une armure. Son col lui faisait l'encolure massive où il sentait la délicatesse de son cou pourtant solide et fier et dont, à la base il connaissait le creux délicieux de la nuque, point parfait de la vulnérabilité. En fléchissant sur eux légèrement ses genoux touchèrent l'étoffe du pantalon. Enfin Querelle marcha comme doit marcher un vrai matelot, et qui se veut absolument matelot. Il roula, de droite à gauche mais sans excès ses épaules. Il eut l'idée de retrousser son caban et de mettre ses mains dans les poches ouvertes sur le ventre, mais il préféra du doigt toucher son bâchi, le rejeter en arrière, presque sur la nuque, de façon que le bord frôlât le bord du col relevé. La certitude sensible d'être totalement marin, le rassura un peu, le calma. Il se sentit triste et méchant. Son sourire habituel n'était pas à sa lèvre. Le brouillard mouillait les ailes de son nez, rafraîchissait ses paupières et son menton. Il marchait droit devant soi, trouant de son corps de plomb la mollesse de la brume. A mesure qu'il s'eloignait de « La Feria » il se fortifiait de toute la force de la Police sous la protection amicale de qui maintenant il se croyait, donnant à l'idée de Police la force musculaire de Nono et la beauté de Mario. Car ses rapports avec un policier, étaient les premiers. Enfin il avait vu un flic. Il l'avait approché. Il lui avait touché la main. Il venait de signer un pacte où ni l'un ni l'autre n'étaient dupes. Il n'avait pas trouvé au bordel son frère mais à sa place ces deux monstres de certitude, ces deux atouts. Toutefois, en se fortifiant, à mesure qu'il s'éloignait du bordel, de toute la puissance de la Police, il ne cessait — au contraire — d'être un marin. Querelle éprouvait obscurément d'être sur le point de toucher à sa perfection : sous son costume admirable dont le prestige fabuleux le recouvrait, il n'était plus seulement le simple assassin mais encore le séducteur. Il descendit à pas très longs la rue de Siam. Le brouillard était froid. De plus en plus Mario et Nono se confondaient pour former en Querelle un sentiment de soumission — et d'orgueil — car en lui le matelot s'opposait gravement au policier : Querelle se fortifiait donc encore de toute la force de la Marine de Guerre. Semblant courir après sa propre forme, à chaque instant l'atteindre et cependant la poursuivre il marchait vite, sûr de lui, le pied bien posé. Son corps s'armait de canons, de coques d'acier, de torpilles, d'un équipage agile et lourd, belliqueux et précis. Querelle devenait « le Querelle », destroyer géant, écumeur de mer, masse métallique intelligente et butée.

— Tu me vois pas, espèce d'emmanché !

Sa voix déchira le brouillard comme une sirène la mer Baltique.

— C'est vous qui ne faites pas...

Et soudain le jeune homme poli, bousculé, rejeté du sillage par l'épaule impassible de Querelle, s'aperçut de l'insulte. Il dit :

— Tu pourrais être poli ! Ou allume tes yeux !

Voulait-elle dire : « Ouvre tes yeux », pour Querelle l'expression signifiait : « éclaire la route, allume ton fanal ». Il fit volte-face :

— Mes feux ?

Sa voix était rauque, décidée, prête au combat. Il comprit qu'il transportait des munitions. Il ne se reconnaissait plus. Il espérait s'adresser à Mario et à Norbert — et non plus au personnage fabuleux que leurs vertus conjuguées suscitaient — mais en réalité il se plaçait sous la protection de ce personnage. Pourtant il ne se l'avoua pas encore, et pour la première fois de sa vie il invoqua la Marine.

— Dis, mon pote, c'est pas des rognes que tu me cherches, non? Pasqu'un mataf t'apprendra qu'ça se dégonfe pas. Jamais. T'entends.

— Mais je ne te cherche pas, je passais...

Querelle le regarda. Il était à l'abri dans son uniforme. Il serra à à peine les poings et tout à coup il sentit accourir aux postes de combat tous les muscles, tous les nerfs. Il était fort et prêt à bondir. Ses mollets et ses bras vibraient. Son corps était pavoisé pour un combat où il se mesurerait à un adversaire — non ce jeune homme intimidé par son culot — mais à la puissance qui l'avait subjugué dans la salle du bordel. Querelle ne savait pas qu'il voulait se battre *pour* Mario, et *pour* Norbert, comme on se bat en même temps pour une princesse et contre les dragons. Ce combat était une épreuve.

— Tu sais pas qu'on chavire pas un gars de la Marine, non ?

Jamais encore Querelle n'avait appelé à lui un tel témoignage. Les matelots fiers d'être matelots, animés de l'esprit de corps, le faisaient sourire. Ils lui paraissaient aussi ridicules que les fortes têtes qui crânent devant la galère et finissent à Calvi. Jamais Querelle n'avait dit : « Moi j'suis un gars du « Vengeur ». Ni même : « Moi, un mataf français... » mais à cet instant, l'ayant fait, il n'en éprouvait pas de honte, mais au contraire un grand réconfort.

— Allez, va.

Il prononça ces deux mots en tordant le coin de la bouche dirigé vers le type pour donner à sa physionomie une expression plus méprisante, et, figeant sa gueule tordue, il attendit, les mains dans les poches, que le jeune homme eût tourné les talons. Alors, fort, sévère un peu plus encore, il continua de descendre la rue de Siam. A son arrivée à bord, Querelle vit s'approcher l'événement justicier. Une colère violente et soudaine s'empara de lui quand il remarqua sur la tête d'un matelot de babord, le béret posé d'une façon qui, croyait-il, n'était qu'à lui. Il se prétendit volé en reconnaissant cette cassure du bâchi, la mèche relevée comme une flamme léchant le ruban, enfin cette coiffure maintenant légendaire autant que le bonnet de fourrure blanche de Vacher, le tueur de bergers. Querelle s'approcha et son regard cruel planté dans celui du mataf, il lui dit d'un ton sec :

— Mets ton bâchi autrement.

Le matelot ne comprit pas. Un peu ahuri, vaguement effrayé, il regarda Querelle, sans bouger. De la main, Querelle fit sauter le béret sur le pont, mais avant que le matelot se fût baissé pour le ramasser, rapide, vengeur, Querelle lui martela le visage de ses poings.

Querelle aimait le luxe. Il serait facile de croire qu'il fût sensible aux prestiges habituels, et d'abord qu'il éprouvât quelque gloire d'être Français, puis matelot, tant un mâle est vain de l'orgueil national et de l'orgueil militaire. Pourtant, de sa jeunesse, nous rappellerons quelques faits. Non pour dire que ces faits commanderont toute la psychologie de notre héros, mais afin de rendre plausible une attitude qui ne ressortit pas seulement à un simple choix. Considérons sa démarche d'abord qui le caractérise. Querelle débuta dans le monde des gouapes, qui est un monde d'attitudes très etudiees, vers l'âge de quinze ans, en roulant avec ostentation les épaules, en gardant les mains au creux des poches, en balançant le bas de son pantalon trop étroit. Plus tard, il marcha à pas plus courts, les jambes serrées, les cuisses se frôlant, mais les bras écartés du corps comme s'ils en fussent eloignes par les muscles trop puissants des biceps et des dorsaux. Ce n'est que peu après son premier meurtre qu'il mit au point une démarche singulière : lente, gardant au bout des bras tendus raidis, les deux poings fermés, mais ne la touchant pas, devant la braguette. Les jambes ecartées.

Cette recherche d'une attitude qui le dessine d'indestructible façon, qui empêche la confusion de Querelle avec le reste de l'équipage, relève d'une sorte de dandysme terrible. Enfant, il s'amusait à de solitaires compétitions avec soi-même, s'appliquant à pisser d'un jet toujours plus haut et plus loin. Au sortir d'un bordel, à Cadix, une nuit, avec Vic légèrement ivre comme lui, nous le retrouvons pissant devant les fenêtres de la prison. L'un ayant débouttonné la braguette de l'autre et mutuellement se tenant la queue, d'une poigne hardie. Ce visage de Querelle était eloquent. C'est-à-dire qu'il trouve pour nous-même son équivalent en un discours harmonieux et décisif. Lyrique. Querelle sourit en rentrant, en creusant légèrement les joues. Sourire triste. On le peut dire ambigu, semblant plutôt s'adresser à celui qui l'émet qu'à celui qui le reçoit. D'en considérer parfois en soi-même l'image, la tristesse que le lieutenant Seblon eût éprouvee serait comparable à celle de voir parmi les jeunes campagnards d'une chorale, le plus viril d'entre eux, debout sur ses pieds épais, ses hanches solides et son cou, chanter d'une voix mâle des cantiques à la Sainte Vierge. Il étonnait ses camarades. Il les inquiétait. Par sa force d'abord et par la singularité d'un comportement trop banal. Ils le voyaient s'approcher d'eux avec la légère angoisse du dormeur qui entend derrière la moustiquaire le sanglot du moustique arrêté par le tulle, énervé par cette résistance infranchissable et invisible. Quand nous lisons : « ...sa physionomie avait des aspects changeants : de féroce elle devenait douce et souvent ironique, sa démarche était celle d'un marin, et, debout, il se tenait les jambes écartées. Cet assassin a beaucoup voyagé... » nous savons que ce portrait de Campi, décapité le 30 avril 1884, fut fait après coup. Pourtant il est exact puisqu'il interprète. De même ses camarades peuvent dire de Querelle : « C'est un drôle de mec », car il leur propose presque chaque jour une déconcertante et scandaleuse vision de lui-même. Au milieu d'eux il apparaissait avec l'anguleuse luminosité d'un accident. Le matelot appartenant à notre Marine de Guerre possède une sorte de candeur qu'il doit à la noblesse qui l'attache à l'arme. S'il voulait se livrer à la contrebande, à quelqu'autre trafic, il ne saurait s'y prendre. Lourdement, paresseusement, à cause de l'ennui dans lequel il l'accomplit, il poursuit une tâche qui nous paraît pieuse. Querelle était aux aguets. Il n'avait pas la nostalgie de l'état de voyou — qu'il n'abandonnait pas — mais il continuait, sous la protection du pavillon français, ses exploits dangereux. Toute sa jeunesse il avait fréquenté les dockers et les marins de la marine marchande. Il était à son aise dans leur jeu.

Querelle marcha, le visage humide et brûlant, sans songer à rien de précis. Il éprouvait un vague malaise, comme une légère et très imprécise pensée que ses exploits n'avaient aucune valeur aux yeux de Mario et de Nono qui, eux, (et à eux deux) étaient la suprême valeur. Arrivé au pont de Recouvrance, il descendit l'escalier menant au quai d'embarquement. C'est alors qu'il songea, en passant devant la douane qu'il laissait à trop bon marché ses dix kilogs d'opium. Mais l'essentiel était surtout « de se faire des potes dans le coin ». Il marcha jusqu'à l'embarcadère afin d'y attendre la vedette destinée à conduire les matelots et les officiers à bord du « Vengeur » ancré dans la rade. Il regarda sa montre : quatre heures moins dix. La vedette serait là dans dix minutes. Querelle fit les cent pas pour se réchauffer mais surtout parce que sa honte l'obligeait à s'agiter. Tout à coup il se trouva au pied de la muraille de soutènement que surplombe la route longeant le port et la mer, et d'où s'embranche le pont. Le brouillard empêchait Querelle de distinguer le sommet du mur, mais à sa pente, à son angle avec le sol, à la grosseur et à la qualité des pierres, détails qu'il perçut d'un coup, Querelle le devina très haut. Le même écœurement mais plus faible, qu'il avait connu devant les deux hommes dans le bordel bouleversa un peu son estomac et sa gorge. Pourtant, si son apparente force physique, un peu brutale même, était à la merci d'une de ces défaillances qui font dire qu'un être est délicat, jamais Querelle n'eût osé prendre conscience de cette délicatesse, en s'appuyant au mur par exemple, mais une désolante impression d'engloutissement le fit se tasser un peu sur soi-même. Il s'éloigna du mur et lui tourna le dos. La mer était devant lui, cachée par le brouillard.

— Un drôle de gars, pensa-t-il en relevant ses sourcils.

Immobile, les jambes écartées, il songea. Son regard baissé traversait la moelle grisaille de la brume pour obtenir à ses pieds les pierres gluantes et noires du quai. Peu à peu, mais sans méthode, il examinait les diverses particularités de Mario. Ses mains. La courbe — il l'avait fixée longtemps — qui va de l'extrémité du pouce à l'extrémité de l'index. L'épaisseur des plis. La largeur de ses épaules. Son indifférence. Ses cheveux blonds. Ses yeux bleus. La moustache de Norbert. Son crâne rond et brillant. Mario encore, dont l'ongle d'un pouce est entièrement noir, d'un très beau noir, comme laqué. Il n'y a pas de fleur noire, et, au bout de son pouce écrasé, c'est à une fleur que cet ongle noir fait penser.

— Qu'est-ce que vous faites là ?

Vivement Querelle salua la forme vague dressée devant lui. Il salua surtout la voix sévère qui traversait le brouillard avec la certitude de venir d'un endroit lumineux et chaud, vrai, cerclé d'or.

— J'suis en mission à la Préfecture maritime, lieutenant.

L'officier se rapprocha.

— Vous êtes à terre ?

Querelle conserva le garde-à-vous mais il s'efforça de cacher sous la manche son poignet où était attachée la montre d'or.

— Vous rentrerez avec la vedette suivante. J'ai besoin que vous alliez à l'intendance porter un ordre.

Le lieutenant Seblon griffonna quelques mots sur une enveloppe qu'il tendit au marin. Il lui donna encore, d'une voix trop sèche, quelques instructions banales. Querelle l'écoutait. Son sourire, par instant, retroussait sa lèvre toujours frémissante. Il était à la fois inquiet du retour trop prompt de l'officier et content de ce retour, content surtout de rencontrer là, au sortir à peine de sa panique, le lieutenant de vaisseau dont il était l'ordonnance.

— Allez.

C'est le seul mot que la voix du lieutenant prononça avec regret, sans la sécheresse, ni même la vigueur sereine qu'une bouche ferme doit naturellement lui donner. Querelle sourit légèrement. Il salua et se dirigea vers le poste de douane, puis il remonta l'escalier qui conduit à la route. L'intervention du lieutenant avant de l'avoir reconnu, le blessa profondément, déchirant l'enveloppe opaque qui, croyait-il, le dissimulait. Elle traversait ensuite ce cocon de rêverie qu'il organisait en quelques minutes, et dont il tirait ce fil étonnant : son aventure visible, conduite dans le monde des hommes et des choses, et déjà ce drame qu'il soupçonnait, comme le tuberculeux sent monter a sa bouche le goût du sang mêlé à la salive. Assez vite cependant Querelle se reprit. Il le fallait d'abord pour sauvegarder l'intégrité de ce domaine où les officiers du plus haut grade ne doivent avoir aucun droit de regard. Rarement Querelle répondait a la plus lointaine familiarité. Le lieutenant Seblon jamais ne fit rien — crût-il et crût-il même le contraire — pour établir entre son ordonnance et lui quelque familiarité, or, ce sont les défenses excessives dont se bardait l'officier qui, en le faisant sourire, laissait s'ouvrir Querelle à l'intimité. En revanche, cette intimité maladroite le dérangeait. Tout à l'heure il avait souri car la voix de son lieutenant le détendait un peu. Enfin, la présence du danger faisait l'ancien Querelle éclore à ses lèvres. S'il avait, dans un tiroir de la cabine, dérobé une montre en or, c'est parce qu'il croyait le lieutenant en congé de longue durée.

— En rentrant de perm' il aura oublié. Y croira qu'i l'a perdue, avait-il pensé.

La main de Querelle, tandis qu'il montait l'escalier, traîna sur la rampe de fer. Il eut encore soudain, à l'esprit, l'image des deux gars du bordel : Mario et Norbert. Une donneuse et un flic ! Qu'ils ne le dénoncent pas tout de suite serait plus terrible encore. La police les obligeait peut-être à jouer double jeu. L'image des deux types enfla. Devenue monstrueuse, elle faillit avaler Querelle. Et la douane ? Il est impossible de frauder la douane. La même nausée que tout à l'heure dérangea ses organes. Elle fut à son comble dans un hoquet qui ne s'acheva pas. Le calme revint peu à peu, s'établit dans son corps dès qu'il eut compris. Il était sauvé. Un peu encore et il se fût assis là, sur la dernière marche de l'escalier, au bord de la route, il eût dormi même pour se reposer d'une si belle trouvaille. Dès cet instant il s'obligea à penser en termes précis :

— « Ça y est. J'viens d'trouver. C'qui faut c'est un mec (le choix de Vic était déjà fait) un mec qui laisse pendre une ficelle du haut du mur. Je descends de la vedette et j'reste su' le quai d'embarquement. Le brouillard est assez épais. Au lieu d'sortir tout d'suite en passant, d'vant la douane, j'vais jusqu'au pied du mur. En haut, su'la route, y a un type qui laisse pendre l'bout. I' faut dix ou douze mètres. Du filin. J'attache le colis. Le brouillard me cache. Le copain tire. I' r'monte le bout. Et moi, j'passe à sec devant les cognes. »

Une grande paix s'était faite en lui. Il connaissait cette même étrange émotion qu'enfant au bas de l'une des deux tours massives qui ferment le port de la Rochelle. Il s'agit d'un sentiment en même temps de puissance et d'impuissance. D'orgueil d'abord, de savoir qu'une si haute tour est le symbole de sa virilité, si bien qu'au bas de la muraille, lorsqu'il écartait les jambes pour pisser, elle semblait être son sexe. Avec ses copains, il plaisantait quelquefois ainsi, quand le soir au sortir d'un cinéma, à deux ou trois ils urinaient contre elle :

— « C'est ce qui faudrait pour Georgette ! »

— « Une comme ça dans ma culotte, j'aurais toutes les femelles de la Rochelle ! »

— « Tu parles d'un vié ! Un vié de Rochellois ! »

Mais lorsqu'il était seul, le soir ou dans la journée, son émotion était encore plus grande. Ouvrant ou boutonnant sa braguette, ses doigts étaient sûrs d'emprisonner délicieusement, précieusement, le trésor — l'âme véritable — de ce sexe géant, ou bien que sa propre virilité émanait du sexe de pierre, tandis qu'en même temps il éprouvait un sentiment d'humilité tranquille devant la sereine et incomparable puissance d'il ne savait quel mâle. Querelle comprit qu'il pouvait porter à l'ogre étrange, fait de deux corps magnifiques, précieusement, son fardeau d'opium.

— « Seulement i'm faudra un gonze. C'est grâce au gonze si j'réussis. »

Querelle soupçonnait confusément que toute la réussite de l'aventure dépendait d'un matelot et plus confusément encore, à la paix que lui procurait cette idée très lointaine, douce, aussi peu perceptible qu'une aurore, de Vic qu'il mettrait dans la combine et que c'était par lui qu'il arriverait jusqu'à Mario et à Norbert.

Le patron avait l'air franc. L'autre était trop beau pour un poulet. Il avait de trop belles bagues.

— « Et moi ? Et mes bijoux ? Si l'gars i' les voyait ! »

Querelle songea d'abord aux bijoux cachés dans le carré, sur l'aviso, puis à ses couilles, lourdes et pleines, et qu'il caressait chaque soir, qu'il conservait dans ses mains pendant son sommeil. Il songea à la montre volée. Il sourit : cela c'était l'ancien Querelle, affleurant, s'épanouissant, montrant l'envers délicat des pétales.

Les ouvriers allèrent s'asseoir autour d'une table en bois blanc au milieu de la baraque, entre les deux rangées de lits, et sur laquelle fumaient dix bols de soupe. Gil détacha lentement sa main de la fourrure de la chatte, écrasée sur ses genoux, puis il l'y reposa. Un peu de sa honte s'écoulait dans la bête qui l'accumulait en elle. Elle soulageait ainsi Gil comme une sangsue soulage une plaie. Gil n'avait pas voulu se battre quand, en rentrant, Théo s'était moqué de lui. Cela s'était révélé au ton de sa voix soudain très humble pour répondre : « Y a des mots qui n'faut pas dire ». Ses réponses étant habituellement sèches et brèves, presque jusqu'à la cruauté, Gil avait d'autant mieux senti sa honte en écoutant sa voix s'humilier, s'allonger comme une ombre aux pieds de Théo. A soi-même, pour consoler son amour-propre, il répondait qu'on ne se bat pas avec un con, mais la douceur spontanée de sa voix lui rappelait trop qu'il avait capitulé. Les copains? Qu'est-ce que ça peut foutre : on les emmerde, les copains. Théo, c'est connu, Théo c'est un pédé. Il est costaud, nerveux surtout, mais c'est un pédé. Dès l'arrivée de Gil sur le chantier, le maçon l'entoura de prévenances, d'amabilités dont quelques-unes furent des chefs-d'œuvre de délicatesse. Il lui offrit aussi des verres de vin blanc gommé dans les bistrots de Recouvrance. Mais dans la main d'acier qui lui donnait une bourrade le dos de Gil reconnaissait — et tressaillait de la sentir — la présence d'une main plus douce. L'une le voulait courber afin que l'autre le caressât. Or, depuis quelques jours Théo cherchait des rognes au gamin. Il râlait de n'être pas venu à bout de sa jeunesse. Sur le chantier, Gil le regardait quelquefois : il était rare que justement alors Théo n'eût les yeux posés sur lui. Théo était un admirable ouvrier que tous les compagnons citaient en exemple. Pour la poser sur son lit de ciment ses mains caressaient la pierre, la retournaient, choisissaient la face la plus belle, et toujours accordaient pour chaque pierre la pointe qui s'engage dans le mortier avec son côté le plus noble destiné à la façade. Gil leva la main, abandonna la fourrure. Délicatement, il déposa la chatte auprès du poêle, sur le tapis de copeaux. Ainsi, peut-être ferait-il croire aux compagnons que son naturel était très doux. Il voulut même que cette douceur fût provocante. Pour soi-même enfin il fallait qu'il parût vouloir s'éloigner du contraire d'un excès lui valant un tel affront. Il s'approcha de la table et s'assit à sa place. Théo ne le regarda pas. Gil vit sa tignasse épaisse, sa nuque large courbée sur le bol de faïence blanche. Il parlait haut en riant avec un copain. On entendait surtout les bouches lapant les cuillerées de la soupe chaude et épaisse. Le souper fini, Gil se leva le premier, retira son chandail, et se dépêcha de laver la vaisselle. Pendant quelques minutes, la chemise entr'ouverte sur son cou, les manches relevées au-dessus du coude, le visage rougi et mouillé par la vapeur, les bras nus plongés dans l'eau grasse, il fut une jeune plongeuse de restaurant. Il pressentait n'être plus, tout à coup, un quelconque ouvrier. Pour quelques minutes il se savait devenu un être étrange, ambigu ; un jeune garçon qui était la servante des maçons. Afin qu'on ne vînt pas le lutiner, lui claquer les fesses en riant d'un rire énorme, il s'obligea à des gestes brusques. Quand il les retira de l'eau grasse maintenant hideusement tiède, ses mains n'avaient plus cette douceur — en même temps que des crevasses — données par le ciment et le plâtre. Il regretta vaguement ses mains de travailleur, leur gelée blanche sur des ornières gelées, ses ongles encrassés de ciment. Gil avait emmagasiné trop de honte depuis quelques jours pour oser encore, à cet instant songer à Paulette Pas même à Roger. Il ne pouvait penser à eux avec tendresse, son sentiment eut été souillé par la honte, par une sorte de vapeur nauséabonde risquant de se mêler, pour les corrompre et les décomposer, à toutes ses pensées. Pourtant il parvint à songer à Roger avec haine. Dans une telle atmosphère la haine devenait plus nocive, se développait avec une abondance telle qu'elle chassait la honte, la compressait, l'obligeait à gagner le coin le plus reculé de sa conscience où pourtant elle veillait, où elle rappelait sa présence avec la lourde insistance d'un abcès. Gil haïssait Roger d'être la cause de ses humiliations. Il haïssait sa joliesse qui permettait à Théo son ironie méchante. Il le haïssait d'être venu hier au chantier. S'il lui avait souri toute une soirée, alors qu'il chantait sur une table, c'est que Roger savait seul que la dernière chanson était celle que Paulette aimait fredonner, et c'est parce que Gil s'adressait à sa sœur à travers un complice :

> *« C'est un joyeux bandit*
> *Qui de rien ne s'alarme... »*

Quelques maçons jouaient aux cartes sur la table débarrassée des bols et des assiettes de faïence blanche. Le poêle était bourré à bloc. Gil voulut sortir pisser, mais en tournant la tête il vit Théo traversant la pièce, ouvrant la porte, se rendant vraisemblablement au même endroit. Gil demeura. Théo tira la porte sur soi. Il entrait dans la nuit et la brume, vêtu d'une chemise kaki et d'un pantalon bleu rapiécé de morceaux de toile de différents bleus délavés, très doux à l'œil : Gil portait un pantalon semblable qu'il chérissait. Il se déshabilla. Il retira sa chemise pour ne garder qu'un maillot de corps d'où sortaient, par une large échancrure, ses bras musclés. Le froc sur ses talons, en se baissant, il vit ses cuisses : elles étaient épaisses et solides, développées par le vélo et le football, lisses comme le marbre et dures comme lui. En pensée Gil remonta du regard de ses cuisses à son ventre, à son dos musclé, à ses bras. Il eut honte de sa force. S'il avait accepté de se battre, « à la loyale » bien entendu (c'est-à-dire sans coups, seulement en luttant) ou « à la bigorneur » (du chausson et du poing) il eût sûrement possédé Théo, mais celui-ci avait la réputation d'être violent. De rage il eût été capable de se lever la nuit pour venir à pas silencieux trancher le cou à son vainqueur. C'est grâce à cette réputation qu'il vivait tranquille au milieu de ses insultes. Gil refusait le risque d'être égorgé. Il quitta complètement son froc. Un instant debout, en slip rouge et en maillot de corps blanc devant son lit, doucement il gratta ses cuisses. Il espérait que les compagnons verraient ses muscles, et croiraient qu'il avait refusé de se battre par générosité, afin de ne pas trop facilement tomber un vieux. Il se coucha. La joue sur le traversin Gil songea à Théo avec un dégoût d'autant plus épais qu'il se rendait compte qu'autrefois, au temps de sa jeunesse, Théo avait dû être très beau. Sa maturité était encore vigoureuse. On est chaud de la pince, dans le bâtiment, disait-il parfois (il voulait dire : on est de chauds lapins). Son visage aux traits durs, virils, restés purs, était délicatement taillé d'une infinité de minuscules rides. Les yeux noirs, petits et brillants étaient méchants, mais Gil, certains jours, les avait vus posés sur lui et noyés d'une extraordinaire douceur, et cela vers le soir, plutôt, quand l'équipe cessait le boulot. Théo nettoyait ses pognes avec un peu de sable doux, puis, il redressait son échine pour regarder le travail en train, le mur qui montait, les truelles abandonnées, les madriers, les brouettes, les seaux. Sur tout cela — et sur les ouvriers — se déposait lentement une impalpable poussière grise qui faisait du chantier un seul objet, fini, obtenu enfin par toute l'agitation du jour. La paix du soir était due à l'achèvement d'un chantier abandonné saupoudré de gris. Lourds de leur journée, inutiles, silencieusement, les maçons, à pas lents, presque solennels, quittaient le chantier. Aucun d'eux n'avait dépassé la quarantaine. Las, une musette pendant à l'épaule gauche, la main droite dans la poche, ils quittaient le jour pour le soir. Leur ceinture retenait mal un pantalon fait pour des bretelles ; chaque dix mètres ils le relevaient, repassaient le devant sous la ceinture, laissant le derrière bailler, avec cette toujours petite encoche triangulaire et les deux boutons destinés à la bretelle. Dans un calme épais ils rentraient au baraquement. Aucun d'eux n'irait avant samedi soir chez les filles ou le bistrot, mais dans leur lit, paisiblement, ils allaient laisser leur virilité reposer, accumuler sous les draps ses forces noires et sa blanche liqueur ; ils allaient dormir sur le côté, sans rêves, et le bras nu à la main poudrée allongé hors du lit, montrant les veines bleues à la saignée délicate. Quant à Théo, il s'attardait auprès de Gil. Chaque soir il lui offrait une cigarette avant de se mettre en route derrière les gars, et quelquefois — et son regard changeait — il lui donnait une large tape sur l'épaule.

— Alors, compagnon ? Ça boume ?

De la tête, Gil faisait son habituel mouvement d'indifférence. Il souriait à peine. Sur le traversin Gil sentait sa joue chauffer. Il gardait les yeux grands ouverts et, à cause de son envie de pisser de plus en plus grande, son impatience augmentait sa rage. Le bord de ses paupières brûlait. Une gifle reçue vous redresse et fait votre corps se porter en avant, donner une gifle ou un coup de poing, sauter, bander, danser : vivre. Une gifle reçue peut encore vous faire pencher le front, vaciller, tomber, mourir. Nous appelons belle l'attitude de vie et laide l'attitude de la mort. Mais plus belle encore, l'attitude qui vous fait vivre vite, jusqu'à la mort. Les policiers, les poètes, les domestiques et les prêtres reposent sur l'abjection. C'est en elle qu'ils puisent. Elle circule en eux. Elle les nourrit.

— Policier, c'est un métier comme un autre.

En faisant cette réponse à l'ancien camarade un peu méprisant qui lui demandait pourquoi il était entré dans la police, Mario se savait mentir. Il se moquait des femmes, tant il avait facilement celles « des mœurs ». Par le fait de la présence de Dédé, la haine qu'il sent autour de lui, rend pesante sa fonction de policier. Elle le gêne. Il voudrait s'en défaire, mais elle l'enveloppe. Pis, elle coule dans ses veines. Il a peur d'être empoisonné par elle. Lentement d'abord, puis fougueusement, il s'éprend de Dédé. Dédé sera l'antidote. La Police en lui circule un peu moins, s'affaiblit. Il se sent un peu moins coupable. Le sang dans ses veines est moins noir qui le désignait au mépris des voyous et à la vengeance de Tony.

La prison du Bougen est-elle pleine de belles espionnes ? Mario espère toujours qu'il sera mêlé à une affaire de vol de documents intéressant la Défense Nationale.

Dans la chambre de Dédé, rue Saint-Pierre, Mario est assis, les pieds au sol, sur le divan-lit recouvert d'un simple dessus de lit en coton bleu à franges, tendu sur les draps défaits. Dédé sauta sur le divan de telle sorte qu'il se trouva à genoux devant le profil du visage et du buste immobile de Mario. Le policier ne dit pas un mot. Son visage ne broncha pas. Ses yeux fixes regardaient droit devant eux quelque chose d'extrêmement important au-delà de la glace surmontant la cheminée, au-delà du mur et de la ville. Sur ses genoux, sur la surface dure et plate que présentent les genoux d'un homme assis dont la jambe est un peu rentrée sous lui, ses deux mains à plat étaient posées. Jamais Dédé ne l'avait vu dans une position aussi sévère, avec un visage aussi dur, tendu, triste même et, à cause particulièrement des lèvres sèches et serrées jusqu'à former des plis, méchant.

— Et puis après? Qu'est-ce qui peut se passer? J'vais jusqu'au port, j'verrai bien... J'verrai si l'est là. Tu crois pas?

Le visage de Mario ne bougea pas. Une extraordinaire chaleur l'animait sans toutefois le colorer : il était pâle, mais les lignes étaient si serrées, si brusquement sectionnées et croisées qu'elles l'illuminaient d'une infinité d'étoiles. Toute la vie de Mario devait remonter, venant des mollets, du sexe, du torse, du cœur, de l'anus, de l'intestin, des bras, des coudes, du cou, jusqu'au visage où elle se désespérait de ne pouvoir sortir, aller plus loin, s'échapper dans la nuit, s'achever en étincelles. Ses joues étaient légèrement creusées et faisaient plus dur le menton. Les sourcils n'étaient pas froncés, mais le globe de l'œil un peu révulsé, obligeait la paupière à former avec le nez une petite rose d'ambre. Tout près de ses lèvres, dans sa bouche, Mario, roulait de plus en plus de salive qu'il n'osait, qu'il ne savait plus avaler. Sa peur et sa haine confondues étaient massées là, à l'extrême de lui-même. Ses yeux bleus étaient presque noirs sous les sourcils qui jamais ne furent d'un blond aussi clair. La clarté même de ce blond troubla un peu la paix profonde de Dédé. (Car le jeune garçon était d'autant plus paisible que son ami était agité profondément comme si celui-ci, seul, eût dragué jusqu'à la surface de son visage la boue déposée en eux, et cette soudaine destination majeure du policier lui donnait une attitude désespérée et grave, avec toutefois le léger agacement, contenu, de tous les héros reconnus. Dédé semblait l'avoir compris et ne pouvoir mieux témoigner sa gratitude qu'en acceptant avec une élégante simplicité d'être purifié, de connaître enfin la grâce printanière des bosquets d'avril). Cette clarté des sourcils de Mario troubla, disions-nous, la paix profonde du gamin en apportant l'inquiétude de voir qu'une couleur claire peut contenir tant d'ombre, accompagner une expression sombre et orageuse. La désolation est plus grande de s'exprimer par un signe de lumière. Et cette clarté des sourcils troubla (nous voulons ici employer le verbe troubler dans son sens le plus intime : détruire la pureté) troubla son inquiétude, la pureté de son inquiétude — non de savoir Mario en danger de mort parce qu'il avait fait arrêter un docker du port, mais de voir le policier posséder toutes les marques de l'inquiétude — en lui faisant comprendre, d'une façon vague, que tout espoir n'est pas vain de revoir joyeux le visage de son ami où se distinguaient encore des signes de clarté. Ce rai de lumière sur le visage de Mario à vrai dire était une ombre. Dédé posa son avant-bras nu — la chemise relevée au-dessus du coude — sur l'épaule de Mario et il observa attentivement son oreille. Un instant il considéra la douceur des cheveux courts, taillés de la nuque à la tempe, et dont la section récente émanait une lumière soyeuse et délicate. Il souffle doucement sur l'oreille pour la dégager de quelques cheveux blonds, plus longs, tombant du front. Rien ne bougea du visage de Mario.

— C'est marrant c'que t'as l'air vache ! Qu'est-ce tu veux qu'i't'fassent, les mecs.

Il se tût quelques secondes, semblant réfléchir, et il ajouta :

— Et c'qu'est crevant c'est qu't'arrive pas à les faire arrêter. Mais pourquoi qu'tu les fais pas arrêter?

Il recula un peu son buste pour mieux voir le profil de Mario dont le visage ni les yeux ne bougèrent. Mario ne pensait même pas. Il acceptait de laisser son regard se perdre, se dissoudre — et entraîner tout son corps dans cette dissolution. Tout à l'heure Robert lui avait appris que cinq des plus décidés dockers avaient juré de lui faire la peau. Tony, qu'il avait arrêté d'une façon que les gars de Brest jugeaient déloyale, était sorti la veille de la prison du Bougen.

— Qu'est-ce tu veux qu'i fasse ?

Sans bouger les genoux de place, Dédé s'était encore reculé. Il eut alors la posture d'une jeune sainte visitée, tombée à genoux au pied d'un chêne, écrasée par la révélation, la splendeur de la grâce, et qui se rejette en arrière pour écarter son visage d'une visitation brûlant ses cils, ses prunelles et l'aveugle. Il sourit.

Doucement, il mit son bras autour du cou du policier. A petits coups il bécota le visage, sans le toucher, sur le front, sur la tempe, et sur l'œil, sur le bout rond du nez, sur les lèvres, mais toujours sans les toucher. Mario se sentit criblé de mille pointes de feu vite posées, reprises, redonnées.

— I'm'couvre de mimosas, pensa-t-il.

Seules ses paupières battirent, mais rien de son corps ne bougea, ni ses mains sur ses genoux, ni sa queue ne banda. Pourtant la tendresse inaccoutumée de l'enfant lui était sensible. Venue jusqu'à lui par mille petits chocs (douloureux de n'être que pressentis) et chauds, il laissait qu'elle gonflât lentement son corps et l'allégeât. Dédé picorait des baisers sur un roc. Les coups s'espacèrent, l'enfant recula sa tête toujours souriante, et il siffla. Imitant le chant des passereaux, autour de la tête sévère et puissante de Mario, de l'œil à la bouche, de la nuque aux narines, il promena sa petite bouche froncée en cul-de-poule, sifflant tantôt comme un merle, tantôt comme un loriot. Il souriait des yeux. Il s'amusait de retrouver tous les oiseaux d'un bocage. Il s'attendrissait sur soi-même d'être à la fois les oiseaux et de les offrir à cette tête brûlante, mais immobile, prise dans la pierre. Dédé tentait de l'apprivoiser, de le fasciner par des oiseaux. Mario éprouvait une sorte d'angoisse d'être mis au fait de cette chose effrayante : le sourire d'un oiseau. Il pensa avec soulagement :

— I' m'saupoudre de mimosas.

Au chant des oiseaux se mêla un léger pollen. Vaguement Mario se sentit capturé dans une de ces voilettes de tulle, parsemées de pois très espacés. Puis il s'enfonça en soi-même pour regagner cette région du flou et de l'innocence qu'on nomme peut-être les limbes. Dans l'angoisse même il échappait à ses ennemis. Il avait le droit d'être un policier, un flic. Il avait le droit de se laisser glisser dans la vieille complicité qui l'unissait à ce petit mouchard de seize ans. Dédé tentait qu'un sourire ouvrît cette tête pour emprisonner les oiseaux : le roc refusait de sourire, de fleurir, de se couvrir de nids. Mario se fermait. Il était attentif aux sifflets aériens du môme mais il était — ce qui était Mario, veillant sans répit — si loin au fond de soi-même, essayant d'affronter la peur et de la détruire à force d'examen, qu'il lui faudrait longtemps pour revenir jusqu'à ses muscles, les faire bouger. Il sentait que là, derrière la sévérité de sa face, derrière sa pâleur, son immobilité, ses portes, ses murailles, il était à l'abri. Il était derrière les remparts de la Police, protégé par ces rigueurs qui ne sont qu'apparence. Dédé l'embrassa au coin de la bouche, très vite, puis il sauta à bas du lit. Campé devant Mario il souriait.

— Qu'est-ce qui va pas? Tu te sens mal ou t'as l'béguin?

Malgré son désir jamais il n'avait osé coucher avec Dédé, jamais, tant il connaissait — étant lui-même de cette nature — la perfidie des enfants, il n'avait fait le moindre geste équivoque. Ses chefs et ses collègues savaient ses rapports avec le gosse, qui, pour eux, n'était qu'une mouche.

A l'ironie de Mario, Dédé ne répondit pas, mais son sourire se crispa un peu, sans complètement disparaître. Son visage était rose.

— T'es un peu dérangé.

— Oh j't'ai pas fait d'mal, non. J'te bise en copain. Depuis un moment tu fais la gueule. Moi j'essaye de t'faire marrer.

— Alors j'ai pas l'droit de rester une minute à penser, non?

— Ça fait une plombe que t'es comme ça. C'est pas prouvé qu'il veut t'descendre, Tony...

Mario fit un geste d'agacement. Sa bouche se crispa.

— Tu n'penses pas qu'j'ai les jetons, des fois?

— J'ai pas dit ça.

Le ton de Dédé était révolté.

— J'ai pas dit ça.

Il était debout devant Mario. Sa voix était rauque, un peu vulgaire, lourde avec un léger accent paysan. C'était une voix qui pouvait parler à des chevaux. Mario tourna la tête. Il regarda Dédé quelques secondes. Et tout ce qu'il dira durant cette scène le sera avec une crispation plus dure des lèvres et des sourcils, où il semblait vouloir mettre toute sa volonté afin que le môme sût bien que lui, Mario Lambert, inspecteur à la brigade de la route, affecté au Commissariat de Brest, ne se considérait pas comme fini. Depuis un an il travaillait avec Dédé qui le renseignait sur la vie secrète des docks, sur les vols, sur les détournements de café, de minerais, de matériaux, parce que les gars des chantiers ne se méfiaient pas du gosse.

— Vas-y.

Planté devant lui, un peu trapu sur ses jambes écartées, Dédé, la bouche légèrement boudeuse, regardait le policier. Tout à coup il pivota sur un pied, les jambes toujours écartées en compas, il donna, pour se rapprocher de la fenêtre où était à l'espagnolette accrochée sa veste, un tel coup d'épaules et de reins que jamais il n'eut l'air si fort, déplaçant sur son dos la charge énorme d'un ciel invisible, ténébreux et étoilé. Pour la première fois Mario s'apercevait que Dédé était fort, qu'il était devenu un petit homme. Il eut honte de s'être abandonné à la peur en face de lui, mais très vite il se retrancha derrière le prétexte de la Police qui justifie toutes les attitudes. La fenêtre donnait sur une ruelle étroite. En face, de l'autre côté de la rue, se dressait le mur gris d'une remise. Dédé mit sa veste. Quand il se retourna avec la même brusquerie, Mario était debout devant lui, les mains dans les poches.

— T'as compris? Pas besoin d'aller trop près. Je te l'ai dit, personne se doute que tu bosses avec moi, alors faut pas t'faire repérer.

— Sois tranquille, Mario.

Dédé achevait de se vêtir. Autour de son cou il mit un cache-nez de laine rouge, et sur ses cheveux une petite casquette grise, comme en portent encore les voyous de province. De la poche de son veston où des cigarettes étaient en vrac, il en sortit une qu'il introduisit prestement dans la bouche de Mario, puis une dans la sienne, sans sourire, malgré ce que cela lui rappelait. Et d'un geste soudain grave, presque solennel, il mit ses gants qui étaient la seule marque de sa pauvre richesse. Dédé aimait, vénérait presque ces objets crasseux qu'il ne portait jamais négligemment à la main, mais qu'il enfilait exactement. Il savait qu'ils étaient le seul détail par quoi, lui-même, du fond de sa détresse volontaire — donc morale — il touchait au monde social et certain de l'opulence. Ces quelques gestes, cette activité à destination précise le remettaient en place. Il s'étonnait d'avoir osé ce baiser, et tout le jeu qui l'avait précédé. Il en avait honte comme d'une erreur. Jamais il n'avait eu pour Mario — ni Mario pour lui — un geste de tendresse. Dédé était grave. Pour le compte du policier, il recueillait gravement ses indications et il les rapportait gravement chaque semaine dans un endroit des remparts déterminé par un coup de téléphone. Pour la première fois de sa vie il s'était abandonné à son imagination.

« J'ai pourtant rien bu, pensa-t-il. »

En disant qu'il était naturellement grave, nous entendons que jamais il ne recherchait la gravité. C'est elle au contraire qui avait du mal à forcer une apparente légèreté. Jamais, par exemple, il n'eût osé ce qu'osait n'importe quel gosse de seize ans : une de ces plaisanteries mille fois reprises comme tendre la main et la retirer au moment où le copain va la saisir, blaguer les nichons des femmes, dire « 15 » en croisant un homme barbu, etc... mais cette fois il avait mis de lui-même et à sa honte se mêlait un sentiment de légère liberté. Il craqua une allumette et présenta la petite flamme à Mario avec une solennité plus forte que son ignorance des rites. Mario étant plus grand que lui, le petit voyou lui offrait aussi son visage, pudiquement, secrètement obscurci par l'ombre de ses mains.

— Et toi, qu'est-ce que tu fais?

— Moi...? Rien. Qu'est-ce tu veux que j'fasse. J'vais t'attendre.

Dédé regarda encore Mario. Il le considéra quelques secondes, la bouche entr'ouverte et sèche. « J'ai la bouche pâle », songea-t-il. Il tira une goulée à sa cigarette, et il dit : « Bon ». Il se tourna vers la glace pour arranger la visière de sa casquette, l'incliner à gauche un peu plus. Dans la glace il vit toute la chambre où il vivait depuis plus d'un an. Elle était petite, froide, avec au mur quelques photos de boxeurs et d'actrices de cinéma découpées dans les journaux. Le seul luxe était la lampe fixée au-dessus du divan : une ampoule électrique dans une tulipe de verre rose pâle. En lui et autour de lui Dédé éprouvait la présence du désespoir. Il ne méprisait pas Mario d'avoir peur. Depuis longtemps il connaissait la noblesse de la frousse avouée, celle qui s'exprime ainsi :

« J'ai les foies. J'ai les jetons, les chocottes...

Souvent il avait lui-même couru, fuyant devant un rival dangereux, armé. Il espérait que Mario accepterait le combat, lui-même étant décidé à descendre, si l'occasion était bonne, le docker récemment sorti de tôle. Sauver Mario c'était se sauver soi-même. Et il était normal que l'on eût la frousse de Tony le docker. C'était un balèse et une brute, capable d'y aller « à l'hypocrite ». Pourtant il paraissait étrange à Dédé que la Police parût trembler en face d'un voyou, et pour la première fois il redouta que cette puissance invisible, idéale, qu'il servait et derrière quoi il s'abritait, ne fut composée que de faiblesses humaines. En prenant conscience, par une légère fêlure en lui, de cette vérité, il se sentait s'affaiblir mais — ceci paraît étrange — se fortifier. Pour la première fois il pensait, et cela lui causait un peu d'effroi.

— Mais au chef, tu y as pas dit?

— T'occupe pas d'ça. J't'ai dit ton boulot, fais-le. Mario craignait, sourdement, que le gamin ne le trahît. Pour lui répondre sa voix avait tendance à s'adoucir, mais il se reprenait vite, avant même que d'avoir ouvert la bouche, et il parlait sec. Dédé regarda son bracelet-montre.

— Ça va être quat' plombes, dit-il. Ça fait déjà noir. Y a quèqu'chose comme brouillard... pas à cinq mètres.

— Alors, qu'est-ce t'attends?

49

Soudain la voix de Mario fut plus impérieuse. Il fut le maître. Il avait suffi qu'il osât deux pas dans la chambre pour aller, avec la même souplesse, à la glace, se peigner, et il redevenait cette ombre puissante, osseuse et musclée, joyeuse et jeune, qui contenait sa propre forme et parfois celle de Dédé. (En souriant, Dédé, lors de leurs rendez-vous, en le regardant lui disait quelquefois : « C'qui m'plaît, c'est que j'm'y perds », mais d'autrefois son orgueil se révoltait contre cet engloutissement. Il essayait alors un timide geste de révolte, et un sourire ou un commandement bref le remettaient dans l'ombre de Mario).

— Oui.

Pour sa propre satisfaction, connaissant seul cet acte de violence, il articula le mot avec dureté. Une seconde immobile pour se prouver à soi-même son absolue indépendance, un peu de fumée lâchée dans la direction de la fenêtre qu'il regardait, une main dans la poche, avec brusquerie Dédé se tourna vers Mario, et aussi brusquement, en le regardant droit dans les yeux il lui tendit la main au bout d'un bras, raide, tendu.

— Salut.

Le ton était funèbre. Avec plus de calme naturel, Mario répondit :

— Salut, môme. Reste pas longtemps.

— Tu vas pas avoir le bourdon, non ? J'en ai pas pour une paye.

Il était à la porte. Il l'ouvrit. Les quelques fringues accrochées au porte-manteau de la porte volèrent somptueusement, cependant que l'odeur dégagée par les latrines ouvertes sur le palier s'engouffrait dans la chambre. Mario remarqua cette allure soudain magnifique des vêtements. Avec un peu de gêne il s'entendit prononcer :

— Tu fais du théâtre.

Il fut touché, mais il ne sut pas s'y arrêter. Cette sensibilité très voilée à l'égard, non de la beauté formelle, définitive, mais de l'indication fulgurante d'une manifestation sans autre nom que la poésie, le rendit certains jours pendant quelques secondes perplexe : un docker eut un tel sourire en dérobant presque devant lui du thé dans les entrepôts, que Mario faillit passer sans rien dire, il connut une légère hésitation, une sorte de regret d'être le policier et non le voleur. Cette hésitation dura peu. A peine avait-il fait un pas pour s'éloigner que la monstruosité lui apparut de son attitude. L'ordre qu'il servait devenait irréparablement bouleversé. Une brèche énorme existait. Et l'on peut dire qu'il n'arrêta le voleur que par un souci esthétique. Tout d'abord sa hargne habituelle fut mise en échec par la grâce du docker mais quand Mario eut conscience de cette résistance, et de ce qui la provoquait, on peut dire encore que c'est par haine de sa beauté qu'il arrêta définitivement le voleur.

Dédé tourna la tête en envoyant du coin de l'œil un dernier adieu que son ami prit pour un signe de complicité à l'égard de sa réflexion. A peine la porte refermée qu'il sentit fondre ses muscles, ses membres s'amollir comme pour une courbe gracieuse. C'était la même impression que tout à l'heure, alors qu'il jouait autour du visage de Mario et qu'il avait eu, tout à coup, une sorte de faiblesse, vite reprise — qui lui avait fait désirer — son cou déjà penché, languissamment poser la tête sur la cuisse épaisse de Mario.

— Dédé !

Il ouvrit la porte.

— Qu'est-ce qu'y a? Dis donc...

Mario s'approcha, le regarda dans les yeux. Il murmura doucement :

— J'ai confiance en toi, hein, môme?

L'œil un peu étonné, la bouche entr'ouverte, Dédé regarda le policier sans répondre, sans paraître comprendre.

— Viens voir...

Mario l'attira doucement dans la chambre et referma la porte.

— C'est entendu, tu vas faire ton possible pour savoir c'qui s'passe. Mais j'ai confiance en toi. Il faut qu'personne ne soit au courant que je suis dans ta piaule. Compris?

Le policier posa sa grosse main baguée d'or sur l'épaule de son petit indicateur, puis il l'attira contre lui :

— Y a longtemps qu'on travaille ensemble, hein, môme, alors maintenant, c'est à toi de bien te défendre. J'compte sur toi.

Il l'embrassa sur la tempe et le laissa sortir. C'était la deuxième fois depuis qu'ils se connaissaient, qu'avec le gosse il employait le mot de « môme ». Ce mot le faisait communier avec les voyous, mais surtout il unit les deux amis. Dédé sortit. Il descendit l'escalier. Sa dureté naturelle lui permit de très vite chasser son trouble. Il sortit dans la rue. Mario avait entendu son pas habituel, souple, net et décidé descendre les marches de bois du sordide hôtel meublé. En deux pas, la chambre étant petite et les foulées de Mario naturellement longues, il fut à la fenêtre. Il écarta le rideau de tulle épais, jaune de fumée et de crasse. La ruelle étroite et le mur étaient devant lui. Il faisait nuit. Tony acquérait une puissance de plus en plus grande. Il devenait chaque ombre, chaque pan de brouillard plus épais dans quoi Dédé s'enfonçait

De la vedette, Querelle sauta sur le quai. D'autres matelots après lui, et Vic parmi eux. Ils venaient du «Vengeur». La vedette les ramènerait à bord un peu avant 11 heures. Le brouillard était très épais par quoi la journée semblait s'être matérialisée. Ayant saisi la ville, elle risquait de durer plus de vingt-quatre heures. Sans dire un mot à Querelle, Vic s'éloigna dans la direction du poste de douane que les matelots traversent avant de monter les escaliers qui conduisent au niveau de la route, le quai, nous l'avons dit, étant en contre-bas. Au lieu de faire comme Vic, Querelle s'enfonça dans le brouillard, vers le mur de soutènement supportant la route. Souriant, avec beaucoup de subtilité, il attendit un peu, puis il longea le mur, l'effleurant de sa main nue. Soudain il sentit sur ses doigts un léger frôlement. Saisissant alors la corde, à son extrêmité il y attacha le paquet d'opium qu'il portait sous son caban. Il tira trois petits coups sur la corde qui remonta lentement le long de la muraille jusqu'à Vic qui le tirait.

Le Préfet Maritime — amiral de D... du M... — fut très étonné quand, le lendemain matin de ce jour, on lui apprit qu'un jeune matelot avait eu la gorge tranchée sur les remparts.

En compagnie de Vic, Querelle ne s'était montré nulle part. Sur le bateau ils ne se parlaient pas, ou rarement et sans s'attarder. Ce soir-là, derrière une cheminée, très vite Querelle l'avait mis au courant. Dès qu'il l'eut rejoint sur la route, il reprit au matelot la pelote de corde et le paquet d'opium. Quand il fut juste à la hauteur de Vic, dont la manche de drap bleu de son caban rigide, lourd d'humidité, toucha la sienne, Querelle sentit dans tout son corps la présence du meurtre. Cela vint d'abord lentement, à peu près comme les émois amoureux, et, semble-t-il, par le même chemin ou plutôt par le *négatif de ce chemin*. Afin d'éviter la ville et pour donner à son allure une apparence encore plus suspecte, Querelle décida de longer les remparts. Traversant le brouillard sa voix parvint à Vic :

— Amène-toi par là.

Ils continuèrent sur la route, jusqu'au château (l'ancienne résidence d'Anne de Bretagne), puis ils traversèrent le Cours Dajot. Personne ne les vit. Ils fumaient. Querelle souriait.

— T'as rien dit, au moins ?

— J'te dis que non. Je suis pas cinglé.

Le Cours était désert. Personne ne se fût, du reste, inquiété de deux matelots qui allaient franchir la poterne des remparts, entrer dans le monde des arbres décharnés par le brouillard, le monde des ronces et des herbes mortes, les fosses, la boue, les sentiers égarés vers un taillis mouillé. Pour quiconque ils eussent été deux jeunes gens courant après les fumelles.

— On va passer de l'aut' côté. Vu? On va tourner les fortifs.

Querelle souriait toujours. Il fumait. A mesure que Vic marchait selon le rythme long et lourd de Querelle, à mesure qu'il entrait dans cette démarche, une grande confiance l'habitait. La présence puissante et silencieuse de Querelle lui donnait un sentiment d'autorité comme il en avait connu lors des attaques à mains armées que les deux gars avaient accomplies ensemble. Querelle souriait. Il laissait se développer en lui-même cet émoi qu'il connaissait si bien, qui tout à l'heure, au bon endroit, là où les arbres sont plus serrés et le brouillard épais, prendrait tout à fait possession de lui, chasserait toute conscience, tout esprit critique, et commanderait à son corps les gestes parfaits, serrés et sûrs du criminel. Il dit :

— C'est mon frangin qui s'charge de tout liquider. Avec lui on est peinard.

— J'savais pas qu'il était à Brest, ton frangin.

Querelle se tut. Ses yeux devinrent fixes, comme pour observer en soi, plus attentivement, l'étiage de son émoi. Son sourire cessa. Ses poumons se gonflèrent. Il creva. Il ne fut plus rien.

— Oui, il est à Brest. Il est à « La Féria ».

— A « La Féria »? Sans blague! Qu'est-ce qui fait? « La Féria » c'est une drôle de boîte.

— Pourquoi?

Plus rien de Querelle n'était présent dans son propre corps. Il était vide. En face de Vic il n'y avait plus personne : le meurtrier venait de toucher à sa perfection par la disposition dans la nuit d'un groupe de quelques arbres formant une sorte de chambre, ou de chapelle, au centre de quoi passait le sentier. Dans le paquet contenant l'opium il y avait aussi les bijoux dérobés avec Vic.

— Ben c'qu'on dit? Tu l'sais aussi bien qu'moi?

— Et après? I' s'envoie la patronne.

Un peu de Querelle revint au bord des lèvres et des doigts du meurtrier : cette ombre furtive de Querelle revit le visage et l'attitude souveraine de Mario soutenu par Norbert. Il fallait franchir cette muraille au pied de laquelle Querelle pâlissait, se dissolvait. L'escalader ou la traverser. La faire, d'un coup d'épaule, s'ébouler.

« Moi aussi j'ai mes bijoux », pensa-t-il.

Les bagues et les bracelets d'or seraient à lui seul. Ils suffisaient à lui conférer assez d'autorité pour accomplir un acte sacré. Querelle n'était plus qu'une légère haleine suspendue à sa propre lèvre et libre de se détacher du corps pour s'accrocher à la branche la plus proche et la plus épineuse.

— « Des bijoux. Le flic il est couvert de bijoux. Moi aussi j'ai mes bijoux. Et j'en fais pas cas. »

Il était libre d'abandonner son corps, support admirable de ses couilles. D'elles il connaissait le poids et la beauté. D'une seule main, tranquillement, il ouvrit dans la poche de son caban un couteau à cran d'arrêt.

— Alors il a fallu que l'patron s'l'envoie.

— Et après? Si ça y plaît.

— Merde.

Vic paraissait accablé.

— Si on te le proposait, t'accepterais, toi?

— Pourquoi pas, si j'en ai envie. J'ai fait pire que ça.

Un pâle sourire vint aux lèvres de Querelle.

— Si tu l'voyais mon frangin, t'en aurais l'béguin. Tu t'laisserais faire.

— Ça m'ferait mal.

— Moi j't'le dis.

Querelle s'arrêta.

— On fume?

Le souffle, prêt à s'exhaler, se répandit en lui qui redevint Querelle. Sans que pourtant il ait bougé la main, les yeux fixes, mais dont le regard paradoxalement était dirigé en lui-même, il se vit accomplir le signe de croix. Après ce signe qui avertit le public qu'un travail dangereux jusqu'à la mort est entrepris par l'acrobate, Querelle ne pouvait reculer. Il fallait qu'il demeurât attentif afin d'accomplir les gestes meurtriers : ne pas surprendre le matelot par un mouvement brutal, car il se peut que Vic n'ait pas encore l'habitude d'être assassiné et qu'il crie. Le criminel doit se débattre alors contre la vie et contre la mort, il crie, il pique n'importe où. La dernière fois, à Cadix, la victime avait taché le col de Querelle. Querelle se tourna vers Vic en lui tendant une cigarette et un briquet d'un geste étriqué gêné par le colis qu'il tenait sous le bras.

— Allume, toi, allume d'abord.

Vic lui tourna le dos afin de se protéger du vent.

— Et tu lui plairais, parce que t'es une jolie p'tite chatte.

Si tu y tirais su la bitte comme tu tires su la pipouze, i' s'rait joliment joyeux !

Vic rejeta la fumée. Et tout en tendant à Querelle la cigarette embrasée, il répondit :

— Oui, ben, ça m'étonnerait qu'il ait des chances.

Querelle ricana.

— Ah, oui, et moi? Moi non plus j'aurais pas des chances?

— Allez, laisse...

Vic voulut continuer la route, Querelle le retint, entravant sa marche avec la jambe tendue. Comme s'il mâchait la cigarette il dit :

— Hein? Dis... Dis donc, moi, moi, j'vaux pas Mario?

— Quel Mario?

— Quel Mario? C'est grâce à toi qu'j'ai passé le mur. Non?

— Et après? Qu'est-ce que tu déconnes?

— Tu veux pas?

— Allez, fais pas l'zouave...

Vic ne termina pas la phrase. Vif, Querelle lui serra la gorge, lâchant le paquet qui tomba sur le sentier. Quand il relâcha son étreinte, avec une aussi grande prestesse il tira de sa poche son couteau ouvert et il trancha la carotide au matelot. Vic ayant le col du caban relevé, le sang, au lieu de jaillir sur Querelle, s'écoula le long du vêtement, sur la veste. Les yeux exorbités, le moribond chancela, en faisant de la main un geste très délicat, se laissant glisser, s'abandonnant dans une attitude presque voluptueuse, suffisante pour susciter dans ce paysage de brume le climat douillet de la chambre où s'était commis le meurtre de l'Arménien, que le geste de Vic recréait. Querelle le retint fermement sur son bras gauche et il le posa doucement sur l'herbe du chemin où il expira.

L'assassin se redressa. Il était l'objet d'un monde où le danger n'existe pas — puisque l'on est objet. Bel objet immobile et sombre dans les cavités duquel, le vide étant sonore, Querelle l'entendit déferler en bruissant, s'échapper de lui, l'entourer et le protéger. Mort, peut-être, mais encore chaud. Vic n'était pas un mort, mais un jeune homme que cet objet étonnant, sonore et vide, à la bouche obscure, entr'ouverte, aux yeux creux, sévères, aux cheveux, aux vêtements de pierre, aux genoux couverts peut-être d'une toison épaisse et bouclée comme une barbe assyrienne, que cet objet aux doigts irréels, enveloppé de brume, venait de tuer. La délicate haleine en quoi Querelle s'était réduit, restait accrochée à la branche épineuse d'un acacia. Anxieuse elle attendait. L'assassin renifla deux fois très vite, comme font les boxeurs, et il fit ses lèvres remuer où doucement Querelle vint se poser, se couler dans la bouche, monter aux yeux, descendre aux doigts, emplir l'objet. Querelle tourna la tête, légèrement, sans bouger le buste. Il n'entendit rien. Il se baissa pour arracher une poignée de gazon et nettoyer son couteau. Il crut fouler des fraises dans de la crème fraîche et s'y enfoncer. S'appuyant sur soi-même, il se redressa, jeta la poignée d'herbe sanglante sur le mort et, se baissant une seconde fois, pour ramasser son paquet d'opium, il reprit seul sa marche sous les arbres. Affirmer seulement que le criminel au moment qu'il commet son crime croit n'être jamais pris est faux. Sans doute refuse-t-il de distinguer avec précision la suite effroyable pour lui de son acte cependant qu'il sait que cet acte le condamne à mort. Le mot analyse nous gêne un peu. C'est par un autre procédé qu'il nous serait possible de découvrir le mécanisme de cette auto-condamnation. Nous appellerons Querelle un joyeux suicidé moral. Incapable en effet de savoir s'il sera ou non arrêté, le criminel vit dans une inquiétude qu'il ne peut abolir que par la négation de son acte, c'est-à-dire son expiation. C'est-à-dire encore sa propre condamnation (car il semble bien que ce soit l'impossibilité d'avouer les meurtres qui provoque la panique, l'effroi métaphysique ou religieux, chez le criminel). Au fond d'un fossé, aux pieds du rempart, Querelle était debout, adossé à un arbre, isolé par le brouillard et par la nuit. Il avait remis le couteau dans sa poche. Devant lui, à la hauteur de la ceinture, il tenait ainsi son béret : à plat, des deux mains, le pompon contre son ventre. Il ne souriait pas. Maintenant il comparaissait devant la cour d'Assises qu'il se composait après chaque meurtre. Le crime commis, Querelle avait senti sur son épaule peser la main d'un idéal policier, et des bords du cadavre jusqu'à cet endroit isolé il marcha, toujours avec lourdeur, écrasé par le sort étonnant qui sera le sien. Ayant fait une centaine de mètres, il quitta le petit chemin pour s'enfoncer sous les arbres, parmi les ronces, au bas d'un talus, dans ce fossé de remparts qui entourent la ville. Du coupable arrêté, il avait le regard apeuré, la démarche pesante, mais en soi-même pourtant la certitude — qui le liait honteusement et amicalement au policier — d'être un héros. Le terrain était en pente, couvert de buissons d'épines.

« Ça glisse, Alice, » pensa-t-il. Et presque aussitôt : « J'enfonce, Alphonse. J'rentre dans la terre jaune. »

Arrivé au fond du fossé Querelle s'immobilisa un instant. Un peu de vent fit bouger et bruire délicatement l'extrémité aiguë, sèche et dure des herbes. L'étrange légèreté de ce bruit ne pouvait que rendre plus insolite sa situation. Il marcha dans le brouillard, selon la direction opposée au lieu du crime. L'herbe avec le vent fit encore le bruit délicat, aussi doux que le bruit de l'air dans la narine d'un athlète, que la démarche d'un acrobate. Querelle, vêtu d'un clair maillot de soie bleue avançait lentement, moulé par ce tricot d'azur, à la taille serré d'une ceinture de cuir cloutée d'acier. Il sentait la présence silencieuse de chaque muscle s'accordant avec tous les autres pour instaurer une statue de houleux silence. Deux policiers l'encadraient, invisibles, triomphants et amicaux, pleins de tendresse et de cruauté pour leur proie. Querelle marcha encore quelques mètres dans le brouillard et le bruissement des herbes. Il cherchait un endroit tranquille, aussi retiré qu'une cellule, assez seul et solennel pour devenir un lieu de jugement.

— Pourvu qu'on m'retrouve pas à la trace, pensa-t-il.

Il regretta de n'avoir pas, marchant à reculons, redressé les herbes qu'il écrasait. Mais il s'aperçut vite de l'absurdité de sa crainte en même temps qu'il espérait que son pas serait assez léger pour que chaque tige d'herbe intelligemment, se relève d'elle-même. Enfin on ne retrouverait le corps que tard, vers le matin. Il faut attendre les ouvriers qui vont au travail : ce sont eux qui découvrent les crimes abandonnés sur les routes. Le brouillard ne le gênait pas. Il eut conscience de l'odeur marécageuse. Les bras étendus de la pestilence se refermèrent sur lui. Querelle avançait toujours. Une seconde encore il craignit qu'un couple d'amoureux ne fût descendu parmi les arbres, mais la chose était peu probable en cette saison. Les branches, l'herbe étaient humides, et l'espace tendu de fils de la Vierge chargés de goutelettes qui mouillaient en passant le visage de Querelle. Pendant quelques secondes, aux yeux émerveillés de l'assassin, la forêt fut admirable de douceur, enchevêtrée de lianes dorées par un soleil mystérieux dans un air obscur et clair, d'un bleu immensément lointain, dont le ventre élaborait la lumière de tous les réveils. Enfin Querelle se trouva auprès d'un arbre au tronc énorme. Il l'approcha, le contourna prudemment puis il s'y accota, tournant le dos à l'endroit du meurtre où veillait un cadavre. Il enleva son béret et le tint comme nous l'avons dit. Au-dessus de lui, il devina le merveilleux désordre des branches noires et fines déchirant le brouillard et le retenant captif. Du fond de lui-même montait déjà jusqu'à sa claire conscience le détail précieux de l'acte d'accusation. Dans le silence d'une chambre surchauffée, bondée d'yeux et d'oreilles, de bouches fumantes, Querelle entendit nettement la voix banale et creuse, et d'autant plus vengeresse, du Président :

— «Vous avez égorgé votre complice. Les raisons de ce meurtre sont trop claires... (Ici la voix du Président et le Président lui-même devinrent confus. Querelle se refusait à voir ces raisons, à vouloir essayer de les démêler, de les trouver au fond de lui. Il relâcha un peu l'attention qu'il portait au procès. Il se colla davantage à l'arbre. Toute la magnificence de cette cérémonie lui apparut quand il vit en lui-même se dresser le ministère public.)

— « Nous réclamons la tête de cet homme ! Le sang appelle le sang ! »

Querelle était dans le box. Collé à l'arbre il tirait encore de lui d'autres détails de ce procès où l'on jouait sa tête. Il était bien. Entremêlant au-dessus de lui ses branches, l'arbre le protégeait. De loin en loin Querelle entendait les grenouilles appeler, mais en général tout était si calme, qu'à son angoisse en face du tribunal s'ajouta son angoisse de la solitude et du silence. Le point de départ étant le crime (silence total, silence jusqu'à la mort voulu par Querelle) on avait tendu autour de lui (mieux, issu de lui étant la continuité ténue et immatérielle du mort) ce filet de silence dont il était captif. Avec plus d'intensité il se réfugia dans sa vision. Il la précisa. Il était là et il n'y était pas. Il assistait enfin à la projection du coupable dans la Salle des Assises. Il la suivait et la commandait. Parfois cette longue rêverie active était traversée d'une pensée pratique et limpide : « Est-ce que j'ai pas des taches sur moi? », ou : « Si on passe dans l'chemin... » mais un sourire très léger naissait sur ses lèvres et chassait la peur. Pourtant il ne faut pas se fier trop à la sécurité du sourire, à son pouvoir de dissiper les ténèbres : le sourire peut amener la peur, sur vos dents d'abord, dénudées par les lèvres, et donner naissance à un monstre dont la gueule aura la forme exacte du sourire sur votre bo 'che, puis le monstre se développer en vous, vous revêtir et vous habiter, enfin être d'autant plus dangereux qu'il sera un fantôme né d'un sourire dans l'obscurité. Querelle souriait à peine. L'arbre et la brume le protégeaient contre la nuit et la vengeance. Il revint à l'audience. Souverain, au pied de cet arbre il commandait à son double imaginaire des attitudes de peur, de révolte, de confiance et d'effroi, des tremblements, des pâleurs. Des souvenirs de lectures l'aidaient. Il éprouva le besoin d'un incident d'audience. Son avocat se leva. Querelle voulut perdre un instant conscience, se réfugier dans le bourdonnement de ses oreilles. Il fallait retarder le dénouement du procès. Enfin la Cour rentra. Querelle se sentit pâlir.

— La Cour vous condamne à la peine capitale.

Tout disparut autour de lui. Lui-même et les arbres rapetissèrent et il eut l'étonnement de se savoir pâle et débile en face de sa nouvelle aventure, le même étonnement que nous-même quand nous apprenons que Weidmann n'était pas un géant dont le front dépasse les plus hautes branches des cèdres, mais un jeune homme timide, au teint blême, un peu cireux, d'un mètre soixante-dix, entre les policiers puissants. Querelle n'eut plus alors conscience que de son terrible malheur qui lui certifiait d'être en vie, puis du bourdonnement de ses oreilles. Enfin, sa façon simple de considérer ce malheur est comparable à l'attitude qu'il eut un jour en face de la mort : les fossoyeurs ayant exhumé le corps de sa mère afin de l'enterrer dans un autre quartier du cimetière, Querelle arrivé trop tôt le matin, se trouva seul en face du cercueil que les ouvriers avaient sorti du trou. L'herbe était mouillée, la terre grasse et le froid assez vif. Querelle entendit un oiseau chanter. Il s'assit sur le cercueil où sa mère pourrissait. L'odeur sortait des planches disjointes sans l'incommoder. Elle se mêlait naturellement à l'odeur de l'herbe, de la terre remuée, des fleurs mouillées. L'enfant considéra un instant ce phénomène si noble qu'est la décomposition d'un corps adoré : c'est un malheur qui va de soi et rentre dans l'ordre du monde.

Il frissonna. Il avait un peu froid aux épaules, aux cuisses et aux pieds. Il était debout au pied de l'arbre, le bâchi à la main, le paquet d'opium sous le bras, protégé par l'uniforme de drap épais et le col rigide du caban. Il mit son béret. D'une façon très indistincte il sentit que tout n'était pas fini. Il lui restait à accomplir la dernière formalité : son exécution.

— « Faut que j'm'exécute, quoi » !

Nous disons sentir comme un assassin célèbre, un peu après son arrestation que rien apparemment ne laissait prévoir, dira au juge : « Je me sentais sur le point d'être pris »... Querelle secoua, marcha un peu, droit devant lui, et s'aidant des mains il remonta sur le talus où l'herbe chantait. Quelques branches frôlèrent ses joues et ses mains : c'est alors qu'il éprouva une profonde tristesse, la nostalgie de caresses maternelles car ces branches épineuses étaient douces, veloutées, le brouillard s'étant posé sur elles, elles lui rappelaient la douce lumière d'un sein de femme. Quelques secondes plus tard il était dans le petit sentier, puis sur la route, et il rentrait en ville par une autre porte que celle par où il était sorti avec le marin. A côté de lui quelque chose manquait.

— C'est marrant d'être tout seul.

Il souriait à peine. Il abandonnait derrière lui, dans le brouillard et sur l'herbe un étrange objet, un petit tas de calme et de nuit émanant d'une aube invisible et douce, un objet sacré ou maudit qui attendait au pied des murailles le droit d'entrer dans la ville après expiation, après le stage imposé pour la purification et l'humilité. Le cadavre devait avoir ce visage fade qu'il connaissait, où toutes les rides sont effacées. D'un pas long et souple, selon cette démarche désinvolte un peu balancée qui, dès qu'on le voyait, faisait dire de lui : « C'est un gars qui s'en balance », l'âme en repos, Querelle se dirigea vers « La Féria »

Cette aventure, nous l'avons voulu présenter au ralenti. Notre but n'étant pas de causer au lecteur une impression d'effroi, mais de faire pour ce meurtre ce qu'obtient quelquefois le dessin animé. C'est du reste ce dernier procédé que nous aimerions employer pour montrer les déformations étonnantes de la musculature et de l'âme de notre héros. Toutefois, afin de ne point trop agacer le lecteur, et certain qu'il complètera par son propre malaise, le contradictoire, le retors cheminement de l'idée de meurtre en nous-mêmes, nous nous sommes refusé beaucoup. Il est facile de faire le meurtrier visiter par l'image de son frère. De le faire tuer par son propre frère. De lui faire tuer ou condamner son frère. Les thèmes sont nombreux sur lesquels on pourra broder une broderie écœurante. Nous n'insisterons pas non plus sur les désirs secrets et obscènes de celui qui va mourir. De Vic ou de Querelle, on aura le choix. Nous abandonnons le lecteur dans ce désordre d'entrailles. Sachons toutefois ceci : Querelle après son premier meurtre connut ce sentiment d'être mort, c'est-à-dire de vivre dans une région profonde -- plus exactement, du fond d'un cercueil, errant autour d'une tombe banale d'un banal cimetière, et d'y penser la vie quotidienne des vivants, qui lui apparaissaient curieusement insensés puisqu'il n'était plus leur prétexte, leur centre, leur cœur généreux. Sa forme humaine — ce que l'on appelle l'enveloppe charnelle — continuait cependant à s'activer à la surface de la terre, parmi les hommes insensés. Querelle alors commandait un autre meurtre. Aucun acte n'étant parfait dans ce sens qu'un alibi peut nous en rendre irresponsables, comme lorsqu'il commettait un vol, à chaque crime Querelle apercevait un détail qui, à ses yeux seuls, devenait une erreur capable de le perdre. De vivre au milieu de ses erreurs lui donnait encore une impression de légèreté, d'instabilité cruelle, car il semblait voleter de roseau ployant en roseau ployant.

Dès les premières lumières de la ville Querelle avait déjà repris son sourire habituel. Quand il entra dans la grande salle du bordel, il n'était plus qu'un mataf costaud, au regard clair, et qui tirait une bordée. Il hésita quelques secondes au milieu de la musique, mais déjà une femme s'approchait de lui. Elle était grande et blonde, très maigre ; elle portait une robe de tulle noir serrée à la hauteur du con — et le cachant afin de l'évoquer mieux — par un triangle de fourrure noire à longs poils, du lapin sans doute, rapée, presque pelée par endroit. Querelle, d'une main légère, caressa la fourrure en regardant la fille dans les yeux, mais il refusa de monter avec elle.

Après qu'il eût remis à Nono son colis d'opium et qu'il eût reçu les cinq mille francs, Querelle comprit que l'instant était venu qu'il « s'exécute ».

Cette exécution serait capitale. Si un enchaînement logique des faits n'eût conduit Querelle à « La Féria », nul doute que l'assassin n'eût agencé mystérieusement, en secret de soi-même, un autre rite sacrificiel. Il souriait encore en regardant la nuque épaisse du tôlier courbé sur le divan pour examiner l'opium. Il regardait ses oreilles légèrement décollées, son crâne chauve et luisant, la voûte puissante de son corps et quand Norbert se redressa il mit en face de Querelle un visage osseux et charnu, aux mâchoires solides, au nez écrasé. Tout en cet homme de quarante ans passés donnait une impression de brutale vigueur. A partir de cette tête on construisait un corps de lutteur, velu, tatoué peut-être, à coup sûr odorant. « Ce serait une exécution capitale ».

— Dis donc. Qu'est-ce qui te plaît ? Pourquoi qu't'as envie d'la patronne ? Explique-toi.

Querelle quitta son sourire afin de pouvoir paraître sourire précisément à cette question et d'envelopper la réponse dans un sourire qu'elle seule pouvait provoquer et que le sourire seul réussirait à rendre inoffensive. Il éclata donc de rire en disant avec un mouvement désinvolte de la tête, et de façon que sa voix frappât n'importe quoi plutôt que le visage de Nono.

— Pass' qu'elle me plaît.

Dès cet instant tous les détails du visage de Querelle enchantèrent Norbert. Ce n'était pas la première fois qu'un gars bien baraqué demandait la patronne afin de coucher avec le tôlier. Une chose l'intriguait, savoir qui enfilerait l'autre.

— Ça va.

D'une poche de son veston il sortit un dé.

— Tu fais ? Je fais ?

— Vas-y.

Norbert s'accroupit et joua sur le sol. Il sortit un cinq. Querellle prit le dé. Il était sûr de son habileté. L'œil très exercé de Nono remarqua que Querelle allait tricher, mais avant que d'avoir pu intervenir, le chiffre deux était prononcé, presque victorieusement crié par le matelot. Un instant Norbert demeura indécis. S'agissait-il d'un blagueur? Ou... D'abord il avait pensé que Querelle voulait s'envoyer la maîtresse de son frère. Cette fraude prouvait que non. Et le gars n'avait pas non plus l'air d'un pédé. Inquiet pourtant de la sollicitude que cette proie apportait à se perdre, il haussa légèrement une épaule en se relevant et ricana. Querelle se releva aussi. Il regarda autour de lui, amusé, souriant, encore qu'il éprouvât la sensation intérieure de marcher au supplice. Il marchait avec dans l'âme le désespoir, mais aussi la certitude intime, inexprimée que cette exécution était nécessaire à sa vie. En quoi serait-il transformé? Un enculé. Il le pensa avec terreur. En quoi est-ce, un enculé? De quelle pâte est-ce fait? Quel éclairage particulier vous signale? Quel monstre nouveau devient-on et quel sentiment de cette monstruosité? On est « cela » quand on se livre à la police. La beauté du flic avait tout arrangé. On dit parfois qu'un mince événement transforme la vie, celui-ci aurait cette importance.

« On va pas s'embrasser, » pensa-t-il. Et ceci encore : « Moi j'tends mon cul, c'est tout. » Cette dernière expression en lui provoqua la même résonance que celle-ci : « J'tends ma tronche ».

Quel corps nouveau serait le sien ? A son désespoir s'ajoutait pourtant la soulageante certitude que cette exécution le laverait du meurtre auquel il songeait comme à un corps mal digéré. Enfin il devait payer cette fête, cette solennité qu'est la mise à mort. Toute mise à mort est une souillure : d'où se laver. Et se laver si bien que rien de soi ne reste. Et renaître. Pour renaître, mourir. Après il ne craindrait personne. Sans doute la police pourrait-elle encore s'emparer de lui, lui couper le cou : il devrait donc prendre des précautions, ne pas se trahir, mais en face du tribunal fantastique qui s'érigeait en lui-même, Querelle n'aurait plus à répondre de rien puisque celui qui avait commis le meurtre était mort. Le cadavre abandonné franchirait-il les portes de la ville? Querelle entendait cet objet rigide et long enveloppé toujours dans son étroit manteau de brume, se plaindre, murmurer une exquise mélodie. Le cadavre de Vic se lamentait. Il voulait les honneurs des funérailles et la sépulture. Norbert tourna la clé qui resta sur la porte. C'était une grosse clé brillante, reflétée dans la glace où la porte était découpée.

— Déculotte-toi.

Le tôlier parlait avec indifférence. Il ouvrait sa braguette. Déjà il n'avait plus d'égards pour un gars qui truquait le sort afin de sûrement se faire enfiler. Querelle resta debout, immobile au milieu du salon sur ses jambes écartées. Les femmes ne le troublaient pas. Quelquefois, la nuit, dans son hamac, sa main machinalement contenait son sexe, le caressait et terminait une masturbation discrète. Il n'évoquait alors rien de précis. La dureté dans sa main de la verge suffisait à l'émouvoir et quand arrivait le spasme, sa bouche se tordait si fort que son visage lui faisait mal et qu'il n'était pas sûr de ne pas demeurer ainsi, la bouche tordue. Il regarda Nono se déboutonner. Il y eut un instant de silence pendant lequel les yeux de Querelle s'attachèrent aux doigts du patron forçant péniblement un bouton à sortir de sa boutonnière.

— Alors, tu t'décides ?

Querelle sourit. Machinalement il commença à déboutonner le pont de son pantalon de marin. Il dit :

— Tu vas y aller mollo, hein? I' paraît qu'ça fait pas du bien.

— Oh ça va, c'est pas la première fois qu'tu t'fais fourrer.

La voix de Norbert était sèche, presque méchante. Un moment de colère raidit tout entier le corps de Querelle qui devint extrêmement beau, sa tête droite, ses épaules immobiles et tendues, ses fesses plus petites, ses hanches étroites (écartelées par la position des jambes haussant la croupe) mais d'une exiguïté qui augmentait cette impression de cruauté. Le pont déboutonné retombait sur ses cuisses comme un petit tablier d'enfant. Ses yeux brillèrent. Son visage et même ses cheveux devinrent luisants de haine.

— Eh bien, mon pote, moi j'te dis qu'c'est la première fois. Faut pas essayer de m'chambrer.

La violence soudaine de cette colère fouetta Norbert. Ses muscles de lutteur recueillis, prêts à la détente, il dit avec la même dureté :

— Dis, m'le fais pas à l'influence. Pass'qu'avec moi ça va jamais bien. Tu m'prends pas pour un miraud, non? J't'ai vu. T'as triché.

Et, à la force contenue dans sa masse ajoutant la force de sa colère de s'être vu défier, il s'approcha de Querelle jusqu'à le toucher de tout son corps, du front aux genoux. Querelle ne recula pas. D'une voix plus profonde encore, Norbert ajouta séchement :

— Et puis c'est assez comme ça. Tu crois pas? C'est pas moi qui t'a demandé de t'faire mette. Fous-toi en position.

C'était un ordre comme jamais Querelle n'en avait reçu. Il n'émanait pas d'une autorité reconnue, conventionnelle et hors de lui, mais d'un impératif issu de lui-même. C'étaient sa force et sa vitalité qui commandaient à Querelle de se courber. Il avait envie de cogner. Les muscles de son corps, de ses bras, de ses cuisses, de ses mollets étaient aux aguets, bandés, serrés, hissés, dressés sur la pointe des pieds. Presque contre les dents de Norbert, dans son souffle même, Querelle prononça simplement :

— Tu t'trompes. J'avais envie d'ta femme.

— Musique.

Essayant de le faire pivoter, Norbert le prit par les épaules. Querelle essaya de le repousser, mais son pantalon déboutonné glissa un peu. Pour le retenir il écarta davantage les jambes. Les deux hommes se regardèrent. Le matelot savait qu'il serait le plus fort, malgré même la carrure athlétique de Norbert. Néanmoins, il releva son pantalon et recula un peu. Les muscles de son visage se décontractèrent. Il haussa les sourcils et plissa le front en faisant avec la tête un léger mouvement de résignation.

— Bon.

Les deux hommes dressés face à face s'assouplirent et simultanément portèrent leurs deux mains derrière eux. Ce double geste, si parfaitement accordé, les étonna l'un et l'autre. Il y avait là un élément d'entente. Querelle sourit délicieusement.

— T'as été mataf.

Norbert renifla et répondit avec humeur, d'une voix encore bouleversée par la rage :

— Zéphir.

Maintenant Querelle reconnaissait la qualité exceptionnelle de la voix du tôlier. Elle était solide. C'était à la fois une colonne de marbre qui lui sortait par la bouche, le soutenait, et sur laquelle il s'appuyait.

C'est par elle surtout que Querelle fut soumis.

— Hein?

— Zéphir. Bataillonnaire, si t'aimes mieux.

Leurs mains défirent la ceinture et le ceinturon que les matelots, pour des raisons pratiques, bouclent derrière le dos, — afin, par exemple, d'éviter un bourrelet sur le ventre quand la veste est collante. Ainsi, certaines catégories d'aventuriers, sans autre motif que le rappel de leur temps dans la Marine ou leur soumission aux prestiges de l'uniforme des marins, ont conservé ou adopté cette manie. Un peu de douceur amollit Querelle. Le tôlier étant de la même famille que lui, de la même famille aux lignées profondes nées dans les mêmes terres ténébreuses et parfumées, cette scène serait quelque chose comme une de ces aventures si banales sous les guitounes des Bat' d'Af' et dont on ne parle plus si l'on se rencontre dans le civil. Enfin tout était dit. Querelle devait s'exécuter. Il se résigna.

— Fous-toi su' l'lit.

Comme le vent sur la mer, la colère était tombée. La voix de Norbert était plate. Au moment qu'il avait dit « Bon », Querelle avait senti sa queue bander. Maintenant il avait complètement retiré des passants le ceinturon de cuir qu'il conserva à la main. Son pantalon glissant sur ses mollets laissait nus ses genoux et faisait sur le tapis rouge une sorte de mare épaisse où les pieds s'embourbaient.

— Allez. Tourne-toi. Ça va aller vite.

Querelle se retourna. Il n'avait pu voir la queue de Norbert. Il se courba appuyant ses poings — l'un étant fermé sur le ceinturon — sur le bord du divan. Débraillé, debout en face des fesses de Querelle, Norbert était seul. D'un doigt tranquille et léger, il libéra sa queue du caleçon court et un instant il la tint, lourde et dressée, à pleine main. Il vit son image dans la glace en face de lui et il la devina vingt fois répétée dans cette pièce. Il était fort. Il était le maître. Dans le salon, le silence était total. Norbert dégagea ses couilles et une seconde laissa libre sa queue de frapper son ventre, puis, en avançant calmement, il posa la main dessus comme s'il se fût appuyé à une branche flexible, — et il lui semblait s'appuyer sur soi-même. Querelle attendait, la tête baissée et congestionnée; Norbert vit les fesses du matelot : elles étaient petites et dures, rondes, sèches, et couvertes d'une épaisse toison brune qui se continuait sur les cuisses et — mais plus clair-semée encore — vers le haut jusqu'à la cambrure du dos où le maillot rayé dépassait un peu sous la vareuse relevée. L'ombre de certains dessins représentant des cuisses de femmes s'obtient à l'aide de traits incurvés, à la façon des cercles de différentes couleurs des bas d'autrefois : c'est ainsi que j'aimerais que l'on se représentât la partie dénudée des cuisses de Querelle. Ce qui en fait l'indécence c'est de pouvoir être reproduites selon ce procédé de traits incurvés qui en précisent la rondeur volumineuse avec le grain de la peau et le gris un peu sale des poils bouclés. La monstruosité des amours masculines est contenue dans la découverte de cette partie du corps et son encadrement de veste et de pantalons retroussés. Avec ses doigts, habilement, Norbert enduisit de salive sa queue.

— C'est comme ça qu'tu m'plais.

Querelle ne répondit pas. L'odeur de l'opium posé sur le lit l'écœurait. Et déjà la verge faisait son œuvre. A sa mémoire se rappela le souvenir de l'Arménien qu'il avait étranglé à Beyrouth, sa douceur, sa gentillesse d'orvet ou d'oiseau. Querelle se demanda si lui-même devait essayer de plaire à l'exécuteur par des caresses. N'étant pas sensible au ridicule, il eût accepté d'avoir la douceur du pédé assassiné.

— « C'est quand même ce zigue qui m'a collé les plus jolis blazes (noms) de ma vie. Et qu'a été l'plus doux, » pensa-t-il.

Mais quels gestes faire de douceur? Quelles caresses? Ses muscles de fer ne savaient pas de quel côté fléchir pour obtenir une courbe. Norbert l'écrasa. Il pénétra tranquillement, jusqu'à la base de la verge, jusqu'à ce que son ventre touchât les fesses de Querelle qu'il amenait contre soi de ses deux mains soudain effroyables et puissantes, passées sous le ventre du marin dont la queue, cessant d'être écrasée sur le velours du lit, se redressa, battit la peau du ventre auquel elle était enracinée et les doigts de Norbert indifférent à ce contact. Querelle bandait comme bande un pendu. Doucement, Norbert fit quelques mouvements appropriés. La chaleur de l'intérieur de Querelle le surprenait. Il s'enfonça davantage avec beaucoup de précaution, afin de mieux sentir son bonheur et sa force. Querelle s'étonnait de si peu souffrir.

— « I' m'fait pas mal. Y a pas à dire, i' sait y tâter. »

Il sentait venir en lui et s'y établir, une nouvelle *nature*, il savait exquisement que se produisait une altération qui faisait de lui un enculé.

— « Qu'est-ce qu'i' va dire après ? Pourvu qu'i' cause pas, » pensa-t-il.

Ses pieds ayant glissé, son ventre s'écrasait à nouveau sur le bord du divan. Il essaya de relever un peu le menton, de sortir son visage enfoui dans le velours noir, mais l'odeur de l'opium l'assommait. Vaguement il était reconnaissant à Norbert de le protéger en le couvrant. Une légère tendresse lui venait pour son bourreau. Il tourna un peu la tête, espérant pourtant, malgré son anxiété, que Norbert l'embrasserait sur la bouche, mais il ne put réussir à voir le visage du patron, qui, n'éprouvant aucune tendresse à son égard, n'imaginait même pas qu'un homme en embrassât un autre. Silencieusement, la bouche entr'ouverte, Norbert besognait comme à une œuvre importante et grave. Il serrait Querelle avec la même passion apparente qu'une femelle d'animal tient le cadavre de son petit, — attitude par quoi nous comprenons ce qu'est l'amour : conscience de la séparation d'un seul, conscience d'être divisé, et que votre vous-même vous contemple. Les deux hommes n'entendaient que leurs deux souffles. Querelle aurait beau pleurer sur la dépouille qu'il abandonnait — où ? au pied des murailles de la ville de Brest ? — ses yeux ouverts dans un des plis creux du velours restèrent secs. Il tendit les fesses en arrière.

— C'est maintenant que je vais y passer.

Se redressant légèrement sur les poignets, il tendit encore plus énergiquement les fesses — au point presque de soulever Norbert — mais celui-ci mit toute sa vigueur à l'écraser et soudain, en tirant à lui le matelot qu'il venait d'empoigner sous les épaules, il donna une secousse terrible, une seconde, une troisième, jusqu'à six qui s'espacèrent en s'atténuant dans un total affaissement. Au premier coup qui si fort le tuait, Querelle geignit doucement d'abord, puis plus fort, jusqu'à râler sans pudeur. L'expression si vive de son bonheur prouvait à Norbert que le matelot n'était pas un homme dans ce sens qu'il ne connaissait pas, à l'instant de la jouissance, la retenue, la pudeur du mâle. L'assassin éprouva une grande inquiétude, à peine formulée :

— « Est-ce que c'est une vraie donneuse ? » pensa-t-il. Mais aussitôt il se sentit terrassé par toutes les forces de Police de France : sans toutefois y réussir définitivement, le visage de Mario essayait de se substituer à celui de l'homme qui l'écrasait. Querelle déchargea dans le velours. Un peu plus haut, il enfonça mollement sa tête aux boucles noires étrangement défaites, déliées, mortes comme l'herbe d'une motte déterrée. Norbert ne bougeait plus. Sa mâchoire s'ouvrait, se desserrait, relâchant un peu la nuque herbeuse qu'au moment du spasme il avait mordue. Enfin la masse énorme du tôlier, avec d'infinies délicatesses, se retira de Querelle. Il se redressa. Il n'avait pas lâché son ceinturon.

« Fais pas le novice, Robert, je les ai enculés. Je me suis emmerdé la bitte, si t'aimes mieux. Tous. Tous tant qu'i' sont, excepté toi. Toi j'ai pas voulu, tu comprends. Alors je peux dire que ma femme elle a couché avec des emmanchés. Sauf toi. Je sais pas pourquoi. Remarque que je veux pas dire que t'aurais pas marché, mais c'est pas parce que j'ai eu les jetons. Pasque les autres i' z'étaient aussi carrés que toi — soit dit sans te vexer — et que je suis pas un de ceux qui se déballonnent. Seulement non. Je t'ai même rien proposé. Ça m'intéressait pas. Remarque que la patronne elle en sait rien. J'ai jamais dit. C'est pas la peine. Je m'en branle. Seulement moi, ce qui y a de sûr c'est que je peux dire que c'étaient des enculés. Sauf toi, forcément. »

Si ce n'était Robert, du moins lui, le cocu, venait-il de baiser un gars qui portait, et très haut, son visage, son beau visage de gosse adoré des femmes. Nono sentait sa force ; d'un mot, il pouvait anéantir la paix des deux frères. Cependant cette idée, à peine aventurée, était déjà détruite par la certitude que le docker et le matelot tireraient de leur ressemblance, de leur double amour, assez de force pour conserver leur admirable indifférence, puisqu'ils ne voyaient qu'eux-mêmes où qu'ils fussent, tant leur double beauté mutuellement s'attirait.

Sa féminité quelquefois s'exhalait de lui par un geste trop délicat par exemple dans cette grâce précise à défaire l'ameçon de sa ligne de la chevelure d'un saule. Mais sa puissance écrasait Querelle par le craquement de ses souliers sur le sol. Le poids de son corps les faisait bruire selon un rythme lourd et large cependant qu'on ne pouvait, à cause du bruit même, et de ce rythme, supposer qu'il n'écrasait sous chaque pied tout un ciel nocturne et des étoiles.

La découverte du marin assassiné ne provoqua aucune panique, aucun étonnement même. Les crimes sont à Brest aussi rares qu'ailleurs, mais par le fait du brouillard, de la pluie, du ciel épais et bas, de la grisaille du granit, du souvenir des galériens, de la présence à deux pas de la ville, mais hors des murs — et par cela plus émouvante encore — de la prison du Bougen, par le fait de l'ancien bagne, du fil invisible mais solide qui relie les anciens marins, amiraux, matelots et pêcheurs aux régions tropicales, l'atmosphère y est telle, lourde et cependant radieuse, qu'elle nous paraît non seulement favorable mais encore essentielle à l'éclosion d'un meurtre. L'éclosion est le mot juste. Il nous semble évident qu'un couteau déchirant à n'importe quel endroit le brouillard, qu'une balle de revolver le trouant fissent, à hauteur d'homme, crever une outre et couler du sang le long des parois et à l'intérieur de ce mur vaporeux. Où qu'on le frappe, le brouillard se blesse et s'étoile de sang. Où qu'on avance la main (déjà si loin de votre corps qu'elle n'est plus la vôtre) invisible, solitaire et anonyme, que le dos des phalanges frôlera — ou qu'empoigneront solidement les doigts — la queue forte et vibrante, nue, chaude, toute préparée, défaite de ses linges, d'un docker ou d'un matelot qui attend, brûlant, et glacé, transparent et debout, pour projeter dans l'épaisseur du brouillard un jet de foutre (Ces humeurs bouleversantes : le sang, le sperme et les larmes !) Le vôtre est si près d'un visage invisible que vous sentez le rouge de son émoi. Tous les visages sont beaux, adoucis, purifiés par l'imprécision, veloutés par d'imperceptibles gouttelettes posées délicatement sur les joues et les oreilles, mais les corps s'épaississent, s'alourdissent et deviennent d'une force extraordinaires. Sous les pantalons de toile bleue (ajoutons pour notre émotion, que les dockers portent encore le pantalon de toile rouge semblable, quant à la couleur, au caleçon des galériens) rapiécés et ténus, les dockers et les ouvriers du port généralement en passent un autre qui donne au premier la lourdeur du vêtement des statues — et vous serez peut-être davantage troublés de savoir que la verge heurtée par votre main a réussi à franchir tant d'étoffe, qu'il fallut tant de soins des doigts épais et sales pour défaire ces deux rangs de boutonnières et préparer votre joie — et ce double vêtement épaissit la base de l'homme. S'y ajoute encore l'imprécision due au brouillard.

On ramena le corps à la morgue de l'hôpital de la Marine. L'autopsie n'apprit rien. Il fut enterré deux jours après. Le Préfet Maritime — Amiral de D... du M... — donna l'ordre à la police judiciaire de mener une enquête sérieuse et secrète dont il serait chaque jour informé. Il craignait qu'un scandale n'éclaboussât toute la Marine. Avec des lampes, les inspecteurs fouillèrent les ronces, les fourrés, l'herbe des fossés. Ils cherchèrent minutieusement sous chaque tas d'ordure. Ils passèrent à proximité de l'arbre où Querelle avait procédé à sa propre condamnation. Ils ne découvrirent rien : ni couteau, ni trace de pas, ni lambeaux de veste, ni cheveux blonds. Rien d'autre que, dans l'herbe du chemin, à côté du mort, le briquet banal tendu par Querelle au jeune marin. Les policiers n'osaient dire si cet objet appartenait à l'assassin ou à l'assassiné. L'enquête menée à ce propos sur le « Vengeur » n'apprit rien. Or ce briquet Querelle l'avait, la veille du crime, ramassé presque machinalement parmi les bouteilles et les verres, sur la table où chantait Gil Turko, à qui il appartenait. Théo le lui avait donné.

Le crime ayant été commis dans les bosquets des remparts, la police songea qu'un pederaste en etait peut-être l'auteur. Quand on sait avec quelle horreur la société écarte d'elle toute idée qui la rapproche de l'idée de pédérastie, il faudrait s'étonner que la police acceptât si facilement d'y recourir. Or si, un crime accompli, la police propose d'abord ouvertement ce mobile : intérêt d'argent ou drame passionnel, quand l'un des acteurs est ou fut un matelot, tout simplement elle songe : perversion sexuelle. Elle s'empare de cette idée avec une précipitation presque douloureuse. A la société la police est ce qu'est le rêve à l'activité quotidienne ; ce qu'elle s'interdit à soi-même, dès qu'elle le peut, la société polie autorise la police à l'évoquer. De là peut-être vient le sentiment de dégoût et d'attirance mêlés qu'on a à son égard. Chargée de drainer les rêves, la police les retient dans ses filtres. Ainsi expliquerons-nous que les policiers ressemblent tant à ceux qu'ils chassent. Car il serait faux de croire que c'est pour mieux le tromper, le dépister et le vaincre, que les inspecteurs se confondent si bien avec leur gibier. En examinant attentivement le comportement intime de Mario, nous y trouverons d'abord sa fréquentation de bordel et son amitié avec le patron. Sans doute trouve-t-il en Norbert un indicateur qui est en quelque sorte un trait d'union entre la société avouable et une activité suspecte, mais encore il prend — s'il ne les avait, avec une étonnante facilité, les manières et l'argot des voyous — manières et langage qu'il exagère dans le danger. Enfin, sa volonté d'aimer d'une façon coupable Dédé nous est une indication : cet amour l'écarte de la police où l'on doit être d'une parfaite pureté. (Ces propositions sont apparemment des contradictions. Nous verrons comment celles-ci se résolvent dans les faits.) Gorgée de besognes dont nous refusons l'aveu, la police est maudite, et davantage la police secrète qui au centre (et protégée par eux) des uniformes bleus sombres des flics nous apparaît avec la delicatesse des poux translucides, petits joyaux fragiles, facilement écrasés par l'ongle, et dont le corps est bleu, de s'être nourri du bleu sombre d'un jersey. Cette malédiction lui offre de se livrer furieusement à ces besognes. Dès qu'elle en a l'occasion, la police se rue sur l'idée de pédérastie dont heureusement elle ne peut débrouiller le mystère. Confusément les inspecteurs comprirent que le meurtre d'un matelot près des remparts n'était pas dans l'ordre : on aurait dû découvrir une « tante » assassinée, abandonnée sur l'herbe et dépouillée de son argent et de ses bijoux. A sa place, on trouvait son assassin logique avec, dans ses poches, son argent. Cette anomalie, sans doute, troublait un peu les policiers, dérangeait le déroulement de leur pensée, sans pourtant les gêner trop. Mario n'avait pas été chargé particulièrement de l'enquête. Il y prit d'abord une faible part, s'y intéressant à peine, le danger qu'il courait du fait de la libération de Tony le préoccupait davantage. Mais se fût-il intéressé au crime que, ni plus ni moins qu'un autre, il n'eût pu l'expliquer par un drame d'invertis. En effet, Mario, ni aucun des héros de ce livre (sauf le lieutenant Seblon, mais Seblon n'est pas *dans* le livre) n'est pédéraste, et, pour lui, il y a : ceux qui se font mettre et qui payent et sont des tantes, et les autres. Soudain, Mario s'empara de l'enquête. Il voulut défier le complot qu'il supposait étroitement organisé, serré, prêt à l'étouffer. Dédé était rentré sans rien savoir de précis, néanmoins Mario était sûr de ce qu'il risquait : il sortit davantage, s'exposant avec l'idée folle, qu'à force de vitesse et d'agilité, il dépisterait la mort, et que, même tué, la mort ne ferait que le traverser. Sa bravoure était d'éblouir le péril. Toutefois, secrètement, il se réservait de pactiser avec l'ennemi selon un procédé que nous dévoilerons en son heure : Mario n'attendait que l'occasion. Par là également il se montrera brave. Les policiers cherchèrent parmi les tantes connues. A Brest, il en est peu. Encore qu'un grand port de guerre, Brest demeure une petite ville de province. Les pédérastes avoués — avoués à eux-mêmes — s'y cachent admirablement. Ce sont de paisibles bourgeois à l'apparence irréprochable si les démange tout le long du jour peut-être le désir timide d'une bitte. Aucun flic ne pouvait supposer que le meurtre découvert près des remparts était le dénouement violent et inévitable — quant au moment et au lieu — d'amours qui se développaient sur un solide et loyal navire de guerre. Sans doute la police connaît la renommée mondiale de « La Féria », mais la réputation du patron semble inattaquable : on ne connaît pas de clients, dockers ou autres, qui l'aient baisé ni que lui-même ait baisé. Cette renommée est davantage une légende. Mais Mario n'en tiendra compte que plus tard, quand Norbert lui avouera, comme en blaguant, ses rapports avec Querelle. Le lendemain de ce soir fameux quand des soutes il remonta sur le pont, Querelle était tout noir. Une épaisse mais douce poussière de charbon couvrait ses cheveux, les rendait plus rigides, pétrifiait leurs boucles, poudrait son visage, son torse nu, l'étoffe de son pantalon de toile bleue et ses pieds nus. Il traversa le pont pour venir au poste arrière.

— « Faut pas que j'me fasse trop d'bile, pensa-t-il, en marchant. En somme, c'qu'i y a à redouter, c'est la guillotine. C'est pas terrible. I' vont pas m'tuer tous les jours. »

Sa mascarade le servait. En lui-même Querelle voyait déjà — et pour la première fois songeait à en tirer parti — le trouble du lieutenant Seblon, trahi par son froncement de sourcils et la soudaine sévérité de la voix. Querelle, dans les débuts, s'y était trompé. Alors qu'il était simple matelot, il ne comprenait rien aux façons de son lieutenant qui le punissait pour un rien, recherchait minutieusement le moindre prétexte. Mais un jour, l'officier, qui passait près des machines, s'enduisit les mains de cambouis. Il se tourna vers Querelle tout proche. D'un ton soudain très humble il dit :

— Vous avez un chiffon ?

Querelle sortit de sa poche un mouchoir propre, encore plié, et le lui tendit. Le lieutenant s'essuya les mains et garda le mouchoir.

— Je vais le faire laver. Vous viendrez le chercher.

Quelques jours après, le lieutenant trouva un motif pour s'approcher de Querelle et le blesser, espérait-il. D'une voix sèche :

— Vous ne savez pas qu'il est interdit de déformer le béret ?

En même temps, il saisit le pompon rouge et décoiffa le matelot. D'avoir été cause de l'apparition au soleil d'une si belle chevelure fit presque l'officier se trahir. Son bras, son geste furent soudain de plomb. Et, la voix changée, il ajouta en tendant au marin étonné sa coiffure :

— Ça vous plaît n'est-ce pas, d'avoir l'air voyou. Vous méritez... (il hésita ne sachant s'il dirait... « tous les agenouillements, toutes les caresses de l'aile des séraphins, tous les parfums des lis... ») Vous méritez une punition. »

Querelle le regarda dans les yeux. D'une voix dont le calme était cruel, il dit simplement :

— Vous avez fini avec mon mouchoir, lieutenant ?

— Ah! c'est vrai. Venez le prendre.

Querelle suivit l'officier dans sa cabine. Celui-ci chercha le mouchoir et ne le trouva pas. Querelle attendait, debout, immobile au garde-à-vous. Alors le lieutenant Seblon prit un de ses propres mouchoirs brodé, en baptiste blanche et le tendit au matelot.

— Excusez-moi, je ne le trouve pas. Voulez-vous accepter celui-ci ?

Querelle fit de la tête un geste d'indifférence.

— Je le retrouverai certainement. Je l'ai fait laver. Je suis à peu près sûr que vous n'auriez pas su le faire vous-même. Vous n'avez pas une tête à ça.

Querelle était abasourdi par le regard dur de l'officier, accompagnant cette phrase prononcée sur un ton agressif, presque accusateur. Néanmoins, il sourit.

— C'est c'qui vous trompe, lieutenant. Moi j'sais tout faire.

— Ça m'étonnerait. Vous devez porter votre linge à une petite Syrienne de seize ans, pour qu'elle vous le rende repassé... (ici la voix du lieutenant Seblon se brisa un peu. Il comprit qu'il ne devait pas prononcer ce qu'il savait bien qu'il prononcerait pourtant car, après trois secondes de silence, il ajouta :)... repassé au petit fer.

— Ça risque pas. J'connais pas d'fille à Beyrouth. Et pour c'qui est d'laver, c'est moi qui lave mon linge.

Maintenant, sans le comprendre, Querelle discernait un affaissement pénible dans la rigidité de l'officier. Spontanément, avec le sens étonnant qu'ils ont de profiter de leurs attraits qu'on peut découvrir chez les jeunes gens les plus étrangers à la coquetterie systématique, à sa voix il accorda une inflexion un peu canaille et son corps, abandonnant sa raideur, de la nuque au mollet fut traversé — par le fait du déplacement presque insensible d'un pied porté en avant — d'une série de brèves cambrures extrêmement gracieuses qui faisait Querelle connaître l'existence de ses fesses et de ses épaules. Il fut soudain dessiné par de mouvantes lignes brisées, et par l'officier, dessiné de main de maître.

— Ah?

Le lieutenant le regarda. Querelle s'immobilisa, mais en conservant la grâce de son mouvement. Il souriait. Ses yeux brillaient.

— Alors, dans ce cas...

(Le lieutenant traînait nonchalamment sur les mots...) Alors... (et dans un souffle il dit enfin sans trop trahir son inquiétude)... alors si vous travaillez si bien que ça voulez-vous me servir d'ordonnance pendant quelque temps?

— Moi j'veux bien, lieutenant, seulement alors j'peux pus être sako.

Querelle dit cela très simplement, comme très simplement il acceptait l'idée d'être ordonnance. Sans savoir que l'amour les inspirait d'un seul coup, en bloc, toutes les tentatives de punitions et les punitions effectives qu'il devait au lieutenant se transformaient à ses yeux, perdaient leur sens premier et prenaient celui de « rapports » qui, depuis longtemps, tendaient à l'union, à l'entente — et la réalisaient — des deux hommes. Ils avaient des souvenirs. Leur accord — cet aujourd'hui — avait un passé.

— Pourquoi? Je m'arrangerai. Soyez tranquille, vous ne serez pas longtemps sans spé'.

Le lieutenant crut ne jamais avoir révélé son amour et en même temps espéra l'avoir clairement avoué. Quand il en eut compris parfaitement le sens —ce qui se produisit le lendemain même de cette scène — quand il découvrit dans un endroit où logiquement il n'aurait pas dû s'y trouver : un ancien portefeuille en crocodile, son mouchoir taché de cambouis et, rigide, lui sembla-t-il d'une autre matière encore — Querelle s'amusa de ces parties de cache-cache qu'il voyait fort bien. Aujourd'hui il était sûr que sa gueule soudainement noire, plus massive à cause de cette si légère couche de poussière, aurait une telle beauté que l'officier perdrait tout sang froid. Peut-être « se déclarerait-il ? »

— J'verrai bien. Il a p'tête pas écouté.

A l'intérieur de ce corps étonnant l'inquiétude émettait l'émoi le plus exquis. Querelle appela son étoile — qui était son sourire. L'étoile apparut. Querelle avançait sur ses pieds larges, posés bien à plat. Il balançait un peu ses hanches pourtant étroites, pour bien faire mouvoir doucement le haut du pantalon et du caleçon blanc débordant un peu celui-ci, retenus l'un et l'autre par une large ceinture de cuir tressé, bouclée par derrière. Sans doute avait-il enregistré malicieusement le regard du lieutenant s'attachant souvent sur cet endroit de son corps, encore que naturellement il connût les plus efficaces objets de sa séduction. Il les connaissait gravement. Avec un sourire parfois, avec son habituel sourire triste. Il balançait aussi un peu les épaules, mais ce mouvement, comme celui des hanches, et celui des bras, était plus discret que d'habitude, plus près de lui, plus intérieur, pourrait-on dire. Il bougeait serré. On peut écrire : Querelle déjà jouait serré. En approchant de la cabine du lieutenant, il espéra que celui-ci se serait aperçu du vol raté de la montre. Il souhaita d'être appelé pour cela

— J'm'arrangerai. J'y en foutrai plein les châsses...

Mais en portant la main à la poignée de la porte, il souhaita que d'elle-même la montre qu'en rentrant à bord, en cachette du lieutenant, Querelle avait remise à sa place dans le tiroir, se fût arrêtée — soit en se détraquant, soit que le ressort arrivât à bout de course, soit encore — il osa le penser — par le souci d'une gentillesse du destin, et même d'une gentillesse particulière de la montre déjà séduite.

— Et pis après. Si dit un mot là-dessus, j'y en fous plein les verres, au « trois-ficeloques ».

Le lieutenant l'attendait. Au premier regard, à l'espèce de caresse infinie d'un très bref coup d'œil sur son torse et son visage, Querelle comprit sa puissance : c'est de son corps que partait le rayon pénétrant par les yeux jusqu'à l'estomac de l'officier. Ce beau garçon blond, secrètement adoré, apparaissait tout à coup, nu peut-être, mais revêtu d'une grande majesté. Le charbon n'était pas assez épais qu'on ne devinât pourtant la clarté des cheveux, des sourcils et de la peau, ni le ton rosé des lèvres et des oreilles. On savait qu'ils ne s'agissait que d'un voile. Et Querelle le soulevait quelquefois avec coquetterie, avec émotion dirait-on, en soufflant sur son bras ou en dérangeant une boucle de ses cheveux.

— Vous faites bien votre travail, Querelle. Vous faites les corvées sans me prévenir. Qui vous a dit d'aller au charbon?

Le lieutenant parlait d'un ton sec. Il se défendait contre l'émotion. Ses yeux faisaient d'inutiles et douloureux efforts pour ne pas trop manifestement fixer la braguette ni les hanches de Querelle. Un jour qu'il lui avait offert un verre de Porto, Querelle ayant répondu qu'à cause d'une chaude-pisse il ne pouvait pas boire d'alcool, (Querelle mentait. Spontanément, afin d'augmenter encore le désir du lieutenant, il venait de s'inventer une maladie de mâle, de « baiseur enragé ») Seblon, dans son ignorance de ce mal, imagina sous la toile bleue le sexe ulcéré, coulant comme un cierge pascal où cinq grains d'encens sont incrustés. Il était déjà très agacé contre soi-même de ne pouvoir se détacher des bras musclés et poudreux, où des particules de charbon restaient suspendues aux poils encore dorés et bouclés. Il songea :

— « Si vraiment ce pouvait être Querelle, l'assassin de Vic ! Mais c'est impossible. Querelle est trop naturellement beau pour s'ajouter encore la beauté du crime. Que ferait-il de cet ornement ? Vic et lui n'étaient pas copains. Il faudrait donc leur inventer des rapports secrets, des rendez-vous, des étreintes, des baisers clandestins ».

Querelle lui fit la même réponse qu'au capitaine d'armes :

— Mais...

Ce regard, aussi rapide qu'il fut, Querelle le saisit. Il sourit plus largement encore et, en déplaçant son pied, il fit rouler brusquement sa hanche.

— Ça vous déplaît de vous occuper ici?

De n'avoir pu résister à employer une explication et une formule aussi humbles donna de l'humeur à l'officier qui rougit en voyant délicatement frémir les ailes noires du nez de Querelle, et bouger la jolie rigole qui joint la cloison du nez à la lèvre supérieure, de frissons plus subtils et rapides encore et paraissant la manifestation la plus délicieuse d'autant d'efforts pour retenir un sourire.

— Mais si, ça m'plaît. Mais c'était pour rend' service à un collègue. A Colas.

— Il aurait pu choisir un autre remplaçant. Vous êtes dans un bel état. Ça vous intéresse tant que ça d'aller respirer la poussière?

— Non mais... oh puis, moi, vous savez...

— Quoi? Qu'est-ce que vous voulez dire?

Querelle s'abandonna à son sourire. Il dit :

— Rien.

L'officier était pris. Alors que d'un mot il était si simple d'envoyer Querelle à la douche. Ils restèrent quelques secondes très gênés, l'un et l'autre comme en suspens. Querelle se décida.

— C'est tout c'que vous aviez à m'dire, lieutenant?

— Oui. Pourquoi?

— Pour rien.

L'officier crut discerner une légère impertinence dans la question du matelot et dans sa réponse, prononcées toujours dans le soleil d'un aveuglant sourire. La dignité lui commandait de renvoyer Querelle sur le champ, mais il ne trouvait pas la force de le faire. Si, par malheur, Querelle fût de soi-même descendu aux soutes, son amoureux l'y eût suivi. La présence dans cette cabine du matelot demi-nu l'affolait. Déjà il s'enfonçait dans l'enfer, il descendait des degrès de marbre noir, il touchait presque le fond du puits où l'annonce du meurtre de Vic l'avait précipité. Il voulait à cette aventure somptueuse engager Querelle. Il exigeait qu'il y eût son rôle. Quelle pensée secrète, quel aveu éclatant, quelle aurore pouvait-il y avoir derrière ce pantalon noirci comme un pantalon ne l'est jamais? Quel sexe ténébreux y doit pendre, la souche accrochée dans une mousse fanée? Et quelle étrange matière recouvrait tout cela? Sans doute ce n'était qu'un peu de poussière de charbon — dont on sait ce qu'elle est, de quoi elle se compose — et cette chose si simple, si banale, si bien capable d'avilir un visage et des mains, accordait à ce jeune marin blond la puissance mystérieuse d'un faune, d'une idole, d'un volcan, d'un archipel mélanésien. Il était lui-même et il ne l'était plus. Le lieutenant, debout en face de Querelle qu'il désirait et n'osait approcher, avec la main fit un geste presque imperceptible, nerveux, vite rentré. Querelle enregistrait, sans en laisser échapper une, toutes les ondes d'inquiétude des yeux fixés sur les siens, et, comme si un tel poids eût, en écrasant Querelle, de plus en plus

elargi son sourire, il souriait sous le regard et la masse du lieutenant appesanti sur lui au point qu'il se raidissait pour les supporter.
Il comprenait, cependant, la gravité de ce regard et que tout le
désespoir d'un homme, en cet instant s'y trouvait exprimé. Mais
en même temps qu'il faisait dans le vide un large mouvement
d'épaules, il pensa :

— « Pédé ! »

Il méprisa l'officier. Il souriait encore et se laissait bercer par
le mouvement dans sa tête de l'idée énorme et mal équilibrée de
« pédé ».

— « Pédé », qu'est-ce que c'est ? Pédé? C'est un pédé? »
pensait-il. Et doucement, pendant que sa bouche se refermait un
peu, la commissure des lèvres s'organisait pour un pli méprisant.
Cette phrase pensée le diluait en une vague torpeur : « Moi aussi,
j'suis un enculé ». Pensée qu'il distinguait très mal, qui ne le révoltait pas, mais dont il éprouva la tristesse quand il s'aperçut qu'il
serrait les fesses au point — lui parut-il — qu'elles ne touchaient
plus la toile du pantalon. Cette très légère, mais très désolante
pensée déclencha dans son échine une immédiate et rapide succes-
sion d'ondes qui s'étalèrent sur toute la surface de ses épaules
noires et les couvrirent d'un fichu tissé de frissons. Pour lisser de
la paume ses cheveux au-dessus de l'oreille et derrière elle, Querelle
leva le bras. Ce geste était si beau, dévoilant l'aisselle aussi pâle et
tendue que le ventre d'une truite, que l'officier laissa passer dans
ses yeux sa fatigue d'être à ce point accablé. Ses yeux criaient grâce.
Son regard avait plus d'humilité qu'un agenouillement. Querelle
se sentait très fort. S'il méprisait le lieutenant, il n'avait pas envie,
comme les autres jours, de se moquer de lui. Il lui paraissait
inutile de jouer de ses charmes, tant il soupçonnait sa force d'être
d'une autre espèce. Elle relevait de l'enfer, mais d'une région de
l'enfer où les corps et les visages sont beaux. Querelle sentait sur
lui la poussière comme les femmes sur leurs bras et leurs hanches
les plis d'une étoffe qui les fait reines. Un tel fard laissant intacte
sa nudité, le faisait dieu. Querelle se contenta d'aggraver son sourire. Il était sûr que jamais le lieutenant ne lui parlerait de la
montre.

— Alors qu'est-ce que vous allez faire?

— J'sais pas. J'suis à vos ordres. Seulement, en bas y a les
copains tout seuls.

L'officier calcula très vite. Envoyer Querelle à la douche

c'était détruire le plus bel objet qu'il ait été donné à ses yeux de caresser. Puisque le matelot serait ici demain, auprès de lui, il était préférable de le laisser recouvert de cette étoffe précieuse. Peut-être l'officier trouverait-il, dans le courant de la journée, l'occasion de descendre aux soutes et d'y surprendre en pleine activité amoureuse ce morceau géant de ténèbres.

— Bon. Bien, allez.

— Ça va, lieutenant. J'serai là demain, allez.

Querelle salua et tourna les talons. Avec l'angoisse du naufragé qui voit s'enfuir les îles, et dans l'émerveillement que provoqua en lui le ton désinvolte et complice — aussi tendre que le premier tutoiement — du dernier mot de Querelle, l'officier regarda cette croupe éblouissante et fine, cette taille, ces épaules et cette nuque s'éloigner de lui irrévocablement, mais pas assez pour qu'il ne suscite d'innombrables et d'invisibles mains tendues déployant, autour de ces trésors et les protégeant, la plus tendre sollicitude. Querelle retourna à son charbon comme il le faisait chaque fois maintenant, qu'il avait accompli un meurtre. Si la première fois il avait eu cette idée afin que les témoins possibles ne le reconnussent pas, les fois suivantes se souvint-il assez pour les rechercher, de sa force étonnante et de sa sécurité, quand il fut poudré de noir de la tête aux pieds. Il était fort d'être si beau et d'oser ajouter encore à sa beauté l'apparence cruelle des masques ; il était fort — et si invisible et calme, accroupi à l'ombre de sa force dans le coin le plus reculé de soi-même, fort d'effrayer et de se connaître si doux ; il était fort d'être un nègre sauvage, naturel d'une tribu où le meurtre ennoblit.

— Et puis quoi, merde, j'ai mes bijoux !

Querelle savait qu'une certaine somme — que l'or surtout, donne le droit de tuer. Tuer devenant alors « affaire d'Etat ». Il était un nègre parmi les blancs, et d'autant plus mystérieux, monstrueux, hors des lois du monde qu'il devait cette singularité à un fard à peine posé, et si banal qu'il n'était que poussière de charbon — mais lui-même, Querelle, était alors preuve qu'une poussière de charbon n'est pas une chose simple puisqu'elle peut transformer à ce point, en se posant à peine sur sa peau, l'âme d'un homme. Il était fort d'être pour soi une masse de lumière, apparence de nuit pour les autres ; il était fort de s'activer dans la région la plus profonde du navire. Enfin il éprouvait la douceur des choses et des objets funèbres, leur gravité légère. Il se voilait la face enfin, et secrètement, à sa façon, portait le deuil admirable de sa victime. Encore qu'il l'eût osé les fois précédentes, aujourd'hui il ne pouvait pas raconter les détails de son meurtre. Il devait se méfier surtout de l'un des matelots de corvée au charbon, et dont la beauté, aussi cruellement peinte que la sienne, risquait de lui arracher un soupir d'aveu. En retournant aux soutes il se dit :

— Il n'a pas causé d'la montre.

S'il n'avait pas essayé de mêler Querelle à cette aventure qu'il imaginait autour du meurtre de Vic, peut-être le lieutenant eût-il été stupéfait de ce que son ordonnance ajoutait à l'exceptionnel de cette journée le fait d'aller de soi-même en corvée dans la soute à charbon. Mais il était trop étourdi par elle pour interpréter cette double étrangeté. Et quand les deux policiers chargés de l'enquête à bord l'interrogèrent sur les hommes, il n'énonça pas l'idée que Querelle pouvait être coupable. Mais il se produisit ceci : aux yeux des autres officiers si la préciosité de langage et de gestes du lieutenant, si les inflexions soudain caressantes de sa voix passaient facilement pour de la distinction — eux-mêmes étant habitués aux tons onctueux et flexibles des familles bénites — les policiers ne se trompèrent pas et le reconnurent pour un pédé. Car, s'il pensait encore faire illusion auprès des matelots, soit en accusant la dureté de sa voix métallique, soit en exagérant la brièveté des ordres — il allait parfois jusqu'au style télégraphique — les policiers le troublèrent. En face d'eux, de leur autorité, il se sentit coupable et laissa échapper des gestes de folle fille comme autant d'aveux de culpabilité.

Mario voulut poser la première question.

— Je m'excuse de vous déranger, mon lieutenant...

— C'est une très bonne idée.

Mais cette réflexion, dite au hasard, semble-t-il, amenée en tous cas par mégarde, le fit paraître cynique et désinvolte. Le policier crut qu'il cherchait à être spirituel et il en fut agacé. Tandis que le trouble gagnait encore le lieutenant, Mario, intimidé davantage, interrogeait plus brutalement. A la question bien anodine :

— Vous n'avez jamais rien remarqué de louche entre Vic et un autre de ses camarades ? » Seblon fit cette réponse, coupée à sa moitié par un mouvement de la glotte qui n'échappa pas aux enquêteurs :

— A quoi voulez-vous que l'on reconnaisse *la* louche ?

Le lapsus le fit rougir. Il se troubla davantage. Apparaissait à Mario l'étrangeté des réponses de l'officier. La force de celui-ci résidant dans sa parole, sa faiblesse s'y trouvait aussi, pourtant il voulait s'imposer par cette puissance sourdement minée. Il dit :

— Qu'aurais-je à m'intéresser aux relations extérieures de ces garçons? Même si le matelot Vic a été assassiné au cours d'une aventure équivoque je ne peux être au courant.

— Naturellement, mon lieutenant, mais quelquefois on peut entendre.

— Vous plaisantez. Je n'espionne pas les hommes. Et surtout soyez bien certain que si ces jeunes gens ont des rapports avec les individus odieux dont vous parlez, ils ne s'en vantent pas. Je crois que le plus grand secret réside dans leur rencontre...

Il s'aperçut qu'il allait chanter les amours homosexuelles. Il voulut se taire. Mais s'apercevant que son silence soudain eût paru étrange à l'inspecteur, d'un ton négligent il ajouta :

— Ces dégoûtants personnages ont une organisation merveilleuse...

C'en était trop. Lui-même s'aperçut de l'ambivalence de ce début, où le mot « merveilleuse » dont la première syllabe très appuyée semblait lancer comme un défi joyeux les ailes de « veilleuse ». Mais cela suffit aux policiers. Sans aussi bien distinguer ce qui trahissait l'officier, il leur apparut que son langage évoquait avec complaisance les mœurs condamnées. Leur pensée pourrait s'exprimer par cette formule du langage commun : « Il en cause avec sympathie » ou « il a pas l'air de cracher dessus ». Bref, il parut suspect. Heureusement il avait un alibi, car il était à bord la nuit du crime. Quand l'entrevue fut terminée, mais avant que les deux policiers ne l'eussent quitté, le lieutenant voulut endosser sa capote de drap bleu mais, dans son geste, il mit tant de coquetterie vite et maladroitement corrigée — que l'on ne peut dire qu'il l'endossa tant le mot est fort — et lui-même spontanément nomma son geste « s'envelopper ». Sa gêne s'en accrut et il décida encore une fois de ne plus toucher publiquement une étoffe. Querelle donna dix francs à la collecte pour la couronne de Vic. Voici quelques extraits, déchirés au hasard, du carnet intime.

Ce journal ne peut être qu'un livre de prière.

Laissez mon Dieu que je m'enveloppe de mes gestes frileux, frileusement, comme un Anglais très las dans ses plaids, comme une énigmatique dans ses fichus. Pour affronter les hommes, vous m'avez donné une épée dorée, des galons, des légions d'honneur, des gestes de commandement : ces accessoires me sauvent. Ils permettent que je tisse autour de moi d'invisibles dentelles dont les dessins veulent être rudes. Cette rudesse m'épuise si elle me soulage. Quand je serai vieille, je me réfugierai, enfin ! dans le ridicule maniaque des binocles à monture coupante, dans les cols en celluloïd, dans le bégaiement, dans les manchettes empesées.

Querelle disait à ses camarades qu'il était une victime des affiches ! Je suis victime des affiches et victime de la victime des affiches.

La casquette d'officier durcit mon visage. Cachant le front, elle donne de l'importance à ma bouche et aux deux longues rides l'encadrant qui sont sévères, presque vaches. Il semble que le signe de ma féminité soit mon front : Je retire ma casquette et, soudain, mes rides paraissent veules, molles. Elles pendent.

Quelle joie soudain ! Je suis toute joie. Mes mains, d'abord machinalement, ont dessiné dans l'espace, à hauteur de ma poitrine, deux seins de femme qui semblaient y être greffés. J'étais heureuse. Je recommence le geste et je connais la félicité. Une véritable plénitude. Je suis *comblé*. Je cesse : je suis *comblée*. Je recommence. Je caresse ces deux seins d'air. Ils sont beaux. Ils sont lourds : mes mains les soupèsent. J'étais alors appuyé au bordage, la nuit, face au large. J'entendais la rumeur d'Alexandrie. Je caresse mes seins, mes hanches. Je me connais des fesses plus rondes et plus voluptueuses. L'Egypte est derrière moi : le sable, le Sphynx, les Pharaons, le Nil, les Arabes, les quartiers réservés, et l'aventure merveilleuse d'être celle que je suis. Je les veux un peu en forme de poires.

Cette fois encore j'ai entraîné malgré moi les rideaux de la porte. J'ai senti qu'ils *voulaient* m'envelopper de leurs plis et je n'ai pu résister au beau geste de m'en défaire. Geste de nageur écartant l'eau.

Je rentre. Je songe encore à la vie de cette cigarette entre les doigts du matelot. Une cigarette toute faite. Elle fumait, elle avait de légers mouvements entre les doigts presque immobiles de Querelle qui ne soupçonnait pas la vie étrange qu'il donnait au mégot. Je ne pouvais détacher mon regard moins des doigts que de l'objet animé grâce à eux. Et animé de quelle gracieuse vie, de quels mouvements élégants, fins et scintillants! Querelle écoutait un de ses copains parler de filles du bordel.

« Je ne me suis jamais vu ». Ai-je un charme qu'un autre subit? Qui d'autre que moi subit encore le charme de Querelle? Comment pourrais-je devenir lui. Pourrai-je me faire greffer ses plus beaux ornements : ses cheveux, ses couilles? Même ses mains?

Afin qu'elles ne me gênent pour me branler, je retrousse les manches de mon pyjama. Ce simple geste fait de moi un lutteur, un costaud. J'affronte ainsi l'image de Querelle devant qui (ou quoi) je parais en dompteur. Mais tout s'achève tristement par un coup de serviette sur le ventre.

Notre dessein n'est pas de dégager deux ou plusieurs personnages — ou héros puisqu'ils sont extraits d'un domaine fabuleux, c'est-à-dire relevant de la fable, de la fable et des limbes — systématiquement odieux. Mais qu'on veuille plutôt considérer que nous poursuivons une aventure qui se déroule en nous-mêmes, dans la région la plus profonde, la plus asociale de notre âme, alors, c'est parce qu'il anime ses créatures — et volontairement assume le poids du péché de ce monde né de lui — que le créateur délivre, sauve sa créature, et du même coup se place au delà ou au-dessus du péché. Qu'il échappe au péché cependant que, par sa fonction et par notre verbe, le lecteur découvre en soi-même ces héros, jusqu'alors y croupissant...

Querelle ! Tous les Querelle de la Marine de Guerre ! Beaux marins, vous avez la douceur de la folle avoine.

Réception à bord. Le pont du navire est orné de plantes vertes, de tapis rouges. Les marins en blanc vont et viennent. Querelle est indifférent. Sans qu'il me voie, je l'ai regardé : il était debout, les mains dans les poches, un peu arqué en arrière, et le cou tendu pareil à celui du taureau (ou du tigre, ou du lion?) d'un bas-relief assyrien, et dont le flanc est poignardé. La fête le laisse indifférent. Il siffle et sourit.

Querelle halant sur le quai une lourde chaloupe : quatre marins tirent, la poitrine en avant tendue par l'effort, le bout (cordage) passant sur leur épaule gauche, mais Querelle s'est retourné. Il tire à reculons. Sans doute pour n'avoir pas l'allure d'un animal de trait. Il a vu que je le regardais. C'est moi qui ai détourné mes yeux des siens.

Beauté des pieds de Querelle. Ses pieds nus. Il les écrase largement sur le pont. Il marche large et long. Malgré son sourire, le visage de Querelle est triste. Il me fait songer à la tristesse d'un beau garçon, très fort, et très homme, pris comme un gosse pour un délit grave, écrasé par une peine sévère dans un box d'accusé. Malgré son sourire, sa beauté, son insolence, la radieuse vigueur de son corps, sa hardiesse, Querelle semble porter les signes indescriptibles d'une humiliation profonde. Ce matin il était abattu. Son regard était las.

Querelle dormait sur le pont au soleil. Debout, je l'ai regardé. Mon visage plongeait dans le sien, et je me suis retiré presque aussitôt, de peur qu'il ne me voie. Aux moments tranquilles et assurés — et longs — où nous pourrions peut-être dormir dans les bras l'un de l'autre, je préfère ces instants d'inconfort, ces moments rapides qu'il faut détruire parce que les jambes ne supportent pas qu'on se penche trop longtemps, parce qu'un bras est mal plié, une porte mal fermée, ou une paupière. Je dérobe ces instants, et Querelle l'ignore.

Aux yeux des hommes et des femmes qui nous haïssent, quel mystère que les visages des beaux garçons que l'on suppose coucher avec les hommes. Au café, un jeune garçon blond, aux traits durs, à la démarche nonchalante et musclée, est entré. On dit « qu'il marche ». Les officiers qui m'accompagnaient l'ont regardé avec insistance, sans mépris. Le jeune homme devait son étrangeté au regard intrigué de mes camarades.

Réception à bord de l'Amiral A... C'est un grand et mince vieillard aux cheveux très blancs. Il sourit rarement, mais je sais que, derrière son air sévère, un peu hautain, il cache une grande douceur, une grande bonté. Il est apparu à la coupée, suivi d'un fusilier marin, un grand gaillard harnaché comme en temps de guerre, avec des guêtres, un ceinturon, et la jugulaire. C'est son ordonnance. Cette apparition m'a causé une émotion étonnante, dans laquelle j'aime me replonger. La silhouette délicate, fragile du vieillard aux gestes fins, soutenue par la carrure magnifique du sako ! Je serai plus tard un vieil officier chamarré, doré, délicat, encadré par la solide musculature d'un soldat de vingt ans.

Nous sommes en mer. Tempête. En cas de naufrage, que ferait Querelle ? Chercherait-il à me sauver ? Il ne sait pas que je l'aime. J'essaierais de le sauver, mais davantage j'essaierais qu'il me sauve. Dans un naufrage chacun emporte ce qui lui est surtout précieux : un violon, un manuscrit, des photos... Querelle m'emporterait. Je sais qu'il *sauverait* d'abord sa beauté, dussè-je mourir.

Querelle, ton cœur doré...

Il regardait un matelot laver le pont. N'ayant d'autre point d'appui, Querelle appuyait l'une sur l'autre, ses deux mains à sa ceinture, au-dessus de la braguette. Tout son buste était penché, et la ceinture, (avec le bord du pantalon) sous ce poids, comme une corde fléchissait.

Je pleurerais de ne pouvoir empoigner une bitte. Je hurle ma peine à la mer, à la nuit, aux étoiles. Je sais que le poste arrière en contient de merveilleuses qui me sont refusées.

L'amiral peut-être donne un ordre et docilement le gaillard qui l'accompagne partout, entre dans sa cabine, ouvre sa braguette et tend à ses lèvres une verge règlementairement gonflée. Je ne connais pas de couple plus élégant, plus parfaitement équilibré que celui que forment l'amiral et sa brute. Ils sont beaux.

Lisbonne. Je suis descendu à terre avec le Capitaine. Nous faisons quelques emplettes. Dans un café je pose négligemment mes paquets par terre, assez loin de moi. Le Capitaine les surveille sans cesse. Je vois bien qu'il craint qu'on ne les vole et cette crainte me fait désirer qu'ils soient volés. Insensiblement je les écarte avec mon pied. Je pactise déjà avec les voleurs. Je hais la vulgarité du Capitaine.

Querelle a oublié son maillot dans ma cabine. Il est resté par terre. Je n'osais pas y toucher. Ce maillot rayé de marin avait la puissance d'une dépouille de léopard. Plus encore. Il était l'animal lui-même qui s'est tapi, qui se dissimule en soi et ne laisse que son apparence. « On a dû le jeter là ». Mais que je touche, que j'avance la main, il se gonflera de tous les muscles de Querelle.

Cadix. Un nègre qui dansait, une rose entre les dents. Dès que la musique reprend il tressaille. A propos de lui, j'écris : il encense, comme on le dit d'un cheval. En face de la sienne, l'image de Querelle est terne, humiliée.

Querelle coud ses boutons. Je le regarde tendre le bras pour mieux enfiler son aiguille. Ce geste ne peut être ridicule : celui qui l'accomplit, hier soir était collé contre une fille qu'il plaquait sur un arbre, et son sourire était vainqueur. En buvant son café, Querelle peut agiter la tasse pour dissoudre le sucre dans les dernières gouttes avec ce mouvement de la main droite qui va à l'inverse des aiguilles d'une montre, (c'est-à-dire de gauche à droite) comme le font les femmes, cinq minutes plus tôt il rôtait comme un homme. Ainsi chacun des actes les plus insignifiants de Querelle se charge de l'humanité, de la gravité d'un acte plus noble qui le précède.

Au mot « *pédéraste* » : extrait du Larousse : « on découvrit chez l'un d'eux une grande quantité de fleurs artificielles, de guirlandes et de couronnes, destinées sans aucun doute à servir, dans les grandes orgies, d'ornements et de parures. »

Une douce et délicieuse inquiétude au cœur, le lieutenant se rend à ses rendez-vous. Il était à la fois fort et tendre. La scène extraordinaire qu'il avait provoquée au Cercle des Officiers de Marine avait fait de lui un héros. En effet. Lorqu'il s'assit à la table où se tenaient quelques dames avec d'autres officiers, il ne voulut pas abandonner le souvenir de Querelle qui, de ce fait, lui semblait-il, fût resté à la porte des salons. Nous reconnaissons ici, chez le lieutenant Seblon, la présence d'une courtoisie à l'égard des choses. Cette attitude sentimentale ne paraît pas avoir d'origine dans son amour pour Querelle si cet amour lui donne l'occasion d'apparaître. Elle est dans la crainte, elle-même née de l'amour, dans l'importance dévotionnelle que Seblon accorde à la vie. A travers le monde, sa quête d'un bonheur si difficile l'oblige à provoquer par la gentillesse, la bonne volonté des choses dont il craint qu'elles ne se révoltent contre lui. De même que Gil, au fond de sa détresse, après avoir tué Théo, cherche avec beaucoup de maladresse à apprivoiser les objets dont il redoute la volonté méchante. D'un imaginaire mouvement d'épaules, le lieutenant ne se défit pas de l'ombre de Querelle, mais pour davantage lui rester fidèle, alors que sur le bateau il osait s'opposer à lui, il choisit de le représenter si bien en s'opposant aux autres officiers. Ce mouvement se fit en lui-même avec une lenteur harmonieuse mais selon une courbe si douce que lui-même n'eut conscience de son changement de position intérieure qu'à la colère qui fit frémir sa voix pour répondre à une dame :

— Qu'en savez-vous?

Le ton et la sécheresse impertinents de la formule firent tous les yeux se poser sur lui :

— Mais c'est ce qu'on raconte... dit la dame gênée un peu, mais cependant souriante.

— Vous en êtes sûre?

Elle rapportait que les communistes avaient donné à une rue le nom d'un ouvrier mort en voulant sauver une fillette qui se noyait. Elle ajoutait « qu'à ce qu'on raconte, il était ivre et il était simplement tombé à l'eau »...

— Je n'en suis pas sûre, c'est ce qu'on dit.

On toussa. On fit à la table à la fois du bruit et du silence. Le lieutenant eût voulu n'avoir rien dit, mais le frémissement de sa voix, qu'il devait à sa timidité, à son peu d'assurance, l'obligeait à plus de sécheresse encore pour répondre :

— Ayez donc alors la générosité, en face d'un acte dont le mobile est ambigu, de postuler pour le plus noble.

Les éléments de cette phrase s'étant présentés à son esprit dans une sorte d'amoncellement tumultueux, afin de les diviser et de les organiser selon une syntaxe claire — qui à cause même de ce désordre disposa la phrase en un mode très dur, très noble, presque solennel — obligèrent l'officier à une plus grande attention, à une parfaite lucidité. Il eut du moment, et de sa propre situation une vision tragique. La dame dit :

— Mais...

Quelqu'un, gêné, dit :

— Nous plaisantons entre nous...

Sûr d'être maintenant le plus fort dans un combat dont les armes sont morales, le lieutenant se leva.

— Je crains, dit-il, d'avoir à conserver trop longtemps mon attitude de juge. Vous me permettez de me retirer.

Il sortit. Cette violente projection spirituelle de lui-même lui avait donné tout à coup une vigueur dont il s'émerveilla. Il était fort, viril, mâle au point d'enculer Querelle s'il se fût offert. En passant devant les pissotières où il avait crayonné ses graffiti, il songea avec tendresse, avec une légère mélancolie, à cette forme vague et abandonnée de lui-même, à cette défroque honteuse et molle tapie dans ces coins obscurs, à cet officier qui cherchait la nuit des bittes, comme les pêcheurs, avec des bras admirables, dans les rochers, cherchent l'anguille. Et lorsqu'il parvint au quai d'embarquement, il vit Querelle. Un immense sentiment de fraternité l'unit à son ordonnance. Mais le lendemain sa virilité s'évanouissait, se dissolvait sous le regard malicieux de Querelle, elle ne pouvait résister à la comparaison de cette virilité terrible, indestructible, personnifiée par un corps splendide. A nouveau, il connut la honte et descendit à terre pour s'absorber en elle. Dans les pissotières il retrouva ses propres inscriptions auxquelles ne s'était ajouté aucune réponse. Pourtant, chacune d'elles lui cause cette délicieuse émotion qu'une fleur, un gant, un mouchoir de l'aimée, met au cœur du jeune amoureux.

Gil dormait, couché sur le ventre. Comme chaque dimanche matin il se réveilla tard. Encore qu'ils eussent l'habitude de faire ce jour-là grasse matinée, quelques ouvriers étaient levés. Le soleil déjà haut trouait le brouillard. En même temps qu'une impérieuse envie de pisser, Gil éprouva d'abord le sentiment angoissant de devoir affronter cette journée dont il savait l'atmosphère composée de sa honte et, pour l'avaler le plus vite possible, il ouvrit très grand la bouche. Il retarda l'instant de se lever. Surtout qu'il prenne soin d'avoir le moins de gestes possible puisqu'il lui faut inventer tout un système pour débuter dans une vie qui maintenant se déroulera sous le signe du mépris. Donc, dès ce matin, il doit débuter dans des rapports nouveaux avec les copains du chantier. Allongé sous les draps, il demeura immobile. Non pour se rendormir — mais pour songer mieux à ce qui l'attendait, « se faire » à la situation nouvelle, la penser d'abord afin d'y préparer son corps. Doucement, les yeux clos, comme s'il dormait, avec l'espoir de donner le change si tous les regards étaient attentifs à son réveil, il se retourna dans son lit. Un rayon de soleil venant de la fenêtre donnait en plein sur ses couvertures où des mouches bourdonnantes étaient posées. Sans avoir vu le détail de cette chose, Gil sut qu'il s'agissait de la violation d'un secret. Aussi naturellement qu'il le put, il tira sous les draps le slip qui, taché au fond d'un peu de merde et de sang, le soleil aidant, attirait les mouches. Elles s'envolèrent dans un bourdonnement infernal qui emplit le silence de la chambre, signalant l'infamie de Gil, la proclamant solennelle et majestueuse dans une musique d'orgue. Gil était certain que Théo continuait à se venger. Dans la musette de Gil il avait dû dénicher ce slip dégueulasse. Pendant le sommeil du jeune maçon il l'avait exposé. Les gars du chantier avaient regardé gravement et en silence les préparatifs, les approuvant parce que Théo était violent, et qu'ils leur permettaient de mieux sentir la réalité d'eux-mêmes. Enfin, il était bien qu'on fît reculer dans l'ignoble un garçon que l'on n'avait pas encore assez de raisons de mépriser. Et le soleil et les mouches sans lesquels Théo avait compté venaient d'apporter leur appareil merveilleux. Sans la relever du traversin, Gil tourna sa tête à gauche : il sentit sous sa joue un objet dur. Avec beaucoup de précaution, lentement il avança la main, et sous les draps, contre sa poitrine, il ramena une aubergine énorme. Il l'avait dans la main, chose très belle, effrayante de grosseur, violette et ronde. Toute la dure méchanceté de Gil — méchanceté manifeste par ses muscles secs sous l'épiderme lisse et blanc, par la fixité sans objet de ses yeux verts, par son inintelligence, par sa bouche mal à l'aise dans le sourire, par le sourire toujours inachevé, refusant de découvrir d'autres dents que les incisives, tendu comme un élastique cruel qui vous giflera dans son retour, par ses cheveux drus, pâles et peu épais, par ses silences, par le timbre pur et glacé de sa voix, par tout, enfin, qui faisait dire de lui « il est rageur » — la méchanceté de Gil fut blessée, talée jusqu'à s'attendrir, jusqu'à faire le gamin lui-même pleurer sur elle. Tant on s'acharnait contre elle qu'elle fondait, devenait douce et tiède, pitoyable, prête à expirer. De l'orteil au bord de ses yeux secs, de profonds sanglots déferlaient dans le corps de Gil, et en decomposaient tous les éléments de cruauté. Son besoin d'uriner était de plus en plus intense. Il tendait toute l'attention de Gil vers sa vessie. Mais pour aller aux latrines il devrait se lever, traverser la pièce dardée de moqueries. Il restait allongé, attentif à cette violente nécessité physiologique. Enfin il décida de vivre dans la honte. Pour rejeter ses draps ses gestes déjà furent pauvres. Son poignet fléchit sur les plis, sans que les serre la main — le poing lui étant refusé — avec l'humilité d'un front chrétien, pécheur penché sur son cou dont la peau est cendreuse, indigne de tout éclat. Il souleva humblement sa tête, sans regarder autour de lui, presque à tâtons il ramassa ses chaussettes et les mit sans découvrir ses jambes. Presqu'en face de lui la porte s'ouvrit. Gil ne leva pas les yeux.

— Fait pas chaud, les gars.

C'était la voix de Théo qui rentrait. Il s'approcha du poêle où chauffait une gamelle d'eau.

— C'est pour la soupe, cette flotte là? Y en a pas lerche?

— C'est pas pour la soupe, c'est pour me raser, répondit quelqu'un.

— Ah ! excuse-moi, je croyais.

Avec, dans la voix, une feinte amertune, il poursuivit :

— C'est vrai que pour la soupe on peut pas en faire de trop. Je crois qu'y faudra un peu faire ceinture. Je sais pas comment que ça se fait, mais on trouve plus de légume.

Gil rougit en même temps qu'il entendait quatre ou cinq ricanements. Un des maçons parmi les plus jeunes, répliqua :

— C'est parce qu'on cherche mal.

— Tu crois? dit Théo. Sans charres, tu pourrais en trouver, toi? C'est pas toi qui les planques, des fois?

Le rire général fut éclatant. Le même maçon répondit en riant :

— Te trompe pas, Théo. Moi c'est pas dans mes habitudes.

Le dialogue terrible risquait de se prolonger. Gil avait enfilé ses chaussettes. Il releva la tête et resta un instant immobile, accroupi sur le lit, les yeux fixés devant soi. Il comprit que la vie serait invivable, mais il était trop tard pour se battre avec Théo. Maintenant c'est contre tous les maçons, qu'il aurait à lutter.

Tous l'avaient chambré. Tous étaient excités par un essaim de mouches dispersées au soleil dans un chant d'allégresse. Sa méchanceté devait se venger ; tous les maçons mourir. Gil songea à mettre le feu à la baraque. Cette idée passa très vite. Sa méchanceté, sa rage n'en pouvaient plus d'attendre. Il fallait qu'elle se manifestât par un geste, dût-il ce geste, être dirigé vers l'intérieur de Gil et lui causer une hémorragie interne. Téo dit encore :

— Qu'est-ce que tu veux ? Y a des mecs qu'aiment çà. C'est par ce trou-là qu'ils veulent bouffer.

Son envie de pisser augmentait encore. Elle avait la violence qui active les machines à vapeur. Gil devait être bref. Il comprenait obscurément que tout son courage, son audace, résidaient dans la nécessité d'être bref et tendu pour une obligation impérieuse. Gil étant assis sur le lit, les pieds sur le plancher, son regard s'humanisa et lentement, comme un rayon se posa sur Théo.

— T'es bien décidé, hein, Théo ?

Il crispa les lèvres sur ce dernier mot, et hocha très doucement la tête.

— T'es décidé ? Tu vas me faire chier longtemps ?

— Mon petit pote, je voudrais' pas. Je t'empêcherais plutôt de chier.

Et quand se fut éteint le rire sournois que cette réplique avait fait frissonner autour de chaque maçon, il continua :

— Pass'que des fois que ça te plairait d'en prendre, à moi, ça me déplaît pas d'en donner.

Gil se dressa. Il était en chemise. Pieds nus, il vint jusqu'auprès de Théo, puis, se retournant, le regardant en face, pâle, glacé, terrible, il dit :

— Tu m'enculerais, toi ? Et bien vas-y, te dégonfles pas !

Et dans un seul mouvement, il se retourna, releva sa chemise et se baissa en tendant les fesses. Les maçons regardaient. Hier encore Gilbert était un ouvrier comme les autres, ni plus ni moins que les autres. Ils n'éprouvaient pas de haine à son égard, mais un peu d'amitié plutôt. Ils ne virent pas le visage désespéré du gosse. Ils rirent. Gil se releva, les parcourut du regard et leur dit :

— Ça vous fait marrer, vous êtes décidés à me chambrer ? Y en a un qui veut m'enculer ?

Ces mots furent dits d'une voix éclatante, cinglante. Elle faisait de cette scène une opération fantastique, et de cet enfant un personnage magique accomplissant un rite aussi audacieux que ceux des sorcières, où l'obscénité est nécessaire pour obtenir une guérison. Devant les maçons Gil recommença le même geste, l'aggravant encore en écartant ses fesses des deux mains, et en criant d'une voix douloureuse dirigée vers le sol comme une fumée trop lourde ·

— Allez-y ! Ça vous plaît de savoir que j'ai des hémorroïdes, alors allez-y ! Tapez dedans ! Foncez dans la merde !

Il se releva. Il était rouge. Un grand gars s'approcha de lui.

— Continue pas. Si t'as des histoires avec Théo ça regarde personne.

Théo ricana. Gil le regarda. Froidement il lui dit :

— T'as jamais pu m'enculer. Et c'est ça qui te travaille.

Il tourna les talons. En chemise, sur ses pieds nus il revint auprès de son lit ou il s'habilla en silence. Il sortit. Près de la baraque, il y avait une petite remise en planches où les maçons posaient leur bicyclette. Gil entra. Il s'approcha de son vélo. Le cadre était jaune. Le nickel luisait. Gil aimait sa légèreté, la courbe du guidon de course qui l'obligeait à se pencher sur lui, il aimait les chambres à air, les jantes en bois, les pare-boue. Chaque dimanche et quelquefois en semaine, le soir, en rentrant du boulot, il le nettoyait. Les cheveux dans les yeux, la bouche entr'ouverte, il desserrait les écrous, il défaisait la chaîne, les pédales, il démontait le vélo posé sur la selle et le guidon. Cette occupation donnait à Gil son véritable sens. Chaque geste étant parfait, qu'il fût accompli avec un torchon graisseux ou une clé à molettes. Chaque attitude était belle. Accroupi sur les jarrets ou penché sur la roue libre qu'il faisait tourner, Gil était transfiguré. Il rayonnait de la précision et de la délicatesse de chaque mouvement. Il s'approcha donc de son vélo, mais quand il eut posé sa main sur la selle, il eut honte. Aujourd'hui il ne pourrait pas s'occuper de lui. Il n'était pas digne d'être ce que son vélo faisait de lui. Il le reposa contre le mur et il sortit pour aller aux chiottes. Quand il se fut torché, Gil se passa la main entre les fesses pour sentir la légère excroissance de ses hémorroïdes et il fut heureux d'avoir là, sous la main, le signe et l'objet de sa colère et de sa violence. Il le toucha encore doucement, du bout de l'index. Il était heureux et fier de savoir là cette protection de lui-même. C'était un trésor qu'il devait précieusement révérer puisqu'il lui donnait l'occasion d'être lui même. Jusqu'à nouvel ordre, ses hémorroïdes étaient lui. Les amours les plus saines, ces « contacts d'épidermes » ne sont pas aussi lumineuses et claires qu'on le veut dire. Si tout à coup le jeune nageur sur la plage bande pour la belle fille nue qui le frôle autant que pour nous la braguette ou le pouce d'un soldat, ce contact du sein, ou de la hanche, le creux de la nuque, contiennent une région d'ombre où s'engloutit soudain la raison du nageur. Il n'est plus alors qu'un désir obscur. Rien n'empêchera donc que nous entretenions ces zones d'ombres où notre raison succombe si nous devons connaître le bonheur. Nous ne parlons pas d'une apparence de mystère entretenu par un rituel usé mais de ces régions d'ombres que l'imagination découvre et dont la fixité de notre regard n'arrive pas à percer les ténèbres, à mesurer le fond ; en face desquelles nous sommes pris de vertige. En elles nous nous perdrons assez pour y élaborer les rites d'un culte éternel. Le soleil ayant disparu, le brouillard ensevelit la ville. Gil était certain de rencontrer Roger sur l'esplanade. Il flâna quelques minutes. A quatre heures de l'après-midi, les boutiques étaient éclairées. La rue de Siam miroitait doucement. Gil se promena quelques minutes sur le cours Dajot, presque seul. Il n'avait pas encore pris de décision. Il n'avait aucune idée très précise sur ce qui se passerait une heure plus tard, mais une angoisse alourdissait toute sa vision du monde. Il marchait dans un univers où les formes sont encore larvaires. Pour accéder au monde lumineux où l'on ose penser, un coup de stylet paraissait nécessaire. Que l'on excuse une parenthèse : si le meurtre à l'aide d'un instrument aigu, acéré, ou simplement lourd, est capable de soulager l'assassin en crevant une espèce d'outre immonde qui le tient captif, il semble que le poison ne saurait accorder la même délivrance Gil étouffait. En lui conférant l'invisibilité le brouillard lui permettait quelque repos, mais il ne pouvait l'isoler d'hier ni surtout de demain. Avec un peu d'imagination Gil aurait pu détruire ce qui s'était passé, mais sa méchanceté étant sèche, il était sans imagination. Demain et les jours suivants il devrait vivre dans le mépris.

— Mais pourquoi que j'y ai pas cassé la gueule tout de suite.

Rageusement il se répétait cette phrase vide de tout accent interrogatif. Il voyait la gueule moqueuse et méchante de Théo. Dans ses poches, brusquement ses poings se serraient, les ongles mordaient les paumes. S'il ne pouvait s'interroger ni répondre il savait conduire sa pensée désolée de telle sorte qu'en arrivant près de la balustrade, dans le coin le plus vide de la place, son esprit aboutissait au moment le plus humiliant pour lui. Il tournait alors la tête du côté de la mer, et, à haute voix, mais en rentrant sa gorge en elle-même de façon qu'il n'en sorte qu'un cri rauque, il criait :

— Ah !

Pour quelques secondes il était soulagé. Son mal noir le reprenait à deux pas.

— Pourquoi que j'y ai pas cassé la gueule, à ce salaud-là? Les compagnons, je m'en fous. Ils pensent ce qu'i veulent moi je m'en fous. Seulement, lui, fallait...

A l'arrivée de Gil au chantier Théo lui avait montré une camaraderie paternelle. Peu à peu, en se laissant inviter à boire, le gosse acceptait l'autorité du maçon. Non de propos délibéré, mais par une sorte de soumission du fait que Théo commandait puisqu'il payait les tournées. Querelle pouvait montrer un grand culot à l'égard de l'officier, celui-ci ne parlant pas son langage. Il plaisantait sans doute, mais avec une retenue qui pouvait laisser croire à la timidité ou la hauteur sous lesquelles Querelle devinait un violent désir inavoué. Querelle se savait la moitié légère et audacieuse. Même si l'officier n'avait montré aucune timidité, le matelot l'eût méprisé ouvertement. D'abord parce qu'il le sentait à sa merci à cause de cet amour, ensuite parce que l'officier voulait que cet amour demeurât caché. Le cynisme était possible à Querelle. Gil était sans armes en face du cynisme de Théo qui parlait le langage des maçons, qui plaisantait fort, qui ne craignait pas de proclamer ses mœurs ni d'être à cause d'elles mis à la porte du chantier. Si Théo avait accepté de payer quelques verres, Gil sentait clairement qu'il ne lui eût pas donné un sou pour l'amour. Enfin, ce qui l'avait encore placé sous la domination du maçon c'est cette amitié — pourtant légère — qui les avait unis pendant un mois. A mesure qu'il s'apercevait que cette amitié ne servait à rien, et ne servirait jamais son but, Théo devint venimeux. Il refusa d'avoir perdu son temps dans ces soins et il se consola en essayant de croire qu'il avait entrepris cette amitié afin qu'elle amenât les tortures subies par Gil. Il haïssait Gil davantage, et d'autant plus qu'il ne voyait aucun motif de le haïr, mais seulement des motifs de le faire souffrir. Gil haïssait Théo de l'avoir à ce point dominé. Un soir que celui-ci, en sortant du bistro, lui pelotait négligemment les fesses, Gil n'osa pas lui donner un coup de poing.

— Il vient de me payer l'apéro, pensa-t-il.

Il se contenta de repousser la main, mais en souriant, comme d'une farce. Les jours suivants, presque inconsciemment, parce qu'il sentait autour de lui le désir du maçon, quelques gestes de coquetterie lui échappèrent. Il exagéra les poses aguichantes. Dans le chantier il se promena le torse nu, il cambra les reins, il posa sa casquette un peu plus en arrière pour laisser ses cheveux dépasser, et, quand il voyait le regard de Théo capter chacun de ces gestes aigus, il souriait. Théo recommença un autre jour. Sans se fâcher Gil déclara qu'il n'aimait pas cela.

— Je veux bien qu'on soit copain, quoi, mais pour le reste, macache.

Théo s'emporta. Gil aussi, mais il n'osa frapper puisqu'il venait de boire, invité par le maçon. Dès lors, sur le chantier, au travail et pendant les pauses du casse-croûte, dans la carrée, à table et quelquefois au lit, Théo fit des plaisanteries terribles auxquelles Gil ne savait répondre. Peu à peu, l'équipe, en riant des plaisanteries de Théo riait de Gil qui essaya de détacher de lui ses gestes aguichants quand il eut compris qu'à cause d'eux chaque plaisanterie de Théo avait un sens, mais il ne put détruire sa beauté naturelle, ni ces rameaux trop vivaces et trop verts, qui le fleurissaient et l'embaumaient, refusaient de mourir parce qu'ils étaient parcourus et nourris de la sève de l'adolescence. Sans qu'il s'en rendissent compte, toute estime pour le gosse s'échappait des autres maçons. Gil perdait peu à peu sa consistance. Mot à mot, sa dignité. Il n'était qu'un prétexte à rire. Il n'avait plus, grâce à une affirmation venue de l'extérieur, aucune certitude d'être soi. Cette certitude n'était entretenue maintenant, en lui-même, que par la présence de la honte dont la flamme livide montait comme sous le vent de la révolte. Il se laissait accabler.

Roger ne venait pas. Que lui eût-il dit? Paulette ne sera pas sortie. Il ne pourrait la voir. Elle n'était plus serveuse au petit bistrot, et il était difficile de la rencontrer. Et si par malheur elle eût apparu une honte plus brûlante aurait fait brasiller Gil. Il souhaita que Paulette ne vînt pas.

— Et tout ça pasque j'y ai pas cassé la gueule.

Un plus oppressant malaise l'écrasait. Plus habile, moins viril aussi, il eût compris que les larmes sans l'amollir l'eussent un peu délivré. Il ne savait, dans l'obscurité, que promener la pâleur des jeunes gars qui n'ont pas accepté de se battre, cette face crucifiée des nations qui refusent la lutte. Il serrait très fort les dents, d'un seul coup des mâchoires.

— Pourquoi que j'y ai pas cassé la gueule à ce con-là.

Mais il n'eut pas un instant l'idée de le faire. Il n'était plus temps. La phrase le berçait. Il se l'entendait prononcer en lui très calmement. La rage se transformait en une grande douleur, lourde et grave, qui partait de la poitrine pour couvrir le corps et l'esprit d'une infinie tristesse dans laquelle désormais il allait vivre. Il marcha encore un peu au milieu du brouillard, les mains dans les poches, toujours sûr de l'élégance de sa démarche, heureux de la posséder même dans cette solitude. Il y avait peu de chance pour qu'il y rencontrât Roger. Ils ne s'étaient pas donné de rendez-vous. Gil songea au gosse. Il vit son visage, orné du sourire qu'il conserva toujours en écoutant les chansons. Ce visage n'était pas tout à fait celui de Paulette dont le sourire était moins clair, troublé par la féminité qui détruisait l'identité naturelle du sourire de Gil et de celui de Roger.

— Entre les cuisses, nom de Dieu ! La Paulette, qu'est-ce qu'elle doit avoir entre les cuisses !

Il pensa, en murmurant presque :

— Sa chatte ! Sa petite chatte ! Sa petite cramouille !

Et il le pensa en mettant sur les mots une tendresse folle qui faisait d'eux une imploration désespérée.

— Sa petite cramouille baveuse ! Ses petites cuisses.

Il reprit sa pensée — « Faut pas que je dise ses petites cuisses, elle a des belles cuisses, la Paulette. C'est ses grosses cuisses, avec sa petite moule dans la fourrure. » Il banda. Au centre de sa tristesse — ou honte — et la détruisant, il connaissait l'existence d'une certitude nouvelle, mais déjà éprouvée. Il se *retrouvait*. Tout son être, pour l'ériger, affluait à sa queue. Elle n'était plus que lui, mais elle l'était avec une vigueur terrible, providentielle, capable de rendre inefficace la honte. Au contraire même, en tirant de soi cette honte qui venait de son corps et par la base entrait pour l'enfler dans sa queue que Gil sentait plus dure, plus forte, plus orgueilleuse et afin d'en emplir les tissus spongieux. C'était le moment sans doute d'en appeler à soi tout le fluide dans lequel ses organes baignaient. Dans sa poche, sa main colla sa verge contre sa cuisse. Instinctivement il rechercha l'endroit le plus sombre et le plus écarté de l'esplanade. Le sourire de Paulette jouait avec celui de son frère. Animé d'une rapidité folle, avide, le regard de Gil descendit jusqu'aux cuisses, souleva les robes : il y avait les jarretières. Au-dessus (sa pensée avançait lentement) il y avait une peau blanche, tout de suite assombrie par la présence d'une toison qu'il se désespérait de ne pouvoir fixer, conserver immobile dans son imagination, sous le soleil de son désir. D'un trait, la parcourant malgré la robe et le linge, sa queue revint jusqu'à la hauteur de la gorge de Paulette : avec la tête de son nœud il verrait mieux. Face à la mer, Gil s'appuya à la balustrade. Dans la rade les feux du « Dunkerque » luisaient faiblement. Gil remonta, de la gorge au cou blanc et potelé, au menton, au sourire (sourire de Roger, puis sourire de Paulette). Gil comprenait confusément que cette féminité qui troublait le sourire du gosse avait sa source entre les cuisses. Ce sourire était de même nature que — il ne savait quoi au juste — mais qui était la plus éloignée, la plus subtile, mais la plus forte de pouvoir venir de si loin, la plus troublante des ondes émises par cet appareil sournois posé entre les cuisses. Fulgurante, sa pensée revint à la conasse :

— Oh la petite salope, son joli petit con, je vais y foutre mon gros nœud...

Son attention était portée à la fois sur la bouche et sur le con de Paulette. Il se croyait collé contre elle, l'embrassant et la baisant. Prompte, l'image de Théo intervint, Gil un instant suspendit sa rêverie en voie d'achèvement pour s'emplir de haine contre Théo. Cette brève fissure le fit un peu débander. Il voulut de soi chasser toute idée du maçon qu'il sentait derrière lui, caressant ses fesses d'une verge énorme, deux fois plus grosse que la sienne. La rage l'emporta, si forte qu'elle employait tout le fluide de Gil dont la vigueur paraissait se porter toute de la queue aux yeux. Pour rebander il s'efforça à la tendresse, mais en même temps afin de s'opposer à l'idée trop odieuse de Théo l'enculant, un mouvement de défi, à partir de sa queue, monta en lui.

— Moi je suis un mâle, articula-t-il dans le brouillard. Moi je plante les mâles ! Moi je vais te mettre !

En vain essaya-t-il de composer l'image d'un Théo qu'il enculerait. S'il arrivait à évoquer les vêtements poudreux et déboutonnés du maçon, le pantalon baissé, la chemise retroussée, Gil ne pouvait aller plus loin. Pour que son bonheur fût total, sa jouissance certaine il eût dû se représenter avec détail, et joie dans le détail, le visage ou les fesses de Théo, mais ne pouvant les imaginer autres — puisqu'ils l'étaient réellement — que velus et barbus, à leur place s'imposaient le visage et le dos velouté d'un autre mâle : de Roger. Quand il s'en aperçut, à la rigidité de sa queue, Gil connut qu'il y trouvait un surcroît de plaisir. Il entretint l'image de l'enfant qui estompa celle du maçon. Avec violence, croyant ainsi vouloir parler à Théo, et sans doute aussi rageur et désespéré de s'apercevoir qu'il allait inévitablement baiser le môme, il dit :

— Allez, amène ton cul, moi je vais t'enfiler, petite vache ! Tout de suite, et pas de sentiment !

Il le tenait par derrière. Gil s'entendit chanter parmi le désordre des verres et des bouteilles cassées :

> « *C'est un joyeux bandit*
> *Qui de rien ne s'alarme...* »

Il sourit aussi. Il cambra le torse et la jambe. Il se connut un mâle en face de Roger. Sa main ralentit. Il ne déchargea pas. Cette grande tristesse née de la honte à nouveau s'étala mais où veillait le sourire de Roger répondant au sien.

— Pourquoi que j'y ai pas cassé la gueule.

Un instant Gil songea que sa pensée à force d'être si obstinément dirigée vers le maçon gênait celui-ci, le troublait ne lui laissait aucun repos. Roger ne viendrait pas. Il était trop tard. Qu'il vienne même, au fond du brouillard Gil ne le verrait pas. N'osant penser que le gosse eût le béguin pour lui, aussi bien était-il incapable de savoir que lui-même s'était rappelé le geste et le mot de Roger afin de justifier son amour pour le gosse par l'amour du gosse pour lui. S'il voulait songer à Roger le souvenir de Théo le dérangeait. Presque sans y réfléchir il entra chez un bistrot.

— Une fine, patron.

La vue des bouteilles apporta quelques diversions à son esprit. Il lut les étiquettes.

— Une autre.

Ne buvant que du vin rouge ou blanc, il n'avait pas l'habitude de l'alcool.

— Une autre, s'il vous plaît.

Il en avala six. Une lucidité arrogante, vigoureuse, chassait peu à peu sa confusion, sa tristesse, dissipait l'atmosphère pesante où respirait son cerveau et qui généralement lui servait de raison claire. Il sortit. Déjà il osait penser sans ambiguité à son désir pour Roger. Quelquefois il évoquait la face interne, pâle et mate, des cuisses de Paulette, mais il arrivait vite au sourire du môme. Pourtant il était encore dans la dépendance de Théo dont l'idée devenait d'autant plus agaçante que son pouvoir s'atténuait en refusant de s'abolir.

— L'emmanché!

Il songea au gosse en descendant vers Recouvrance.

— Y a presque rien à faire, se dit-il, songeant vaguement au peu de place que tenait maintenant Théo.

— Je peux le faire disparaître quand je veux.

Les larmes coulaient de ses yeux. Cette fois il se rendait nettement compte que le maçon gênait son amour pour Roger. Il se rendait compte aussi que cet amour chassait Théo, mais non absolument. Minuscule, le maçon demeurait dans un coin. En comprimant l'amour comme un gaz Gil espérait écraser, étouffer, ce qui restait de l'idée de Théo, et cette idée, se confondant avec la personne physique, celle-ci, dans ses rapports avec Gil devenait de plus en plus minuscule. En montant l'escalier de la rue Casse s'il n'eût pas rencontré le gosse au milieu du brouillard, Gil se fût dessaoulé tout seul. Il eût peut-être repris sa vie voilée de crêpe, au milieu des maçons. Il poussa un hurlement de joie en même temps que d'un geste rapide, du dos de sa main, il torchait ses larmes.

— Roger, mon pote, on va boire un verre ensemble!

Il prit le gosse par le cou. Roger sourit. Il regarda le visage humide et froid séparé du sien par une mince épaisseur de brume que leurs deux haleines traversaient.

— Ça va Gil?

— Ça va, le môme. Et avec moi t'en fais pas. Le vieux, i' tient pas de place. Y a pas besoin de grand chose. Avec moi faut pas confondre, je suis pas un bleu. Lui c'est pas un homme, c'est une lope. Une lopette! T'entends Roger, une lopette! Une tapette, si t'aimes mieux. Nous on est deux potes, deux frangins. Nous on fait ce qu'on veut. On a le droit, on est beau-frère. C'est en famille, qu'on est. Et lui c'est une lopette!

Il parlait vite pour ne pas bégayer, il marchait vite pour ne pas trébucher.

— Dis donc, Gil, t'as pas picolé un chouia?

— T'en fais pas, gosse. C'est avec mon pognon. Son pognon à lui on l'emmerde. Je te dis qu'on va boire. Viens par là.

Roger souriait. Il était heureux. Son cou était fier sous la main rugueuse et douce de Gil.

— I' tient pas de place. C'est un moustique. J'te dis que c'est un moustique. Je vais l'écraser.

— De qui que tu causes ?

— D'une salope, si tu veux le savoir. T'en fais pas. Et tu vas le voir. Tu te rendras compte. Et je te dis qu'i' nous gênera plus.

Ils descendirent la rue du Sac et reprirent par la rue B... Gil allait droit au bistrot où il était sûr de trouver Théo. Ils entrèrent. En entendant s'ouvrir la porte vitrée, les regards des consommateurs se tournèrent vers elle. Comme dans un nuage, et très loin de lui, Gil vit le maçon, seul devant un verre et un litre, assis à la table la plus proche de la porte. Gil enfonça ses mains dans ses poches et dit à Roger :

— Tu le vois, c'est çui-là.

Et à Théo :

— Salut, gars.

Il s'approcha. Théo souriait.

— Tu nous offres pas un verre Théo? Je suis avec un pote.

En même temps par le goulot il empoignait le litre que d'un geste rapide, brisé en deux lignes de feu, il cassait contre la table. Avec le tesson mû comme un vrille, il coupa la carotide au maçon tout en hurlant :

— Je te dis que tu n'tiens pas de place !

Quand la patronne et les buveurs, stupéfaits, stupides, songèrent à intervenir, Gil était dehors. Il se perdit dans le brouillard. Vers les dix heures du soir, la police vint chercher Roger chez sa mère. Elle le relâcha le lendemain.

Le double écusson de France et de Bretagne forme le principal ornement du fronton majestueux du bagne de Brest, où les motifs d'architecture sont les attributs de la marine à voile. Accolés, ces deux écussons de pierre ovales ne sont pas plats mais bombés, gonflés. Ils ont l'importance d'une sphère que le sculpteur a négligé de ciseler, mais dont la totalité impose à ces fragments sa puissance de chose absolue. Ils sont les deux moitiés d'un œuf fabuleux pondu par Léda peut-être après qu'elle eut connu le cygne, et contenant le germe d'une force et d'une richesse surnaturelles et naturelles en même temps. Ce n'est pas un jeu, un travail maladroit, un souci de décoration puérile qui les ont suscités, mais le pouvoir évident, terrestre, reposant sur une force armée et morale, malgré les fleurs de lys et les hermines. Plats, ils n'auraient pas cette autorité fécondante. Le matin, de très bonne heure, le soleil les dore. Puis il coule lentement sur la façade entière. Quand les galériens chargés de chaînes sortaient du bagne, ils restaient dans cette cour pavée qui descend jusqu'aux bâtiments de l'Arsenal bordant les quais de la Penfeld. Symboliquement peut-être, et pour rendre plus évidente et plus légère la captivité des bagnards, d'énormes bornes de pierre sont l'une à l'autre enchaînées, mais de chaînes plus lourdes que les chaînes d'ancre, et si pesantes qu'elles paraissent molles. Dans cet espace, à coups de nerf de bœufs, les chiourmes réunissaient le troupeau, l'ordonnaient en hurlant des commandements étrangement formulés. Le soleil descendait lentement sur le granit d'une façade harmonieuse, aussi noble et dorée que celle d'un palais vénitien, puis il s'étalait dans la cour, sur les pavés, sur les orteils crasseux et écrasés, sur les chevilles talées des bagnards. En face, sur la Penfeld, c'était encore un brouillard sonore et doré derrière lequel on devinait Recouvrance et ses maisons basses, et derrière elle, tout près, le Goulet, la rade de Brest, avec déjà son animation de barques et de hauts navires. Dès le matin la mer composait son architecture de corps, de bois et de cordes, sous les yeux encore brouillés de sommeil des hommes enchaînés deux à deux. Les galériens frissonnaient dans leurs costumes de toile grise, (le fagot). On leur distribuait un bouillon fade et tiède dans une écuelle de bois. Ils frottaient un peu leurs yeux pour décoller les cils emmêlés par les sécrétions du sommeil. Leurs mains étaient gourdes et rouges. Ils voyaient la mer ; c'est-à-dire qu'au fond du brouillard ils entendaient les cris des capitaines, des marins libres, des pêcheurs, le bruit des avirons, les jurons roulant sur l'eau, ils distinguaient peu à peu des voiles se gonfler avec la solennelle et vaine importance du double écusson de pierre. Les coqs chantaient. Sur la rade c'était l'aurore chaque fois plus belle. Pieds nus sur les pavés ronds et humides, les galériens attendaient encore un instant, en silence, ou murmurant entre eux. Dans quelques minutes ils monteraient à bord de la galère, pour ramer. Un capitaine en bas de soie, manchettes et jabot de dentelles, passait au milieu d'eux. Tout s'éclairait. Apporté dans une chaise à porteurs surgie du brouillard, on peut penser qu'il en était le dieu, il en était l'incarnation puisque la brume, dès son approche, disparaissait. Il avait dû y demeurer toute la nuit, se confondre avec elle, devenir lui-même cette brume (moins quelque chose cependant, une certaine parcelle de radium qui, huit ou dix heures plus tard, cristalliserait autour de soi les éléments les plus ténus du brouillard pour obtenir cet homme dur, violent, doré, sculpté, orné comme une frégate). Les galériens sont morts. D'espoir peut-être. On ne les a pas remplacés. Sur la Penfeld des ouvriers spécialisés travaillent à des navires d'acier. Une autre dureté — plus féroce encore — a remplacé la dureté des faces et des cœurs, qui rendaient si pathétique cet endroit. Il existe la beauté du fugitif que la peur révèle, illumine d'un éclat intérieur délicieux, et la beauté du vainqueur dont la sérénité est accomplie, dont la vie est achevée, et qui doit demeurer immobile. Sur l'eau et dans la brume la présence du métal est cruelle. La façade et le fronton sont intacts, mais à l'intérieur du bagne il n'y a plus que des paquets de filins, des cordages goudronnés et des rats. Quand le soleil apparaît, révélant la « Jeanne d'Arc » ancrée sous la falaise de Recouvrance, les mousses sont à la manœuvre. Ces enfants maladroits sont la progéniture monstrueuse, délicate et débile des bagnards accolés et accouplés. Derrière la bateau école, sur la falaise, on distingue les lignes imprécises de l'Ecole des Aspirants. Et tout autour de nous, à droite et à gauche, il y a les chantiers de l'Arsenal où l'on construit le « Richelieu ». On entend les marteaux et les voix. Dans la rade on devine la présence de monstres d'acier, épais et durs, un peu adoucis par l'humidité de la nuit, par la première et timide caresse du soleil. L'Amiral n'est plus, comme l'était autrefois le Prince de Rosen, un Grand Amiral de France, c'est un Préfet Maritime. La convexité du double écusson ne signifie plus rien. Elle ne correspond plus au gonflement des voiles, à la courbe des coques de bois, à la gorge orgueilleuse des figures de proue, aux soupirs des galériens, à la magnificence des combats navals. De l'immense bâtiment de granit qu'est le bagne, divisé en cellules ouvertes sur un côté, où les condamnés couchaient sur la paille et la pierre, l'intérieur n'est plus qu'une corderie. Chaque chambre de granit mal taillé conserve encore ses deux anneaux de fer, mais ne contient plus que d'énormes tas de filins, abandonnés par l'Administration qui ne les visite jamais. Elle sait qu'ils sont là, conservés par le goudron, pour quelques siècles encore. On n'ouvre même pas les fenêtres où presque toutes les vitres manquent. La porte principale, celle qui donne sur cette cour en pente dont nous avons parlé, est fermée à plusieurs tours, et la clé énorme, en fer forgé, reste accrochée à un clou, dans le bureau d'un second-maître affecté à l'Arsenal, et qui ne la voit jamais. Il existe une autre porte, fermant très mal, à laquelle personne ne songe tant il est évident qu'on ne volera pas les paquets de cordage entassés derrière elle. Cette porte, également massive et armée d'une serrure énorme, se trouve à l'extrémité nord du bâtiment qu'elle fait directement communiquer avec une ruelle étroite et presqu'ignorée séparant le bagne de l'Hôpital Maritime. La ruelle se faufile entre les bâtiments de l'Hôpital et se perd, obstruée par les ronces, dans les remparts. Gil connaissait ces dispositions. Ebloui par le sang, il courut très vite un instant, enfin s'arrêtant pour souffler, dessaoulé, affreusement illuminé par l'énormité de son acte, affolé, son premier soin fut de prendre par les rues les plus sombres et les plus désertes pour franchir une porte, se trouver hors des murs de la ville. Il n'osait retourner au chantier. Puis il se rappela l'ancien bagne abandonné et la porte facile à ouvrir. Pour la nuit il s'installa dans une des chambres de pierre. Derrière des rouleaux des cordages, il s'accroupit dans un coin et, la peur s'étant emparée de lui, il s'empara d'elle. Il pensa son désespoir.

Femme hautaine et savante, Madame Lysiane à la caisse pouvait conserver un sourire charmant quand ses yeux s'occupaient froidement à compter le nombre des passes, à obtenir silencieusement des pensionnaires craintives que leurs robes de tulle ou de soie rose ne s'accrochent à un pied de table ou à un talon. Quand elle cessait de sourire c'était la bouche fermée pour passer confortablement sa langue sur ses gencives. Ce simple tic lui prouvait son indépendance, sa souveraineté. Parfois elle portait sa main chargée de bagues à sa coiffure superbe et blonde, compliquée de boucles et de rouleaux postiches. Elle se sentait issue du luxe des glaces, des lumières et des airs de java, en même temps que cette somptuosité était sa propre exhalaison, son haleine chaude élaborée dans son sein profond de femme véritablement opulente.

Il existe une passivité mâle (au point que la virilité se pourrait caractériser par la négligence, par l'indifférence aux hommages par l'attente détachée du corps, qu'on lui offre le plaisir ou qu'on l'obtienne de lui) faisant de celui qui se laisse sucer un être moins actif que celui qui suce, comme à son tour ce dernier devient passif quand on le baise. Or, cette passivité véritable rencontrée en Querelle, nous la découvrons en Robert qui se laissait aimer par Madame Lysiane. Il laissait la maternelle féminité de cette femme forte et tendre à la fois l'envahir. Il nageait dans cet élément où parfois il était tenté de s'oublier. Quant à la patronne, elle avait enfin l'occasion de se déployer autour d'un axe, de l'envelopper, d'accomplir « les véritables noces de la voile et du mât ». Quand ils étaient au lit, sur l'indifférent autel qu'était le corps allongé de son amant elle traînait son visage et ses nichons trop lourds. Robert s'éveillant lentement au désir, Madame Lysiane préludait à l'amour, en accomplissant pour elle seule le simulacre : bécotant la base du nez de son amant, soudain elle introduisait goulûment cet organe entier dans sa bouche. Incapable de résister au chatouillement, régulièrement Robert s'ébrouait, s'arrachait de cette bouche humide et chaude et torchait son nez mouillé de salive. Quand elle aperçut, dès la porte de la salle, le visage de Querelle elle éprouva ce trouble comme déjà, en voyant pour la première fois réunis les visages si exactement pareils des deux frères. Souvent depuis ce jour, une pointe d'angoisse déchirait le doux et régulier mouvement de sa paix, et par la déchirure, Madame Lysiane soupçonnait l'existence du remous qui la bouleversait. La ressemblance de Querelle avec son amant était si grande qu'elle supposa même, sans y croire vraiment, que Robert s'était déguisé en matelot. Le visage de Querelle qui s'avançait en souriant l'agaçait, d'où pourtant elle ne pouvait détacher les yeux.

« Et puis après? C'est deux frères, c'est normal », se dit-elle à soi-même pour se calmer. Mais la monstruosité de cette ressemblance si parfaite l'obsédait.

« Je suis un objet de répulsion. Je l'ai trop aimé et trop d'amour écœure. Un trop grand amour bouleverse les organes et toutes les profondeurs — et ce qui éclôt à sa surface donne la nausée.

« Vos faces sont des cymbales qui ne se cognent jamais, mais glissent en silence l'une sur l'eau de l'autre.

Ses crimes avaient multiplié la personnalité de Querelle,

chacun d'eux lui en accordant une nouvelle qui n'oubliait pas les précédentes. Le dernier assassin né du dernier assassinat vivait en compagnie de ses plus nobles amis, de ceux qui l'avaient précédé et qu'il dépassait. Il les conviait alors à cette cérémonie que les escarpes d'autrefois nommaient le mariage au sang : les complices plantaient leur couteau dans la même victime, cérémonie semblable essentiellement à celle-ci dont nous demeure la relation :

« Rosa dit à Nucor :

« C'est un vrai homme. Tu peux retirer tes chaussettes et « servir le kirsch.

« Nucor obéit. Il les plaça sur la table et dans l'une glissa un « morceau de sucre que lui remit Rosa; puis, versant du kirch au « fond d'un vase, il prit les deux chaussettes et, les élevant au-dessus « du vase, il les descendit avec précaution pour n'en mouiller de « kirsch que l'extrémité des pointes qu'il tendit à Dirbel en disant :

— « A ton choix, suce, avec ou sans sucre. Fais pas le dégoû- « té. C'est la magne d'entrer dans l'association et de manger et de « boire à la même galetouse. Entre voleurs il faut de la muette « (conscience). »

Et le dernier Querelle, né d'un bloc à vingt-cinq ans, surgi désarmé d'une ténébreuse région de nous-même, fort, solide, avait alors un joyeux mouvement des épaules pour se retourner vers sa souriante, joyeuse et plus jeune famille d'élection. Chaque Querelle le considérait avec sympathie. Dans ses moments de tristesse, il les sentait autour de lui, présents. Et comme d'être êtres du souvenir les voilait un peu, ce voile leur accordait une aimable grâce, une féminité doucement inclinée vers lui. S'il en eût eu l'audace, il les eût appelées ses « filles » comme le faisait Beethoven de ses symphonies. Par moments de tristesse nous voulons dire ces instants que les Querelle se pressaient plus étroitement autour du dernier athlète, que leur voile était de crêpe plutôt que de tulle blanc, et que lui-même sentait déjà sur son corps terrible les plis légers de l'oubli.

— On sait pas qui ça peut être qu'a fait le coup.

— Tu le connaissais ?

— Sûrement. On se connaît tous. Mais c'était pas un copain.

Nono dit :

— C'est comme l'autre, le maçon. Ça pourrait bien être le même type.

— Quel maçon ?

Querelle prononça lentement, appuyant surtout sur l'« a » du mot maçon. Il dit : « Quel mâçon ».

— T'es pas au courant?

Querelle et son frère maintenant parlaient entre eux. Le patron était accoudé au comptoir. Il les regardait et surtout Querelle, à qui Robert expliquait l'agression de Gil. Un immense espoir, dont la source lui paraissait universelle, montait peu à peu en Querelle. Une fraîcheur exquise se répandait en lui. De plus en plus il lui semblait être un personnage exceptionnel que la grâce visite. Plus de dureté composait ses membres, ses gestes et plus d'élégance aussi. Il se sentait devenir gracieux et il le constatait avec gravité tout en conservant intact sur sa bouche son habituel sourire.

Les deux frères se battaient depuis cinq minutes. Ne sachant pas où se saisir puisque l'un défaisait les gestes de l'autre en prévenant la prise, ils firent d'abord quelques mouvements d'approche d'une hésitation ridicule. Plutôt que de vouloir se battre, ils semblaient se fuir, s'éviter avec beaucoup de talent. L'accord cessa. Querelle glissa maladroitement et put s'accrocher à la jambe de Robert. C'est de cet instant que la bataille devint frénétique. Dédé s'était écarté, afin de prouver à l'homme qui, voulant s'y développer, germait et sommeillait en lui, qu'on ne doit pas intervenir dans un règlement de compte d'homme à homme. La rue était étroite et sombre, mais les quelques mouvements haineux des deux frères l'avaient placée sous un éclairage cruel que percevait Mario. La rue devenait un passage de la Bible où deux frères dirigés par deux doigts d'un seul Dieu s'insultent et se tuent pour deux raisons qui n'en sont qu'une. Pour Dédé la rue était coupée du reste de Brest. Il attendait que s'échappât une âme. Les deux hommes se battaient en silence, dans une rage grandissant à mesure que le silence les exaltait en ne leur faisant entendre que le bruit formidable de leurs détentes et de leur attention, du souffle de leur mufle; à mesure encore que leur fatigue augmentait, risquant de les perdre l'un et l'autre, de les livrer l'un et l'autre au coup sournois et dernier donné lentement, presque tendrement et qui tuerait d'épuisement le vainqueur. Trois dockers regardaient, en fumant une cigarette. Secrètement, en eux seuls, ils pariaient pour l'un, puis pour l'autre. Tout pronostic était difficile à maintenir tant la vigueur des combattants paraissait égale, d'une égalité qu'augmentait encore leur ressemblance, qui équilibrait la bataille et l'harmonisait comme une danse. Dédé regardait. S'il connaissait admirablement la musculature au repos de son pote il ignorait son efficacité dans la bagarre — surtout contre Querelle qu'il n'avait jamais vu se battre. — Querelle s'accroupit soudain et tête baissée, il fonça contre le ventre de Robert qui fit culbuter son frère sur le dos. C'est en décidant de frapper son frère que Robert connut le plus pur instant de liberté, instant très bref où se trouvait à peine la possibilité de choisir le combat ou son refus. Le béret du matelot tomba d'un côté du groupe empoigné, et de l'autre la casquette de Robert. Afin de se donner la supériorité du droit, afin de justifier sa lutte, Robert eut l'idée de proclamer très haut, dans l'ardeur du combat, son mépris pour son frère. Le premier mot qui lui vint fut :

— Sale enculé.

Mais il ne l'exprima que par un râle. Tout un discours confus, embrouillé dans son souffle, affluait à son esprit :

— « Se faire enculer par un patron de bordel ! Salé petit con ! Et ça crâne, encore. Ça se fait dorer la lune et ça se donne pour un caïd. J'ai bonne mine, moi, avec un frangin qui prend des bittes dans le cul. »

Pour la première fois il osait penser les mots obscènes qu'il n'avait jamais pu s'habituer à prononcer ni à entendre.

— « J'ai bonne mine, j'ai bonne mine ! Et la gueule de Nono, ce con-là quand il me racontait ! »

Les trois dockers s'écartèrent. Dédé vit un instant la tête de Robert serrée entre les cuisses épaisses de Querelle qui la martelait de ses deux poings. Tout à coup, un pied de Robert chaussé de pantoufles de feutre repoussa violemment la figure de Querelle dont les cuisses s'entrouvrirent. Dédé hésita un instant puis il ramassa d'abord le béret du matelot. Il le tint une seconde dans la main, et il le posa sur une borne. Si Robert était vaincu il ne fallait pas qu'il eût encore la tristesse de voir son petit copain au visage désolé, s'orner de ce béret flamboyant qui l'éclairait avec la puissance d'un projecteur; non plus qu'il voie le gosse tendre au vainqueur, comme pour l'en couronner, un ecoiffure aussi significative. Son hésitation avait à peine duré, toutefois comme elle contenait tout entière une délibération, elle étonna Dédé. Elle l'étonna et son choix lui causa une impression à la fois pénible — d'une déchirure — et presque voluptueuse. Il fut stupéfait d'avoir conscience — ayant dû se décider lors d'un fait apparemment quelconque — que ce fait fût important. L'importance était dans la conscience révélée à l'enfant de sa liberté. Il pensa. La veille il avait, en embrassant Mario, rompu la molle séquence d'un mouvement commencé depuis longtemps, et ce premier acte audacieux lui faisait entrevoir la liberté, le grisait, et le fortifiait déjà pour lui permettre d'en tenter un second. Mais cette tentative (réussie) de liberté fit reculer l'homme qui, avons-nous dit, sommeillait en Dédé, et qui n'était que sa ressemblance qu'il poursuivait, un peu avec Mario, surtout avec Robert. En effet Dédé avait connu Robert quand celui-ci travaillait encore aux docks. Ensemble ils avaient commis quelques vols dans les entrepôts, et quand, de docker, Robert était devenu maquereau, Dédé s'était caché d'être en relation avec le policier. Toutefois, à cause de leur ancienne amitié, et par respect pour sa réussite, jamais Dédé ne songea à espionner Robert, mais il s'arrangeait d'avoir par lui des renseignements pour Mario. La rue s'éclairait de leurs gestes fraternels sillonnés de reflets, elle s'obscurcissait de la force de leur haine, de toute la noirceur de leurs yeux invisibles, de leur haleine. Querelle s'était redressé. Dédé regardait sa croupe violente s'arc-bouter. Une voix moqueuse mais admirative cria :

— I' y met la main au panier !

Sous le drap bleu du pantalon Dédé devinait la marche et la résistance des muscles qu'il connaissait par ceux de Robert. Il savait les réactions des fesses, des cuisses, des mollets. Il voyait, malgré l'étoffe de la vareuse, le dos bosselé, les épaules et les bras. Querelle semblait se battre contre soi-même. Deux femmes s'étaient approchées. D'abord elles ne parlèrent pas. Elles serraient contre elles leur cabas à provisions ou leur flûte de pain fantaisie. Enfin elles demandèrent pourquoi ces deux hommes se battaient :

— Qu'est-ce qui y a eu ? Vous ne savez pas, vous ?

Mais elles ne sauraient rien. Personne ne savait rien. On se battait pour des raisons de famille. Elles n'osaient pas non plus continuer leur chemin, la rue étant barrée par le combat, leurs yeux étaient fascinés par ce nœud des deux mâles dépeignés, en sueur. De plus en plus les deux frères se ressemblaient. Dans leur visage le regard avait perdu sa cruauté. Il n'y avait de visible, au passage, que la fatigue et que la volonté — non de vaincre mais volonté tout court — espèce d'acharnement à ne pas abandonner cette lutte qui était tout de même une union. Dédé restait calme. Il lui semblait peu important que l'un ou l'autre fût vainqueur puisque, de toute façon, c'est le même visage et le même corps qui se relèvera, secouera ses habits déchirés et poudreux, repeignera de la main, et très négligemment, avant de coiffer l'une ou l'autre coiffure, les cheveux défaits. Ces deux visages si exactement les mêmes venaient d'engager une lutte héroïque et idéale — dont ce combat n'était que la projection grossière visible aux yeux des hommes — pour la singularité. Plutôt que de se détruire, ils paraissaient vouloir se joindre, se confondre dans une unité qui, de ces deux exemplaires obtiendrait un animal beaucoup plus rare. Le combat qu'ils menaient était plutôt une lutte d'amour où personne n'osait sérieusement intervenir. On devinait que les deux combattants se fussent ligués contre le médiateur qui — au fond — n'eût désiré d'intervenir qu'afin de participer à cette partouze. Obscurément Dédé comprit cela. Il éprouva une égale jalousie à l'égard des deux frères. Mais une grande résistance s'opposait à leurs travaux. Ils se tordaient, se malaxaient, se défaisaient, pour s'incorporer mutuellement : leur double résistait. Querelle était le plus fort. Quand il fut très sûr de dominer son frère il lui murmura à l'oreille :

— Répète. Répète-le.

Robert haletait sous la pression décidée, dans les boucles impossibles à dénouer des muscles de Querelle. Il regardait le sol. Il mordait la poussière. L'autre, la flamme, la fumée et la foudre aux naseaux, à la bouche et aux yeux, murmurait sur sa nuque :

— Répète.

— J'répète pas.

Querelle eut honte. Maintenant toujours dans ses replis le corps et les jambes de son frère, il frappa plus fort parce qu'il avait honte d'avoir frappé. Non satisfait d'avoir vaincu l'ennemi mais l'ayant humilié, il s'acharna sur lui afin de détruire qui, couché dans la poussière ou redressé, le haïssait. Traîtreusement, Robert réussit à sortir son couteau. Une femme poussa un cri et toute la rue fut aux fenêtres. Maintenant apparaissaient des femmes dépeignées, en jupons, la gorge presque visible, débordante, précipitée par dessus les accoudoirs sur la balustrade des balcons. Elles n'avaient pas la force de s'arracher à ce spectacle afin d'aller chercher à l'évier un seau d'eau qu'elles jetteraient sur ces deux mâles comme on les jette sur des chiens lubriques, cloués par la fureur. Dédé lui-même eut peur, pourtant il eut la crânerie de dire aux dockers qui risqueraient bientôt d'intervenir :

— Mais laissez-les. Ma parole, c'est des hommes. C'est des frangins, y savent ce qu'y z-ont à faire.

Querelle se dégagea. Il était en danger de mort. Pour la première fois de sa vie l'assassin était menacé, et en lui il sentit poindre un profond engourdissement contre lequel il lutta. A son tour, il sortit son couteau et, reculant contre le mur, prêt à bondir, il le tint ouvert dans sa main.

— I'paraît que c'est des frères ! Faut pas les laisser faire !

Mais le peuple de la rue attentif aux balcons ne pourrait entendre un dialogue plus émouvant que celui qu'ils échangeaient :

« Je passe un fleuve couvert de dentelles. Aide-moi, j'aborde à ta rive... »

— « Ce sera dur, mon frère; tu offres trop de résistance...»

— « Qu'est-ce que tu dis? J'entends à peine? »

— « Saute sur mon rire. Accroche-toi. Ne t'occupe pas de ta douleur. Saute. »

— « Ne t'échappe pas ! »

— « Je suis là. »

— « Parle plus bas. Je suis déjà chez toi ! »

— « Je vous aime plus que moi-même. J'ai feint de vous haïr. Mes querelles me séparaient de vous où m'appelle une douceur trop dangereuse. Mon rire c'est le soleil qui chasse les ténèbres que vous établissez en moi. J'ai criblé la nuit de poignards. J'accumule les barricades. Mon rire m'isole, m'éloigne de vous. Vous êtes beau. »

— « Vous l'êtes autant que moi ! »

— « Taisez-vous. Nous risquons de nous dissoudre dans une unité trop exactement précisée. Dresse contre moi tes chiens et tes loups. »

— « C'est inutile. Chaque querelle t'embellit, te pare d'un éclat douloureux. »

— « Ne te décourage pas. Travaille. »

Les trompettes sonnèrent.

— Ils vont se tuer !

— Vous, les hommes, séparez-les !

Les femmes geignaient. Les deux frères s'observaient, le couteau à la main, et le corps très droit, presque paisible, comme s'ils allaient marcher posément l'un contre l'autre pour échanger, le bras levé, le serment florentin qu'on ne prononce qu'un poignard à la main. Peut-être allaients-ils se tailler la chair pour se coudre l'un à l'autre, se greffer. Une patrouille parut au bout de la rue.

— Les bourres ! Cassez-vous en vitesse.

En disant cela d'une voix sourde et rapide, Mario s'était jeté contre Querelle qui voulut le repousser, mais Robert, après avoir regardé dans la direction de la patrouille referma son couteau. Il tremblait. Un peu inquiet et la voix haletante, à Dédé — car le truchement d'un médiateur était encore indispensable, il dit :

— Dis-y qu'i' se barre.

Cependant, comme le temps pressait, qu'il se débarrassait d'un coup de tout le protocole tragique imposé par la rigueur théâtrale (dont les nécessités sont profondes) comme un empereur qui invective directement son ennemi, par-dessus les ornements de l'étiquette guerrière, par-dessus le barrage de généraux et de ministres, il s'adressa directement à son frère. Avec une sécheresse et une autorité que seul Querelle pouvait comprendre, où une familiarité secrète était contenue excluant de ce débat les tenants ou les spectateurs, il dit :

— Taille-toi. Je vais aller te retrouver. On remettra ça.

Robert eut un instant l'idée d'affronter seul la patrouille, mais elle approchait avec une vitesse dangereuse. Il dit :

— Ça va. On va s'en occuper.

Ils partirent tous les deux sans se parler, sans même se regarder, sur le trottoir opposé, du côté libre de la rue, Dédé suivit Robert en silence. Il regardait quelquefois Querelle dont la main droite était ensanglantée.

En face de Robert, Nono reprenait sa véritable virilité qu'il perdait un peu avec Querelle. Non qu'il y prit l'âme ou les gestes d'un pédé, mais auprès de Querelle, cessant de considérer un homme qui aime les femmes, il baignait dans l'atmosphère spéciale que suscite toujours un homme aimant les hommes. Entre eux, pour eux seuls, s'établissait un univers (avec ses lois et rapports secrets, invisibles) d'où l'idée de femme était bannie. Au moment de la jouissance un peu de tendresse avait troublé les rapports des deux mâles — surtout quant au patron. — Tendresse n'est pas le mot juste, mais il dit mieux le mélange de reconnaissance à l'égard du corps d'où l'on tire son plaisir, de douceur qui vous fond quand le plaisir s'écoule, de lassitude physique, de dégoût même qui vous noie et vous allège, vous enfonce et vous fait voguer, de tristesse enfin et cette pauvre tendresse, émise un peu comme un éclair gris et doux, continue à altérer doucement les simples rapports physiques entre mâles. Non que ceux-ci deviennent quelque chose approchant le véritable amour entre homme et femme ou entre deux êtres dont l'un est féminin, mais l'absence de femme dans cet univers oblige les deux mâles à tirer d'eux un peu de féminité. A inventer la femme. Ce n'est pas le plus faible ou le plus jeune, ou le plus doux qui réussit le mieux cette opération, mais le plus habile qui est souvent le plus fort et le plus âgé. Une complicité unit les deux hommes, mais née de l'absence de femme, cette complicité suscite la femme qui les lie par son manque. Dans leurs rapports à cet égard, nulle feinte, nul besoin d'être autre chose que ce qu'ils étaient : deux mâles, très virils, qui se jalousent peut-être, se haïssent mais ne s'aiment pas. Presque sans l'avoir prémédité, Nono avait tout avoué à Robert. A l'espèce de soulagement qu'il éprouvait, au fait qu'il n'avait plus de rage en se rappelant le court dialogue des deux frères : — « J'aime mieux ton boulot ». — « C'est pas toujours marrant », il est évident que l'aveu était l'éclosion d'une honte qui l'obsédait depuis ce fameux soir. Jamais Nono n'avait essayé de tomber Robert. Jamais Robert, connaissant les règles du jeu, ne lui avait demandé de s'envoyer la patronne. D'ailleurs, alors qu'il venait au bordel en client, il remarqua seulement Madame Lysiane quand elle l'eut choisi. En constatant chez Robert son indifférence à l'idée de son frère couchant avec Nono, celui-ci éprouva une grande joie. Il souhaitait obscurément voir Robert se lier davantage à lui, le reconnaître pour son beau-frère. Deux jours après il avoua tout. Avec prudence d'abord.

— Je crois que j'ai gagné. Avec ton frangin, ça va gazer.

— Ça m'étonnerait.

— Ma parole. Seulement n'en cause pas, même à lui.

— Ça me regarde pas. Mais tu vas pas me faire croire que t'as réussi à le fourrer?

Nono rigola, l'air à la fois gêné et triomphant.

— Sans blague, t'as réussi? Ça m'étonne, tu sais.

Madame Lysiane était bonne et douce. A la douceur savoureuse de sa chair pâle s'ajoutait cette bonté d'une femme dont la plus essentielle fonction consiste à veiller sur les vicieux, traités comme de charmants malades. Elle recommandait à « ses filles » d'être un ange pour ces messieurs : pour le fonctionnaire de la sous-préfecture aimant par Carmen être privé de confiture ; pour l'ancien amiral qui se promenait nu, gloussant, une plume au derrière, poursuivi dans la chambre par Elyane costumée en fermière ; un ange pour M. le Greffier qui voulait être bercé ; un ange pour celui qu'on enchaîne au pied du lit, et qui aboie ; un ange pour ces messieurs rigides et secrets que la douceur du bordel et l'apostolat de Madame Lysiane dévêtaient jusqu'à l'âme, montrant à nos yeux qu'elle contient la richesse et la beauté d'un paysage méditerranéen. A soi-même, en haussant les épaules, Madame Lysiane se disait parfois :

— Heureusement, qui y a les vicieux, Mesdemoiselles, ça permet aux mal foutus de connaître l'amour.

Elle était bonne.

Encore incrédule, Robert souriait.
— Si je te disais que ça y est ? Mais tu la boucles, hein ?
— Pisque je te le dis.

A mesure que le patron lui racontait l'aventure, le détail, les fraudes de Querelle avec le dé, l'indifférence apparaissait chez Robert. Il enrageait. La honte serrait sa bouche, creusait ses joues pâles, en même temps qu'en face de Nono il devenait pauvre et mou.

Sauf ce que la Penfeld et la mer limitent, des remparts très épais entourent la ville de Brest. Ils se composent d'un fossé profond et d'un remblai. Le remblai — côté intérieur et côté extérieur — est planté d'acacias. A l'extérieur de la ville un chemin le longe où Vic fut assassiné et abandonné la nuit par Querelle. Le fossé est encombré de broussailles, de ronces, et par place, de joncs sur des marécages. On y déverse des tombereaux d'ordures. L'été, et jusqu'à l'automne, tous les marins descendus à terre pour un soir, s'ils ont loupé pour rentrer à bord, la dernière vedette — de 22 heures — vont y dormir en attendant celle de 6 heures du matin. Ils s'allongent sur l'herbe, parmi les ronces. Le fossé, le talus, sont alors jonchés de matelots endormis sur les feuilles. Ils ont des poses bizarres, exigées par la disposition des racines, des arbres, du terrain et par la protection indispensable de la tenue de sortie. Avant que de s'allonger ou se recroqueviller, ils ont posé culotte ou dégueulé. Accablés, ils s'affaissent au bord de l'endroit souillé. Le fossé est semé d'étrons. Au milieu d'eux, prudemment, les marins lucides se préparent une bauge sommaire et s'endorment. Ils ronflent sous les branches. La fraîcheur de l'aube les réveille. Encore dans les fossés, de place en place, demeurent quelques roulottes de bohémiens, quelques feux, des cris de gosses pouilleux, des disputes. Les Gitans parcourent la campagne où les Bretons sont naïfs et les filles coquettes, vite éblouies par une corbeille pleine de coupons de dentelles à la mécanique. La maçonnerie des remparts est solide. Le mur soutenant le talus de la ville est épais, intact, sauf quelques pierres qui se détachent parce qu'un arbre a poussé dans les interstices. C'est sur ce talus planté d'arbres, pas très loin de l'Hôpital ni du Bagne, qu'a lieu chaque jour de semaine l'école des clairons du 28ᵉ Régiment d'Infanterie Coloniale. Le lendemain du meurtre, Querelle, avant d'aller à « La Féria » se promena parmi les anciennes fortifications, sans toutefois s'approcher du lieu du crime où la police avait peut-être laissé des gardes. Il cherchait une cachette pour ses bijoux. En plusieurs points du monde il avait des dépôts secrets, habilement notés sur des papiers conservés dans son sac. En Chine, en Syrie, au Maroc, en Belgique. Le carnet portant ces inscriptions était quelque chose comme le « registre des massacres » de la police.

Shanghaï, Maison de la France. Jardin. Baobab de la grille.

Beyrouth, Damas. Dame au piano. Mur de gauche.

Casa, Banque Alphand.

Anvers, Cathédrale. Clocher.

Querelle entretenait en bon état le souvenir des cachettes de son trésor. Il en tenait les détails et l'ensemble avec une précision scrupuleuse, s'aidant de toutes les circonstances qui avaient eu lieu alors qu'il découvrait la planque et l'organisait. Il se rappelait chaque fissure de la pierre, chaque racine, les insectes, l'odeur, le temps, les triangles d'ombre ou de soleil et chaque fois qu'il les évoquait, ces minuscules scènes lui apparaissaient avec une précision étonnante, sous la lumière d'une mémoire exacte, donnée en bloc et dans l'illumination d'une véritable fête, éblouissante, énorme et précieuse. Tout à coup et ensemble, lui étaient donnés les détails de telle cachette. Ils étaient en relief, précisés par un soleil cru qui leur donnait l'évidence d'une solution mathématique. Querelle entretenait le souvenir des cachettes, mais il s'efforçait d'en oublier le contenu afin d'éprouver la joie d'une surprise lorsqu'il ferait le tour du monde exprès pour aller les rouvrir. Cette imprécision des richesses enfermées était une sorte de nimbe qui rayonnait d'elles, de la cachette, de cette fissure malicieuse et gorgée d'or, et peu à peu s'écartant des foyers d'intensité, se rejoignaient et enveloppaient le monde dans une douceur délicieuse et blonde où l'âme de Querelle était à son aise, où elle connaissait la liberté. Querelle était fort de se sentir riche. A Shanghaï, sous les racines du Boabad de la grille, il avait enterré le résultat de cinq cambriolages et du meurtre, commis en Indochine, d'une danseuse russe; à Damas, dans les ruines de la Dame au Piano, il avait enfoui le résultat d'un meurtre commis à Beyrouth. A ce crime s'attachait le souvenir des vingt ans de bagne de son complice. A Casablanca, Querelle avait caché une fortune dérobée au Caire à un Consul de France. S'y rapporte le souvenir de la mort d'un marin anglais, son complice. A Anvers, dans les pointes du clocher de la cathédrale il a caché une petite fortune, bénéfice de plusieurs cambriolages réussis en Espagne et liés à la mort d'un docker allemand, son complice et sa victime.

Querelle marchait au milieu des ronces. Il reconnut le bruit délicat des pointes d'herbe frôlées par le vent, entendu la veille même, après le crime. Il n'eut aucune peur, aucun remords non plus, et l'on s'en étonnera moins si l'on admet que Querelle a déjà accepté — non d'être dans le crime — mais de porter en soi le crime. Ceci demande une courte explication. Si Querelle s'était trouvé, avec des gestes habitués aux situations normales, soudain dans un univers transformé, il eût éprouvé une certaine solitude, un certain effroi : le sentiment de son étrangeté. Mais en l'acceptant, l'idée du meurtre lui était plus que familière, de son corps elle était une exhalaison dans laquelle il baignait le monde. Ses gestes n'étaient pas sans écho. Querelle avait donc le sentiment d'une autre solitude : celle de sa singularité créatrice. Répétons toutefois, que nous découvrons ici un mécanisme qu'utilisait avec moins de conscience notre héros. Il examina chaque fissure de la muraille des fossés. A un endroit les ronces étaient plus proches du mur et plus épaisses. Elles étaient prises par le pied dans la maçonnerie. Querelle regarda de plus près. L'endroit lui plut. Personne ne l'avait suivi. Personne n'était derrière lui ni au sommet du talus que le mur soutient. Il était seul dans le fossé des fortifications. Les mains très enfoncées dans ses poches, afin de les protéger des ronces, délibérément, il entra dans le buisson. Un instant il resta au pied du mur, immobile. Il examina la maçonnerie. Il vit quelle pierre il faudrait faire basculer pour creuser un peu la muraille : un petit sac de toile contenant de l'or, des bagues, des bracelets cassés, des boucles d'oreilles et de la monnaie d'or italienne, ne nécessiterait pas beaucoup de place. Il regarda longtemps. Il s'hypnotisa. Bientôt il fut dans une espèce de sommeil, d'oubli de soi qui le laissait s'incorporer au lieu où il se trouvait. Se voyant entrer dans la muraille dont tous les détails lui apparaissaient avec une précision blessante, son corps pénétrait dans le mur. Ses dix doigts avaient des yeux au bout. Tous ses muscles même en avaient. Il fut bientôt le mur et il le demeura un moment, sentant vivre en soi tous les détails des pierres, les fissures le blesser, par où coulait un invisible sang, d'où s'exhalait son âme et ses cris silencieux, une araignée chatouiller l'antre minuscule de l'interstice de deux de ses doigts, une feuille se coller délicatement à l'une de ses pierres humides. Enfin, s'apercevant être appuyé à la muraille dont il sentait dans ses mains les aspérités mouillées, il s'efforça de la quitter, d'en sortir mais il en sortit talé à jamais, marqué par l'endroit très particulier des remparts qui resteraient dans la mémoire de son corps et Querelle était sûr de les retrouver cinq ou dix ans plus tard. En s'en retournant il songea, sans trop y attacher d'importance, qu'un second crime avait été commis à Brest. Dans le journal il avait vu la photo de Gil et reconnu le chanteur souriant.

Sur le « Vengeur » Querelle n'avait rien perdu de son arrogance triste, de son irritabilité. Malgré sa fonction d'ordonnance, il conservait une élégance redoutable. Sans paraître travailler, il s'occupait des affaires du lieutenant qui n'osait plus le regarder en face depuis cette réponse où Querelle avait enfermé une si sûre ironie, une si parfaite confiance dans sa force sur l'amoureux. Querelle dominait ses camarades par sa force, sa sévérité, par un prestige qui augmenta quand ils surent que tous les soirs il se rendait à

« La Féria ». Il n'allait du reste que là où des matelots l'avaient vu serrer la main du patron et de Madame Lysiane. La réputation du patron de « La Féria » avait franchi les mers. Les marins parlaient entre eux de Nono nous l'avons dit, comme des canards de Cholon, comme de la Crillolla, de Bousbir ou de Bidonville. Ils étaient impatients de connaître la boîte mais quand ils virent, dans une rue sombre et humide, cette petite maison délabrée et pisseuse, aux volets clos, ils furent étonnés et inquiets. Beaucoup n'osèrent franchir la porte cloutée. Qu'il en devint un habitué chargea Querelle de plus de pouvoirs. Il n'était pas permis de supposer qu'il avait joué aux dés avec le patron. Querelle était assez puissant pour demeurer intact, resplendir davantage même, d'une pareille fréquentation. Et s'il n'y avait jamais aucune pute auprès de lui cela prouvait encore qu'il ne venait pas en client, mais en mac et en ami. D'avoir une femme en maison faisait de lui un homme et non plus un matelot. Il avait autant d'autorité qu'un galonné. Querelle se sentait enveloppé d'un immense respect, et quelquefois ce bien-être dans lequel il baignait le faisait s'oublier. Il devenait arrogant avec le lieutenant dont il connaissait le désir rentré. Malicieusement Querelle cherchait à l'exacerber; avec un naturel étonnant il trouvait les poses les plus suggestives; soit qu'il s'appuyât contre le chambranle, un bras soulevé pour montrer son aisselle, soit qu'il s'assît sur la table en ayant soin d'y écraser ses cuisses et de relever le pantalon pour montrer ses mollets musclés et velus, soit qu'il cambrât ses reins, soit qu'il prît pour répondre à l'officier une posture plus audacieuse encore et qu'à son appel, il s'avançât, les mains dans les poches tendant l'étoffe de la braguette sur la verge et les couilles, le ventre insolent. Le lieutenant s'affolait, n'osait se fâcher ni se plaindre, ni même adorer Querelle à haute voix. Le plus étonnant souvenir qu'il conservait de lui — et celui qu'il évoquait souvent — c'était, à Alexandrie d'Egypte en plein midi, l'apparition du matelot à la coupée du bateau. Querelle riait de toutes ses dents mais d'un rire silencieux. A cette époque son visage était bronzé, doré plutôt comme l'est toujours le teint des blonds. Dans un jardin arabe il avait cueilli cinq ou six rameaux chargés de mandarines et, pour n'en pas encombrer ses mains qu'il aimait avoir libres pendant la marche afin de mieux rouler les épaules, il les avait mis dans l'échancrure de sa veste blanche d'où ils surgissaient, derrière la cravate de satin noir jusqu'à frôler son menton. Ce détail fut, pour l'officier, la révélation soudaine et intime de Querelle. Ce feuillage sortant par l'encolure de sa veste, était sans doute ce que le matelot portait sur sa large poitrine à la place de pelage, et peut-être à chacune des branches intimes et précieuses, était-il accroché des couilles éclatantes, dures et douces à la fois. Une seconde à peine immobile à la coupée, avant que son pied ne touchât le plancher métallique et brûlant du pont, Querelle s'avança vers les copains. Presque tout l'équipage était à terre. Ce qu'il en restait, assommé par le soleil, était allongé à l'ombre d'une bâche. Un des gars cria :

— Oh la vache ! et tu parles d'une cosse ! L'a pas le courage de les tenir.

— Tu voudrais pas, j'aurais eu l'air d'aller à la noce.

Querelle sortait péniblement les branches qui s'accrochaient au maillot rayé, à la cravate de satin noir. Il souriait toujours.

— Où que t'as trouvé ça ?

— Dans un jardin. Je suis rentré.

Si les meurtres de Querelle établissaient autour de lui une haie charmante, parfois il les sentait se flétrir jusqu'à n'être plus qu'une tige de fer indifférente. Cette sensation était terrible. Abandonné de ses plus hautes protections — dont la réalité lui était alors douteuse, incontrôlable ou peut-être réductible à cette indifférence en forme de tige métallique — il était soudain nu et pauvre parmi les hommes. Effectivement, il se ressaisissait. D'un coup de talon sur le plancher brutal du « Vengeur », il remontait jusqu'à cette région Champs-Elyséenne pour retrouver groupés les véritables sens de ses assassinats défunts. Mais auparavant, le désespoir d'être déchu lui faisait multiplier les cruautés quand il croyait accorder des caresses. Parmi l'équipage, on disait alors qu'il était enragé. N'ayant l'habitude de l'amitié ni de la camaraderie, il se trompait. Tout à coup il voulait plaisanter afin de gagner ses camarades, mais il les blessait. Blessés, ils ruaient, se cabraient. Querelle s'obstinait encore, enrageait pour de bon. Mais les véritables rapports sympathiques, la cruauté les engendre, et la haine. On admirait la vacherie de Querelle, que l'on haïssait, or, cette haine dirigée contre lui mordait son marbre et sculptait sa beauté. Il vit le lieutenant qui le regardait. Il sourit et vint dans sa direction. L'éloignement de France, la disponibilité accordée aux hommes pour ce jour de repos, la chaleur écrasante, l'air de fête du navire dans la rade, relâchaient la rigueur des rapports entre officiers et matelots. Il dit :

— Vous voulez une mandarine, Lieutenant ?

L'officier s'approcha en souriant. Alors s'accomplit ce double geste, commencé simultanément : cependant que Querelle portait sa main à un fruit en essayant de le détacher, le lieutenant sortait la sienne de sa poche et la tendait lentement vers le matelot qui, souriant y déposa son cadeau. L'harmonie de ces deux gestes, plus que tout, troubla l'officier. Il dit encore :

— Merci, matelot.

— Y a pas de quoi, Lieutenant.

Querelle se retourna vers ses copains, détacha quelques mandarines qu'il leur jeta. Le lieutenant s'était lentement écarté, et il pelait avec une négligence affectée son fruit, en se disant avec joie que ses amours avec Querelle seraient pures car leur premier geste d'union venait de s'accomplir selon les lois d'une si touchante harmonie qu'elle était sûrement commandée par leurs deux âmes ou mieux même par une entité unique — l'amour — n'ayant qu'un seul foyer mais deux rayons. A droite et à gauche il jeta un regard inquiet puis, ayant tout à fait tourné le dos au groupe de matelots, sûr de n'être vu de personne, il mit tout entière la mandarine dans sa bouche, et il la conserva un instant dans le creux d'une joue.

— C'est des couilles de beaux gosses que devraient chiquer les vieux loups de mer, pensa-t-il.

Prudemment, il se retourna. Devant les matelots allongés qui, de loin, devenaient une masse énorme de virilité, Querelle était debout, lui tournant le dos. Le lieutenant regarda juste à temps pour le voir fléchir à demi sur ses grandes jambes vêtues de toile blanche, les mains sur les cuisses, faire un effort (il imagina la face congestionnée et le sourire du matelot attendant la délivrance, ses yeux à fleur de tête, son sourire figé) un effort plus grand encore et lâcher dans sa propre direction une série de pets sonores, vifs, nerveux et secs comme si le fameux pantalon blanc (Querelle l'appelait son fendart) se fût fendu de haut en bas, et salués par les mille hurrahs et pavillons joyeux, les éclats de rire de ses camarades. Honteux, le lieutenant tourna précipitamment la tête et s'éloigna. Chez Querelle, cette apparence de joie (nous disons apparence encore qu'il y eût effectivement joie car elle n'était que superficielle, une sorte plutôt de griserie) était causée par la légèreté née de l'angoisse. (Nous nous défendons de vouloir décrire un cas pathologique. Les réactions, les mouvements cités s'observent chez tous les hommes). Querelle accomplissait les plus dangereux de ses délits sans volontairement choisir d'y mettre une erreur mais, à peine sortait-il d'un vol, d'un meurtre même, et il s'apercevait de l'erreur, — quelquefois des erreurs — qui s'y étaient glissées. C'était souvent très peu de chose. Un léger décalage de son acte, une main mal posée, un briquet oublié dans les doigts du mort, une ombre que son profil avait dessinée sur une surface claire et qu'il croyait y avoir laissée, peu de chose assurément puisque, quelquefois même, le saisissait l'angoisse que ses yeux — qui en virent l'image — ne rendissent aux autres visible sa victime. Après chacun de ses crimes, il en repassait le déroulement dans son esprit. C'est alors qu'il accrochait l'erreur. Son étonnante lucidité rétrospective décelait la seule qui existât. (Il en existait toujours au moins une). Et, afin de n'être pas avalé par le désespoir, souriant, Querelle offrait son erreur en hommage à l'étoile qui le protégeait. En lui s'établissait l'équivalent affectif de cette pensée : « On verra bien. Je l'ai fait *justement* exprès. Exprès. C'est bien plus marrant ».

Mais au lieu d'être abattu par la peur, il était soulevé par elle car il était animé par un profond, violent et, pour tout dire, organique espoir dans son étoile. C'est pour la charmer qu'il souriait. Il était sûr que cette divinité protégeant un assassin était joyeuse — la tristesse qu'on découvre et que lui-même découvre dans son sourire n'affleurant qu'aux instants qu'il sentait l'absolue solitude que lui impose un destin si particulier. — Nous disons bien « une absolue solitude » c'est-à-dire solitude qui se veut solitude pour ce qu'elle est source, point de départ d'un univers calqué sur l'autre et le soumettant. Une solitude source de lois singulières, sensible surtout le matin, au réveil quand, pour augmenter cette ressemblance, le corps incurvé par le hamac, enivré par le sommeil, la chaleur et l'ardeur de la nuit, les matelots se retournent à demi, comme des carpes sur la vase, laissant retomber le buste ou les jambes comme les carpes battent le sol ou l'eau de la queue, et comme elles, baillant d'une bouche ronde où ne demande qu'une bitte de copain à s'engouffrer pour l'arrondir encore et la remplir aussi exactement et si profondément que le ferait une colonne de vent. Il devait sourire à son étoile. Ne paraître jamais douter d'elle. En lui souriant il la voyait distinctement.

« Qu'est-ce que je ferais si je ne l'avais pas? »

Ce qui revenait à dire : « Qu'est-ce que je serais si je ne l'avais pas? » « On ne peut pas *n'être que matelot;* cela, cette fonction, c'est ce qu'on croit, mais ce qu'on ne voit pas il faut l'être si l'on veut être quelqu'un ». Le sourire adressé à l'étoile se répercutait à travers tout son corps, y étendait ses rayons ténus tissés comme la toile d'une araignée, et il faisait éclore en Querelle une constellation. Avec la même reconnaissance Gilbert Turko pensait à ses hémorroïdes. Quand Querelle sortit de ce jardin d'Alexandrie, il était trop tard pour jeter dans la rue les branches cueillies en attendant dans l'énervement derrière un massif le moment favorable pour sauter le mur. Où les jeter ? N'importe quel mendiant accroupi dans la poussière, n'importe quel gamin arabe eût remarqué un matelot français qui se débarrasse de branches chargées de mandarines. Le mieux était de les cacher sur soi. Querelle voulait éviter un geste insolite qui eût dû le faire remarquer et c'est ainsi qu'il s'exposa dans un geste ininterrompu du jardin au navire, se contentant toutefois de glisser les branches dans l'échancrure de sa veste, laissant dépasser les feuilles et quelques fruits afin de faire, en l'honneur de l'étoile, de sa poitrine un délicat reposoir. Mais arrivé à bord il sentit le péril qu'il courait encore, qu'il courrait longtemps bien qu'il n'eût pas le sentiment de la persistance de l'éclat d'un crime : alors il adressa, un pied sur l'échelle de la coupée, et l'autre suspendu, un sourire ensorceleur à sa nuit secrète. Dans la poche de son pantalon, il conservait le collier de pièces d'or et les deux mains de Fatma volées dans la villa où il avait cueilli les mandarines. L'or lui donnait du poids, une sécurité terrestre. Quand aux matelots écrasés par la chaleur et l'ennui il eut distribué le feuillage et les fruits, soudain pur, il éprouva un tel sentiment de sa limpidité qu'il dut s'observer à chaque seconde, du pont au poste avant, afin qu'aux yeux de tous il ne sortît pas de sa poche les bijoux volés. La même allégresse, confondant son seul espoir dans son étoile et sa certitude d'être perdu, le souleva (le mot allégresse appelle alléger) l'allégea durant sa marche dans le chemin des remparts quand, brillant tout à coup dans son esprit avec une ténacité lancinante, ce fait lui apparut : les policiers avaient découvert un briquet près du matelot assassiné et ce briquet, disaient les journaux, appartenait à Gilbert Turko. Cette découverte d'un détail dangereux l'exalta comme si elle l'eût mis en rapport avec le monde entier. C'était le point de contact qui lui permettait de refaire son acte à l'envers — donc le défaire — mais, à partir de ce détail, découper en gestes bruissants et lumineux qui pouvaient le signaler comme si cet acte détricoté s'adressait à Dieu ou à quelqu'autre témoin et juge. Querelle reconnaissait la faute terrible, mortelle. Dans cet acte il discernait la présence de l'Enfer et pourtant, déjà, pour le combattre, pointait une aube, aussi pure que ce coin de ciel, orné d'une Vierge bleue et naïve apparaissant par une déchirure de la brume dans l'angle des bateaux votifs de l'église de la Rochelle. Querelle savait qu'il serait sauvé. Lentement, il rentrait en soi-même. Il allait très loin jusqu'à s'y perdre, dans ces régions secrètes afin d'y rencontrer son frère. Nous ne voulons pas, évidemment, parler de tendresse ni d'amour fraternel, mais, plutôt de ce qu'on nomme couramment un sentiment, d'un pressentiment (sens habituel du préfixe « pre »). Querelle pressentait son frère. Sans doute venait-il de s'opposer à lui dans un combat risquant d'être mortel, mais la haine qu'il lui portait en surface n'empêchait pas de retrouver présent Robert dans le fond le plus retiré de lui-même. Ce qu'avait soupçonné Madame Lysiane se réalisait : leur beauté grondait, montrait ses dents, la haine tordait leur visage, leurs corps s'enlaçaient pour une lutte à mort. Et nulle maîtresse de l'un d'eux assistant à cette lutte, n'y eût survécu. Dans leur jeunesse déjà, quand ils se battaient, on ne pouvait ne penser que derrière leurs faces torturées, dans une région plus lointaine, leurs ressemblances ne s'épousassent. C'est à l'abri de cette apparence que Querelle pouvait retrouver son frère.

Quand ils furent arrivés au bout de la rue, spontanément Robert prit à gauche, en direction du bordel, et Querelle à droite. Il serrait les dents. En face de Dédé, son frère, ivre de fureur, presque à mi-voix lui avait dit :

— Salope. Tu t'es fait enculer par Nono. Il a fallu que ton emmanché de bateau t'amène ici. Ordure !

Querelle pâlit. Il regarda fixement Robert :

— J'ai fait pire. Et j'fais c'qui m'plaît. Et barre-toi ou j'te montre ce que c'est qu'une ordure.

Le gosse ne bougeait pas. Il attendait que Robert défendît jusqu'au sang un honneur souillé. Les deux hommes se battirent. Néanmoins, Querelle, en tournant à droite, cherchait déjà un motif qui lui permît de jeter son mépris à la pâle face de son frère et qu'ainsi, quittes l'un envers l'autre, quant à leur haine apparente — et cependant réelle — il le pût rejoindre en soi-même. La tête haute, droite, immobile, le regard fixe, les lèvres pincées à l'extrême, les coudes rapprochés du corps, selon, enfin, une démarche plus serrée, plus étriquée, il se dirigea d'un pas qu'il s'efforça d'assouplir dans la direction des remparts, et plus précisément de la muraille où il avait caché les bijoux. A mesure qu'il s'en approchait, l'amertume le quittait. Il se ne rappelait pas avec exactitude les exploits audacieux qui l'avaient mis en possession des bijoux, mais ces bijoux — leur voisinage suffisant à cela — étaient la preuve efficace de son courage et de son existence. Arrivé sur le talus faisant face à la muraille sacrée, invisible à cause du brouillard, Querelle, les jambes écartées, les mains dans les poches du caban, s'immobilisa : il était tout près d'un des foyers allumés par lui sur la surface du monde, enveloppé dans leur doux rayonnement. Sa richesse lui étant un refuge où il trouvait un confort en puissance, Querelle en faisait déjà bénéficier son frère haï. Un peu d'inquiétude l'assombrissait : le fait que Dédé eût assisté à la bagarre. Non qu'il ait eu honte en face du môme, mais il craignait vaguement qu'il ne manquât de discrétion : Querelle se savait déjà célèbre à Brest.

La nuit, face à la mer. Ni la mer ni la nuit ne me calment. Au contraire. Il suffit que passe l'ombre d'un matelot... Il doit être beau. Dans cette ombre, grâce à elle, il ne peut être que beau. Le navire dans ses flancs contient des brutes délicieuses, vêtues de blanc et d'azur. Je désire chaque ombre que j'entrevois. Qui choisir parmi ces mâles, tous plus beaux les uns que les autres? A peine aurai-je lâché l'un que je voudrai l'autre. Seule me calme cette pensée qu'il n'existe qu'un marin : le marin. Et chaque individu que je vois n'est que la momentanée représentation — fragmentaire aussi, et réduite — du Marin. Il en a tous les caractères : la vigueur, la dureté, la beauté, la cruauté, etc... sauf la multiplicité. Chaque matelot qui passe sert à comparer le Marin. Tous les matelots m'apparaissent-ils vivants, présents, à la fois, tous, et aucun d'eux séparément ne serait le marin qu'ils composent et qui ne peut être que dans mon imagination, qui ne peut être qu'en moi et par moi. Cette idée m'apaise. Je possède le Marin.

Colère de Querelle insultant le quartier-maître. Le quartier-maître :

— Je vous porte la punition.

— Et moi, je te pisse au cul pour te laver les boyaux de la tête !

J'ai signé avec plaisir la punition de Querelle. Il ne passera pas toutefois, devant le Tribunal Maritime. Je veux qu'il me le doive et qu'il sache me le devoir. Il me sourit. Tout à coup m'apparaît l'horreur de l'expression : « Il vit encore » à propos d'un homme blessé, touché à mort, et qu'un spasme agite.

Le pli à mon pantalon d'officier a autant d'importance que mes galons.

J'aime la mer. Le sabot d'un cheval marquant l'eau. Combat des Centaures.

Querelle à ses camarades : — « Fais de l'air ! » ou : — « Fais du vent ! ». C'est alors qu'il avance, gonflé, sûr comme un navire à voiles.

Un travail de victoire a tourné, chantourné chaque boucle, chaque muscle, l'œil et l'oreille. Du moindre pli, d'un coin d'ombre, sur son corps jaillit un regard qui me touche; la cassure d'une phalange, l'intersection des lignes du bras, le cou, me plongent dans un émoi où je me laisse couler pour m'enfoncer plus profond dans la douceur de son ventre, tendre comme le sol d'un sous-bois couvert d'aiguilles de pin. Sait-il la beauté de tout ce qui le compose ? En connaît-il la force ? A travers les ports, les arsenaux, le jour il trimballe des cargaisons d'ombres, des charges de ténèbres où mille regards vont s'apaiser, puiser quelque fraîcheur; la nuit ses épaules transportent une hotte de lumière, ses cuisses victorieuses chassent les vagues de sa mer natale, l'océan se courbe, se couche à ses pieds, sa poitrine n'est que parfums, vagues de parfums. Sur ce navire, sa présence est aussi étonnante — et aussi efficace et normale — que le serait celle d'un fouet de roulier, d'un écureuil, d'une motte de gazon. Ce matin, en passant devant moi — je ne sais s'il m'a vu — de deux doigts qui tenaient une cigarette allumée, il a rejeté son béret en arrière et, on ne sait pour qui, dans l'air ensoleillé, il a dit :

« A la dégoûtée, c'est comme ça ».

Ses boucles luisantes, d'une courbe et d'une matière parfaites, brunes et blondes, ont recouvert le haut de son front. Je l'ai regardé avec dédain. En ce moment il promène sans doute ces grappes de soleil et de nuit volées aux treilles marines que des filles rieuses ont vendangées sur la mer après s'être mirées dans leurs grains lumineux et tranquilles.

Je l'aime. Les officiers m'ennuient. Que ne suis-je matelot ! Je reste dans le vent. Le froid et un mal de tête serrent mon front, me couronnent d'une tiare de métal. Je grandis et je fonds.

Le *Marin* sera celui que j'aimerai.

Une affiche était si belle : un fusilier-marin vêtu de blanc. Ceinturon et cartouchières de cuir. Guêtres. Baïonnette au côté. Un palmier. Un pavillon. Le visage était dur, méprisant. Il méprisait la mort. A dix-huit ans !

— « Doucement commander à ces gars solides et fiers d'aller à la mort ! Le navire crevé sombrer lentement, et moi seul — soutenu peut-être par ce fusilier qui ne mourra qu'avec moi — à l'avant dressé, regarder ces beaux garçons se noyer ! »

On dit que le navire *sombre*.

Les autres officiers s'aperçoivent-ils de mon état, de mon trouble ? J'ai peur que n'en subsiste un peu au cours de mon service, dans les rapports avec eux. Ce matin ma pensée était vraiment hantée par *des idées de jeunes gens* : des voleurs, des guerriers sauvages, des maquereaux, des pillards souriants et sanglants, etc... Je les soupçonnais en moi plutôt que de les bien percevoir. Tout à coup, ils organisaient une scène qui très vite se dissipait. C'étaient je l'ai bien dit, des *idées de jeunes gens* qui, pour une ou deux secondes, ont embaumé ma pensée.

Qu'il dispose ses cuisses et qu'assis, j'y appuie mes mains, comme aux bras d'un fauteuil !

Officier de marine. Adolescent, enseigne même, je ne croyais pas, en choisissant d'être marin, me donner un alibi si parfait. Le célibat se justifie alors. Les femmes ne vous demandent pas pourquoi vous n'êtes pas marié. Elles vous plaignent de ne connaître que des amours rapides, et jamais l'amour. La mer. La solitude. « Une femme dans chaque port ». personne ne s'inquiète de savoir si je suis fiancé. Ni mes camarades, ni ma mère. Nous bourlinguons.

Depuis que j'aime Querelle j'ai tendance à me montrer moins sévère dans le service. Mon amour me fait fléchir. Plus j'aime Querelle et plus en moi la femme se précise, s'attendrit, s'attriste de n'être comblée. En face de n'importe quelle manifestation étrangère à mes rapports avec Querelle tant de misères, de débâcles intérieures, me font dire : « A quoi bon ? ».

Revu l'Amiral A... Il est veuf, paraît-il, depuis plus de vingt ans. Il est lui-même sa veuve souriante et douce. Le gaillard qui l'escorte, (son chauffeur et non son ordonnance) est la résurrection glorieuse de sa chair.

Je rentre d'une mission de dix jours. Ma rencontre avec Querelle produit en moi — et autour de moi, dans l'air ensoleillé — un choc léger, une cassure délicatement tragique. Toute la journée flotte autour d'une vapeur lumineuse : la gravité de ce *re-tour*. Retour définitif. Querelle sait que je l'aime. Il le sait à mes yeux sur lui, et je sais qu'il le sait à son sourire narquois, presque insolent. Mais tout en lui prouve que je lui suis attaché, et tout en lui fidèlement semble s'efforcer de faire que je m'attache encore. Et toute la gêne que nous éprouvons nous fait apercevoir davantage la vertu exceptionnelle de cette journée. S'il l'avait fallu, je n'aurais, ce soir, pu faire l'amour avec Querelle. Non plus qu'avec un autre. Toute mon affectivité afflue dans la joie du retour, congestionne mon bonheur.

J'ai suivi Querelle, de loin, malgré le brouillard. Il est entré dans le plus sale bordel de Brest : «La Féria». Il y joue sans doute les maquereaux. Caché dans une pissotière j'ai épié la porte quelques minutes. Il n'est pas sorti.

Trente-deux ans aujourd'hui. Je suis las. Malgré ma carrure je suis loin d'être aussi bien bâti que lui. Rirait-il s'il me voyait nu?

Querelle est mon ordonnance depuis deux mois. Je n'en puis plus de lui résister, de si exactement peser mes mots, mesurer mes gestes. Je voudrais me jeter à ses pieds afin qu'il me foule, je voudrais que l'amour le jette à mes pieds. A faire mouvoir ce garçon, dont les rouages de l'esprit sont délicats, dont le corps est le réservoir d'une force inconnue mais qui semble, comprimée à l'extrême, dangereuse dans son hésitante destination, j'ai la même inquiétude que si j'étais seul en face du tableau de bord d'une forteresse volante. Que fera-t-il de moi? Où m'emporte-t-il? Vers quelle catastrophe planétaire, héroïque et mortelle aussi? J'appuie mon pouce sur une manette? Et sur l'autre?

Je sors d'un rêve effrayant. J'en peux dire ceci : *Nous* étions dans une écurie (une dizaine de complices inconnus). Qui de nous *le* (je ne sais qui) tuerait? Un jeune homme accepta. La victime ne méritait pas la mort. Nous regardions le meurtre s'accomplir. Le bourreau volontaire porta dans le dos verdâtre du malheureux plusieurs coups de fourche. Au-dessus de la victime, un miroir se trouva soudain, justement pour nous permettre de regarder pâlir nos visages. Ils pâlissaient à mesure que le dos de l'assassiné se couvrait de sang. Le bourreau frappait, désespérément. (Je suis sûr de transcrire fidèlement ce rêve car je ne m'en souviens pas : je le refais à l'aide des mots). La victime — innocente — encore qu'elle souffrît atrocement, aidait le meurtrier. Elle indiquait les coups qu'il fallait porter. Elle participait au drame, malgré le reproche désolé de ses yeux. Je note encore la beauté du meurtrier et le caractère de malédiction qui le revêtait. Toute la journée a été comme tachée de sang par ce rêve. Presque mot à mot : la journée avait une plaie saignante.

Robert tenait à Madame Lysiane à qui, et de plus en plus, honteusement, il était soumis. La patronne maintenant était sûre de son pouvoir. Un soir, comme elle coulait contre lui son corps aux somptueuses courbes, il fit un geste agacé pour chasser les cheveux qui le frôlaient. Caline et mièvre, elle murmura :

— Tu ne m'aimes pas.

— Je t'aime pas ?

Le cri sourd, lourd de reproches, que poussa Robert, s'acheva par ce geste soudain exécuté : ayant de ses deux mains saisi la tête de sa maîtresse, dans sa bouche, il plongea le nez et l'y agita. Quand il l'eut retiré, tous les deux éclatèrent de rire, tant la soudaineté et la beauté de cette preuve d'amour les confondit. On se rappelle, en effet, que Robert détestait ce jeu cher à Madame Lysiane. Or, c'est celui qu'il choisissait, spontanément, pour protester contre l'accusation de sa maîtresse, mais par quoi se révélait le côté puéril de sa tendresse, son abandon — héroïque car son geste était une provocation — à l'amour maternel de « La Féria ».

La main de Querelle était épaisse et forte et Mario, sans s'y être attendu très précisément avait, en avançant la sienne, supposé qu'elle serrerait une main efféminée, donc fragile. Ses muscles n'étaient pas préparés pour une telle poigne. Il examina Querelle. Ce beau garçon, au visage parfait malgré la barbe d'un jour avait le visage même et la carrure athlétique de Robert, il était viril d'allure, un peu brutal, hardi. (Brutalité et force signalées encore par l'économie des gestes).

— Nono, i' n'est pas là ?
— Non, il est sorti.
— C'est toi qui gardes la baraque?
— Y a la patronne. Vous vous connaissez pas?

En prononçant cette question Mario fixa Querelle dans les yeux et ricana. Si la bouche était ironique le regard était dur, sans pitié. Mais Querelle ne soupçonnait rien.

— Si...

Il prononça le « si » en traînant, en donnant au mot un ton d'évidence tellement indiscutable qu'elle imposait la négligence. En même temps il croisait ses jambes et sortait une cigarette. Tout en sa personne s'efforçait de prouver on ne sait à qui, que l'importance de l'instant n'était pas dans cette affirmation mais dans le geste le plus futile.

— T'en veux une?
— Si tu veux.

Ils allumèrent leur cigarette, ils en tirèrent une première bouffée et Querelle la rejetait fièrement, surtout par le nez, confondant la hardiesse de ces naseaux fumants avec la victoire sur soi-même, gardée secrète, qui lui permettait de tutoyer un flic, presque un officier.

La police supposa vite que les deux meurtres étaient l'œuvre de Gil. Elle en fut assurée quand les maçons découvrirent et l'identifièrent ce briquet trouvé dans l'herbe, près du matelot assassiné La police d'abord songea à une vengeance, ensuite à quelque drame d'amour, enfin elle s'arrêta sur l'idée d'aberration sexuelle. De toutes les pièces du Commissariat de Brest se dégageait un sentiment désespérant et plus qu'aucun autre consolant cependant. Nous ne pouvons dire que les policiers s'habituaient à cette atmosphère exhalée par eux. Aux murs étaient épinglées quelques photographies du service de l'anthropométrie judiciaire, quelques fiches signalétiques de criminels recherchés, susceptibles d'avoir gagné un port. Les tables étaient encombrées de dossiers contenant des notes, des précisions importantes. Dès qu'il entrera dans le bureau du Commissariat, Gil sera submergé par une mer, un océan de gravité. Lors de son arrestation par Mario, il connut déjà cette gravité : quand le policier le saisit par la manche, Gil se dégagea, mais, comme s'il l'eût prévu, sans s'interrompre, Mario recommença ou plus exactement continua le geste, avec plus de sévérité, en serrant le biceps avec une autorité telle que le jeune maçon fut vaincu. C'est dans ce bref moment de liberté contenu entre les deux appréhensions — la première vaine et la seconde décisive — que se trouvait contenue toute la puissance de jeu, de chasse, d'ironie, de cruauté, de justice qui compose l'étonnante gravité de la Police, l'âme du policier et le désespoir total de Gil. Il se raidit pour n'y pas succomber, car l'inspecteur accompagnant Mario avait un visage très jeune irradiant la colère et le plaisir de la capture. Gil dit :

— Qu'est-ce que vous m'voulez ?

En tremblant, il ajouta : — ... Monsieur...

Le jeune inspecteur répondit :

— On va te faire voir, ce qu'on veut.

A cette arrogance, Gil comprit avec stupeur que le jeune policier était soulagé par le geste définitif de Mario qui venait d'emprisonner les mains de l'assassin dans une paire de menottes. Il pourrait approcher, insulter ou frapper un fauve orgueilleux et libre maintenant inoffensif. Gil se retourna vers Mario. Son âme enfantine, un instant réapparue, le quitta. Après avoir invoqué mille légions d'anges volant à son secours, il sût que la volonté de Dieu devait s'accomplir. Cédant au besoin de prononcer une belle phrase avant que de mourir — même le silence alors peut être une belle phrase — et qui résumât sa vie, qui la consommât royalement, l'exprimât, il dit : « C'est la vie. » Lorsqu'il entra dans le bureau du Commissaire, il fut accablé d'abord par la chaleur de la pièce et peu à peu il mollit jusqu'à penser qu'il mourrait épuisé, incapable d'aucun effort pour échapper au radiateur qui déjà frémissait, se préparait à se dérouler comme un boa pour s'enrouler autour de lui et l'étouffer. Il subissait la peur et la honte. Il se reprochait de n'avoir pas été assez magnifique. Il devinait aux murs des énigmes sanglantes, plus terribles que la sienne. Quand il le vit, le commissaire fut étonné. Il n'avait pas rêvé d'un pareil assassin. Alors qu'il donnait à Mario des conseils pour mieux agir, il ne pouvait s'empêcher d'inventer de toutes pièces un assassin sur mesure. Or l'expérience, dans ce domaine, n'enseigne jamais rien. Assis devant son bureau et jouant avec une règle, il essayait de donner vie à un pédéraste criminel. Mario l'écoutait sans le croire.

— Il y a des précédents. Nous avons Vacher. Ce sont des individus que leur vice conduit à la folie. Ce sont des sadiques. Et ces deux assassinats sont l'œuvre d'un sadique.

Avec autant de légèreté, le commissaire avait conféré avec le Préfet Maritime. L'un et l'autre essayaient de faire coïncider ce qu'ils savaient des invertis — leur apparence physique — avec l'activité des assassins. Ils inventaient des monstres. Le commissaire recherchait autour du mort les détails insolites correspondant au célèbre flacon d'huile dont un criminel illustre se servait pour mieux enculer ses victimes, aux fraîches défécations sur le lieu du meurtre. Ignorant que les deux assassinats avaient des auteurs différents, il essayait de les rattacher l'un à l'autre, d'en entremêler les mobiles. Il ne pouvait savoir que chaque meurtre obéit quant à son exécution et au mobile qui le commande, à des lois singulières qui font de lui une œuvre d'art. A la solitude morale de Querelle et de Gil s'ajoutait la solitude de l'artiste qui ne peut trouver aucune autorité, fût-ce auprès d'un autre artiste. (Querelle était donc seul encore, de ce fait). Les maçons racontèrent que Gil était pédéraste. Aux policiers ils découvrirent cent détails prouvant que l'assassin était bien une tapette. Ils ne voyaient pas que c'était le décrire, non comme il était, c'est-à-dire un enfant persécuté par un obsédé, mais comme justement Théo voulait qu'on vît le gosse, comme il l'eût montré. Timides en face des inspecteurs, ils s'aventurèrent dans une description folle, hésitante — et folle à cause de son tremblement dans l'hésitation — et de plus en plus appuyée à mesure qu'ils parlaient. Ils s'apercevaient sans doute que toutes leurs affirmations n'avaient pas de bases effectives, qu'elles n'étaient qu'un lyrisme leur permettant de parler enfin avec sérieux de ce dont toujours ils avaient orné leurs jurons — donc leurs chants — mais en même temps cette soudaine exhalaison les grisait. Ils sentaient que le portrait était gonflé, comme le cadavre d'un noyé. Voici quelques traits indiquant aux maçons l'inversion de Gil : la joliesse de son visage, sa façon de chanter en essayant de rendre veloutée sa voix, sa coquetterie vestimentaire, sa paresse et sa nonchalance au travail, sa timidité en face de Théo, la blancheur et le poli de sa peau, etc... autant de détails qui leur semblaient révélateurs pour avoir entendu Théo, et d'autres mecs dans le cours de leur vie, se moquer des tapettes en disant : « C'est une fille... il a une petite gueule de poupée..., il aime le boulot autant qu'une poule de luxe... il est fait pour travailler couché... Ça roucoule comme une colombe..., et sa pochette qui dépasse, c'est comme les Pépées qui font le tapin à Marseille avec une pochette qui sort de la manche ou de la poche...» Ces traits, mal interprétés, dessinaient une tapette comme aucun maçon n'en avait pu voir. Ils connaissaient les tantes et les pédés par ce qu'en disait Théo, par ce qu'ils en disaient eux-mêmes, s'interpellant en riant, avec ces phrases : « Il en est, de la pédale qui craque !... Tu les prends en long, en large ou en travers?... Va te faire miser, eh !... Va voir chez Tonton, tu gagneras mieux ta croûte !...» Mais ces expressions, vite lancées, ne leur représentaient rien de précis. Jamais une conversation n'avait pu leur apprendre quelque chose de vrai sur elle, tant la chose les passionnait peu. Au contraire, elle les préoccupait. Nous voulons dire que cette ignorance justement les laissait dans une légère inquiétude, indestructible d'être si imprécise et si molle, inconnue en somme de n'être pas nommée, mais que mille réflexions révèlent. Ils soupçonnaient tous l'existence d'un univers à la fois abominable et merveilleux, où il s'en fallait de peu qu'ils n'accédassent : il s'en fallait en effet de cela même qui sépare de votre discours le mot fugitif cherché, entr'aperçu et dont vous dites : « Je l'ai sur le bout de la langue ». Quand ils eurent à parler de Gil, à chacun de ses caractères qui rappelait, ou pouvait superficiellement rappeler ce qu'ils connaissaient des tantes, ils donnèrent une apparence de caricature qui, avec une vérité effrayante, faisait un exact portrait de tapette. Ils parlèrent des rapports de Gil et de Théo.

— «On les voyait toujours ensemble ».

— Seulement y a dû y avoir d'la brouille. Peut-être que le Gil à lui faisait des charres avec un autre...

D'abord ils ne songèrent pas à prononcer le nom de Roger. C'est quand un des inspecteurs eut dit : « Et ce gamin qui était avec Gil le jour du meurtre?... » qu'ils racontèrent les apparitions de Roger sur le chantier. Ils exploitèrent ce filon. Pour eux, « ceux qui en sont » formaient un groupe indistinct, sans nuances, il leur paraissait donc normal qu'un garçon de dix-huit ans fît l'amour, en sortant des bras d'un maçon de quarante, avec un enfant de quinze ans.

— Vous ne l'avez jamais vu avec un matelot?

Ils ne le savaient pas, mais supposaient que si. Dans le brouillard on voit mal. Il y a trop de marins à Brest pour que Gil n'en ait pas connu plusieurs. D'ailleurs, il portait un pantalon de mataf.

— Vous êtes sûr?

— Pisqu'on vous le dit. Un vrai froc de marin. Avec pont.

— Si vous nous croyez pas, c'est pas la peine.

Pouvant enfin préciser un fait certain, vérifiable, ils s'empressaient de sortir de leur timidité, de leur affreuse humiliation en face des policiers. Ils devenaient arrogants. Ils étaient à même de prouver ce qu'ils disaient. Découvrir à la police un fait avéré que celle-ci ignorait leur donnait enfin des droits sur elle. La police, toute une nuit, interrogea Roger avec une précision cruelle. On ne découvrit sur lui que l'humble couteau maladroitement réparé.

— Qu'est-ce tu fais avec ça !

Roger rougit, mais le policier crut que c'était d'une honte légère à cause de la pauvre apparence du couteau. Il n'insista pas. Il n'avait pas deviné que d'être fausse et pratiquement inutile, l'arme, en devenant symbole, était plus dangereuse. Dans le tranchant d'une arme véritable, dans sa destination, dans son parfait agencement, réside un commencement d'exécution de l'acte de tuer, suffisant pour écarter d'elle l'enfant qui a peur (l'enfant qui invente des symboles a peur de ce qu'on nomme avec maladresse la réalité) alors que le couteau symbolique n'offre aucun danger pratique mais, employé dans une multitude de vies imaginaires il devient le signe de l'acquiescement au crime. Les policiers ne virent pas que ce couteau était l'approbation du meurtre de Gil avant même que Gil l'eût accompli.

— Où tu l'as connu?

Le gosse nia avoir couché avec l'assassin, non plus qu'avec

Théo qu'il avait vu pour la première fois le jour de sa mort. Un moment, Roger chercha. Puis il avoua qu'un soir il vint attendre sa sœur au bistrot où elle servait. Gil au comptoir, plaisantait avec elle. A minuit elle quitta son travail et Gil accompagna le frère et la sœur jusqu'à la maison. Le lendemain, il était encore là. Cinq fois de suite, Roger l'y retrouva. Et de temps à autre, en le rencontrant par hasard, Gil lui offrait un verre.

— Il a jamais cherché à coucher avec toi?

Roger ouvrit de grands yeux étonnés à l'innocence de quoi se laissèrent prendre les policiers :

— Avec moi? Pourquoi?

— Il a jamais rien fait avec toi

— Quoi, rien fait? Non.

Il posait tranquillement sur les policiers gênés, son regard clair.

— Des fois, comme ça, à la braguette, il t'a jamais tripoté?

— Jamais.

On ne put rien tirer de lui qui davantage aimait Gil. Il l'aimait d'abord en enfant dont l'imagination est rapide et vertigineuse. Le crime le faisait pénétrer dans un monde où les sentiments sont violents, la disposition du drame l'attachait à Gil sans qui le drame n'existait pas. Mais il fallait être lié au criminel par le plus solide lien et le plus étroit : l'amour. L'amour s'intensifiait par l'effort que faisait Roger pour tromper la police. Il avait besoin d'amour pour avoir assez de force, et s'il la trompa d'abord par simple besoin de protéger sa vie et son rêve, il se rendit vite compte que prendre parti contre la police c'était, nécessairement, prendre le parti de Gil. Délibérément, et pour se rapprocher de Gil dont la magnificence était alors à son comble (à cause de ses meurtres et de sa disparition) Roger s'acharna à feindre. De Gil il ne restait en lui, à ses pieds, que l'ombre couchée comme un chien. Roger voulut poser le pied dessus. Secrètement, il l'implora de ne pas s'enfuir, de rester auprès de lui comme la messagère ou le témoin du dieu caché. Que l'ombre au moins hésite, s'immobilise, s'allonge encore, s'étire, de Gil jusqu'à lui. Très vite, il découvrit les roueries de l'amour, mais en jouant si bien d'elles, il s'enferrait à l'amour qui les suscite. Plus il paraissait candide, plus il était retors, plus il était pur, c'est-à-dire purs étaient son amour et la connaissance de son amour pour Gil. On le libéra vers le matin. La police décida que Gil était un fou sadique, dangereux. Elle commença ses recherches à travers la

France. Dans l'ancien bagne maritime Gil echappait à la solitude. Il l'eût connue dans la foule où, traqué, presque monstrueux, il se fut senti gonflé, enflé avec des membres et des gestes affreusement révélateurs. Dans le bagne, tant qu'il n'en fut pas sorti, sa certitude de n'être pas découvert atténuait son angoisse. Il pouvait vivre d'une vie désolante par l'idée de tout ce qu'elle interdisait à Gil, mais non d'une vie fausse. Avec un peu de nourriture, il l'eût supportée. Il avait faim. Depuis trois jours qu'il se cachait, son crime lui faisait peur. Ses sommeils étaient atroces, et ses reveils. Il avait peur des rats, mais il songea sérieusement à en attraper un pour le manger cru. Presque instantanément dégrisé, l'inutilité de son meurtre lui était apparue. Il éprouva même quelque tendresse à l'égard de Théo. Il se souvint de sa gentillesse du debut, des canons de blanc bus ensemble. Il lui demanda pardon. Le remords le minait, l'affamait encore. Enfin, il songeait à ses vieux. Les journaux et la police les avaient sûrement avertis. Que faisait sa mère? son père? Eux aussi sont des ouvriers. Le père était maçon. Que pensait-il de son fils tuant un autre maçon dans une crise de haine amoureuse? Et les copains d'école? Gil dormait sur la pierre. Negligeant d'arranger ses vêtements — une chemise, une veste et un pantalon — ceux-ci se défaisaient d'eux-mêmes, tendaient à quitter Gil accroupi qui passait machinalement et avec volupté — non d'une volupté au contenu érotique — un doigt léger, presque calin, sur cette excroissance de chair sensible qu'il supposait d'un rose très pâle, et qui lui avait donné une fois déjà le sentiment d'être un homme en l'empêchant de se faire saillir par Théo. Demeurant si fidèlement là, ses hémorroïdes lui rappelaient la scène, leur présence le fortifiait dans sa conscience d'être.

« On a du enterrer Théo. Les copains n'auront pas bossé. Chacun a versé pour la couronne. »

La couronne de Gil. C'est Gil qu'on enterre. Il se recroquevillait, il restait dans un angle de murailles, les genoux serrés dans ses bras. Parfois il marchait, mais toujours doucement, peureusement, mystérieusement retenu à la muraille, comme le baron Franck, par un compliqué réseau de chaînes allant de son cou à ses poignets, à sa taille, à ses chevilles, et aux pierres du mur. Il traînait avec prudence ce métal invisible et lourd, s'étonnait, malgré lui, de si facilement quitter ses vêtements, son pantalon qui eût dû s'agrafer le long des cuisses et la veste le long des manches. Enfin, il marchait doucement à cause de la peur du spectre qu'il eût fait lever légèrement sous un pas trop vif, se déployer tout entier et toutes voiles dehors, par le vent, par le plus léger souffle de la moindre course. Le spectre était sous ses pieds. Gil devait l'aplatir, l'écraser en marchant lourdement. Le spectre était dans ses bras, dans ses jambes. Gil devait l'étouffer en se mouvant avec lenteur. Une volte trop rapide l'eût fait se déplier de lui, ouvrir une aile, blanche ou noire, et surtout auprès de la tête de Gil, pencher une tête informe et invisible, puis à l'oreille, dans l'oreille même de Gil, murmurer d'une voix tonnante les menaces les plus terribles. Le spectre était en lui et Gil ne devait pas le laisser lever. Il ne servait à rien d'avoir tué Théo. Un homme qu'on a tué est plus vivant que vivant. Plus dangereux qu'il ne l'était vivant. Gil ne songea pas une seconde à Roger qui ne songeait qu'à lui. De son esprit fuyaient obstinément les circonstances du drame. Il savait qu'il avait tué — et tué Théo —. Mais était-ce bien Théo? Etait-il bien mort? Gil aurait dû lui demander avant : « T'es bien Théo, au moins? » S'il avait répondu oui, il en eût éprouvé un immense réconfort, encore réfléchissons-y, que la certitude n'eût pas été plus grande. Le moribond pouvait le répondre exprès, par malice, pour faire commettre à Gil un crime inutile. Théo était peut-être un mec qui lui en voulait à ce point, un mec qui portait à Gil une haine métaphysique. Gil se rassurait parfois d'avoir reconnu les mille minuscules rides de la peau et les délicates commissures des lèvres de sa victime. Parfois encore, il tremblait de peur. Il avait commis un crime qui ne lui avait seulement pas rapporté de fric. Pas un sou. C'était un crime vide comme un seau sans fond. C'était une erreur. Gil songea au moyen de la rattraper. D'abord, recroquevillé dans l'angle, accroupi entre les pierres humides, la tête basse, il essaya de détruire son acte en le décomposant en gestes dont chacun était inoffensif : « Ouvrir une porte ! On a le droit d'ouvrir une porte. Prendre une bouteille? On a le droit. Casser une bouteille? On a le droit. Poser les parties coupantes contre la peau du cou? Ce n'est pas terrible, on en a le droit. Appuyer? appuyer encore? Ce n'est pas terrible. Faire sortir un peu de sang? On le peut. On en a le droit. Un peu plus de sang, encore un peu plus?... » Le crime pouvait donc se réduire à très peu de chose, se réduire à cette insaisissable mesure qui va du permis jusqu'à cela qui fait — mais touche le permis et ne s'en peut détacher — que le meurtre est commis. Gil s'acharna à réduire le crime, à le rendre aussi ténu que possible. Il obligea son esprit à fixer ce point qui sépare le « permis » du « trop tard ». Mais il ne pouvait résoudre cette question : « Pourquoi tuer Théo ? » Ce meurtre restait inutile, il restait une erreur, et l'on ne peut rattraper une erreur. Abandonnant le premier mécanisme de destruction du crime, c'est à cela pourtant que songea Gil. Très vite, après quelques détours, quelques trébuchements, sur des événements de sa vie, son esprit s'empara de cette idée : pour rattraper ce crime inutile, il faut en commettre un (le même) et qui serve. Un crime qui lui donnerait la fortune, et rendrait le précédent efficace (comme un acte définitif) en provoquant le second. Qui pourrait-il tuer maintenant ? Bref, il ne connaissait pas de rupin. Il devrait donc sortir dans la campagne, prendre le train, gagner Rennes, Paris peut-être où les gens sont riches, se promènent dans la rue, attendent impatiemment ou paisiblement qu'un voleur les descende. Cette destination acceptée par les riches, leur attente volontaire de l'assassinat, obsédait Gil. Dans les grandes villes, il lui paraissait évident que les rupins n'espèrent que le criminel qui les tuera et pillera leurs richesses. Mais ici, dans cette bourgade et cette cachette, il devrait traîner la masse encombrante et inutile de son premier meurtre. Il eut plusieurs fois l'idée d'aller se livrer à la police. Or il conservait de son enfance la peur des gendarmes, de leurs uniformes funèbres. Il craignit qu'on ne le guillotinât immédiatement. Il s'attendrit sur sa mère. Il lui demanda pardon. Il revit sa jeunesse, son temps d'apprentissage avec le père, puis ses débuts sur les chantiers de midi. Chaque détail de sa vie prenant un sens lui indiquait que, de tout temps, il était désigné pour un destin tragique. Il eut vite fait de s'expliquer n'être devenu maçon qu'afin d'accomplir son assassinat. La peur de son acte — et d'un destin si hors du commun — le forçait à méditer, à rentrer en soi-même, bref, à penser. Le désespoir faisait Gil prendre conscience — ou connaissance de soi. Il pensait, mais sous cette forme d'abord : dans le bagne, en regardant la mer, *il se vit* aussi loin du monde que s'il eût été, soudainement en Grèce, au sommet d'un rocher, méditant accroupi devant la mer Egée. Son abandon l'obligeant à considérer le monde hors de lui, les objets comme autant d'ennemis, entre eux et lui, il établissait enfin des rapports. Il pensait. Il se voyait et se voyait grand, très grand puisqu'il s'opposait au monde. Et d'abord à Mario dont les veilles prenaient l'ampleur d'une méditation musicale sur l'origine et la fin des Temps. L'impossibilité d'arrêter Gil Turko, de découvrir sa cachette et les liens qu'il pressentait entre les deux crimes causait au policier un sourd malaise qu'il rattachait mystiquement à la menace de Tony. Quand Dédé revint sans avoir rien appris de précis, Mario s'était abandonné à l'angoisse qui l'avait fait, en quittant la chambre du gosse, hésiter à descendre l'escalier. Dédé remarqua cette légère hésitation. Il lui dit :

— D'toute façon t'as rien à redouter. Il osera pas.

Mario retint un juron. S'il chercha à sortir seul, sans que l'accompagnât son habituel compagnon, (ce jeune policier qui faisait dire à Dédé émerveillé : « Tous deux vous faites une belle paire » et les érigeait ainsi aux yeux du gamin en un attribut sexuel puissant) c'était pour effacer la honte de son premier mouvement de peur et avec l'espoir d'apprivoiser par son audace le danger. Mario choisissait donc de sortir la nuit, dans le brouillard, où un crime est vite commis. Il marchait alors d'un pas sûr, les mains dans les poches de sa gabardine, ou bien ajustant parfaitement sur ses doigts ses gants de cuir brun. Ce simple geste le rattachait à l'appareil invincible de la Police. Une première fois, il sortit sans son revolver, espérant à l'aide de cette dernière candeur, de cette pureté, désarmer les dockers qui voulaient sa peau, mais le jour suivant il prit son arme qui ajoutait à ce qu'il nommait sa valeur et qui était sa confiance en un ordre dont le revolver est le signe. Pour rencontrer Dédé, sur les vitres du commissariat, dans la buée, il traçait le nom d'une rue que déchiffrait à l'envers, en passant, le petit mouchard dont la naïveté s'obstinait à rechercher où pouvait se tenir le tribunal de voyous chargé de juger le policier. Quant à Gil, partant de son acte, afin de le justifier, le voulant rendre inévitable, il *remontait* à sa vie. Procédant ainsi : « Si je n'avais pas trouvé Roger... si je n'étais pas venu à Brest... si... etc. » il en arriverait à conclure que le crime s'il avait coulé dans son bras, son corps et le cours de sa vie, sa source était hors de lui.

Cette façon de comprendre son acte enfonçait Gil dans le fatalisme, c'était un obstacle encore à ce désir de surmonter le crime en le voulant, délibérément. Enfin une nuit il sortit du bagne. Il réussit à gagner la maison de Roger. L'obscurité était totale, épaissie encore par le brouillard. Brest dormait. Sans se tromper, après d'habiles détours, Gilles arriva à Recouvrance sans rencontrer personne. Devant la maison il se demanda avec inquiétude comment faire connaître à Roger sa présence. Tout à coup, anxieux de savoir si le truc réussirait, pour la première fois depuis trois jours, il sourit légèrement et légèrement siffla :

> « C'est un joyeux bandit
> Qui de rien ne s'alarme,
> Sa voix dans le maquis
> Attendrit les gendarmes... »

Au premier étage une croisée s'ouvrit doucement. La voix de Roger chuchota :

— Gil.

Gil s'approcha avec beaucoup de prudence. Au pied du mur, la tête levée, il siffla, plus doucement encore, le même refrain. Le brouillard était trop épais pour qu'il pût voir Roger.

— Gil, c'est toi?... C'est Roger.

— Descends. J'ai à te causer.

Avec une infinie douceur, Roger referma la croisée. Quelques instants après il ouvrait la porte. Il était en chemise et nu-pieds. Sans faire le moindre bruit Gil entra.

— Cause tout doucement, pasque ma vieille des fois elle dort pas. Paulette non plus.

— T'as à bouffer ?

Ils étaient dans la pièce principale où dormait la mère dont ils entendaient la respiration. Dans l'ombre Roger saisit la main de Gil et murmura :

— Bouge pas de là, je vais chercher.

Il fit très doucement glisser le couvercle de la maie et revint avec un morceau de pain qu'il mit à tâtons dans la main de Gil, immobile au milieu de la pièce.

— Dis, Roger, viens me voir demain, tu veux ?

— Où ?

Les répliques n'étaient qu'un souffle circulant d'une bouche à l'autre.

— Dans le bagne maritime. Je me planque. Passe par la porte de l'arsenal. Je t'attendrai vers le soir. Mais fais-toi pas voir.

— Oui, compte sur moi, Gil.

— Y a rien eu? Les flics t'ont causé?

— Oui, mais j'ai rien dit.

Roger se rapprocha. Il saisit les deux bras de Gil et il lui murmura :

— Je te jure. Je vais y aller.

Le petit maçon se colla contre le gosse, et le souffle dans les yeux, il fut aussi troublé que s'il l'embrassait sur les joues ou sur les lèvres. Il dit :

— A demain.

Roger ouvrit la porte de la rue avec la même prudence. Gil sortit. Sur le seuil il retint un instant Roger et il lui demanda après une seconde d'hésitation :

— Il a clamsé?

— Je te raconterai demain.

Leurs mains se séparèrent dans l'obscurité et, sur la pointe des pieds, Gil regagna le bagne maritime en mordant à pleines dents le morceau de pain.

Roger venait chaque jour, le soir, à l'heure où le brouillard est le plus épais. Avec habileté il dérobait à la maison un peu de nourriture. Plus tard il volera même de l'argent à sa mère pour acheter du pain. Il cachait la miche sous sa veste et par les fortifications il gagnait le bagne maritime. Gil l'attendait vers les six heures. Roger racontait les nouvelles. Les journaux ne parlaient déjà plus du double assassinat ni de l'assassin dont on supposait qu'il avait quitté Brest. Gil mangeait seul. Ensuite il fumait.

— Et Paulette, qu'est-ce qu'elle devient?

— Rien. Elle travaille toujours pas. Elle reste chez nous.

— Tu lui causes jamais de moi?

— Mais je peux pas. Tu te rends pas compte. Des fois qu'on me demanderait où que t'es et qu'on me suive !

Il était heureux de trouver un prétexte pour éloigner sa sœur de l'intimité fabuleuse qui l'unissait à Gil. Auprès de son ami dans la cellule de granit, dans l'odeur du goudron, il était étonnamment calme. Il s'accroupissait à ses côtés, sur la couverture de coton volée au grenier, et il regardait l'idole fumer. Il regardait son visage aux méplats lisses, où la barbe était déjà longue. Il l'admirait. Aux débuts de leurs rencontres dans le bagne, Gil n'avait cessé de parler, parler longtemps ; et à tout autre qu'à cet enfant décidé à tout magnifier, un tel bavardage eût indiqué une

frousse pénible, presque maladive. Roger n'y voyait que la sublime expression d'un orage intérieur. C'est ainsi que devait être ce
héros plein de cris, de crimes et de tempêtes. Trois ans de plus
que Roger faisaient de Gil un homme. La dureté du pâle visage
où les muscles étaient marqués (muscles dont la seule vue terras-
sait Roger avec autant de promptitude que ceux qui commandent
à un poing de boxeur) lui faisait deviner les muscles de son corps
et de ses membres, solides, capables sur un chantier de travaux
d'homme. Roger lui-même portait encore des culottes courtes,
et si ses cuisses étaient fortes, elles n'avaient pourtant la fermeté
définitive de celles de Gil. Couché près de lui, dont il s'approchait
le plus près possible, appuyé au sol sur un coude, il regardait le
visage pâle et contracté, par la haine de cette vie. Roger posait sa
tête sur les jambes de Gil.

— Faut attendre, hein, tu crois pas? I vaut mieux que
j'attende encore pour sortir.

— Tu penses. Les gendarmes i' te cherchent encore. Y a eu
ta photo.

— Et toi, on te dit plus rien?

— A moi non, chez nous non plus. Seulement y faut pas
que je reste trop longtemps.

Et Gil soudain s'abandonnait dans un soupir qui se terminait
en un râle :

— Oh! ta frangine, c'est maintenant que j'en ai envie. Elle
est belle tu sais, ah !

— Elle me ressemble.

Gil le savait. Mais ne voulant pas le laisser voir à Roger et,
un peu aussi pour montrer au gosse qu'il le méprisait, il dit :

— En mieux. Tu y ressembles mais en plus moche !

Dans l'obscurité Roger se sentit rougir. Néanmoins il leva
vers Gil son visage et sourit tristement.

— Je veux pas dire que t'es moche, c'est pas ça. Au contraire, t'as sa même petite gueule.

Il se pencha sur le visage du gosse et le prit dans ses mains :

— Ah, si je la tenais comme je te tiens. Tu parles d'un patin
que j'y roulerais.

De soi-même, poussé hors de l'étau des mains, le visage
haussé du même se rapprocha de celui de Gil. D'abord Gil, en
faisant un léger grognement, toucha le front de Roger. Puis les
deux nez se rencontrèrent et jouèrent dix secondes à s'entre-

choquer doucement. Parce qu'en découvrant soudain la ressemblance du frère avec la sœur l'émoi venait de fondre violemment sur lui, Gil ne put le dissimuler. Dans un souffle, sa bouche contre celle de Roger, il murmura :

— C'est dommage que t'es pas ta frangine.

Roger sourit :

— C'est vrai?

La voix de Roger était claire, pure, sans trouble apparent. Depuis très longtemps il aimait Gil, il espérait ce moment auquel il se préparait, et il ne voulait pas paraître ému autrement que par l'amitié. La même prudence qui lui avait permis de tromper les policiers par son regard limpide lui imposait de répondre à Gil d'une voix sans émotion. Le trouble de Gil, avoué le premier, permettait à l'enfant orgueilleux de montrer son sang-froid. Enfin il ne savait pas encore les marques de l'abandon à l'amour et qu'on doit un peu vouloir les râles voluptueux :

— Ma parole, t'es aussi girond qu'une fille.

Gil posa sa bouche sur celle du gosse qui recula en souriant.

— T'as peur?

— Oh, non !

— Alors? Qu'est-ce que tu croyais que je voulais faire?

Gil était embarrassé de ce baiser qu'il n'avait pu déposer. Il ricana :

— T'es pas tranquille, hein, avec un mec comme moi?

— Pourquoi? Si, je suis tranquille. Autrement je viendrais pas.

— On dirait pas.

Puis, le ton immédiatement sévère, et comme si l'idée qui sera émise était d'une telle importance qu'elle dût chevaucher l'idée précédente, il dit :

— Dis donc, faut que t'ailles voir Robert. J'y ai pensé. Y a que lui et pis ses potes qui vont pouvoir me tirer de là.

Gil croyait naïvement que les gars du milieu l'accueilleraient, le feraient entrer dans leur bande. Il croyait à l'existence d'une bande dangereuse, d'une véritable société s'opposant à la société. Ce soir-là Roger sortit du bagne extrêmement bouleversé. Il était heureux que Gil (fût-ce en le confondant avec Paulette) l'eût un instant désiré; il était fâché d'avoir reculé sa bouche; il était fier de savoir que la magnificence de son ami allait être reconnue et que c'est lui, Roger, qui précisément était choisi pour aborder les puissances suprêmes. Or, chaque fois qu'il le pouvait, Querelle venait discrètement, au crépuscule, se promener à proximité de l'endroit où il avait caché son trésor. La tristesse recouvrait son visage. Il sentait son corps déjà vêtu du costume des bagnards et se promenant un boulet aux pieds, lentement, dans un paysage de palmiers monstrueux, une région de songe ou de mort d'où le réveil ni l'acquittement des hommes ne le pourraient arracher. La certitude de vivre dans un monde qui est le double silencieux de celui où effectivement il se meut, accordait à Querelle une sorte de désintéressement qui lui permettait de comprendre spontanément l'essence des choses. Habituellement indifférent en face des plantes ou des objets — mais se mettait-il en face d'eux ? — maintenant il les appréhendait spontanément. Chaque essence est isolée par une singularité que l'œil reconnaît d'abord et communique au palais : le foin est foin surtout à cause de cette caractéristique poudre blonde et grisâtre que mentalement le goût interroge, éprouve. Et cela, pour chaque espèce végétale. Mais si l'œil permet la confusion, la bouche la détruit, et Querelle avançait lentement dans un univers savoureux, de reconnaissances en reconnaissances. Un soir, il rencontra Roger. Il ne fallut pas longtemps au marin pour savoir qui était le gosse et pour réussir à pénétrer dans la cachette de Gil.

LA GLOIRE DE QUERELLE

Une oreille appliquée à la paroi vibrante de son coffre, Querelle écoute battre et jouer pour soi seul l'office des morts. Il s'entoure de prudence pour recevoir le coup de l'ange. Accroupi dans le velours noir des herbes, des arums, des fougères, dans la nuit vivante de son intime océanie, il garde les yeux grands ouverts. Sur sa face délicate, ouverte, offerte précieusement, le désir du meurtre avait passé sa langue douce sans même que frissonnât Querelle. Ses cheveux blonds seuls s'émurent. Parfois le molosse qui veille entre ses jambes se dresse sur ses pattes, se colle entre le corps de son maître et se confond avec les muscles de ses épaules dans lesquelles il se dissimule, veille et gronde. Querelle se sait en danger de mort. Il sait encore que la bête le protège. Il dit : « D'un coup d'dent j'i coupe la carotide »... sans savoir au juste lui-même s'il veut parler de la carotide du molosse ou du cou blanc d'un enfant qui passe.

En pénétrant dans le bagne Querelle se sentit allégé par la peur et par la responsabilité qu'il allait assumer. Alors qu'il marchait sans dire un mot à côté de Roger, dans le chemin, il sentait en lui poindre les bourgeons — et bientôt s'ouvrir les corolles à travers son corps qu'elles embaument — d'une aventure violente. Il refleurissait à la vie dangereuse. Le péril l'allégeait, et la peur. Que trouverait-il au fond du bagne abandonné? Il tenait à sa liberté. La moindre pointe d'humeur le faisait redouter le bagne maritime, dont il sentait — par une crispation de la poitrine — la masse des murailles l'écraser, et contre elles il luttait alors, s'arc-boutait pour les écarter en écartant la colère, avec le même effort et presque le même mouvement de reins du sous-officier de garde qui ferme, des deux mains et du poids de tout son corps, les portes géantes de la citadelle. Il allait obscurément à la rencontre d'une existence défunte et bienheureuse. Non qu'il crût sérieusement avoir été bagnard ni que son imagination se complût dans ces sortes d'histoires, mais il éprouvait un délicieux bien-être, pressentiment de repos, à l'idée d'entrer libre, en souverain, dans l'intérieur obscur de ces épaisses murailles qui ont contenu pendant des âges tant de douleurs enchaînées, tant de souffrances physiques et morales, de corps contorsionnés par le supplice, travaillés par le mal, n'ayant pour toutes joies que le souvenir de crimes merveilleux crevant d'un val d'ombre la lumière ou éclatant d'un trou lumineux l'ombre où ils avaient été commis. Sur les pierres du bagne que pouvait-il rester de ces meurtres, accroché dans les coins ou suspendu dans l'air humide. Même si, par Querelle, ces réflexions n'étaient pas pensées clairement, au moins ce qui les suscite nettement sous notre plume lui causait-il un trouble lourd, confus, embarrassant d'un peu d'angoisse son cerveau. Enfin Querelle allait rencontrer pour la première fois, un autre criminel, un frère. Vaguement déjà, il avait rêvé de se trouver en face d'un assassin de sa taille, avec qui il pourrait parler travail. Un garçon ressemblant, ayant sa grandeur et sa carrure — son frère, espéra-t-il parfois, quelques secondes, mais son frère était trop son propre reflet — ayant pour sa gloire des crimes différents de ceux de

Querelle, mais aussi beaux, aussi lourds et réprouvés. Il ne savait au juste à quoi il l'eût reconnu dans la rue, à quels signes, et parfois la solitude était si grande qu'il songeait, mais à peine et très vite, se faire arrêter afin de rencontrer en prison quelques-uns des assassins dont parlent les journaux. Il quittait rapidement cette idée : n'étant pas secrets, de tels assassins sont sans intérêt. Sa ressemblance avec son frère lui causait un peu ce regret de l'ami merveilleux. En face de Robert il se demandait s'il était criminel. Il le craignait et l'espérait. Il l'espérait car il serait beau qu'un tel miracle fût réussi, existât dans le monde. Il le craignait car il eût fallu perdre son sentiment de supériorité à l'égard de Robert.

On s'aimerait drôlement !

Il ne pouvait supposer clairement que deux jeunes gens — à plus forte raison des frères — s'aimassent, unis par le meurtre, unis non seulement par le sang qui coulait en eux, mais par celui qui coulait sur eux. Pour Querelle la question ne se posait pas ainsi, à partir de l'amour.

Entr'hommes on s'aime pas. Y a des femmes pour ça. Et pour tirer un coup.

La question se posait à partir de l'amitié. Mais cette amitié, pour lui, étant cela qui complète un homme, fendu en deux, sans elle, de haut en bas. Certain qu'il ne bénéficierait jamais de la somptueuse complicité de son frère — « il est trop con pour ça » — Querelle s'était donc enfermé dans sa propre solitude qu'il érigeait comme le monument le plus singulier, et le plus beau à cause même de ce déséquilibre, de cette inharmonie causés par l'absence d'un ami criminel. Or dans le bagne abandonné il devait rencontrer un gars qui avait tué. Cette pensée l'attendrissait. L'assassin était un gosse maladroit, un meurtrier pour rien. Un sot. Mais, grâce à Querelle il serait paré d'un meurtre véritable, puisqu'on supposait que le marin avait été dépouillé de son fric. A l'égard de Gil, avant de l'avoir revu, Querelle éprouvait un sentiment presque paternel. Il lui prêtait, il lui confiait un de ses meurtres. Toutefois, Gil n'était qu'un môme et ce n'est pas encore lui qui serait pour Querelle l'ami tant espéré. Ces pensées (non à l'état définitif où nous les rapportons, mais dans leur informe moutonnement) rapides, se chevauchant, se détruisant, l'une pour renaître grâce à l'autre, déferlaient en lui, et dans les membres et le corps de Querelle plutôt que dans sa tête. Il marchait sur le chemin, soulevé, bousculé par cette houle de pensées informes, jamais retenues mais qui laissaient d'elles, au passage, un sentiment pénible d'inconfort, d'insécurité et de peur. Querelle ne quittait pas son sourire qui le retenait au sol. Grâce à lui une rêverie paresseuse et vaine ne pourrait mettre en danger le corps de Querelle. Querelle ne savait pas rêver. Son manque d'imagination l'accrochait à l'accident et l'y retenait. Roger se retourna :

— Attends-moi, je vais revenir.

L'enfant partait vraiment en ambassade, auprès d'un empereur son maître, et il voulait se rendre compte si tout était préparé pour l'entrevue des monarques. Quelque chose de nouveau se passait encore en Querelle. Il ne s'était pas attendu à cette précaution. Il ne voyait là l'entrée d'aucune caverne. Le chemin simplement tournait, disparaissait derrière un léger talus. Les arbres n'étaient ni plus épais ni moins qu'ailleurs. Cependant, [Roger disparu, devint pour Querelle un « mystérieux lien » quelque chose de plus précieux qu'il ne l'avait vu jusqu'ici. C'est son absence qui donnait à l'enfant une si rare existence, une si soudaine importance. Querelle sourit, mais il ne put s'empêcher d'être troublé par ce fait que l'enfant était le trait d'union mobile entre deux assassins, il était ce trait animé et rapide. Il parcourait le chemin dont il était l'esprit même, pouvant à son gré ou l'allonger ou le raccourcir. Roger marchait plus vite. D'être détaché de Querelle lui donnait plus de gravité car il savait porter à Gil l'essentiel de Querelle, c'est-à-dire ce qui, comprenait-il vaguement, en Querelle demandait à s'approcher de Gil. Il savait qu'en lui, gosse aux culottes courtes, retroussées encore sur des cuisses épaisses, reposaient tous les rites des cérémoniaux dont sont dépositaires les ambassadeurs — et l'on peut comprendre à la gravité de l'enfant pourquoi sont plus harnachés d'ornements les délégués que leurs maîtres. Sur sa personne délicate et lourde de mille parures pesait l'attention presque hagarde de Gil accroupi dans son antre et celle de Querelle immobile à la porte des Etats. Querelle alluma une cigarette, puis il remit ses deux mains dans les poches de son caban. Il ne songeait pas. Il n'imaginait rien. Sa conscience était attente, molle et informe, mais légèrement troublée par la soudaine importance du gosse absent.

— C'est moi. C'est Roger.

Tout près de lui la voix de Gil murmura :

— Il est là ?

— Oui. J'y ai dit de m'attendre. Tu veux que j'aille le chercher?

Un peu agacé, Gil répondit :

— Ben alors. Fallait l'amener. Vas-y.

Quand Querelle fut devant l'excavation où nichait Gil, Roger prononça d'une voix haute et claire :

— Ça y est, il est là. Gil, on est là.

Le gosse sentit douloureusement que toute existence pour lui prenait fin par ces paroles. Il se sentait diminuer, perdre sa raison d'être. Tous les trésors dont, pendant quelques minutes, il avait été chargé, fondaient et très vite. Il connaissait la vanité des hommes et qu'ils sont d'une cire bientôt absente. Il avait pieusement travaillé à un rapprochement qui l'abolissait. Toute sa vie avait tenu dans cette fonction géante de dix minutes de durée, et sa luminosité s'atténuait, bientôt disparaissait, emportant la joie orgueilleuse dont il avait été *gonflé*. Pour Gil, en ce gosse avait tenu Querelle qu'il racontait, dont il disait les paroles ; pour Querelle, en lui avait tenu Gil.

— Tiens, je t'ai apporté des pipes.

Ce fut la première parole de Querelle. Dans l'obscurité il tendit à Gil qui le prit à tâtons, un paquet de cigarettes. Ils se serrèrent la main sur le paquet refermé.

— Merci, vieux, t'es chouette, tu sais. J'oublierai pas.

— Cause pas de ça. C'était naturel.

— Moi je t'ai mis de la viande et pis du pâté.

— Pose ça sur la caisse.

D'un autre paquet Querelle tira une cigarette qu'il alluma. Il voulait voir le visage de Gil. Il fut étonné de cette figure maigre, creuse, sale et recouverte d'une barbe claire et souple. Les yeux de Gil brillaient. Ses cheveux étaient en désordre. La figure était émouvante grâce à la flamme de l'allumette qui l'éclairait. Querelle voyait un assassin. Il porta la lumière autour de lui.

— Tu dois te faire chier, ici.

— Tu parles, c'est pas marrant. Qu'est-ce tu veux que je fasse? Où c'est que j'irais?

Querelle mit les mains dans les poches de son pantalon et tous les trois ils demeurèrent un instant silencieux.

— Tu manges pas, Gil?

Gil avait faim, mais il n'osait le montrer à Querelle.

— Allume la bougie, y a pas de pet.

Gil s'assit sur un coin de la caisse. Il commença à manger négligemment. Le gosse s'accroupit à ses pieds et Querelle debout, les jambes écartées, fumant sans toucher sa cigarette, les regardait.

— Je dois avoir une sale bouille, hein?

Querelle ricana.

— On peut pas dire que tu soyes beau, mais ça va pas durer. D'ici t'as rien à redouter?

— Non. Si je suis pas vendu, personne peut venir.

— Si tu causes pour moi, t'as tort. Les donneuses et moi, ça fait deux. Seulement, je sais pas comment tu vas t'arranger. Pasqu'il faut que t'en sortes. Y a pas.

Querelle savait son visage soudain marqué de cruauté, comme lorsqu'il était barré, veillé, les jours de prise d'armes à bord, par la baïonnette d'acier triangulaire fixée à son mousqueton debout en face de lui. On pouvait dire alors son visage acéré. Se tenant derrière elle, la représentant, cette baïonnette était l'âme d'un Querelle de chair et d'étoffes. Pour l'officier qui, sur le pont, passait la troupe en revue, elle était juste en face du sourcil et de l'œil gauche de Querelle, dont le regard semblait trahir une intérieure usine d'armes.

— Si j'avais un peu d'oseille, je pourrais peut-être passer en Espagne. Je connais des types du côté de Perpignan; j'ai marné par là.

Gil mangeait. Querelle et lui ne savaient déjà plus que se dire, mais Roger devinait qu'entre eux s'établissait un rapport où lui-même n'avait pas sa place. C'étaient maintenant deux hommes qui parlaient, et sérieusement, de ces choses qu'à son âge on ne peut que remuer dans une rêverie un peu somnolente.

— Dis donc, t'es le frangin à Robert, qui va chez Nono?

— Oui. Nono aussi, j'l'connais.

Pas un instant Querelle ne songea à la nature de ses rapports avec Nono. En disant le connaître bien, il ne voulait faire aucune ironie.

— Sans blague, c'est un de tes potes?

— Si je te l'dis? Pourquoi?

— Tu crois qu'i... (Gil fut tenté de dire : « qu'il ne voudrait pas m'aider »... mais c'eût été, il le comprit, trop navrant de s'entendre répondre non). Il hésita et dit :

— Qu'i ne pourrait pas m'aider?

En le mettant hors la loi, naturellement le meurtre incitait

Gil à chercher un refuge parmi les maquereaux et les pros-tituées, parmi les gens qui vivent — croyait-il — en marge de la loi. Un ouvrier d'âge mûr eût été, par ce meurtre, abattu. Un tel acte au contraire, durcissait Gil, l'éclairait du dedans, lui conférait un prestige qu'il n'eût pas atteint sans cela, et qu'il eût souffert de n'avoir pas. Ce prestige était sans doute combattu par le mouve-ment de recul de la pensée de Gil cherchant dans l'enchaînement de causes et d'effets à se délivrer de son crime, mais arrivé à la fin de ce mouvement, le crime ne l'ayant pas quitté, le remords étant encore en lui, l'affaiblissant, le faisant trembler et courber sa tête, il avait bien fallu qu'il obtint — non plus une justification — mais la reconnaissance de l'existence de ce meurtre par une autre atti-tude. Celle-ci devait lui être donnée par le mouvement inverse à son mouvement justificatif — et explicatif — : mouvement vers le futur partant de la volonté consciente du meurtre. Gil était un jeune maçon, mais il n'avait pas eu le temps d'aimer son métier jusqu'à s'y confondre. Il était riche encore de rêves vagues qui tout-à-coup se trouvaient réalisés. (Nous appellerons rêves ces détails insolites signalant dans un geste le merveil-leux : rouler des hanches et des épaules, interpeller en faisant claquer sèchement ses phalanges, lâcher la fumée par le coin de la bouche, remonter son ceinturon du plat de la main..., détails d'une parole, choix de l'argot, disposition spéciale d'un vêtement : la ceinture tressée, la fine semelle des chaussures, les poches dites « à la mal au ventre » ensemble qui prouve que l'adolescent est sensible à ces tics plus ou moins précis des hommes, fiers supports de tous les attributs du monde criminel) mais la splendeur d'une telle réalisation ne pouvait qu'effrayer le gamin. Il eût été plus facilement acceptable qu'il devint, du jour au lendemain, le voleur ou le souteneur que chaque môme aspire à devenir. Assassin c'était trop pour son corps et son âme de dix-huit ans. Au moins devait-il bénéficier du prestige qui s'y attache. Naïvement il croyait que les gars du milieu seraient heureux de l'accueillir. Querelle était sûr du contraire. L'acte qui modèle enfin l'assassin est si étrange que celui qui l'accomplit devient une sorte de héros. Il échappe à la bassesse crapuleuse. Les voyous sentant cela, l'assassin est rare-ment des leurs.

— Je vais voir. Il faut que j'en cause à Nono. On va décider de ce qu'on peut faire.

— Mais toi, qu'est-ce que tu crois ? J'ai fait mes preuves.

147

— Oui. Je dis pas. De toutes façons, compte sur moi. Je vais te tenir au courant.

— Et Robert? Je peux travailler avec Robert.

— Tu sais avec qui qu'i travaille?

— Avec Dédé, j'sais. On a été copain. Je sais qu'ils sont ensemble. Même qu'à Mario ça y déplaît. Mais i' dit rien. Si tu vois Robert tâche de savoir si je peux turbiner avec eux deux. Mais i' dis pas où que je suis.

Querelle éprouvait une impression de douceur, non parce qu'il explorait une caverne vouée au mal, mais parce qu'il était possesseur d'un secret plus profond que celui que Gil venait de lui révéler.

Il existe une chambre secrète, fermée d'une porte blindée. Elle contient, avec quelques pauvres chiens en cage, quelques monstres dont le plus émouvant est celui qui demeure au centre de la chambre, il est notre intime reproche. Enfermé dans un énorme vase de cristal ayant à peu près la forme de son corps, il est mauve et d'une substance molle, presque gélatineuse. Il ressemblerait à un gros poisson, n'était la tristesse très humaine de sa tête. Le dompteur qui surveille les monstres méprise surtout celui-ci qui, nous le savons, trouverait quelque paix dans l'étreinte d'un de ses pareils. Mais il n'a pas de pareil. Les autres monstres diffèrent de lui par un léger détail. Il est seul et cependant il nous aime. Il attend sans espoir, de nous, un amical regard, que nous n'accorderons jamais. Querelle vivait tous ses instants dans cette désolante compagnie.

Avec une nonchalante négligence Querelle dit :

— Mais pourquoi qu' t'as occis le mataf? Ça, ça ne s'explique pas.

La phrase insinuante débutait par un « mais » d'une si lourde hypocrisie, qu'habitué à la brusquerie il évoqua instantanément le lieutenant Seblon et ses manières sournoises, ses travaux d'approche. Gil se sentit blêmir. Sa vie, sa présence en lui-même afflua dans ses yeux qu'elle sécha, s'échappa par son regard pour se perdre, se diluer dans les ténèbres du cachot. Il hésitait à répondre non d'une hésitation où, de sang-froid, on pèse le pour et le contre, mais d'une espèce de paresse proche de l'accablement, aggravé du sentiment de l'inutilité de nier qui l'empêchait d'ouvrir la bouche. Cette accusation était si grave qu'il cherchait à la faire sienne : il se taisait, il essayait de s'oublier dans son regard dont il comprenait l'importance au point de sentir furtivement bouger le muscle de l'œil et la paupière. Son regard restait fixe. Ses lèvres se pinsçeaient de plus en plus.

— Hein? Le mataf, qu'est-ce qui t'as pris?

— C'est pas lui.

Comme à travers un demi-sommeil, Gil entendait la question de Querelle et la réponse de Roger, le son de leur voix ne le dérangea pas. Il était tout entier dans l'intensité de son regard fixe, dont il savait la fixité.

— Qui que c'est, si c'est pas lui.

Gil tourna son regard sur le visage de Querelle.

— Ma parole, c'est pas moi. Je peux pas te dire qui que c'est, j'en sais rien. Mais sur la tronche de mes vieux, je te jure que c'est pas moi.

— Dans les journaux y a d'marqué que c'est sûrement toi. Moi je te crois, mais aux poulets tu pourrais toujours leur-z-y expliquer. On a trouvé ton briquet à côté du cadavre. N'importe comment, ce que je te conseille c'est de rester planqué.

Gil s'était finalement résigné à cet autre crime. La monstruosité de son acte brouillant son optique, il avait songé, dans les débuts, se rendre à la police. Il croyait qu'après avoir reconnu son innocence du second crime, elle le relâcherait afin qu'il se cachât à propos du premier. La police, croyait-il, respectait ces règles du jeu. La démence d'une telle pensée lui apparut vite. Or, peu à peu, Gil endossait le meurtre du marin. Il se cherchait des raisons. Il se demandait parfois qui pouvait être le véritable assassin. Il s'interrogeait pour savoir comment lui-même avait réussi à perdre son propre briquet sur le lieu du crime.

— Je me demande qui ça peut être. Je m'étais même pas aperçu que j'avais pus mon briquet.

— Moi je te dis que tu dois rester peinard. Avec les potes on va voir ce qu'on peut faire pour toi. Je viendrai te voir aussi souvent que je pourrai. Je vais même donner un peu d'oseille à ton petit pote pour qu'i t'apporte à bouffer et à fumer.

— T'es chouette, tu sais.

Mais tout à l'heure pour se perdre, pour se concentrer dans son regard et le disséminer dans les ténèbres, Gil avait dépensé trop de forces, qu'il n'arrivait plus à se rassembler assez pour donner à sa gratitude la chaleur totale de son être. Il était las. Une immense tristesse voilait son visage, abaissait les commissures des lèvres qu'avait vues Querelle un peu mouillées, chantantes et rieuses. Sur le coin de la caisse son corps s'était affaissé et toute son attitude exprimait ceci : « Qu'est-ce que je vais bien foutre maintenant? » Il était au bord du chagrin, non du désespoir, mais d'un chagrin comparable au chagrin d'un enfant laissé un instant sur le seuil de la nuit. Il perdait de sa force et de sa vérité. Il n'était pas un meurtrier. Il avait peur.

— Tu crois que je suis foutu s'i me prennent?

— On sait pas. C'est une loterie. Mais faut pas te faire des idées. I te prendront pas.

— T'es un pote, tu sais. Comment que c'est ton petit nom?

— Jo.

— T'es un pote, Jo. J'oublierai jamais.

Toute son âme enfin se portait à la rencontre de Querelle qui allait bientôt sortir, rentrer dans la vie normale, et qui était fort, de la force même de cent millions d'hommes.

Derrière ses murs, ne pouvaient apparaître à Gil les scènes matinales ou crépusculaires du bagne mais, filtrés par les pierres, les coups et les cris du chantier maritime, en suscitaient à son esprit les très belles images. Chez le gosse enfermé dans les murailles, le meurtre et l'adolescence, suffoqué par l'angoisse et l'odeur du goudron, l'imagination se développait avec une extraordinaire vigueur. Elle luttait impétueusement contre chacun de ces obstacles et se servait d'eux pour son outrance. Gil entendait les bruits et parmi eux, le grincement très particulier des grues et des palans. Son équipe travaillait à Brest depuis trop peu de temps pour que l'animation des chantiers navals n'ait pas impressionné intensément sa mémoire. Il avait enregistré ces bruits clairs et frais qui correspondent à un éclat de soleil sur le cuivre des passerelles, sur un morceau de verre, au passage rapide d'un canot pavoisé où se tiennent debout des officiers dorés, à une voile dans la rade, à la lente manœuvre d'un cuirassé, aux élégantes et candides démonstrations des mousses. Dans sa prison, chacun de ces bruits déclenchait en lui l'image mille fois plus émouvante de ces choses Si la mer est naturellement le symbole de la liberté, chaque image l'évoquant se charge de cette puissance symbolique, se charge à soi seule de toute la puissance symbolique de la mer; et dans l'âme du captif, chaque image en apparaissant, cause une blessure d'autant plus douloureuse que l'image était banale. Il serait naturel qu'à la conscience de l'enfant l'apparition spontanée d'un paquebot tout entier voguant en pleine mer, provoquât une crise de désespoir, mais ici le paquebot et la mer prenaient possession de cette conscience avec difficulté : c'était d'abord le bruit caractéristique d'une chaîne (se peut-il que le grincement d'une chaîne déclenche l'appareil du désespoir? Une simple chaîne dont l'intérieur des maillons est rouillé?) Gil faisait (sans qu'il s'en doutât) l'apprentissage douloureux de la poésie. L'image de la chaîne déchirait une fibre et la déchirure s'aggravait jusqu'à permettre un passage au navire, à la mer, au monde, jusqu'à finalement détruire Gil qui se retrouvait hors de soi-même, et n'ayant plus d'existence possible que dans ce monde qui venait de le poignarder, de le traverser, de l'anéantir. Accroupi presque toute la journée derrière le même rouleau de filin, il s'était pris, pour ce rouleau, d'un grand attachement, d'une espèce d'amitié. Il l'avait fait sien. Il l'aimait. Ce rouleau précisément, et lui seul, était bien celui qu'il avait désigné. Quand il le quittait quelques secondes, pour aller aux fenêtres sans vitres (ou dont les vitres sont opaques à force de crasse), Gil ne s'en détachait pas tout à fait. Écrasé, accroupi dans son ombre, il écoutait le chant doré du port. Il l'interprétait. La mer était derrière les murs, solennelle et familière, dure et douce à des gars comme lui, à ceux qui ont « un coup dur ». Immobile, de longues minutes, Gil fixait le bout de filin que ses doigts tripotaient. Son regard le fixait. Il s'attachait à la particularité d'une tresse complexe enduite de goudron. Spectacle désolant qui enlevait au meurtre de Théo toute sa magnificence puisqu'il conduisait son auteur à cette pauvre activité, à cette vision lamentable d'un bout de filin noir et poisseux roulé par ses doigts sales. Pourtant ce qui précède est la description d'une période morose. La vision microscopique et précise de Gil devait lui faire traverser le désespoir et gagner la sérénité. Cherchant à percer le mystère simple de ce filin goudronné, le regard quelquefois, — à cause même de la désolation de ce spectacle — perdait sa fixité et l'esprit évoquait un souvenir heureux. Puis Gil revenait au filin — auquel il ne s'intéressait plus selon les lois de la raison — et l'interrogeait en silence. Cette habitude équivalait à une discipline. Hélas, elle accordait à Gil la disposition malheureuse d'appréhender violemment et spontanément l'essence des choses, et lentement, elle le conduisait, d'étape en étape — il sera bientôt capable de saisir l'essence du granit, l'essence de l'étoffe, la rêche particularité de l'assiette de fer au bord coupant les lèvres — dans une vie écorchée, écorchée jusqu'à l'os. Quelquefois des larmes montaient à ses yeux. Il songeait à ses parents. Est-ce que les bourres les interrogeraient encore? Il entendait souvent, dans la journée, les élèves clairons et les élèves tambours de l'école de clique jouer et sonner des pas redoublés, des refrains de marche. Pour Gil constamment dans l'obscurité, ces répétitions étaient un monstrueux chant du coq annonçant toute une journée un soleil éclatant qui ne se levait jamais. Ces cris incapables de déchirer sa nuit mettaient Gil en plein désespoir. Les appels annonçant l'aurore étaient de faux appels. Gil se levait tout à coup, sans raisons. Il marchait un peu, en évitant les parties éclairées. Il attendait le soir, la nourriture et les caresses de Roger.

— « Pauv'môme. Pourvu qu'i me laisse pas tomber. Pourvu qu'i se fasse pas piquer ! Qu'est-ce que je deviendrais ? »

Avec le couteau que lui avait laissé Roger, Gil essaya de graver ses initiales dans le granit. Il dormait souvent. Quand il se réveillait, il savait immédiatement où il se trouvait — fuyant, se cachant devant la Police de tous les pays du monde à cause d'un meurtre — ou de deux —. L'immonde de sa situation se développait ainsi : dès qu'il avait pris conscience de sa solitude, Gil s'y établissait en se disant :

— « Gil, Gilbert Turko, c'est moi, et suis tout seul. Pour être un vrai Gilbert Turko, il faut que je soye tout seul, et pour être tout seul je dois être tout seul. Ça veut dire abandonné. Merde ! Les vieux, i'me font chier ! Qu'est-ce que j'en ai à foutre, de mes vieux ? C'étaient des salauds ! Mon dab, il a déchargé dans la grosse conasse de ma mère et moi je suis sorti neuf mois après. Qu'est-ce que j'en ai à foutre. Je suis sorti d'une giclée de foutre qu'a pas réussi. Mes vieux je les emmerde, c'est des emmanchés. »

Il se gardait aussi longtemps que possible dans cet état d'agressif sacrilège qui lui faisait une armature d'orgueil et de révolte et lui maintenait droit le corps et haute la tête. Gil voulut que cela devint son état habituel : haïr et mépriser ses parents afin de n'être plus écrasé par le chagrin à propos d'eux. Dans les débuts de cette expérience, toutefois s'accorda-t-il quelques minutes de rêverie, où, pelotonné en soi-même, la tête penchée sur la poitrine enfermée dans ses bras croisés, il redevenait l'enfant soumis et adoré de ses vieux. Il défaisait son acte, élaborant une vie qui se continuerait doucement, simplement, sans son crime. Puis, il revenait à son travail de destruction.

— « J'ai bouzillé Théo et j'ai bien fait. Si c'était à refaire, je recommencerais. »

Gil s'acharnait, tuait (ou voulait tuer) complètement la pitié en lui, qui le menaçait encore.

— « Pauve gars. Il est costaud, il est bath, mais qu'est-ce qu'il a comme coup dur? Néant. Que dalle. La peau, » pensait-il de Querelle. Il s'en moquait par des mots mais un sentiment profond et informulé dans lequel il baignait l'inclinait respectueusement vers ce malabar dont le calme, l'âge, la situation dans le milieu, et la sécurité intacte dans la société étaient à Gil une bouée le maintenant un peu à la surface du désespoir. Querelle, lors de sa seconde visite, s'était montré un peu enjoué. Il avait plaisanté sur la mort et Gil avait eu l'impression que, pour le matelot, la mort d'un homme est sans importance.

— Alors, ça te dégoûte pas que j'aye descendu le mec? (En l'absence de Roger, Gil pouvait s'abandonner un peu. Il n'avait plus à faire l'homme.)

— A moi? Mon pote, i'me faut aut'chose pour m'émotionner. Tu te rends pas compte. D'abord i'te faisait chier. Il en voulait à ton honneur. L'honneur c'est sacré. Ça donne le droit de tuer.

— C'est ce que je me dis aussi. Seulement les juges i' comprendront pas.

— Y a pas de danger qu'i' comprennent. C'est des têtes de lard, surtout dans ce patelin. C'est pour ça qu'i' faut que tu te planques. Et que les potes i' te protègent. Si tu veux être un vrai dur.

A la lueur de la bougie, sur le visage de Querelle, comme derrière un papier de soie, Gil découvrit la douceur d'un sourire. Il eut confiance. De toute sa force il désira être un vrai dur. (De toute sa force, c'est-à-dire qu'en lui le sourire de Querelle pro-

voquait une bouffée d'enthousiasme, une exaltation qui faisait à
Gil oublier jusqu'à son corps). La présence de Querelle apportait
donc un réconfort amical et efficace, touchant comme les conseils
qu'un sportif donne à un autre sportif — son rival quelquefois —
au cours de la performance : « Respire plus profondément »...
« ferme la bouche »... « plie les jarrets »... où se découvre toute la
sollicitude secrète pour la beauté de l'action.

« Qu'est-ce que j'ai à perdre, maintenant? Pus rien. J'ai pus
d'vieux. Pus rien. I'faut que je me fasse ma vie. » Il dit à Querelle :

— J'ai pus rien à perdre. Je peux faire ce que je veux... Je
suis libre.

Querelle hésita. En face de lui il avait l'image soudain concrète
de ce qu'il avait été cinq ans plutôt. Accidentellement il avait tué
un mec à Changhaï. L'orgueil de mataf et l'orgueil national le commandaient. Le crime fut alors vite accompli : le jeune Russe l'avait
insulté, Querelle frappa et, d'un coup de couteau, il lui creva un œil.
Ecœuré par l'horreur, pour sortir d'elle, il trancha la gorge du garçon.
Ce drame ayant lieu la nuit, dans une ruelle éclairée, il traîna le
cadavre dans l'ombre et s'arrangea pour qu'adossé à un mur il
conservât la position accroupie. Enfin, spontanément et plutôt pour
bafouer le mort qui risquait de le hanter, il prit dans la poche de
son pantalon une pipe de bruyère et la plaça entre les dents de sa
victime.

Madame Lysiane refusait aux pensionnaires le droit de porter
des combinaisons de dentelle noire. Elle leur tolérait le saumon,
le vert, le crème mais, se sachant si belle dans ses sombres guipures,
elle ne pouvait permettre à ces dames de s'en parer. C'est moins
parce qu'il adoucissait encore la blancheur laiteuse de sa peau
qu'elle préférait le noir, mais parce que cette couleur rend plus fri-
voles les dessous — en leur conférant une certaine gravité — et Madame Lysiane avait besoin de cette super-frivolité. Nous dirons pourquoi. Dans sa chambre elle se déshabillait avec beaucoup de lenteur.
Plantée (et comme clouée au plancher par ses hauts talons) devant
la glace de la cheminée pour dégrafer la robe qui s'ouvrait à gauche,
du col à la taille, selon une courbe appuyée derrière l'épaule, elle avait,
avec la main droite, de petits gestes courts et ronds, contenant par

l'arrondi et la plénitude, par la vivacité des doigts, tout ce que sa personne avait de sucré, de distingué et de confortable. La danse cambodgienne était commencée. Madame Lysiane aimait le mouvement de son bras, l'angle aigu du coude, et elle était sûre qu'un tel geste la différenciait des putains.

— Ce qu'elles sont vulgaires, mon Dieu ! Si tu crois que Régine comprend qu'on ne doit plus se coiffer à la chien ? Penses-tu ! Toutes, autant qu'elles sont, elles s'imaginent que les clients aiment le genre pute, elles se trompent. Au contraire.

Elle se regardait parler, l'œil imbécile. De temps à autre, elle jetait dans la glace un regard sur Robert qui se dévêtait.

— Tu m'écoutes, chou ?

— Tu le vois pas que je t'écoute, non ?

Il l'écoutait vraiment. Il admirait son élégance et qu'elle se distinguât si noblement de la vulgarité des filles, mais il ne la regardait pas. Madame Lysiane jusqu'à ses pieds faisait glisser sur son corps sa robe fourreau. Elle s'en dépiautait. Apparaissaient d'abord, ses épaules, blanches, marquées, coupées du tronc par l'étroite épaulette de velours ou de satin noir soutenant la combinaison, puis les seins sous la dentelle sombre et le soutien-gorge rose ; enfin Madame Lysiane enjambait la jupe descendue à ses pieds : elle était en tenue. Debout dans ses souliers à talons hauts Louis XV et plus encore, à cause de leur hauteur et de leur sveltesse, presque aigus, elle s'approchait du lit. Depuis un moment Robert était couché. Elle le regardait, sans penser. Soudain elle se retournait en disant : « Ah ! » Se dirigeant alors vers sa coiffeuse d'acajou, avec des gestes aussi ronds mais plus amples des bras, après s'être arraché des doigts les quatre bagues, elle défaisait sa coiffure. Comme au frémissement de tout le corps du lion le désert ou la forêt vibre jusqu'au ciel, du tapis rasé à l'extrême pli des rideaux de la fenêtre, la chambre vibrait quand Madame Lysiane secouait sa tête, sa toison coléreuse, ses épaules d'albâtre (ou de nacre) : elle partait fièrement chaque soir à la conquête du mâle déjà vaincu. Elle revenait au bord du ruisseau, sous les palmes où Robert continuait à fumer sans rien voir que le plafond.

— Tu peux pas le découvrir ?

Il rejetait négligemment le coin du drap afin que sa maîtresse puisse se glisser dans le lit. Madame Lysiane était blessée par ce manque de galanterie ; et cette blessure chaque fois lui était douce, car elle lui prouvait que quelque chose devait être emporté de haute lutte.

C'était une femme courageuse et vaincue. Son faste physique, les richesses de sa gorge et de sa chevelure, toute l'opulence de son corps, à cause de cette opulence même — car toute opulence offerte est vierge — était déjà offerte et facilement conquise. Nous ne parlons pas de sa beauté. La beauté peut être un rempart plus terrible que des barbelés : elle pousse ses pointes et ses revers, elle envoie ses rafales, elle tue à distance. L'opulence de la chair de Madame Lysiane était la forme même de sa générosité. Sa peau était blanche et douce. Aussitôt allongée (Madame Lysiane avait horreur du mot couché, par respect pour sa délicatesse, nous ne l'emploierons pas en parlant d'elle, nous toucherons un mot de ses « délicatesses », des mots interdits) allongée elle regardait la chambre. D'un regard circulaire et lent elle en embrassait toutes les richesses, précisant pourtant le détail : la commode, l'armoire à glace, la coiffeuse, les deux fauteuils, les tableaux ovales dans leurs cadres dorés, les vases de cristal, le lustre. C'était son huître et le doux éclat de la nacre dont elle était la perle royale : la nacre des satins bleus, des glaces biseautées, des rideaux, du papier, des lumières. La perle de sa gorge et (en le désirant mais pour évoquer ce rappel il fallait qu'elle s'imaginât prendre un air espiègle, un sourire mutin, sa bouche et le petit doigt dans sa bouche) et, disions-nous, la double perle de sa croupe. Elle était heureuse, et parfaitement digne de l'héritage de celles qu'autrefois on appelait : accidentées, age-nouillées, croqueuses, dégrafées, filles de plâtre, gerses, instantanées Louis XV, luisantes, lumineuses, mousseuses, numérotées, sus-pendues, troncs des pauvres, universelles... Chaque soir pour se livrer pleinement, jusqu'à l'abolition, à l'amour et au soleil, Madame Lysiane devait se certifier sa richesse terrestre. Elle était alors assurée à son réveil d'avoir un abri merveilleux, digne des courbes de son corps, et une fortune qui lui permettrait le lendemain, de retrouver l'amour disséminé dans les plis les plus chauds de la chambre. Lentement, comme par négligence et comme si elles fussent une vague liquide, elle glissait une des siennes entre les deux jambes velues de Robert. Au bout du lit, trois pieds, — s'effor-çant jusqu'au désespoir d'être un instant le front pensif de ce grand corps dont chaque pied était un visage de sexe différent et ennemi — trois pieds se rejoignaient, se nouaient avec autant d'adresse que le permettaient leurs pauvres articulations. Robert écrasait sa cigarette sur le marbre de la table de nuit, il se tournait vers Lysiane, et l'embrassait, mais elle, dès le premier baiser, de ses deux mains à plat sur les oreilles, lui reculait la tête et le considérait :

— T'es beau, tu sais.

Il souriait. Il essayait un autre baiser afin de n'avoir rien à dire. Il ne savait pas la regarder sans amour, et cette maladresse dans l'expression lui donnait une apparence de sévérité très virile. En même temps la précipitation un peu tremblante et qu'il brisait en la recevant sur son visage, du regard amoureux de sa maîtresse le laissait très fort.

— I' peut se permettre ! songeait-elle.

Elle voulait dire : Il peut se permettre de rester impassible, il est assez violent. Il le restait. Les feux affolés déjà des beaux yeux de la femme venaient battre et caresser ces rocs abruts. (Madame Lysiane avait de très beaux yeux.)

— Mon chou.

Elle fonçait vers un nouveau baiser. Robert s'émouvait. Doucement, et lui apportait la paix avec la certitude que toutes les richesses de la chambre étaient encore à lui, la chaleur montait dans sa queue. Il bandait. Pour toujours — jusqu'à la jouissance — rien ne pourrait lui rappeler qu'il avait été, travaillant tristement, un docker paresseux et maigre et qui peut le redevenir. Pour toujours il était un roi, un césar, nourri, et vêtu d'une robe de couronnement, de la robe du pouvoir calme et sûr, qui s'oppose à la culotte du conquérant. Il bandait. Au dur et vibrant contact, Lysiane donnait à sa chair blonde l'ordre de frémir.

— T'es si beau !

Elle attendait alors tous les préparatifs du véritable travail, de cet instant où Robert, descendu sous les draps avec sa bouche comme un groin qui va fouiller la terre noire, parfumée et nocturne des truffes, écarterait les poils, lui ouvrirait le con et de la pointe de la langue la chatouillerait. Elle espérait cet instant sans trop insister sur sa pensée. Car elle voulait rester pure, afin d'être au-dessus des femmes qu'elle commandait. Si elle les encourageait chez les autres, elle ne pouvait admettre les perversions à son propos. Il fallait qu'elle demeurât normale. Ses hanches lourdes et pleines étaient ses assises. Elle haïssait l'instabilité de l'immoral et de l'impudique. Elle se sentait forte d'avoir des hanches et une croupe si belles. Elle était en sécurité. Le mot que nous allons employer ne la choquait plus à force de se l'être mentalement répété, qu'un docker avait lâché à son passage : son « prose ». La responsabilité. la confiance en soi de Madame Lysiane résidait dans son prose,

Elle se colla davantage à Roger qui versa un peu son corps vers elle et doucement, simplement, sans l'aide de sa main, lui mit la bitte entre les cuisses. Madame Lysiane soupira. Elle sourit pour offrir la nuit veloutée parcourue d'étoiles qui la tapissait jusqu'à la bouche comme elle offrait sa chair blanche et nacrée parcourue de veines bleues. Elle s'abandonnait d'habitude, mais depuis plusieurs jours et davantage ce soir, veillait trop précisément la douleur que lui causait la ressemblance des deux frères. L'inquiétude l'empêchant d'être une maîtresse heureuse, elle eut pourtant un très beau geste hors du drap pour éteindre.

« Vous êtes seuls au monde, la nuit dans la solitude d'une esplanade immense. Votre double statue se réfléchit dans chacune de ses moitiés. Vous êtes solitaires et vivez dans votre double solitude. »

Elle n'en pouvait plus. Madame Lysiane se souleva pour allumer. Robert, étonné, la regarda.

— Tu diras ce que tu voudras, mon pote... (La maladresse de Robert, son indifférence pour les femmes ne lui donnait pas le goût d'un langage, fût-il seulement poli, approprié au sexe. Parler tendrement à une femme, lui parler même au féminin, l'eût à ses yeux ridiculisé)... mon pote, mais t'es compliquée (il fléchissait pourtant sur l'« e » des adjectifs et ce fléchissement l'avertissait de la présence de la femme dans le langage) t'es compliquée. Jo et moi on est comme ça, pasqu'on est comme ça. Depuis tout le temps...

— Moi ça me gêne. J'ai pas de raison de m'en cacher.

Elle était la patronne. Depuis trop longtemps cette ressemblance la meurtrissait, persécutait sa chair si belle. Elle était la patronne. La maison valait cher. Si Robert était un beau mâle — « et qui peut se permettre »... elle-même était une forte femelle, forte de son argent, de son autorité sur les filles, et de la solidité de son prose.

— Ça me vide ! ça me vide ! ça me vide, vos ressemblances. Elle s'aperçut que ses cris étaient aussi frêles que ceux d'une femme de cire.

— Tu vas pas continuer, non Pisque j'te dis qu'on y peut rien.

Robert était cassant. Au début de la scène, ne comprenant pas, il avait cru que sa maîtresse faisait allusion à des sentiments très délicats que peut éprouver seule une femme aussi distinguée qu'elle, puis, la scène se prolongeant, l'avait agacé. L'âme étrangère à ce qui la provoquait, il avait conservé sa froideur.

— J'y peux rien, moi. Tout mioches on nous prenait déjà l'un pour l'autre.

Madame Lysiane se gonfla d'air pour un soupir qui serait le dernier. Dès avant cette phrase et par elle, Robert sentait, mais confusément, qu'il lui causerait un mal terrible, mais sans le désirer très exactement, et malignement pourtant avec une conscience claire et vaseuse, il apportait de nouveaux détails, pour faire souffrir sa maîtresse, en même temps que fortifier sa position et s'isoler du monde avec Querelle qu'il découvrait profondément en soi-même, pour la seconde fois. Madame Lysiane refusait et provoquait ces détails. Elle les attendait. Elle en espérait de plus monstrueux. Ensemble, sans le bien comprendre, les deux amants pressentaient que la guérison viendrait enfin quand tout le mal, comme un jus, serait exprimé d'eux. Le pus devait sortir. Son génie permit à Robert une phrase terrible, où l'idée d'un *seul* était contenue : — « ...quand on était moujinkes déjà *on nous prenait pour l'autre*. On avait les mêmes frusques, les mêmes culottes, les mêmes liquettes. La même petite gueule. On pouvait pas se quitter. » Il détestait son frère — ou croyait le détester — mais il s'enfonçait de tout son poids dans ses rapports avec lui, rapports qui, d'être lointainement antérieurs, apparaissaient comme une sorte de mélasse où les deux corps étaient enfouis et liés. En même temps, la crainte de voir Madame Lysiane découvrir ce qu'il croyait être le vice de son frère, faisait Robert exagérer ces rapports, s'attacher, grâce à son air toujours plus naïf, à leur donner un sens démoniaque.

— Moi, j'en ai marre, Robert ! De vos saletés, j'en ai marre !

— Quelles saletés ? Y a pas de saletés. On est frangins...

Madame Lysiane fut stupéfaite d'avoir prononcé le mot saletés. Il était évident qu'il n'y avait aucun mal (comme on dit : « ça c'est mal », c'est-à-dire : « c'est pas propre ») au fait que des frères se ressemblassent. Le mal était cette opération invisible et exécutée devant vous, qui de deux êtres n'en font qu'un (opération qui lorsque ces deux êtres sont dissemblables s'appelle l'amour) ou qui d'un seul être en fait deux par la magie d'un seul amour : le sien (en Madame Lysiane, l'équivalent sentimental de ce dernier argument hésita sur le mot « pour »...) pour Robert ou Querelle ? Elle demeura une seconde interloquée :

— Oui, vos saletés. Parfaitement, je dis bien, vos saletés. Tu crois que je suis née d'hier? Ça ne fait pas assez longtemps que je commande à une maison pour savoir ce qui s'y passe? J'en ai marre, moi. »

Elle adressait ce reproche à Dieu, et plus loin, plus haut que lui, à la vie même dont les angles blessaient la blancheur et la chaleur de sa chair et de son âme nourries de lait. Elle était sûre maintenant, tant ils s'aimaient, qu'ils avaient éprouvé la nécessité d'un troisième personnage qui les ferait se déprendre l'un de l'autre, opérerait une diversion. Elle avait la honte de se savoir — n'y crût-elle pas — ce personnage. Sur les cinq derniers mots sa voix était à la fois accusatrice et plaintive. Elle priait.

— « Vous ne faites que vous regarder. Moi, j'existe plus. J'existe plus rien! Qu'est-ce que je suis? Où que je vais passer, entre vous deux? Hein, dis-le, dis-le! Hein? » Elle criait. Elle souffrait de crier si fort et si peu fort. Sa voix était de plus en plus haute, aiguë mais voilée. Robert la regardait en souriant.

— Ça te fait rire? Toi, Monsieur, tu vis dans les yeux de ton frère. De ton Jo. Ah! oui, il s'appelle Jo? Monsieur vit dans son frère...

— N'attige pas, Lysiane. Ça, c'est pas des mots à publier.

Elle rejeta les draps et sortit du lit. La chambre fut présente à Robert, douce et agressive. Toutes les richesses accouraient, se pressaient à son appel, mais déjà chaque richesse s'éloignait, flétrie, emportée par un vague de détresse. Madame Lysiane était blanche et droite au milieu des meubles décharnés. La haine soudain, à Robert, donna un début d'intelligence. Il chercha et trouva les défauts : sa maîtresse était odieuse et ridicule.

— T'as fini de piailler?

— Dans ton frère. Vous vivez l'un dans l'autre.

La sécheresse de la voix de Robert et la dureté tout à coup inhumaine de ses yeux venaient de la blesser plus cruellement. Elle espéra qu'il irait jusqu'à la colère libératrice qui le ferait déguculer sur les draps tout son amour pour son frère et sa ressemblance avec lui.

— Et naturellement y a pas de place pour moi. Moi, pour passer entre vous deux faut pas trop que j'y compte. Je suis à la porte. Je suis trop grosse... Oh... mais oui, voila, je suis trop grosse !

Debout sur le tapis, mais les pieds à plat, son corps n'avait plus la cambrure imposante que lui donnaient les souliers à hauts talons. L'ampleur des hanches n'avait plus de sens, ne soutenant pas, pour les faire se balancer, les plis lourds d'une étoffe soyeuse. La poitrine avait moins d'audace. Elle sentit tout cela immédiatement, et qu'aussi la colère ne peut s'exprimer que sur le ton tragique, qui a sa source dans le cothurne, et qui se développe dans un corps soutenu, où rien ne pend. Madame Lysiane regretta cette époque où la femme était roi. Elle regrettait les corsets, les buscs, les baleines qui raidissaient le corps, lui donnaient assez de solennité pour dominer les mœurs, et de férocité. Elle eût voulu pouvoir rapprocher les deux bords rigides et flexibles d'un corset rose, au bas duquel eussent pendu, battant ses cuisses, quatre jarretelles. Mais elle était nue, les pieds à plat sur le tapis. Quelque chose d'aussi monstrueux par son inconsistance, que ceci, en la désorganisant, en la désolant presque, s'établit en elle : — « Aurai-je donc la honte de me savoir une Berthe aux grands pieds des sandales escaliers ? Mais je suis davide... » Puis son esprit fut immédiatement brouillé par la confusion sévère, exacte et indescriptible même à elle-même par ses yeux, de deux corps nerveux et musclés auxquels s'opposait mollement la masse croulante de son corps trop gras. Elle monta dans ses souliers et reprit un peu de noblesse.

— Robert... Robert... mais Robert, regarde-moi ! J'suis ta maîtresse ! Moi je t'aime. Tu vois donc pas où que je suie...

— Je peux rien te dire, qu'est-ce que tu veux, tu dramatiques tout.

— Mais mon chou, je voudrais que tu soyes tout seul. Si je suis si malheureuse c'est parce que je vous vois deux. J'ai peur pour toi. J'ai peur que tu soyes pas libre. Rends-toi compte.

Elle était nue, debout, sous le lustre allumé. Au coin de la bouche Robert gardait encore un pli très léger, reste extrême et sur le point de s'éteindre, de son sourire. Déjà son regard était grave qui passait entre les deux genoux de Lysiane pour se perdre vraiment, sur un horizon très lointain.

— Pourquoi que t'as dit nos saletés ? Tout à l'heure t'as dit : j'ai marre de vos saletés.

La voix de Robert était aussi lointaine que son regard, elle était calme, mais Lysiane attentive aux réactions de son amant, y sentit la présence d'une volonté d'explications géométriques ; à l'intérieur de cette voix se trouvait un instrument — un organe plutôt — dont la fonction était de voir. La voix possédait un œil décidé à percer la nuit. Lysiane ne répondit pas.

— Hein? T'as dit : vos saletés j'en ai marre. Pourquoi saletés?

La voix était aussi calme. Mais à force de l'être en s'attachant au mot saletés, une étrange émotion s'emparait de Robert. Ce fut d'abord assez trouble. L'idée de son frère n'y avait aucune part visible mais seulement l'idée de saletés. Robert ne pensait rien. Son regard avait trop de rigidité, son corps immobile aussi, pour qu'il pût penser intelligemment. Il ne savait pas penser. Mais la lenteur de sa parole, son calme apparent mais frémissant d'une imperceptible émotion, la répétition du mot « saletés » augmentaient ce trouble, exerçaient sur lui l'envoûtement d'une complainte de misère dont le refrain va chercher sa désolation dans les parages les plus secrets de notre peine. L'idée de saleté le gênait, souillait son idée de la famille. Il songea douloureusement : « C'est la famille tuyau de poêle ! » Il se sentait vaguement coupable, mais d'une assez grave culpabilité, surtout d'avoir avoué à sa maîtresse que, dans son enfance, quand toute sa famille, les dimanches par exemple, sortait en bande, chacun s'épinglait un petit brin de mimosa au corsage ou au revers du veston.

— Et moi, ça me gênait, mais je voulais pas jeter le bouquet, j'aurais eu l'air d'être fier, alors je me le mettais entre les dents. Au bout de vingt mètres, j'l'avais avalé.

— On ne s'en est jamais aperçu? avait-elle demandé.

— Oh ! si, assez vite. Ça fait qu'on ne me donnait plus d'épingle.

Il craignit qu'elle ne se souvînt de cet aveu et crût qu'ainsi s'accusait d'appartenir à une famille honteuse. Lysiane ne répondait pas. Elle avait tout à coup l'air désemparé, imbécile. Elle regardait sans le comprendre son amant parler du fond de la mort. Elle eut peur de le perdre. Chaque fois qu'il était seul avec lui-même, et surtout lors de ses promenades au crépuscule, rôdant autour de son trésor, Querelle se sentait habité par la réflexion du docker : « Il y colle la main au panier ! » S'il se promenait parmi les herbes, sous les arbres, dans le brouillard, le pied sûr et le visage impassible, cependant en lui-même il savait que s'accomplissait un obscur travail autour de cette phrase. Il était violé. Chaperon Rouge isolé, un marlou plus fort que lui, mettait la main à sa corbeille à provisions, à son petit panier ; charmante marchande de fleurs, un gamin pillait ses œillets, fourrageait en riant dans sa marchandise, voulait dérober son trésor dont il s'approchait et, au plus profond de lui-même, Querelle avait peur. L'angoisse étreignait son ventre. Ainsi Madame Lysiane voyait Roger digérer douloureusement l'expression, comme une sorte de pilule qui le dissolvait. Elle tremblait qu'il ne s'anéantît tout à fait.

— Pasqu'enfin t'as dit saletés.

Lentement, l'idée de saleté se précisait à Robert, cette idée enfin se confondait avec l'idée de la ressemblance et de la beauté. Péniblement encore, émergeant de l'imprécision l'image du visage de Jo apparut à Robert : c'était son propre visage. Avec une tendresse infinie (qu'il éprouva par une légère buée sur ses yeux qui ne cillèrent pas néanmoins) il pensa : « Frangin ». L'image demeura, non immobile, mais passant d'une identité à l'autre. C'était tantôt lui, tantôt son frère. Une douceur presque désespérée l'invitait à faire ces deux images se confondre définitivement, et en même temps une sorte de nausée spirituelle l'écœurait dont il eût voulu sortir purifié. Toujours aussi lointain son regard remonta un peu et se fixa sur le con velu de Lysiane immobile. Robert vit cette toison distinctement, distinctement il pensa :

— Sa motte, sa grosse motte ;

Mais n'abandonna pas la double et unique image de son frère et de lui.

— J'ai dit ça comme ça. Faut pas y faire attention. Je suis malheureuse, mon chou, tu sais.

Il la regarda. Son autorité de femelle et de patronne avait lâché prise, desserré ses griffes. Le visage ne tenait plus. Ce n'était qu'une femme mûre, sans maquillage et sans beauté, mais débordante de douceur, pleine pour longtemps de réserves de tendresse mal contenues, tremblantes et qui ne demandaient qu'à s'écouler dans la chambre, sur les pieds d'abord de Robert charmé, en vagues longues et chaudes traversées de poissons subtils ou narquois. Lysiane grelottait.

— Rentre dans les draps.

La scène était morte. Robert se serra contre sa maîtresse. Il ne sut un instant s'il était son fils ou son amant. Ses lèvres immobiles ne quittaient pas la joue encore poudrée où des larmes coulaient.

— Que je t'aime, mon chéri. C'est toi qu'es mon homme.

Il chuchota : — Eteins.

Ses pieds étaient glacés. Au bout de leur seul corps, ils étaient le détail qui empêche les amants de sombrer dans une ivresse d'où l'on ne ressort plus. Il se serra plus près. Madame Lysiane était déjà brûlante et il bandait.

— Je suis toute à toi, tu sais, mon chou.

Elle avait pris sa décision, et pour que celle-ci ne soit pas vaine, inemployée, dans sa voix Madame Lysiane mit toute l'invitation qu'elle pouvait. En elle enfin se déchirait ce soir un voile qui n'avait jamais cédé. Elle perdrait un vrai pucelage en sacrifiant à quarante-cinq ans sa pudeur et, semblable aux autres vierges, elle osait commettre à cet instant des obscénités d'une audace inouïe.

— Toute comme tu veux, mon chou.

Dans un autre soupir, afin cependant que les phrases d'offrandes soient courtes et un peu rongées par le souffle, mais en isolant nettement le dernier mot, elle dit encore :

— Comme t'aimes le mieux, toi.

Son corps fit un imperceptible mouvement pour descendre sous les draps. En elle s'installait une émotion étonnante, douce et méprisable, tragique. Pour mêler sa vie à la vie ridiculement confondue des deux frères, afin de pouvoir ensuite opérer son choix, trier les éléments vivants et purs, son amour avait compris qu'il devait descendre lui-même aux époques les plus caverneuses, afin de revenir à cet état indécis, protoplasmique, larvaire, afin de se couler mieux entre les deux autres, puis se mêler à eux comme un blanc d'œuf à d'autres blancs d'œufs. L'amour de Madame Lysiane devait la fondre. La réduire à rien, à zéro, donc détruire cette armature morale qui faisait d'elle tout ce qu'elle était et lui conférait son autorité. En même temps qu'une honte s'emparait d'elle (plus exactement faisait qu'elle ne fût pas ou ne fût que honte) et ainsi, aspirant à se retenir à un homme qui fût moins monstrueux, que cette seule moitié d'une double statue, qui davantage fût un mâle sachant compter l'argent d'abord, n'avoir d'autre préoccupations que celles qui relèvent de l'existence pratique, elle éprouvait une vague nostalgie de Nono. D'être vaincue et proposée aux plus basses œuvres, un grand soulagement lui redonnait une vie plus certaine, plus vraie, plus essentielle. Et déjà la quittait l'espoir de se mêler aux amours des deux frangins : elle ne glissait plus que pour son propre bonheur. La bouche collée au tendon du cou de Robert, elle chuchota :

— Mon chou, tu sais, mon gros chou, je fais ce que tu veux.

Robert la serra très fort, puis il relâcha l'étreinte un peu pour permettre que continue le glissement de sa maîtresse. Elle glissa encore, doucement. Pour remonter en sens contraire, le corps de Robert se durcit un peu. Lysiane descendit encore. Robert remonta. Puis encore Lysiane que Robert, enfin décisif, impérieux et pressé, poussait fermement aux épaules. Avec beaucoup de maladresse, Madame Lysiane suça son amant. Elle avala le foutre. Robert se retint de geindre : il était un mâle et refusait de « se laisser aller ». Quand elle eut ramené son visage de dessous les draps, le jour entrait par les rideaux mal joints. Elle regarda Robert. Il était calme, indifférent. A travers les cheveux en désordre sur sa figure, elle lui sourit d'un air si triste que Robert l'embrassa pour la consoler (ce qu'elle comprit et ce qui la désespéra) puis il se leva. Alors elle sut avec force que tout était changé : pour la première fois de sa vie, après avoir fait l'amour — fait jouir un mâle — elle ne se lavait pas, elle ne sortait pas du lit avec son amant pour aller au bidet. Elle fut troublée par l'insolite d'une telle situation : rester seule couchée, au bord du lit — avoir le lit pour soi seule — quand Robert va se laver. Qu'eût-elle lavé ? Se rincer la bouche ou se gargariser eût été risible après avoir avalé le foutre. Elle eut le sentiment d'être sale. Elle regarda Robert se laver la queue, la savonner, faire de la mousse où le bout disparaissait, la rincer, l'essuyer soigneusement. Elle eut cette pensée cocasse dont elle ne fut pas égayée :

— Il a peur que ma bouche l'empoisonne. C'est lui qui lâche le venin et c'est moi qui l'empoisonne.

Elle sentit sa solitude et sa vieillesse. Robert se lavait au lavabo de porcelaine blanche. Ses muscles se mouvaient, saillaient aux épaules, aux bras, aux mollets. Le jour était de plus en plus clair. Madame Lysiane imagina le corps de Querelle qu'elle avait toujours vu en matelot. — «C'est le même... c'est pas possible, y a sûrement un endroit... peut-être qu'il a une autre bitte...» (nous verrons comment se développera cette indication). Elle était très seule, lasse. Robert se retourna, calme, solide, au milieu de son frère, au milieu de lui. Elle dit :

— Allume les rideaux...

Voulant dire d'abord «mon chéri» une espèce d'humilité venue du sentiment de sa malpropreté lui commanda de ne pas souiller cet homme déjà si luisant, cet homme si tendre par le fait des révélations de la nuit et l'amollissement de la jouissance. le blesser par une intimité trop insultante. Sans remarquer le lapsus, Robert tira les rideaux. Un jour blême défit la chambre, comme on dit qu'une chevelure est défaite, qu'un visage est défait, signe d'un grand malaise, d'une nausée. Madame Lysiane eut alors le goût de de la mort. Elle éprouva le besoin de mourir, c'est-à-dire son bras gauche devenant un aileron de requin, immense, de s'enrouler dedans. Ainsi désirait le lieutenant Seblon porter une pélerine de drap noir dans laquelle il s'enroulerait, derrière les plis de quoi il pourrait se masturber. Ce vêtement l'isolerait, lui conférant une attitude hiératique, mystérieuse. Il n'aurait plus de bras... Nous lisons dans le carnet intime :

« Porter une pélerine, une cape. N'avoir plus de bras, et si peu de jambes. Redevenir une larve, un poupon, et cependant conserver secrètement tous ses membres. Par ce vêtement je me saurais roulé dans une vague, porté par elle, bouclé dans sa courbe. Le monde et ses accidents s'arrêteront à ma porte ».

Les meurtres de Querelle, et sa sécurité au milieu d'eux, son calme dans leur exécution, sa tranquillité au milieu des ténèbres, avaient fait de lui un homme très grave. Intérieurement le déroulement de ses pensées était grave. Querelle était certain d'avoir atteint la limite dans le danger, de sorte qu'il n'avait rien à craindre d'une révélation sur ses habitudes. On ne pouvait rien contre lui. Personne n'aurait pu découvrir ses erreurs, trouver par exemple ιe sens de signes marquant certains arbres des remparts. Parfois il gravait au couteau, dans l'écorce humide d'un acacia, le dessin très stylisé des initiales de son nom. Ainsi autour de la secrète cachette où dormait — comme dort un dragon — son trésor, se tissait une dentelle dont la vigilance tenait à la vertu spéciale qui avait assisté à sa fabrication. Querelle doublement veillait sur soi-même. Il redonnait une signification aux hommages dégénérés. L'oriflamme ou les linges d'église brodés étaient un hommage de chaque instant. Le nombre de points, de fils, correspondait à une pensée offerte à la Sainte Vierge. Autour de son propre autel, Querelle brodait un voile protecteur où son monogramme comme sur les nappes bleues est brodé d'or le célèbre : Ϻ

Quand Madame Lysiane se trouvait devant lui, malgré soi son regard allait à la braguette. Elle savait ne pouvoir jamais clairement percer le drap bleu sombre, mais il fallait que ses yeux s'assurassent de cette impossibilité. Peut-être ce soir l'étoffe serait moins rigide, dessinerait hardiment la queue et les couilles, permettant à Madame Lysiane de constater une différence profonde entre les deux frères. Elle espérait encore que la queue du matelot serait plus petite que celle de Robert. Parfois elle imaginait le contraire et osait l'espérer.

— Et pis, qu'est-ce que ça fait. Si c'est lui (Robert) qu'a la plus petite, ça sera davantage... (elle ne pouvait dire le mot mais reconnaissait en elle un sentiment maternel à l'égard d'un Robert moins bien partagé que son frère).

— ...Je lui ferai remarquer pour le faire râler... Seulement si ses yeux s'attristent et qu'il me réponde d'une voix légère et confiante : « c'est pas de ma faute » s'il me répond cela, ce sera grave. Cela veut dire qu'il reconnaît son infirmité et qu'il se place sous mon aile car la sienne est cassée. Que ferai-je ? Si je l'embrasse tout de suite en souriant comme il m'a souri, comme il m'a embrassée quand j'ai sorti ma tête dépeignée de dessous les draps, il saura le mal que peut causer la pitié d'un être qu'on aime. M'aime-t-il ? Je l'aimerai, moi, plus tendrement mais moins magnifiquement.

Madame Lysiane sentait que cette volonté d'aimer plus tendrement (et volonté d'aimer tout court) serait incomparablement moins grisante que la force irrésistible qui la précipiterait dans les bras du plus viril des deux gars, surtout quand ce dernier a le même corps, le même visage, et la même voix que l'amant blessé.

Querelle jeta sa cigarette allumée. Elle était loin de lui, mais proche pourtant, délicate et blanche, l'arme fumante, le signe fatal indiquant que la guerre est déclarée, qu'il ne dépend plus de lui qu'elle se consume encore un peu pour que saute le monde. Querelle ne la regardait pas, mais il savait ce qu'il venait de jeter. La gravité de son geste s'imposait à sa conscience et lui commandait — irrésistiblement car le feu était aux poudres — de ne pas s'arrêter. Il mit ses mains dans les poches fendues en biais sur le ventre, « poches à la mal au ventre », et regardant fixement et méchamment Mario, les sourcils froncés, la bouche crispée sur les mots :

— Qu'est-ce que tu veux dire ? Oui. Toi. Qu'est-ce que tu veux dire ? Tu demandes si tu peux remplacer Nono.

Mario eut peur en face du calme du matelot. S'il acceptait

d'aller jusqu'au bout de l'aventure amorcée par lui, son privilège de flic ne servirait de rien. Querelle ne voyait qu'un flic qui cherchait à l'espionner. Avec une habileté inconsciente, non préconçue, sur les soupçons de contrebande et même de vols (seuls soupçons que pouvait avoir eus le flic en fréquentant « La Féria », parce qu'une femme peut-être avait parlé) Querelle décidait d'amasser les éléments les plus tragiques. Il cherchait à grandir ce simple fait afin qu'il dissimulât celui du meurtre avec lequel un flic — parce qu'il est flic — reste toujours en relation, fût-ce la plus subtile. C'est là-dessus qu'il fallait provoquer le poulet et s'en défendre ensuite avec éclat. Querelle s'accusait d'abord. Il forçait surtout l'attention de Mario par mille éclats : éclats sourds de sa voix, de ses dents serrées, de son œil sombre, des plis de sa peau.

— Ouais... Explique.

D'un mot — de celui-ci par exemple : « Je te demandais si t'avais de la came pour moi », Mario pouvait ramener le calme, mais cette force qu'il sentait en Querelle passait en lui, non pour lui donner plus de vigueur physique mais plus d'audace, plus de fermeté. L'attitude de Querelle, en l'effrayant à cause de la froide résolution à laquelle il ne s'attendait pas, lui communiquait une vertu qu'il accueillait avec ferveur puisqu'elle empêchait qu'il ne se dissolve en un mot sonnant sa retraite, son recul. *Querelle affirmait le flic.* L'œil dans l'œil de Querelle, les fins éclats de sa voix se brisant sur les éclats encore visibles de la voix de Querelle, Mario répondit :

— Je dis ce que je dis.

Querelle ne répondit ni n'agit aussitôt. La bouche serrée il respira amplement par le nez dont les parois frémirent. Mario désira désespérément enculer un tigre en colère. Querelle s'accordait quelques secondes pour examiner mieux Mario, pour le haïr davantage et en même temps pour donner à son attitude physique et morale plus de souplesse afin de se battre mieux. Il fallait donc qu'il accumulât toute sa passion sur cet incident né du soupçon de ses vols ou de sa contrebande afin que l'idée de crime expirât de soi-même, faute d'un soutien psychique, usé déjà par les soupçons anodins. Il entr'ouvrit la bouche où le vent s'engouffra torrentiel, avec la plénitude et la cylindrique exactitude d'une verge de beau calibre. Il fit :

— Ah !

— Oui.

Querelle enfonça son regard, dont le rayon avait la rigidité d'une baleine de parapluie, en Mario :

— Si ça te dérange pas tu sors avec moi. J'ai à te causer.

— D'acc.

Mario recherchait ces mots qui le rapprochaient des voyous avec lesquels souvent il aimait se confondre. Ils sortirent. Querelle marcha dans la nuit en direction opposée à la ville, quelques pas en silence. A côté de lui, un peu en arrière, Mario gardait ses mains dans les poches, la gauche déjà serrée sur un mouchoir en boule.

— Ça va loin?

Querelle s'arrêta et le regarda.

— Qu'est-ce que tu me veux?

— Tu le vois pas, non.

— T'as des preuves?

— Nono m'en a causé, ça me suffit. Et si tu te fais endaufer par Nono y a pas de raison que je me l'accroche.

Querelle sentit du plus extrême de ses doigts tout son sang refluer vers le cœur. Dans l'obscurité il pâlissait jusqu'à la transparence. Seule subsistait cette certitude d'être, grâce à l'espoir fou, bondissant en lui de cœur en cœur jusqu'à ses lèvres, jusqu'à son bateau. Le flic n'était pas un flic. Querelle n'était ni un assassin ni un voleur : il vivait sans danger. Il ouvrit la bouche pour éclater de rire. Mais il ne rit pas. Un soupir énorme s'engouffrait, de ses entrailles dans sa gorge, et se pressait comme un tampon d'étoupe à sa bouche. Il voulait embrasser Mario, se donner à lui, crier et chanter : il fit tout cela mais en soi-même et en une seconde.

— Ah oui...

Sa voix était enrouée. Pour lui sa voix était rauque. Il se détourna de Mario et fit quelques pas. Il se refusa de s'éclaircir la voix. En face de lui, la colère du policier devait servir à quelque chose, provoquer le déroulement d'un autre drame aussi nécessaire — plus nécessaire même — que celui qui n'avait pas eu lieu. Il fallait qu'elle fût la musique solennelle accompagnant l'orage. Puisque Mario paraissait tellement décidé, tendu par une sévérité, alors qu'il songeait à autre chose qu'à ce qu'avait d'abord supposé Querelle, cette chose nécessitait donc une telle tension.

— Pas la peine d'aller au Pôle Nord. Si y a des trucs qui te vont pas, t'as qu'à le dire.

— Oui, j'ai...

Le poing de Querelle atteignit Mario au menton. Joyeux de se battre (car il se battait la main nue) il était sûr de n'avoir à vaincre que ce que l'on peut vaincre avec les poings et les pieds. Mario para le deuxième coup et riposta par un direct en pleine gueule. Querelle recula. Un instant il hésita, puis il bondit. Pendant quelques minutes les deux hommes se battirent en silence. S'écartant l'un de l'autre, ils pouvaient reculer jusqu'aux limites d'où il ne leur serait plus possible de se rejoindre, mais ils restaient à deux mètres, s'observant, et soudain pour une autre mêlée ils se précipitaient. Querelle était joyeux de combattre un flic, et déjà il savait que ce combat bien mené par lui — à cause de sa jeunesse et de sa souplesse — était comparable aux coquetteries qui font valoir la jeune fille qui s'abandonnera en se refusant encore. Il obtenait de soi les gestes les plus audacieux, les plus durs, les plus virils — non avec l'espoir de dégoûter Mario, non pour lui laisser croire s'être trompé — mais pour tout à l'heure qu'il sût bien avoir vaincu un homme, l'avoir réduit lentement, l'avoir délicatement, un par un, *dépouillé* de ses attributs de mâle. Ils se battaient. La noblesse des attitudes de Querelle, enfin, excitait Mario à la noblesse. D'abord, le policier, en s'apercevant qu'il était dans le combat moins beau, moins à son aise que le matelot, avait exécré cette beauté, cette noblesse afin de n'être pas obligé de se mépriser de ne la posséder pas. Il voulut se prouver qu'elle était ce contre quoi *justement* il luttait pour la mieux vaincre, il lui opposa, en les exaltant, sa vulgarité et sa lourdeur. Il était alors très beau. Ils se battaient. Querelle était le plus agile et toujours le plus fort. Mario songea à sortir son revolver et faire la mort de Querelle servir son métier : il aurait voulu l'arrêter et le matelot l'avait menacé. Or, une merveilleuse fleur, parfumée de ciel, où jouaient des abeilles d'or, fleurit en lui qui resta ridiculement recroquevillé, noir et triste, la bouche crispée, la poitrine haletante, le souffle court, le geste lourd et gauche ; il sortit son couteau. Plutôt qu'il ne le vit Querelle supposa le couteau du policier. Aux gestes soudain différents du flic, plus calculateurs, plus sourds, à l'attitude plus féline, plus classiquement tragique, Querelle discernait dans toute la personne de Mario une décision irrévocable et chèrement conquise, une volonté de meurtre dont il ne s'expliquait pas la nécessité — ni même la gravité — mais qui prenait une proportion telle que l'ennemi — armé d'un cran d'arrêt quand un flic s'arme naturellement d'un 6-35 — devenait féroce et humain (d'une férocité infernale n'ayant plus aucun rapport avec le goût de bataille, de vengeance ou d'insulte qui les avait jetés l'un contre l'autre) et la peur s'empara de Querelle. C'est à cet instant même qu'il devina dans la palpitante et un peu floue apparence de Mario la présence aiguë et mortelle d'une lame métallique. Elle seule, mais invisible, pouvant donner à la main recourbée, au poignet cassé, la légèreté, l'attitude presque abandonnée et sûre d'elle, au corps le tassement en accordéon qui se déplie sans bouger, — et non se replie — pour la note définitive, au regard le calme irrévocablement désespéré. Querelle ne voyait pas le coûteau mais il ne voyait que lui qui devint, d'être invisible et si important dans l'issue du combat (il ferait deux morts) d'une taille énorme. La lame en était blanche, laiteuse, et d'une matière un peu fluide. Car le couteau n'était pas dangereux du fait qu'il était coupant : il était le signe de la mort dans la nuit. D'être ce signe, tuant simplement du fait qu'il l'était, il effrayait Querelle. C'est l'idée de couteau qui causait la peur. Il ouvrit la bouche et il eut la honte adorable, salvatrice, de s'entendre dire en bégayant :

— Tu vas pas me saigner...

Mario ne bougea pas. Querelle non plus. A cause de l'idée de sang qui s'y trouvait, à cause de l'espoir qu'elle permettait, cette imploration fit un peu circuler son sang. Il hésitait à rompre son immobilité. Il craignait, tant il se sentait relié à lui par une multitude de fils, qu'un seul — et le plus léger pouvait déclencher le plus fatal mécanisme, tant il est évident que la fatalité repose sur un équilibre ténu — un seul de ses mouvements n'entraînât un geste de Mario. Ils étaient au centre d'une masse de brouillard où le couteau était tapi, invisible mais certain. Querelle n'avait aucune arme sur soi. D'une voix douce et profonde soudain extraordinairement émouvante, il dit au Prince de la Nuit et des Arbres tout proches :

— Dis, Mario, écoute, j'suis tout seul en face de toi. J'suis sans défense...

Il avait prononcé à voix haute le nom de Mario, et déjà Querelle se sentait relié à lui par une grande douceur, par une émotion comparable à celle que nous éprouverons en entendant la nuit derrière la cloison d'une chambre d'hôtel, la voix nerveuse d'un garçon crier : « Sale brute, va, j'ai qu'dix-sept ans ! » En Mario il mettait tout son espoir. Au début la phrase ne fut qu'un chant presque timide, écorchant à peine le silence et le brouillard (de l'un et de l'autre c'en était plutôt la délicieuse vibration) et peu à peu elle s'affermissait sans perdre le ton simple et précis d'un énoncé banal mais inventé par un cabotin merveilleux qui essaye d'ensorceler la mort, puise au fond d'une mémoire attentive un mot qu'il ignore, lu peut-être dans un journal dérobé à un officier s'adressant à un autre officier, et Querelle répéta :

— ...J'suis sans défense. Aucune.

Une. Deux. Trois. Quatre. Dans le silence quatre secondes s'écoulent.

— Tu peux faire ce qu'tu veux, moi j'ai pas de lame. Si tu me piques je suis bon. Je peux rien faire...

Mario ne bougeait pas. Il se sentait maître de la peur et de la vie qu'il pouvait permettre ou rompre. Il dominait son métier de flic. Il ne jouissait pas beaucoup de sa puissance car il était peu attentif à sa vie intérieure, peu habile à l'exalter. Il ne faisait aucun mouvement faute de savoir lequel d'abord, mais surtout il était fasciné par cet instant victorieux qu'il fallait détruire par et pour il ne savait quel autre de moindre intensité peut-être, de moindre bonheur, et qui serait irrémédiable. Il ne pourrait plus choisir, s'étant accompli. En soi-même Mario sentait un équilibre de choix. Il était au centre enfin de la liberté. Il était prêt à... sauf que cette attitude ne pouvait durer longtemps. Se reposer sur la cuisse, détendre tel ou tel muscle sera déjà choisir, c'est-à-dire se limiter. Il devait donc garder son instabilité longtemps si les muscles ne se fatiguaient vite.

— Moi je t'ai demandé de t'expliquer mais j'ai jamais voulu...

La voix était belle, la mélodie très douce. Querelle était au centre de la même liberté, et il reconnaissait le danger de l'instabilité de Mario. C'est elle qui se communiquait à lui, lui donnant le trac dont il tirait un jeu merveilleux, une marche périlleuse, une apparence fragile, une force invincible aussi. Ce trac pouvait le précipiter du trapèze volant où il s'accrochait par des griffes de cristal au-dessus de la cage aux panthères. La mort était là, le guettant, alors qu'il avait été si souvent la mort guettant sa proie. Il se regardait dans le visage et l'attitude si neufs pour lui de Mario. Quelle puissance bizarre représentée par un policier arc-bouté sur une jambe, au torse étroit et dur dans un maillot bleu ciel, s'était du corps de Querelle enfuie pour se poser en face de lui? Querelle avait contenu ce poison sans danger pour lui tant qu'il était en lui, qu'il projetait sur le mur de brouillard. Cette nuit son propre venin le menaçait. Querelle avait peur et sa peur était blanche de la mort dont il connaissait l'efficacité, et il avait doublement peur d'être soudain abandonné d'elle. Mario referma son couteau. Querelle soupira, vaincu. L'arme née de l'intelligence avait fait bon marche de la noblesse du corps, de l'héroïsme du guerrier. Mario se redressa tout à fait et il mit ses deux mains dans ses poches. En face de lui, mais selon un décalage qu'il devait à son humilité récente, Querelle fit le même geste. Ils se rapprochèrent un peu et se regardèrent, troublés.

— J'ai pas cherché à te faire du mal, c'est toi qui veux un règlement de compte. Moi je m'en fous que tu marches avec Nono. Qu'est-ce que j'en ai à foutre. Tu te sers de ton cul comme tu veux, seulement c'est pas la peine de te mettre en boule...

— Dis, écoute Mario. C'est possible que je marche avec Nono. Ça c'est moi que ça regarde, et toi t'as pas besoin de me charrier en plein bordel.

— Je t'ai pas charrié. Je te demandais en blaguant si je pourrais le remplacer. Je te ferai remarquer que ça veut rien dire. Et en plus y avait personne pour entendre.

— D'accord, y avait personne, mais tu dois te rendre compte que ça fait pas plaisir à entendre des charres comme ça. D'accord j'ai le droit de faire ce que je veux. Ça, ça regarde personne, je suis de taille à me défendre. Pasque faut pas croire, Mario, tu m'as dominé à cause que t'as un morlingue, mais à la loyale tu m'aurais pas possédé.

Ils s'enfoncèrent dans le brouillard, côte à côte et fraternellement à cause de l'isolement du brouillard, de leur voix basse, presque confidentielle. Ils tournèrent à gauche, vers les remparts. Non seulement Querelle n'avait plus peur mais peu à peu la mort qui était si merveilleusement sortie de lui rentrait en lui, lui redonnant la force d'une armature flexible et incassable.

— Oh puis dis écoute, faut pas m'en vouloir. Moi je t'ai dit ça en blaguant. J'y ai pas mis de méchanceté. Moi aussi j'ai été loyal avec toi. J'ai sorti un coupant mais je pouvais te descendre avec mon six-trente-cinq. J'avais le droit. Je pouvais inventer, raconter des histoires. J'ai pas voulu.

Querelle à nouveau sentait un policier marcher à côté de lui. La paix le comblait.

— Nono, tu penses si je le connais? Tu peux y demander.

Moi je viens à « La Féria » en pote, j'y viens pas en poulet. Pasque faut pas te tromper, moi, je suis régulier. Et y a pus d'un mec qui pourrait te le dire. Faut pas croire. Et moi, j'ai jamais chambré un gars, jamais t'entends. D'abord ça veut rien dire. T'es dans la marine, alors mon pote, on en a vu des gars de la marine, et qu'est-ce qu'i se faisaient mettre ! Et ça les empêchait pas de rester des hommes, c'est moi qui te le dis.

— Y a ça aussi, puis en plus avec Nono faut pas croire ce qui est pas.

Mario rit, d'un rire très clair, très jeune. De sa poche il tira un paquet de cigarettes. Il en offrit une, silencieusement, à Querelle.

— Dis, dis... avec moi c'est pas la peine de faire du baratin...

Querelle rit à son tour et du même rire dans lequel il prononça :

— Ma parole, je te baratine pas...

— Je te dis, tu fais ce qui te plaît. Je connais la vie, faut pas te gourer. Ton frangin lui, c'est pas pareil, i' se défend avec les filles. Les mœurs spéciales il encaisse pas, tu vois que je le sais. Faut pas y en causer.

Ils étaient arrivés presque à la hauteur des fortifications sans avoir rencontré personne. Querelle s'arrêta. De la main armée de la cigarette il toucha l'épaule du policier :

— Mario.

Les yeux dans les yeux de l'autre, Querelle prononça d'un ton sévère :

— J'ai couché avec Nono, je me défends pas. Seulement faut pas te tromper. Je suis pas une lope, tu comprends. J'aime les filles. Tu crois pas ?

— Je dis pas le contraire. Seulement Nono, à ce qu'i' dit lui, Nono i' te l'a mis au cul. Ça, tu peux pas nier. C'est pas toi qui l'as enfilé ?

— D'accord, i' me l'a mis, seulement...

— Mais c'est pas la peine ta musique, que je te dis. Moi, je m'en balance. T'as pas besoin de me dire que t'es un homme. J'en suis sûr. Si t'étais une lopette comme y en a tu te serais dégonflé à la bagarre. Toi tu te dégonfles pas.

Il posa la main sur l'épaule de Querelle l'obligeant à marcher Il souriait et Querelle aussi.

— Ecoute, nous, on est deux hommes. On cause comme on veut. T'as couché avec Nono, c'est pas un crime. L'essentiel c'est qu'i' t'ait fait jouir. Hein. Dis-moi pas que t'as pas pris ton pied

Querelle voulut encore se défendre mais son sourire l'emporta.

— Je dis pas le contraire. N'importe quel mec ça le ferait jouir.

— Alors tu vois. Puisque t'aimes ça y a pas de mal. Y devait jouir aussi Nono, pasqu'il est plutôt chaud et que t'as une belle gueule.

— J'ai une gueule comme les autres.

— Allez, va, toi et ton frangin, pardon ! Moi je le vois Nono, i' devait bander comme un cerf. Dis donc, mec, i' fait bien l'amour ?

— Allez, Mario, laisse tomber, quoi...

Mais il le dit en souriant. Le policier gardait toujours sa main sur l'épaule de Querelle qu'il semblait doucement, mais sûrement conduire au poteau.

— Réponds-moi, quoi... i' fait pas bien son boulot ?

— Pourquoi que tu me demandes ça ? Ça t'excite ? T'as envie d'y goûter ?

— Pourquoi pas, si c'est bon, alors, explique. Comment qu'i travaille ?

— I' s'y prend pas trop mal. T'es content. Allez, Mario tu vas pas me faire chier tout le temps, non ?...

— On cause. Y a personne pour entendre. On est entre potes ; et toi t'as joui ? Ça t'a fait du bien ?

— T'as qu'à essayer !

Ils rirent ensemble. Mario se garda de presser l'épaule de Querelle. Il dit :

— Pourquoi pas ? Seulement, dis-moi si c'est bon.

— C'est pas mauvais. Pour rentrer c'est pas marrant, mais après ça va.

— Sans blague, c'est bon ?

— Ma parole. C'est la première fois que ça m'arrivait. Je croyais pas que c'était pareil.

Il rit d'un rire gêné cette fois. Déjà il était troublé et d'autant plus que sur son épaule pesait la main du policier. Querelle ne savait pas encore que Mario cherchât à le posséder. Il était ému par les questions aussi précises qu'un interrogatoire, par le ton pressant, par une voix insinuante et des combinaisons exigeant un aveu, quelque soit-il. Querelle était ému par la singularité de l'endroit, par l'épaisseur du brouillard et de la nuit qui unissait encore le policier et sa victime abandonnés, par une solitude ayant la valeur d'une complicité.

— I' doit avoir une grosse bitte. Pasqu'il est balèse le gars. Elle te plaît, sa bitte?

— T'es fada. Je m'en suis pas occupé. Je suis pas si vicieux que ça. Allez, de ça, cause pus.

— Pourquoi? Ça te dérange? Si ça t'emmerde je veux pas t'en causer.

— Non ça m'emmerde pas. Je dis ça en rigolant.

— Moi de causer de ça, ça me fait bander. Ma parole.

— Oh! que tu dis!

Querelle comprit que par cette exclamation — et déjà par cette phrase « Non ça m'emmerde pas » — dans une série de coups (constituant un jeu et une démarche) qui aboutiraient inévitablement au geste redouté de lui, c'en serait fait de sa liberté. Il n'eut par honte d'avoir accepté de s'engager dans cette voie étroite mais il s'étonna de sa propre roublardise à, en même temps, se rouler soi-même, et si heureusement combler son désir secret.

Au moins éprouvait-il une légère pudeur à accomplir en face d'un vrai mâle, et sans le secours d'un prétexte de force majeure, un geste que sans déchoir il eût pu oser avec et sur un pédé — ou sur un mâle mais alors aidé par un prétexte irrésistible.

— Quoi, tu veux pas croire?

Querelle peut encore dire « si » et arrêter la course du jeu. Il sourit :

— Allez! C'est pas ce qu'on vient de dire qui te fait bander, non. Raconte ça à un cheval de bois.

— Ma parole, que je te dis.

— Tu galèges. Je te crois pas. I' fait trop froid. Elle doit être toute petite.

— Regarde si c'est pas vrai. Mets-y la main.

— Non... je te dis que non. T'en n'as même pas. Elle est gelée.

Ils s'étaient arrêtés. Ils se regardaient en souriant, se défiant du sourire. Mario haussait extrêmement les sourcils, plissait son front, se voulait la mine ahurie d'un gars qui s'étonne de bander à une heure pareille, à cet endroit et pour de si pauvres raisons.

— Touche, tu verras...

Querelle ne bougea pas. Il sourit mieux, plus subtil, plus moqueur encore, en diminuant son sourire lentement, ce qui fit frémir sa lèvre.

— Mais non. Je te dis que t'es pas capable.

— Moi je te dis de te rendre compte. Elle est drôlement raide. C'est un bâton.

Sans quitter les yeux de Mario, en souriant avec ses lèvres frémissantes, de la pointe extrême de deux doigts Querelle effleura la braguette du flic. Seulement l'étoffe, puis il appuya, mais à peine, et il sentit la verge dure et brûlante. Il dit en tremblant presque et baissant malgré lui la voix :

— Y a rien du tout. Si c'est ça que t'appelles bander !

— T'as pas touché. Serre un peu. Y en a un drôle de morceau.

— Forcément avec le froc. Ça fait un calibre. Y a l'épaisseur du drap....

— Rentre ta main dedans, tu verras.

Querelle tendit la main, reporta ses doigts qui hésitèrent, à peine posés sur l'étoffe tendue. (Et cette hésitation les troubla l'un et l'autre, délicieusement).

— Ouvre. Tu vas voir puisque tu dis que je vanne...

L'un et l'autre, malgré qu'ils aient su le jouer, se retenaient au jeu de l'innocence. Ils craignaient de se précipiter trop vite dans la vérité, de s'abandonner à l'aveu dévoilé. Lentement, souriant toujours, pour laisser croire à Mario, sûr cependant que Mario ne croyait pas à sa feinte naïveté, qu'il ne s'agissait que d'une chose sans importance, d'une blague, les yeux dans les yeux du flic, Querelle défit un, deux et trois boutons. Il glissa la main, saisit d'abord, la queue doucement. Il la tint entre l'index et le pouce puis enfermée dans toute sa main comme pour juger de sa taille. D'une voix qu'il voulut claire mais où restait quelques lambeaux de trouble, il dit :

— T'as raison, c'est pas mal.

— Ça te plaît.

Querelle retira sa main. Il souriait toujours.

— Je t'ai dit que ça m'intéresse pas. Grosse ou pas grosse.

De sa main libre enfoncée dans sa poche — l'autre étant sur l'épaule du matelot — le policier fit hors de la braguette jaillir sa verge. Il resta ainsi campé sur ses jambes écartées en face d'un mataf qui le regardait en souriant. Il murmura :

— Branle-moi un petit peu, va.

— Pas ici. Y a pas un endroit ?

De tous les points de la nuit, les sentiers déchaussés, les pieds dans la poussière portent le crime. Querelle les écoute venir. Son oreille est familière de ces adorations. Les mages sont en route Il se penche : luit dans l'obscurité le bout brillant du nœud terrible de Mario.

Querelle entendit près de son oreille, le bruit délicat de la salive dans la bouche du policier. Les lèvres mouillées se décollaient, s'apprêtaient peut-être pour un baiser, la langue pour pénétrer dans l'oreille et s'y livrer à un fougueux travail. Un train siffla dans la nuit. Querelle entendit son approche, son souffle presque. Les deux hommes étaient arrivés au bord du remblai dominant la voie ferrée. Le visage du policier devait être tout près. Ce bruit aigu, un peu chuintant et amplifié à l'extrême de la salive, Querelle l'entendit encore. Cela lui parut être la préparation mystérieuse à une debauche amoureuse telle qu'il n'en avait jamais soupçonné. Il éprouva quelque légère inquiétude à distinguer une si intime manifestation de Mario, à percevoir sa vie la plus secrète. Encore qu'il eût bougé ses lèvres, et sa langue à l'intérieur de la bouche, d'une façon très naturelle, le policier semblait se délecter à l'idée de l'orgie qui suivrait. Ce seul bruit de salive, si proche de l'oreille de Querelle suffisait à isoler celui-ci dans un univers de silence que ne déchira pas le train qui allait passer. Dans un bruit terrible, le rapide défila devant eux. Un tel sentiment d'abandon étreignit Querelle, qu'il laissa agir Mario. Le train s'enfuyait dans la nuit avec une allégresse désespérée. Il fuyait vers un inconnu serein, tranquille, terrestre enfin, refusé depuis longtemps au matelot. Le sommeil des voyageurs pouvait être le témoin de ses amours avec un flic : il les laissait, le flic et lui, sur la rive, comme des lépreux ou des pauvres.

— Attends, va.

Mario ne réussissait pas. Querelle se retourna brusquement, se baissa. La verge du policier fatalement traversait sa bouche quand le rapide traversa le tunnel avant d'entrer en gare.

Pour la première fois Querelle embrassait un homme sur la bouche. Il lui semblait se cogner le visage contre un miroir réfléchissant sa propre image, fouiller de la langue l'intérieur figé d'une tête de granit. Cependant, cela étant un acte d'amour, et d'amour coupable, il sut qu'il commettait le mal. Il banda plus dur. Les deux bouches restèrent soudées, les langues en contact aigu ou écrasé, ni l'une ni l'autre n'osant se poser sur les joues rugueuses où le baiser eût été signe de tendresse. Les yeux ouverts se regardaient avec une légère ironie. La langue du policier était très dure.

D'être ordonnance n'humiliait Querelle ni ne l'avilissait aux yeux de ses camarades. Accomplissant tous les détails de sa fonction avec une simplicité qui est la vraie noblesse, le matin, on pouvait le voir sur le pont, accroupi et cirant les chaussures du lieutenant. La tête baissée et les cheveux tombant sur ses yeux, il la relevait parfois : il souriait, la brosse dans une main dans l'autre un soulier. Puis il se redressait prestement rassemblait très vite, comme en jonglant, tous ses ustensiles dans la boîte, et il rentrait. Il marchait d'un pas rapide et souple, le corps toujours joyeux.

— Voilà, Lieutenant.

— Parfait. Vous n'oublierez pas de plier mes vêtements.

L'officier n'osait sourire. En face de cette joie et de cette force, il n'osait se montrer joyeux tant il était sûr qu'un seul moment d'abandon en face de Querelle le livrerait tout entier à ce fauve. Il le craignait. Aucune sévérité n'arrivait à assombrir ni ce corps ni ce sourire. Pourtant il se savait fort. Il était un peu plus grand que le matelot, mais à l'intérieur de son corps il sentait la présence d'une faiblesse. C'était quelque chose de presque concret, irradiant à travers les muscles des ondes de peur gonflant le corps.

— Vous êtes allé à terre, hier?

— Oui, Lieutenant. C'était jour de tribord.

— Vous pouviez m'avertir. J'avais besoin de vous. La prochaine fois, avertissez-moi quand vous descendez.

— D'accord, Lieutenant.

Le Lieutenant le regardait essuyer le bureau, plier les effets. Il cherchait un prétexte pour lui parler d'un ton froid, de façon que l'intimité ne puisse naître. Hier soir, il était entre dans le poste avant comme s'il avait besoin de lui. Il espérait le voir rentrer ou sortir dans son pantalon bleu et sa vareuse. Il n'y avait que cinq hommes qui se levèrent à son apparition.

— Mon ordonnance n'est pas là?

— Non, Lieutenant. Il est à terre.

— Où couche-t-il?

Machinalement il s'approcha du hamac désigné, comme pour y poser une lettre ou un simple mot, et machinalement encore il tapota l'oreiller semblant vouloir donner des soins à la couche en l'absence d'un cher dormeur. Par ce geste, plus fin, plus léger qu'un brin de folle avoine, s'évaporait sa tendresse. Il sortit, plus troublé qu'avant. C'était là que dormait celui auprès de qui jamais il ne dormirait. Il gagna le pont supérieur et il s'accouda au bastingage. Au milieu du brouillard, face à la ville, il était seul, à l'aise pour imaginer Querelle en bordée, ivre et rieur, chantant avec des filles, avec d'autres gars — des marsouins ou des dockers qu'il avait connus au bout d'un quart d'heure. De temps en temps peut-être quittait-il le café plein de fumée pour les glacis des fortifs. C'est là qu'il tachait le bas de son pantalon. En soi-même et à la fois hors de soi, le Lieutenant poursuivait Querelle. Il assistait à la scène des taches du pantalon. En passant un jour dans un groupe de matelots dont l'un d'eux signalait à Querelle les taches souillant le bas de son pantalon, le Lieutenant l'avait entendu répondre avec désinvolture : « Ça c'est mes décorations ! » « Ses décorations », sans doute « ses crachats ! » En face de la rade et de la terre, le front glacé par le brouillard, il imaginait l'histoire que peut-être tous les matelots connaissent, et qu'ils acceptent de Querelle. Devant lui Querelle souriait en rejetant son béret en arrière : « Ces taches-là c'est rien. C'est les mecs qui me font des pipes. Pendant qu'ils me sucent je les oblige à se branler dans mon froc. Des fois y-z-ont honte, mais je les oblige. Ça leur fait du bien. » « Il m'obligerait peut-être à me branler pendant que je le suce ! » Le visage et le corps de Querelle s'évanouissait. Il disparut, marchant à longs pas, fier de son pantalon au bord frangé et des souillures portées à hauteur des mollets avec une impudeur glorieuse. Il rentrait dans le café, buvait du vin rouge, chantait, hurlait et, ressortait pour accorder sa bitte à qui se contentait de la désirer. Plusieurs fois, à d'autres escales et à celle-ci, le Lieutenant était descendu à terre pour aller rôder dans les quartiers fréquentés des matelots avec l'espoir d'assister aux mystères des Lordées, d'apercevoir dans la cohue enfumée et hurlante le visage allumé de Querelle. Mais il devait à ses galons de passer très vite, avec un seul coup d'œil rapide. Il ne voyait rien; la buée rendait les vitres opaques mais ce qu'il devinait derrière elles était bien plus émouvant.

L'insolence est notre confiance en notre esprit, notre langage. La lâcheté du lieutenant Seblon n'étant que son recul physique en face d'un homme fort, la certitude encore de sa défaite, cette lâcheté devait être compensée par une attitude insolente. Lorsqu'eut lieu la scène décisive (qu'afin d'obéir à une logique habituelle nous aurions dû placer à la fin du livre) de sa rencontre avec Gil au Commissariat, se montra-t-il hautain, puis insolent à l'égard du commissaire. Il était trop évident qu'il venait de reconnaître Gil comme étant son agresseur. S'il décida de le nier c'était par fidélité au mouvement de pensée « affranchi » qui l'emportait depuis qu'il connaissait Querelle. Ce mouvement mit quelque temps d'abord pour naître, maintenant il progressait avec une vitesse terrible, vertigineuse, dévastatrice. Le Lieutenant était plus affranchi que tous les Querelle de la Flotte, il était le pur des purs. Cette rigueur lui était permise pour autant que son corps n'était pas engagé mais seulement son esprit. Lorsqu'il aperçut Gil assis sur le banc, le dos appuyé au radiateur, Seblon comprit immédiatement ce qu'on attendait de lui : accabler le gosse. Mais en lui-même se levait un vent très léger, au ras des herbes : («une brise, un zéphir à peine » écrivons-nous dans le carnet intime) qui s'enflait peu à peu, le gonflait et à flots généreux sortait par sa bouche vibrante — ou la voix — en mots tumultueux.

— Voyons, vous le reconnaissez?

— Non, Monsieur.

— Excusez-moi, Lieutenant, je comprends très bien le sentiment qui vous fait agir, mais il s'agit de la Justice. Du reste je ne l'accablerai pas dans mon rapport.

La reconnaissance par le flic de sa générosité excitait encore l'officier au sacrifice. L'exaltait.

— Je ne comprends pas ce que vous voulez dire. C'est également le souci de la justice qui dicte ma déposition. Et je ne peux pas accuser un innocent.

Debout près du bureau, Gil entendait à peine. Son corps et son esprit s'abolissaient dans une aurore grisâtre qu'il se sentait lui-même devenir.

— Croyez-vous que je ne l'aurais pas reconnu? Le brouillard n'était pas très épais et son visage était si près du mien...

Tout alors fut dit. Une aiguille traversa le crâne des trois hommes qui furent reliés par ce fil blanc solide : la compréhension soudaine. Gil tourna la tête. Le rappel de son visage contre celui de l'officier illumina son souvenir. Quant au commissaire, un intime sentiment le mit au fait de la vérité lorsqu'il entendit la voix s'altérer sur le mot : « son visage ». Lors de quelques secondes, ou moins peut-être, une étroite complicité lia ces trois êtres.

Cependant — et ceci ne paraît étrange qu'aux lecteurs qui n'auront pas éprouvé ces instants révélateurs — le policier chassa cette connaissance comme si elle eût été un danger pour lui-même. Il la surmonta. Il l'enterra sous l'épaisseur de sa réflexion. Le Lieutenant continuait sa comédie intérieure. Il la dépassait presque. Il était sûr maintenant de sa réussite. Il se liait au jeune maçon d'une façon de plus en plus mystique — et étroite — à mesure qu'il semblait s'écarter de lui, non seulement en niant son agression; mais en se défendant de le défendre par un souci de générosité. Niant sa générosité, le Lieutenant la détruisait en soi-même et ne laissait subsister qu'une indulgence à l'égard du criminel, et davantage encore une participation morale au crime. Cette culpabilité devait le trahir finalement. Le lieutenant Seblon insulta le commissaire. Il osa le gifler Lui-même sentait que de méprisables cabotinages sont à l'origine des beautés graves qui font l'œuvre d'art. Il atteignait et dépassait Gil. Le même mécanisme qui avait permis au lieutenant Seblon de nier l'agression de Gil, l'avait fait autrefois se montrer lâche et bas à l'égard de Querelle.

« Vas-y Jules! Crache ou j't'étrangle! Combat de juifs. Cinq contre un. »

Cette dernière expression qu'il aimait signifiait parfaitement son attitude. Il était *fier* de ne rien craindre, de si bien être à l'abri de toutes les représailles dans son uniforme galonné. Cette lâcheté est une grande force. Or, il suffit d'une légère torsion pour qu'elle affrontât un autre ennemi, (très exactement, son contraire), pour qu'elle s'affrontât elle-même. S'il punissait ou vexait Querelle sans raison, nous disons que l'officier était lâche. Mais au centre de son acte il connaissait la présence d'une volonté ou force — sa force — : c'est elle qui lui permettra de quitter le dîner sans avoir parlé, c'est cette force encore (découverte et cultivée au centre de sa lâcheté) qui lui permettra d'insulter le policier. Enfin, emporté par son souffle généreux, soutenu par la présence lumineuse du vrai coupable, il s'accusa lui-même du vol de l'argent. Lorsqu'il entendit le commissaire donner l'ordre aux inspecteurs de l'arrêter, Seblon fit secrètement appel à son prestige d'officier de marine, mais lorsqu'il fut bouclé dans une des cellules du poste, certain que le scandale serait terrible à bord, il fut heureux.

Le visage de Nono etait composé de virgules : la courbe des sourcils, l'ombre de la courbe de la narine, les lèvres, les moustaches. La suprême formule de la structure de toute sa tête avait son essence dans la virgule. Enculer ceux qui baisaient sa femme suffisait à la paix de son âme.

— Elle ne couche qu'avec des enculés, disait-il. Enculés par moi. Par le patron. Ça y faut pas qu'on l'oublie.

Mario lui accordait son indulgence. La masse physique du tenancier l'écrasait, lui coupait un peu la respiration. Quant à Nono la sévérité du flic qui se tenait devant lui, aigu, sévère, rigide et souple comme la lame triangulaire d'une baïonnette, elle le tenait avec la férocité de l'acier. Après avoir baisé le gars qui désirait sa femme, à mesure qu'il debandait s'enfuyait l'amour. La culotte tombant sur les mollets, afin de ne pas la souiller relevant d'un doigt leger la bannière de devant de sa chemise blanche, il montrait alors son nœud ramolli et merdeux :

— Vlà ce que tu fais, tu vois : tu m'emmerdes la bitte. Allez, renculotte-toi et va voir la patronne. Si je t'ai fait jouir, tu recommenceras avec elle. »

Lors du meurtre de l'Arménien, Querelle avait dévalisé le cadavre. Ici est rare que ne se détache de l'idée et de l'acte de meurtre (le mobile en fût-il le moins crapuleux) l'idée de pillage. Il est rare qu'un mec ne dévalise après l'avoir frappé, le pédé qui l'accoste. Il ne le frappe pas pour le dévaliser, mais il le dévalise *parce qu'il l'a frappé.*

— C'est con que t'ayes pas pris son fric, au maçon. Ça t'aurait servi.

Querelle attendit. Il hésita encore. Il prononça les derniers mots avec une légère timidité, perceptible à lui seul.

— Mais je pouvais pas. Y avait du monde dans le bistrot. J'y ai même pas pensé.

— Bon. Mais pour l'autre, pour le mataf. Çui-là t'avais le temps.

— Ma parole, Jo, c'est pas moi. Ma parole.

— Ecoute, Gil, moi je m'en fous. Je suis pas venu pour te baratiner. T'as même raison de garder ça pour toi. Ça prouve que t'es un homme. Puisque tu le dis, moi je te crois. Seulement c'est pas la peine de supprimer les mecs si t'en n'as pas de bénéfice. Ce qui faut c'est devenir un vrai dur. Je te le dis, petit gars.

— Tu crois pas que je peux être un vrai dur, hein?

— On verra.

Querelle craignait encore. Il n'osait préciser. En regardant Gil, nous songerons à un jeune Hindou dont la beauté empêcherait de gagner promptement le ciel. Son sourire excitant, son regard lascif provoquaient en lui-même et chez les autres des idées voluptueuses. Comme Querelle, Gil avait tué par hasard — par malheur — il aurait plu au matelot de faire devenir le gosse pareil à lui-même.

— Ça serait marrant qu'à Brest y ait un petit Querelle de lâché dans le brouillard.

Il fallait amener Gil à admettre un meurtre qu'il n'avait pas voulu et un autre qu'il n'avait pas commis. Querelle, dans une terre fertile, va déposer un germe de Querelle qui lèvera, et croîtra. Le matelot sentait sa *puissance en Gil*. Il se sentait plein comme un œuf. Que Gil sache en face regarder un meurtre. Qu'il s'y habitue. L'embêtant c'est de devoir se cacher. Querelle se leva.

— T'en fais pas, p'tite tête. Y a rien de cassé. Pour un début tu t'es déjà pas mal démerdé. Faut continuer. Moi je te dirai ce qu'y a à faire. Je vais en causer avec Nono.

— Tu y as encore rien dit?

— T'occupe pas de ça. Y peut pas te prendre à « La Féria » tu penses. Y a trop de poulets qui viennent. Y a les femmes, ça peut jacter. Mais on va s'occuper. Pis d'toute façon, faut pas t'gourer. C'est pas à cause de ton crime que les gens du milieu i' vont te r'cevoir. Faut te faire une réputation dans les casses. Pasque ton crime c'est un crime de luxe. Mais t'occupe pas. J'vais arranger ça. Allez, au revoir, p'tite tête.

Il lui serra la main et, sur le point de partir, Querelle se retourna en disant :

— Et ton môme, tu l'as pas vu?

— I' va venir tout à l'heure, sûrement.

Querelle sourit.

— Dis donc, il a un petit peu le béguin pour técolle, le bambino, non?

Gil rougit. Il crut que le matelot voulait le chambrer en lui rappelant la raison officielle du meurtre de Théo. Une angoisse énorme l'étreignit. C'est d'une voix blanche qu'il répondit :

— T'es fou. C'est pasque j'ai frayé sa frangine. C'est à cause de ça. T'es fou, Jo. Faut pas croire ce qu'on te dit. Je suis pour femmes, moi.

— Y a pas de mal, va, même si le môme il en a pour ta fraise. J'suis mataf, non, j'sais ce que c'est. Allez, adieu, Gil. Te fais pas de bile.

De retour à la maison Roger regardait sa sœur avec un sentiment de respect et d'ironie mêlés. Sachant que c'est elle qu'en lui voulait retrouver Gil, il essaya à la fois malignement et naïvement de copier ses manières, ses tics de fille — même ceux qui consistent à rejeter les cheveux sur les épaules ou à tirer sur les hanches les plis de sa robe de toile. — Il la considérait avec ironie car il était heureux d'intercepter dans son propre corps les hommages de Gil, mais avec respect car elle était la dépositaire des secrets qui émeuvent l'âme de Gil et le sublime sommet du temple dont il n'était que le Grand-Prêtre. Aux yeux de sa mère, Roger avait pris une singulière maturité du fait d'être si intimement, si simplement, mêlé à un crime ayant les *mœurs* pour mobile. Elle n'osait l'interroger de peur d'entendre de sa bouche sortir un récit merveilleux où son fils était un héros d'amour. Elle n'était pas sûre qu'à l'âge de quinze ans son fils n'eût connu déjà les mystères de l'amour et ceux qu'elle ignorait de l'amour défendu.

Madame Lysiane était trop opulente pour que Querelle la puisse considérer comme sa belle-sœur. Il refusait d'imaginer son frère baisant une si noble femme. A ses yeux Robert était encore un voyou qui avait eu la veine d'être protégé. Querelle ne s'en étonnait pas. Quant à Madame Lysiane elle s'efforçait d'être simple avec lui. Elle parlait gentiment. Elle le savait en affaire avec Norbert. Prise dans la féerie de son étrange jalousie, elle ne prenait pas garde à la préoccupation de plus en plus dominante des différences essentielles de Querelle avec Robert. Un soir pourtant elle fut émue par un éclat de rire de Querelle, si frais, si puéril, que jamais Robert n'en eût été capable. Ses yeux s'attachèrent au coin de la bouche largement ouverte sur des dents brillantes, et elle en regarda les plis pendant qu'elle se refermait. Il lui était évident que ce garçon était heureux. Elle en reçut un choc presqu'insensible provoquant une légère fêlure par où l'effroyable mélange de ses sentiments allait s'écouler. A l'insu des femmes qui voyaient toujours son calme visage et ses beaux yeux, qui étaient toujours soumises par la majesté mélancolique de sa démarche sur des hanches lourdes, larges, hospitalières au sens beau du mot, destinées vraiment à la maternité, en elle dont les flancs étaient profonds et calmes en apparence, s'agitaient, mêlés et démêlés selon des mouvements ayant une cause mystérieuse, de longs et larges voiles noirs, d'une étoffe opaque et douce, des foulards de deuil aux plis ténébreux. Il n'y avait en elle que le va-et-vient tantôt rapide et tantôt lent de draps noirs qu'elle ne pouvait sortir par la bouche pour les étendre au soleil, ni chier par le cul comme on chasse un ver solitaire.

— C'est tout de même marrant qu'à mon âge j'en arrive là, pasqu'il faut que je ne triche pas. Et moi pour tricher, non. C'est pas Joséphine qui triche. J'aurai tout de même cinquante ans dans cinq ans. Et surtout pas à la merci d'une idée. Pasque je me fais une idée. Quand je dis qu'*ils* se ressemblent, et qu'il y en a qu'un, en réalité, « ils » sont deux. Il y a Robert d'un côté et il y a Jo.

Ces rêveries calmantes qu'elle suivait dans le jour et lors des instants de répit que lui laissait la surveillance de la salle, sans cesse étaient interrompues par des questions quotidiennes. Lentement, Madame Lysiane en vint à considérer la vie avec ses mille incidents comme parfaitement stupide, sans aucune importance comparable à l'ampleur du phénomène dont elle était le témoin et le lieu.

— Deux taies d'oreiller sales ? Qu'est-ce que ça fait, des taies d'oreiller sales ? Y a qu'à les laver. Qu'est-ce qu'ils veulent que je leur fasse, moi ?

Elle abandonnait vite cette idée dégradante pour observer le fascinant travail de ses étoffes de deuil.

— Deux frères qui s'aiment jusqu'à se ressembler... voilà une étoffe. La voilà. Elle bouge. Elle passe, doucement, déroulée par deux bras nus aux poings fermés, tendus en moi. L'étoffe forme une torsade. Elle glisse. Une autre la dérange, aussi noire, mais d'un grain différent. Cette nouvelle étoffe veut dire : Deux frères qui se ressemblent jusqu'à s'aimer... Cette étoffe aussi glisse dans la cuve, recouvre la première... Non, c'est la même, retournée... Une autre étoffe, d'un autre noir. Elle veut dire : J'aime un des frères, un seul... Une autre étoffe : Si j'aime un des frères, j'aime l'autre... Il faut que je passe entre tout cela, que j'y mette les doigts. Mais on ne pond pas des étoffes. Est-ce que j'aime Robert ? Sûrement puisqu'il y a six mois qu'on est collés. Ça ne veut rien dire, évidemment. J'aime Robert. Je n'aime pas Jo. Pourquoi ? Je l'aime peut-être. Tous deux s'adorent. Je n'y peux rien. Ils s'adorent : ils font l'amour, alors ? Où ? où ? Ils ne sont jamais ensemble. Justement, ils se cachent. Ils font l'amour ailleurs. Où ailleurs ? Dans d'autres régions... Et ils ont eu un gosse... Ce môme c'est leur gosse... Je suis idiote, même si une robe est sans importance à côté de mes étoffes, il faut tout de même engueuler Germaine qui balaye le plancher avec la sienne. C'est pour le principe. Si elle savait marcher. Comment se fait-il qu'une femme comme moi n'arrive pas à se calmer ?

Madame Lysiane longtemps avait attendu l'amour. Jamais les mâles ne l'avaient beaucoup émue. Ce n'est que la quarantaine atteinte qu'elle fut mise en appétit par les macs aux muscles durs. Mais au moment qu'elle pouvait connaître le bonheur en elle s'installait cette jalousie qu'elle ne pouvait montrer à personne. Personne n'eût compris. Elle aimait Robert. Elle bandait vraiment pour lui. De penser à ses cheveux, à sa nuque, à ses cuisses, sa poitrine durcissait, se portait en avant, à la rencontre de l'image évoquée, et toute la journée, dans la joie febrile d'un désir à peine chassé, Madame Lysiane se préparait des nuits d'amour. Son homme ! Robert, c'est son homme. Le premier et le vrai. S'ils s'aiment, font-ils l'amour ? Comme des pédes alors. Les pederastes étaient honnis. Leur évocation dans le bordel serait comparable à l'évocation de Satan dans le chœur d'une basilique. Madame Lysiane les méprisait. Il n'en venait jamais. Elle n'avait admis que certains clients aux goûts bizarres, exigeant des femmes ce qu'on n'attend pas d'elles, fussent touchés de pédérastie : puisqu'ils montaient avec des femmes, c'est qu'ils aimaient les femmes. A leur manière. Mais des pédes, pas question.

— Qu'est-ce que je vais chercher là ? Robert n'est pas une tapette...

A son esprit se présentait le visage régulier, rigide et dur, de son amant dont les traits, à une vitesse vertigineuse, se confondaient avec ceux du visage du matelot qui lui-même devenait celui de Robert, lequel changeait en Querelle, et Querelle en Robert..., un visage dont l'expression ne changeait jamais : un regard dur, une bouche sévère, calme, un menton solide, et sur tout cela, cet air d'innocence totale à l'égard de la confusion qui sans cesse s'opérait.

Non, ce n'est sûrement pas cela. Ils s'aiment. Ils s'aiment avec leur beauté. C'est des petites vaches. Je ne peux rien faire pour les séparer. Ils se retrouvent toujours. Robert aime plus son frère que moi. Y a pas à sortir de là.

Elle ne sortait pas de là. Seule une femme de cet âge pouvait être atteinte d'un pareil mal. Elle était restée indifférente au désir, en face de la manifestation du désir des autres, mais sa chasteté spirituelle préparait un terrain facile à féconder par le merveilleux.

Querelle n'osait prononcer le nom de Mario. Il se demandait parfois si l'on connaissait son aventure avec lui. Pourquoi parlerait-il ? Madame Lysiane ne paraissait pas être au courant. L'ayant vue le premier jour, Querelle ne songeait plus à la regarder. Mais elle, peu à peu, avec son autorité habituelle, s'imposait à lui, prenait possession de lui car elle l'enrobait de gestes et de lignes dont les courbes étaient amples et belles. De ces masses harmonieuses, de cette démarche lourde se dégageait une chaleur, presque une vapeur, qui engourdissait Querelle incapable encore de discerner le maléfice. Vaguement il regardait la chaîne d'or sur la poitrine, les bracelets aux poignets et, toujours vaguement, il sentait que l'opulence l'enveloppait. Quelquefois, il pensait, en la voyant de loin, que le patron possédait une belle femme et son frère une belle maîtresse, mais qu'elle s'approchât de lui, Madame Lysiane n'était plus alors qu'une source chaude, étonnamment féconde, mais presque irréelle à force de radiation.

— Vous n'auriez pas du feu, Madame Lysiane ?

— Si, mon petit, je vais vous en donner.

Elle refusa en souriant la cigarette que le matelot lui tendait.

— Pourquoi ? On ne vous voit jamais fumer. C'est une Craven.

— Je ne fume jamais ici. Je le permets aux femmes parce qu'il faut pas se montrer trop sévère, mais moi non. Vous vous rendez compte du genre, si la patronne se mettait à fumer.

Elle n'eut pas l'air choqué. Elle dit cela simplement, comme un fait évident et qui ne souffre la discussion. Elle approcha de la cigarette la flamme légère et elle vit que les yeux de Querelle la regardaient. Elle fut un peu troublée par ce regard et sans s'en rendre compte elle prononça le mot sur lequel elle avait buté tout à l'heure, et qui demeurait là, collé au sommet de son palais :

— Voilà, mon petit.

— Merci, Madame Lysiane.

Robert ni Querelle n'aimaient assez l'amour pour rechercher de nouvelles postures. Ils ne satisfaisaient pas non plus un besoin hygiénique. Nono voyait dans ses jeux avec Querelle la manifestation violente et un peu fanfaronne d'une lubricité qu'il aurait reconnue en lui. Ce mataf écrasé sur le tapis, qui lui présentait des fesses musclées et velues au milieu des champignons de velours, avec lui accomplissait un acte qui aurait pu appartenir à des orgies de couvent, où les nonnes se font baiser par un bouc. C'était une belle farce, mais qui lui faisait les épaules solides. En face de ce cul noir, embroussaillé, franchement offert sur de longues et lourdes cuisses un peu brunes, qui sortent de l'amas du pantalon baissé où les jambes étaient prises, Norbert restait debout, ouvrait largement sa braguette, en tirait sa queue déjà raide, écartait un peu sa chemise pour libérer ses couilles et être tout à fait mâle, et pendant quelques secondes il se contemplait dans cette posture qu'il jugeait comme un exploit de chasse ou de guerre. Il savait ne rien risquer car aucune sentimentalité ne troublait la pureté de son jeu. Aucune passion.

— C'est faisandé. Il disait encore : « patiné » ou : « ça a de la gueule ».

Ce n'était qu'un jeu sans gravité. Deux hommes costauds et souriants dont l'un, sans se faire de bile, sans faire de drame, prêtait à l'autre son cul.

« On se marre bien ».

Il s'y ajoutait le plaisir de couillonner les femelles. « Si elles savaient qu'on se décharge les burettes entre copains, elles en feraient un gueule. Le mataf, lui, i'fait pas d'histoires. Ça le fait marrer de se faire dorer la pastoche. Y a pas de mal ».

Enfin Norbert acceptait de baiser Querelle un peu par gentillesse. Il lui semblait, non que le matelot fût amoureux de lui, mais qu'il avait besoin de cela pour continuer à vivre. Norbert ne le méprisait pas — d'abord parce qu'il avait su ne pas se laisser rouler dans la vente de l'opium, et aussi à cause de sa force. Il ne pouvait s'empêcher d'admirer la jeune et souple musculature du matelot, et il en bandait un peu plus raide. Il mouillait avec sa main, puis il se courbait lentement, se posait sur le dos de Querelle et pénétrait. Aucune douleur maintenant ne crispait plus Querelle. Il sentait seulement le bout rond et dur forcer un peu, et doucement pénétrer jusqu'au fond. Nono restait alors quelques secondes immobile, accordant un peu de repos à son ami. Puis le va-et-vient commençait. C'était très doux, très reposant de se sentir si profondément enfoncé, de connaître en soi une présence aussi souveraine. Le membre ne risquait pas de sortir. Enfilés, ils se tournaient un peu sur le côté et continuaient. Nono saisissait Querelle sous les aisselles, et l'attirait contre soi. Le matelot se laissait aller en arrière, s'appuyait très lourd sur le poitrine de Norbert.

— Je te fais pas mal?

— Non, vas-y continue comme ça.

Ils chuchotaient, l'esprit et la parole égarés, la parole comme une poussière d'or expirée par leur bouche entr'ouverte. Querelle doucement faisait mouvoir ses fesses et Norbert plus durement ses reins. C'était bon d'être pris au piège par la queue. Et bon de retenir en soi, par la queue, un costaud qui ne se libèrera qu'en vous déchargeant dans le cul. Parfois Querelle sentait en lui le soubresaut de la verge solide à laquelle la sienne dans sa main répondait par un soubressaut pareil. Il se branlait calmement, posément, attentif à sentir en lui le va-et-vient de cette bielle énorme. Quand ils s'étaient boutonnés, ils se regardaient en souriant.

— Tu parles! On est bien des cons, tu crois pas?

— Pourquoi, des cons? On fait de mal à personne.

— Mais ça te plaît, à toi, de me le mettre au cul?

— Moi, ben alors, pourquoi pas? C'est pas mauvais. Je peux pas dire que j'ai le béguin pour toi, ça je mentirais. Le béguin pour un homme, j'ai jamais compris. Ça existe, remarque. J'ai vu des cas. Seulement moi je pourrais pas.

— C'est comme moi. Je me laisse endaufer pasque je m'en fous, moi je trouve ça marrant, mais faudrait pas me demander d'avoir le béguin pour un type.

— Et baiser un jeune, t'as jamais essayé?

— Jamais. Ça m'intéresse pas.

— Un petit mignon, avec la peau douce; ça te dirait rien?

Querelle, la tête baissée pour serrer la boucle de la ceinture, la relevait en la secouant de droite à gauche et en faisant la moue.

— En somme ce qui te plaît, c'est de te faire encaldosser?

— Ben après. Tu parles ce que j'en ai à foutre. Je te dis c'est plutôt histoire de se marrer.

Querelle auprès de Norbert ne retrouvait pas la douceur qu'il avait connu dans la chambre du pédé arménien. Autour de Joachim, il avait senti une véritable atmosphère de douceur, de calme, de sécurité. Cela venait peut-être qu'il se sentait être tout pour cet homme qui eût accepté, au moins au moment qu'il était avec lui, toutes ses exigences. Par Joachim, il se serait sûrement laissé mettre. Seulement (il le comprenait maintenant) Joachim eût exigé l'inverse.

Norbert ne l'aimait pas, encore que de plus en plus, il sentît naître quelque chose de nouveau. Un sentiment le liait à Nono. Peut-être à cause de son âge en égard à celui de Norbert? Il refusait d'admettre que Nono en l'enculant le dominait, pourtant cela encore comptait peut-être. Enfin on ne peut pas recommencer chaque jour ce que l'on ne croit être qu'un jeu amoureux sans finir par se prendre à ce jeu. Quelque chose d'autre servait à créer ce sentiment nouveau — ou plutôt cette atmosphère de complicité reposante, c'étaient les formes, les gestes, les bijoux, le regard de Madame Lysiane, et jusqu'à ce mot qu'elle avait prononcé deux fois ce soir : « Mon petit ». Or il se trouvait qu'ayant été, de toutes façons, comblé par l'intervention du policier, Querelle avait cessé de goûter ses jeux avec Norbert. Il s'y était livré encore une fois par habitude, presque par mégarde, mais — et le plaisir maintenant trop visible de Nono y contribuait — il commençait à le détester. Toutefois, comme il lui paraissait impossible de se défaire de ce qu'il était advenu, il songea à en tirer secrètement parti et, d'abord, de se faire payer par Norbert. Enfin, par le sourire et les gestes de la patronne, il entrevoyait obscurément la possibilité d'une autre justification. Cette idée quitta Querelle très vite. Norbert n'était pas un homme à se laisser intimider. Nous verrons Querelle ne point abandonner cette idée mais la faire servir, et grâce à elle, faire raquer le lieutenant Seblon.

Les journaux parlaient encore de l'affaire de Gil — le double meurtre de Brest — et la police recherchait l'assassin que les articles représentaient comme un monstre effrayant dont la rouerie était capable de tenir longtemps en échec la police. Gil devenait quelque chose d'aussi hideux que Gille de Rais. Etant introuvable, pour la population de Brest, cela voulait dire invisible. L'était-il à cause du brouillard ou pour toute autre raison plus merveilleuse?

Aucun journal n'échappait à Querelle qui les apportait à Gil. Le jeune maçon connut une étrange émotion quand il vit pour la première fois de sa vie, en grosses lettres, son nom. C'était à la première page. Tout d'abord il crut qu'il s'agissait en même temps d'un autre et de lui seul. Il rougit et sourit. L'émotion accentua le sourire jusqu'à un rire long et silencieux qui, à lui-même, parut presque macabre. Ce nom imprimé, composé de grosses lettres, c'était le nom d'un assassin, et l'assassin qui le portait n'était pas du vent. Il existait dans la vie quotidienne. Aux côtés de Mussolini et de Mr. Eden. Au-dessus de Marlène Dietrich. Les journaux parlaient d'un assassin qui s'appelait Gilbert Turko. Gil recula le journal et détourna un peu les yeux du papier afin d'avoir en lui-même, dans l'intimité de sa seule conscience, l'image de ce nom. Il voulait s'y habituer, c'est-à-dire faire, immédiatement, que le nom depuis longtemps fût écrit et lu, enregistré. Il fallait pour cela s'en souvenir et le revoir. Gil fit son nom (qui était nouveau étant celui d'un autre) sous cette forme nouvelle et irrévocablement définitive, parcourir toute la nuit de sa mémoire. Il le promena dans ses coins les plus obscurs, dans ses anfractuosités, il le fit scintiller de tous ses éclats, porter les feux de ses facettes dans les retraites les plus intimes de lui-même, puis il ramena les yeux sur le journal. Il éprouva un choc nouveau en revoyant le nom si *vraiment* marqué. Le même frisson de honte délicate moira son épiderme car il lui semblait être nu. Son nom l'exposait, et l'exposait tout nu. C'était la gloire, terrible d'être honteuse, d'entrer par la porte du mépris. Gil ne s'habitua jamais tout à fait à son nom. Il n'était même pas sûr qu'il s'agît bien d'un simple assassin — ou d'un double? Gilbert Turko était un personnage dont les journaux désormais parleraient toujours. Mais chaque jour un peu plus l'habitude dépouillait les articles de leur merveilleux. Gil pouvait les lire et les discuter : ils cessaient d'être des poèmes. Clairement ils indiquaient un danger que Gil découvrait, qu'il savourait même, dans lequel il aimait parfois se dissoudre, éprouvant alors — en même temps qu'une conscience plus aiguë, presque douloureuse d'être, une sorte d'oubli, d'abandon de soi et de confiance, comme lorsqu'il frôlait du doigt la chair — sans doute rose — de ses hémorroïdes, comme encore, dans son enfance, accroupi sur le bord de la route, il avait écrit dans la poussière avec les doigts, son nom en creux et qu'il avait connu cette étrange douceur provoquée par le velouté de la poussière sans doute et la courbe des lettres — où il s'oublia jusqu'à l'écœurement, jusqu'à sentir son cœur chavirer, presqu'à désirer s'allonger sur son nom et s'y endormir malgré les automobiles : il ne fit pourtant qu'en brouiller les lettres, démolir leur rempart fragile de poussière, avec ses dix doigts écartés doucement passés sur le sol. Au début la magie enveloppant la découverte de son nom imprimé accompagnait et illuminait la confusion des deux meurtres, portait sur l'une les ombres de l'autre et sur l'autre le soleil du premier, bref, mêlait ces deux architectures dont l'une était pour Gil irréelle.

— Quand même, les juges i'vont bien voir...

— Voir quoi? Quels juges? C'est pas maintenant que tu vas aller te dénoncer. Ça serait de la vraie connerie. D'abord prime, t'es resté planqué trop longtemps pour qu'i' ne se disent pas que t'es coupable. Secondo, tu vois ce que dit le journal c'est que t'as tué un type qu'était un pédé et l'autre c'est un mataf. Là-dessus tu peux rien dire.

Gil se laissait gagner aux arguments de Querelle. Il voulait se laisser gagner. Il n'avait plus le sentiment de courir un grand péril, mais au contraire il était sauvé car *il était fixé*. Quelque chose de lui allait demeurer puisque son nom demeurerait, étant écrit, échappant encore à la justice puisque désigné par la Gloire, encore qu'il s'y mêlât dans sa bouche l'amertume du désespoir : Gil se sentait perdu puisque son nom s'accompagnait toujours et partout du mot : « crimes ».

— Je vais te donner des combines. Tu vas gagner un peu de fric, après t'iras en Espagne. Ou en Amérique. Je suis mataf, je te ferai embarquer. Je m'en charge.

Gil aimait croire en Querelle. Un marin doit être au mieux avec toute la marine du monde, en rapport secret avec le plus secret des équipages, avec la mer elle-même. Cette idée plaisait à Gil.

Il se pelotonnait en elle qui le consolait, et tant il y trouvait de sécurité, il refusait de la discuter.

— Qu'est-ce que t'as à perdre? Si tu fais un vol, on en tiendra pas compte, si t'es pris. Qu'est-ce que c'est un vol, à côté d'un crime?

Querelle n'évoquait plus le meurtre du matelot, afin de ne pas soulever les récriminations de Gil, afin de ne pas appeler à ses lèvres le goût de justice pure que chacun possède, et qui l'eût fait s'aller livrer. Arrivant du dehors, avec sa lucidité et son calme il sentait le jeune maçon attaché à lui avec angoisse. L'anxiété trahissait Gil, trahissait la moindre altération de son caractère et l'enflait un peu à la façon dont l'aiguille qui repasse sur l'aspérité du disque transforme cette aspérité en une vibration sonore. Querelle enregistrait chaque différence, et il en jouait.

— Moi si j'étais pas mataf... seulement comme je suis je peux rien faire. Si, ce que je peux faire, c'est te donner des condés. Pasque moi je te crois sûr.

Gil écoutait sans rien dire. Maintenant il était certain que le matelot ne lui apporterait jamais autre chose qu'un peu de pain, une boîte de sardines, un paquet de pipes, mais pas d'argent. La tête baissée, la lèvre amère, il considérait en soi-même l'idée de ses deux meurtres. Une immense lassitude l'obligeait à se résigner à eux, à les admettre, à admettre qu'enfin sa vie fût engagée dans la voie infernale. A l'égard de Querelle il éprouvait une grande colère et en même temps une absolue confiance à quoi se mêlait étrangement la peur que Querelle pourrait le « donner ».

— Dès que t'auras le fric et que tu seras lingé, tu seras peinard pour le voyage.

L'aventure paraissait très belle et les meurtres la provoquer. Grâce à eux, Gil serait contraint de s'habiller chic, comme jamais il ne le fut, pas même le dimanche. En somme, c'était Buenos-Ayres.

— Remarque que je te comprends. Moi je refuse pas de travailler, de faire un casse. Mais où? Tu connais, toi?

— Pour le moment, à Brest, je connais qu'un truc, rien qu'un turbin. Ailleurs, je sais mieux, mais à Brest y a qu'un truc que je suis au courant. Je vais me rencarder, après, si tu veux, on le fera ensemble. Y a pas de pet. Et puis, je serai avec toi.

— Je peux pas le faire tout seul? Ça vaudrait peut-être mieux.

— T'es malade? Pas question. Je veux être avec toi. Tu crois pas que je te laisserais faire le boulot dangereux tout seul, non?

Querelle avait apprivoisé la nuit. Il avait su se rendre familières toutes les expressions de l'ombre, peupler les ténèbres des monstres les plus dangereux qu'il portait en lui-même. Il les avait ensuite vaincus par de profondes aspirations d'air par le nez. Maintenant la nuit, sans lui appartenir tout à fait, était soumise. Il s'était habitué à vivre dans la compagnie répugnante de ses crimes dont il tenait une sorte de registre d'un format minuscule, un registre des massacres, qu'il nommait pour lui seul : « mon bouquet de fleurs du pavé ». Ce registre contenait le plan des endroits où avaient eu lieu les crimes. Les dessins étaient naïfs. Lorsqu'il ne savait dessiner l'objet Querelle le nommait, et l'orthographe du nom quelquefois était fausse. Il n'avait pas d'instruction.

Quant il sortit du bagne pour la seconde fois (la première c'était pour se rendre chez Roger) Gil crut que c'était la nuit et la campagne, postées à la porte, qui lui mettaient la main au collet et l'arrêtaient. Il eut peur. Querelle marchait devant. Ils prirent le petit chemin qui va vers l'Hôpital de la Marine, en longe les murs pour entrer dans la ville. Gil n'osait pas montrer sa frousse à Querelle. La nuit était sombre, mais cela le rassurait à peine, car si elle le dissimulait, la nuit pouvait dissimuler d'autres dangers, des périls d'ordre policier. Querelle était joyeux, mais attentif à cacher sa joie. Comme toujours il portait droite sa tête au milieu du col relevé, rigide et froid de son caban. Gil grelottait. Ils entrèrent dans l'étroit chemin ménagé entre le mur du bagne et l'esplanade dominant Brest, où la caserne Guépin est construite. Au bout du chemin c'était la ville et Gil le savait. Une maison basse, d'un rez-de-chaussée et d'un seul étage, était accotée au mur de l'un des bâtiments de l'ancien arsenal, dans le prolongement du bagne. Le rez-de-chaussée était un café dont la façade donnait sur la rue perpendiculaire au chemin où nous sommes. Querelle s'arrêta. A l'oreille de Gil, il murmura :

— Tu vois, c'est le bistrot. La porte d'entrée donne sur la rue. Y a le rideau de fer. Mais là, y a le logement. Au premier. Je vais t'expliquer. C'est pas dur. Moi je vais rentrer.

— Et la porte?

— Elle est pas fermée à clé, jamais. On va entrer tous deux dans le couloir. Pasque c'est un couloir. Y a un escalier. Tu vas monter tout doucement jusqu'en haut. Moi je vais rentrer dans la boutique. Si y a du pet, si le patron ouvre la porte en haut de l'escalier, tu y entres dedans et tu descends en vitesse. Moi je me tire en même temps. Direction l'Hôpital. Si y a pas de pétard quand j'ai fini je t'appelle en douce. Pigé?

— Gy !

Gil n'avait jamais volé. Il s'étonna que ce fût si difficile et si facile. Après avoir observé la rue dévorée par le brouillard, Querelle sans faire de bruit ouvrit la porte et entra dans le couloir de la maison. Gil le suivit. Querelle prit sa main et la posa sur la rampe. A l'oreille, il lui souffla : « Monte », et lui-même, s'écartant du môme, se glissa sous l'escalier. Quand il jugea que Gil était arrivé au palier supérieur, il fit entendre une suite de très légers grattements. Devant la porte Gil écoutait. Il entendait les grelots de la diligence qu'il devait attaquer avec les autres bandits. Un coup de feu dans les bois éperdus, un essieu qui se brise, des jeunes filles relevant leur voilette, et Marie Taglioni dansant, sous les arbres mouillés, sur des tapis déroulés par les joyeux bandits. Gil prêta l'oreille. Il entendit un léger chuintement dans la nuit. Il comprit : « Gil, amène-toi. » Il descendit lentement, le cœur battant. Querelle referma doucement la porte. Dans le chemin déjà parcouru, ils marchèrent vite et en silence. Gil était anxieux. Enfin il chuchota :

— Ça a marché?

— Oui. Marchons.

Ils retraversèrent les mêmes masses de ténèbres et de brouillard. Gil sentait le bagne approcher, la sécurité revenir en lui, lui redonner quelque calme. Dans l'antre du bagne, à la lueur de la bougie, Querelle de sa poche sortit le fric. Deux mille six cents francs. Il en donna la moitié à Gil.

— Y a pas lerche, mais qu'est-ce que tu veux? C'est la recette de la journée.

— Ça fait déjà pas si mal, dis donc. Je peux déjà me démerder avec ça.

— T'es cinglé, ma parole. Où que t'irais? T'as même pas les fringues. Non, mon pote, y a encore autre chose à faire.

— D'accord. Compte sur moi. Seulement cette fois-ci c'est moi qui turbine. Je veux pas que tu te mouilles pour moi.

— On verra. En attendant prends ton fric.

Quand il vit Gil mettre l'argent dans sa poche, le cœur de Querelle se déchira. Cette douleur servirait de justification à la vacherie qu'il préparait à Gil. Sans doute l'argent qu'il venait de faire semblant de voler dans une maison qu'il savait inhabitée, il pourrait le récupérer au centuple dans quelques jours, néanmoins il éprouvait une grande douleur à voir Gil mordre à l'hameçon et manger le ver. Et chaque jour Querelle apportait à Gil quelques vêtements. En trois jours, il réussit à lui donner un pantalon, une vareuse, un caban, une chemisette et un béret de marin. C'est Roger qui halait chaque paquet selon le procédé employé pour sortir l'opium. Un soir Querelle avertit Gil.

— C'est prêt. Tu vas pas te dégonfler, non? pasque faut me le dire, si au dernier moment tu te déballonnes...

— Tu peux avoir confiance.

Gil devait sortir en plein jour à Brest. L'uniforme le rendrait invisible. Il y avait très peu de chance pour que les policiers songeassent que l'assassin se promène dans la ville déguisé en matelot.

— T'es sûr que le lieutenant va se laisser faire?

— Je t'ai dit que c'est une tante. Il a l'air carré, comme ça, mais pour la bagarre, zéro.

Le costume de matelot transformait Gil, lui donnait une personnalité étrangère. Il ne se reconnaissait plus. Dans l'obscurité et pour lui seul, il se vêtit avec beaucoup de soins. Recherchant l'élégance, il posa le béret sur ses cheveux, puis il le pencha en arrière avec une crâne coquetterie. L'âme charmante et nerveuse de l'arme la plus élégante entrait en lui. Il devenait l'un des membres de cette marine de guerre dont la destination est plus d'orner la côte française que la défendre. Elle découpe et brode un feston gracieux sur le bord de mer, de Dunkerque à Villefranche avec, çà et là, quelques nœuds plus épais et serrés qui sont nos ports de guerre. La Marine est une organisation magnifiquement montée, composée de jeunes gens à qui tout un apprentissage enseigne comment se faire désirer. Alors qu'il travaillait encore à son chantier de maçonnerie, Gil rencontrait les matelots dans les bars. Il les frôlait, n'osait espérer devenir l'un d'eux, mais il les respectait d'appartenir à cette étonnante entreprise galante. Aujourd'hui, dans la nuit, en secret, pour lui seul il était l'un d'eux. Dans le matin il sortit. Le brouillard était épais. Gil se dirigea vers la gare. Il baissait la tête, essayant de l'enfouir dans le col relevé du caban. Il était peu probable qu'un ouvrier, un de ses anciens compagnons, le rencontrât ni le reconnût, surtout dans ce costume. Arrivé à proximité de la gare, Gil se dirigea vers le chemin qui descend aux Docks. Le train arrivait à six heures dix. Gil portait le revolver que lui avait confié Querelle. Tirerait-il si l'officier appelait ? Il entra dans la petite pissotière à place unique, accotée au garde-fou surplombant la mer. Le brouillard le dissimulait. Si quelqu'un venait il ne verrait que le dos d'un mataf en train de pisser. Aucun gradé, aucune patrouille n'étaient à craindre. Querelle avait parfaitement combiné. Il ne restait plus à Gil qu'à attendre l'arrivée du train : le lieutenant sûrement passerait par là. Gil le reconnaîtrait-il ? En pensée il accomplit une répétition circonstanciée de l'agression. Gil fut tout à coup arrêté par le souci de savoir s'il devait tutoyer l'officier. « Sûrement, pour l'impressionner ». Encore qu'il soit étrange qu'un matelot tutoie un gradé. Gil choisit le tutoiement mais avec le léger regret de ne pouvoir, le matin même qu'il le révêtait pour la première fois, connaître de son uniforme toutes les douceurs, toutes les consolations qui sont d'abord de vous abolir dans une profonde quiétude par le charme d'un appareil rituel. Les mains dans les poches de son caban, Gil attendit. Le brouillard mouillait et gelait son visage, endolorissait sa volonté d'être brutal, Querelle devait encore dormir dans son hamac. Gil entendit le train siffler, franchir le pont de fer, entrer en gare. Quelques minutes après, de rares silhouettes passèrent devant lui : des femmes et des enfants. Son cœur battit. Le lieutenant traversait le brouillard, seul. Gil sortit des pissotières, à la main son arme baissée. Arrivé à sa hauteur, il se rapprocha de lui.

— Gueule pas. Passe la sacoche ou je tire.

Soudain le lieutenant comprit que lui était offerte la chance d'accomplir un acte héroïque, il connut en même temps le regret que cet acte fût sans témoins capables de le rapporter à ses hommes et d'abord à Querelle. Il comprit donc qu'un tel acte était inutile, mais il se vit déshonoré s'il ne l'accomplissait pas, il vit encore dans le ton, dans l'œil, dans toute la pâle beauté crispée de son agresseur accroché à son arme qu'aucun recours n'était possible. (De toutes façons le matelot partirait avec l'argent). Il espéra une intervention d'un voyageur, mais il ne la crut pas possible, et même il la redouta. Tout cela se présenta à son esprit en bloc. Il dit :

— Ne tirez pas.

Pourrait-il envelopper le matelot dans les plis d'une dialectique serrée, le ligoter avec les phrases et peu à peu l'amener à l'amitié pour lui. La jeunesse du gars et son audace l'inquiétèrent.

— Bouge pas. Gueule pas. Donne le pèze.

Au centre de sa peur, Gil était très calme. Sa peur lui donnait le courage de parler sec, brutal. Elle lui donnait la lucidité de comprendre qu'en prononçant des phrases courtes il ne laissait aucune prise à la discussion.

Le lieutenant ne bougea pas.

— Le fric ou je tire dans le ventre.

— Tirez.

Gil tira dans l'épaule espérant la faire s'émietter afin que tombe la sacoche. Le coup fut terrible, éclatant dans cette petite guérite lumineuse que leurs deux corps trouaient, organisaient au milieu du brouillard. Aussitôt Gil porta sa main gauche à la courroie de la sacoche, la tirant à lui, en même temps qu'il posait la gueule de son arme près de l'œil du lieutenant :

— Lâche ou je t'abats.

Le lieutenant lâcha la courroie et Gil, reculant un peu, se retourna brusquement et s'enfuit à toute vitesse. Il disparut dans le brouillard. Un quart d'heure après il était dans sa cachette. La police ne le soupçonna pas. Elle rechercha parmi les matelots sans découvrir personne. Querelle ne fut jamais inquiété.

Querelle prenant de plus en plus d'importance, tristement, Roger voyait Gil lui échapper. Quand il arrivait, Gil ne le caressait plus. Il lui serrait simplement la main. Roger sentait que tout se passait au-dessus de lui, au-dessus de son âge. Sans le haïr, il était jaloux de Querelle. Il lui plaisait d'avoir eu sa petite importance dans une aventure aussi grave. De soi-même enfin, il se détachait de Gil, parce qu'il aimait la double beauté des deux frères. Il était pris dans une espèce de système aux courroies compliquées, où les visages de Querelle et de Robert devenaient nécessaires à la plénitude de son amour. Il vivait dans l'attente d'un nouveau miracle qui le mettrait en présence des deux jeunes gens et qui le ferait aimer en même temps de tous les deux. Chaque soir il faisait de très longs détours pour passer à proximité de « La Féria » qui lui paraissait être effectivement une chapelle, comme l'avait dit un maçon que Roger entendit le jour qu'il fut voir Gil sur le chantier :

— Moi je vais à la messe à la chapelle de la rue du Sac.

Roger se rappelait le rire énorme du maçon, sa main large et blanche tenant une truelle qu'il remuait, avec des gestes réguliers et brefs, dans une auge pleine de mortier. Il ne s'était pas demandé quel culte y rendait ce grand gaillard à la mine si peu suave : Roger connaissait de réputation et de vue le bordel, mais aujourd'hui « La Féria » l'émouvait de contenir un reposoir où le dieu (ce monstre bicéphale dont il était troublé sans qu'il le sût nommer) en deux personnes, cet objet insolite déchargeant dans sa petite âme des charmes épuisants, auxquels sans doute les maçons allaient rendre hommage, non chargés de fleurs mais de crainte et d'espoir. Roger se souvenait encore qu'à cette plaisanterie (il ne savait que cela, mais dépassant la portée des simples plaisanteries) un des maçons avait haussé les épaules. D'abord Roger s'était étonné qu'un bon mot sur les bordels provoquât la réprobation d'un ouvrier dont la chemise débraillée jusqu'à la ceinture sur une poitrine large et velue, les cheveux drus et couverts de chaux, de poussière, de soleil, dont les bras sont durs et poudreux, d'un ouvrier enfin si bien un homme. Aujourd'hui ce haussement d'épaules accueillant la phrase et le rire, troublait la sûre affirmation de l'existence de ce culte secret. Il introduisait dans la foi le signe du doute et du mépris qui accompagne toujours les croyances religieuses.

Roger venait voir Gil chaque jour. Il lui apportait du pain, du beurre, du fromage qu'il achetait très loin, du côté de Saint-Martin, dans une crémerie où il était inconnu. Toujours Gil se montrait plus exigeant. Il se savait riche. Cette fortune qu'il cachait près de lui lui donnait assez d'autorité pour tyranniser Roger Enfin il s'habituait à sa vie recluse, il s'établissait en elle, et peu à peu il s'y mouvait avec assurance. Le lendemain de son agression contre le lieutenant, il essaya de savoir par Roger ce qu'en disaient les journaux. Mais Querelle lui avait interdit de mettre le môme au courant. De ne pouvoir rien avouer ni rien tirer de lui mettait Gil en fureur contre Roger. Enfin il sentait le gosse s'éloigner de lui.

— Faut que je parte.

— Forcément ! Maintenant tu me laisses tomber !

— Je te laisse pas tomber, Gil. Je viens tous les jours. Seulement ma vieille, elle gueule quand je rentre en retard. On sera bien avancé si elle m'empêche de sortir.

— Tout ça, c'est des histoires. Puis tu sais, ce que je t'en dis... Demain tâche de me ramener un litre de pinard. T'as compris?

— Oui, je vais essayer.

— Je te dis pas d'essayer. Je te dis d'apporter un litre de rouquin.

Roger n'éprouvait aucune douleur de s'entendre rudoyer. Comme l'atmosphère empestée de l'antre, la mauvaise humeur émanant de Gil s'épaississait chaque jour et Roger n'en distinguait pas la progressive densité. Encore amoureux, sans doute eût-il trouvé un point de repère pour s'apercevoir du changement de ton de son ami, mais il venait chaque soir mécaniquement, obéissant plutôt à une sorte de rite dont le sens profond et impérieux était oublié. Pouvoir s'affranchir de cette corvée, il n'y songeait pas mais au double visage de Robert et de Querelle. Il vivait dans l'espoir de rencontrer ensemble les deux frères.

— J'ai vu Jo. Il a dit que tu te fasses pas de bile. Il dit que ça va bien. Il viendra te voir dans deux ou trois jours.

— Où que tu l'as vu?

— Il sortait de « La Féria ».

— Qu'est-ce que tu vas foutre à « La Féria » toi?

— J'y étais pas, je passais...

— T'as pas à y passer. C'est pas ton chemin. T'espères pas que tu vas te mettre en cheville avec les durs, non? C'est pas pour un merdeux comme toi, « La Féria ».

— Je te dis que je passais, Gil.

— A d'autres.

Gil comprit n'être plus tout pour le môme, qui menait, sorti du bagne, une vie dans laquelle lui-même n'avait aucune place. Il redoutait que cette vie ne fût plus prestigieuse que la sienne. De toute façon, n'étant plus attaché à Gil, Roger pouvait se mouvoir en sécurité, assister à des fêtes d'où lui-même se sentait exclu, à l'intérieur du bordel où les deux frères allaient et venaient d'une chambre à l'autre (dont il imaginait mal la disposition et l'ameublement, la croyant pauvre sur la foi d'une façade délabrée) se cherchant, se trouvant tout à coup (et de leur rencontre émanait un ordre) pour se séparer, se perdre et se chercher encore dans le va-et-vient des femmes vêtues de voiles et de dentelles. Il osait se représenter les deux frères devant lui, qui l'eussent regardé en souriant et se tenant par la main. Ils avaient le même sourire. Ils tendaient un bras pour prendre le gosse qui venait docilement et ils le conservaient entre eux un moment. A la maison, Roger ne pouvait pas évoquer les deux frères, parler du mac ni du voleur. S'il en eût dit un mot sa sœur l'eût rapporté à la mère. Son souci amoureux pourtant exerçait en lui une poussée si violente qu'à tout instant il risquait de se trahir. Du reste il en parlait avec une naïve maladresse. Un jour il dit :

— « Les Chevaliers » !

Il était incapable de se rêver avec eux en de multiples aventures. Dans ses yeux se formaient certaines images où il se voyait offrant aux deux frères réunis il ne savait quoi mais qui était le plus précieux de lui-même. Il eut même l'idée de détacher de lui une double image de son visage et de son corps et de l'envoyer en délégation auprès de Jo et de Robert, afin qu'ils acceptassent l'amitié que la personne unique et essentielle restée dans la chambre, leur offrait. Querelle revint un soir, alors qu'il supposait Roger absent.

— Maintenant, ça y est. C'est prêt. Je t'ai pris un billet pour Bordeaux. Seulement t'iras prendre le train à Quimper.

— Mais les fringues ? J'ai toujours pas de fringues.

— Justement tu trouveras à Quimper. Ici tu peux pas acheter rien. T'as du fric, tu peux te démerder. Ça te fait cinquante sacs. Avec ça tu peux déjà patienter.

— Heureusement que je t'ai eu avec moi, tu sais, Jo.

— Y a pas de doute. Alors faut t'arranger pour pas te faire poisser. En plus, je pense que je peux compter que tu tiendras le coup si t'étais refait.

— Pour ça tu peux être tranquille, va. Je vais me défendre et les flics y sauront jamais rien de toi. Je te connais pas. Alors, je pars cette nuit ?

— Oui, faut que tu les mettes. Ça me fait un peu chier de te voir foutre le camp. Ma parole, petit Gil, je t'avais pris à la bonne.

— Moi aussi, je t'avais à la bonne. Mais on se reverra. Je t'oublierai pas.

— Tu dis ça, mais t'auras vite fait de me rejeter par-dessus bord.

— Non, vieux. Y compte pas. C'est pas chez moi, ça.

— C'est vrai ? Tu m'oublieras pas ?

Querelle prononça ces dernières paroles en posant sa main sur l'épaule de Gil qui le regarda pour répondre :

— Pisque je te le dis.

Querelle sourit et amicalement passa son bras autour du cou de Gil.

— C'est vrai qu'on devenait drôlement copain, hein?

— On a été copain tout de suite.

Ils étaient debout l'un en face l'autre, se regardant dans les yeux.

— Pourvu qu'il t'arrive rien !

Contre son épaule, Querelle attira Gil qui vint sans résister.

— Sacré môme, va.

Il l'embrassa et Gil lui rendit son baiser, mais Querelle ne desserra pas son étreinte. Le tenant encore il murmura :

— C'est dommage.

Dans un murmure pareil, Gil dit :

— Qu'est-ce qu'est dommage?

— Hein? Je sais pas. Je dis que c'est dommage. Je sais pas quoi. C'est dommage que je te perde.

— Mais tu me perds pas, tu sais. On se reverra. Je te donnerai de mes nouvelles. Tu viendras quand t'auras fini ton engagement.

— C'est vrai, tu te rappeleras de moi?

— Ma parole, Jo. T'es mon copain pour la vie.

Toutes ces répliques ne furent que murmurées et d'une voix de plus en plus sourde. Querelle sentait en lui vraiment se développer l'amitié. Tout son corps touchait le corps de Gil abandonné. Querelle l'embrassa encore et Gil lui rendit encore ce baiser.

— On se bécote comme des amoureux.

Gil sourit. Querelle l'embrassa de nouveau, avec plus de ferveur et très habilement, à petits coups, en remontant vers l'oreille qu'il couvrit d'un long baiser. Puis il posa sa joue contre la joue de son ami. Gil le serra dans ses bras.

— P'tit môme, va. Je t'aime bien, tu sais.

Querelle dans son bras emprisonna la tête de Gil et lui redonna d'autres baisers. Plus fort il le colla contre lui, mêlant ses jambes aux siennes.

— On est vraiment potes?

— Oui, Jo. T'es mon vrai copain.

Ils restèrent longtemps embrassés, Querelle caressant les cheveux de Gil et lui donnant de nouveaux et plus chauds baisers.

Enfin Querelle se sentit bander. Il s'attacha à cette idée afin de maintenir et d'aggraver son émoi. Il désira Gil.

— T'es chouette, tu sais?

— Pourquoi?

— Tu te laisses bécotter comme ça, sans rien dire, sans gueuler.

— Et après? Je te dis que t'es mon copain. On a bien le droit, non?

De gratitude Querelle lui donna un rapide et violent baiser sur l'oreille et sa bouche descendit jusqu'à celle de Gil. Quand il l'eut trouvée, lèvres contre lèvres, dans un souffle il murmura :

— C'est vrai, ça t'embête pas?

Dans un souffle encore, Gil répondit :

— Non.

Les lèvres se collèrent et se joignirent les langues.

— Gil?

— Hein?

— Y faut que tu soyes tout à fait mon copain. Pour toujours. T'as compris?

— Oui.

— Tu veux?

— Oui.

En Querelle l'amitié pour Gil se développait jusqu'aux confins de l'amour. Il éprouvait à son égard une sorte de tendresse de frère aîné. Gil aussi, comme lui-même, avait tué. C'était un petit Querelle, mais qui ne devait pas se lévelopper, qui ne devait pas aller plus loin, en face de qui Querelle conservait un étrange sentiment de respect et de curiosité, comme s'il eût été en face du fœtus de Querelle enfant. Il désirait faire l'amour, car il croyait que sa tendresse s'en fortifierait, parce qu'il serait davantage lié à Gil qu'il lierait à lui davantage. Mais il ne savait comment s'y prendre. S'étant toujours fait baiser, il ne savait pas enculer un gars. Le geste l'eût gêné. Il songea à demander à Gil de lui mettre sa bitte au cul. Il se souvenait d'avoir éprouvé quelque tendresse à l'égard du pédé arménien, mais si, sur le coup, dans son ignorance, Querelle avait cru que Joachim voulait le baiser, aujourd'hui il savait que l'arménien avait des gestes et une voix signifiant qu'en fait il désirait le contraire. Enfin il n'éprouvait aucune tendresse à l'égard de Nono. Nono pouvait crever, il s'en foutait. Obscurément il comprit que l'amour est volontaire :

il faut le vouloir. Quand on n'aime pas les hommes, se laisser enfiler peut vous causer quelque plaisir, mais pour les baiser il faut, fût-ce pendant le seul moment qu'on fait aller sa bitte, les aimer. Pour aimer Gil il devait renoncer à la passivité. Il s'y efforça .

— Mon petit pote...

Sa main sur Gil descendit et s'arrêta aux fesses qui frémirent. Querelle, d'une main solide et large, les serra. Il en prenait possession avec un début de véritable autorité. Puis il glissa les doigts entre la ceinture du pantalon et la chemise. Il bandait. Il aimait Gil. Il se forçait à l'aimer.

— C'est dommage qu'on peut pas rester tous deux tout le temps, hein?

— Oui, mais on se reverra...

La voix de Gil était un peu troublée, angoissée même.

— Ça m'aurait plu qu'on vive tous deux tout le temps, comme ici...

La vision de la solitude où se fût développé leur amour développa son amour pour Gil qu'il sentit être tout pour lui, être son seul ami, son seul parent. Il prit le bras et obligea la main de Gil à lui toucher la bitte. Gil la frôla sous l'étoffe du pantalon et lui-même déboutonna le pont. Il caressa la queue raide qui raidit encore : c'était la première fois qu'un homme le touchait ainsi. Il écrasa sa bouche contre l'oreille de Gil qui lui rendit un baiser semblable.

— Jamais j'ai aimé un gars, tu sais, t'es le premier.

— C'est vrai?

— Parole.

Gil dans sa main pressa davantage la queue de Querelle. Et Querelle lui chuchota doucement :

— Suce-moi.

Gil resta immobile un moment et lentement descendit sa bouche. Il suça Querelle qui restait debout, d'aplomb sur ses jambes, caressant les cheveux de Gil courbé devant lui.

— Suce bien.

De ses deux mains il arracha de sa queue la tête de Gil et l'apporta à hauteur de sa hanche. Il se refusa d'aller jusqu'au bout du plaisir. Il pressa contre sa joue la tête de son ami.

— Tu me plais, tu sais, Je t'aime bien.

— Moi aussi.

Quand ils se quittèrent, Querelle aimait vraiment Gil...

Querelle à son étoile accordera une confiance absolue. Cette étoile devait son existence à la confiance qu'avait en elle le matelot — elle était si l'on veut l'écrasement sur sa nuit du rayon de sa confiance en, justement, sa confiance, et pour que l'étoile conserve sa grandeur et son éclat, c'est-à-dire son efficacité, Querelle devait conserver sa confiance en elle — qui était sa confiance en soi — et d'abord son sourire afin que le plus subtil nuage ne s'interposât entre l'étoile et lui, afin que le rayon ne diminuât d'énergie, afin que le doute le plus vaporeux ne fît l'étoile se ternir un peu. Il restait suspendu à elle née à chaque seconde de lui. Or elle le protégeait effectivement. La crainte de la voir soufflée créait en lui une sorte de vertige. Querelle vivait à toute allure. Son attention tendue pour nourrir toujours son étoile, l'obligeait à une précision de mouvements qu'une vie molle n'eût pas obtenue de lui (car à quoi bon?). Toujours sur le qui-vive il voyait mieux l'obstacle et quel geste hardiment faire pour l'éviter. C'est seulement quand il sera épuisé (s'il l'est jamais) qu'il flanchera. Sa certitude de posséder une étoile venait d'un entrelacs de circonstances (que nous appelons un bonheur) assez hasardeux encore qu'organisé, et de telle sorte, puisque c'est en rosaces — qu'on est tenté d'y rechercher une raison métaphysique. Bien avant que d'entrer dans les Equipages de la Flotte, Querelle avait entendu la chanson intitulée « l'Etoile d'Amour ».

> « *Tous les marins ont une étoile*
> *Qui les protège dans les cieux.*
> *Quand à leurs yeux rien ne la voile*
> *Le malheur ne peut rien contre eux* ».

Les soirs d'ivresse, les dockers la faisaient chanter à l'un des leurs qui gueulait bien. Le gars se laissait d'abord prier, servir à boire, enfin il se levait et, au milieu des costauds appuyés sur la table, pour les enchanter, sortaient de sa bouche édentée des paroles de rêve :

> « *C'est vous Nina que j'ai choisie*
> *Parmi tous les astres du soir*
> *Et vous êtes sans le savoir*
> *L'Etoile de ma vie...* »

Se déroulait dans la nuit un drame sanglant, la sombre histoire du naufrage d'un navire illuminé, symbolisant le naufrage de
l'amour. Les dockers, les pêcheurs et les matelots applaudissaient.
Un coude sur le zinc et les jambes croisées, Querelle les regardait
à peine. Il n'enviait pas leurs muscles, ni leurs joies. Non plus de
devenir comme eux. S'il s'engagea c'est à cause d'une affiche sans
doute, mais parce qu'elle lui révélait tout à coup la solution d'une
vie facile. Nous parlerons plus loin des affiches.

Nous sommes à Beyrouth. Querelle sortait du « Clairon » avec
un autre matelot. Il ne leur restait plus un sou en poche. Ils étaient
vêtus du costume de toile blanche que les matelots portent l'été,
costume retouché par eux-mêmes qui savaient parfaitement quel
détail de leur corps préciser ou voiler d'un léger flottement de
l'étoffe. Béret blanc, souliers blancs. Le soir était très doux. A
peine hors du bordel, les deux matelots qui marchaient en silence,
croisèrent un homme d'une trentaine d'années. Il les dévisagea et
plus intensément Querelle. Puis il passa, mais ralentit sa marche.

— Qu'est-ce qui veut?

Querelle se retourna. Son étonnante indifférence, son manque
— non de chaleur profonde — de sympathie, était cause qu'il
ignorât tout de ce qu'on nomme le vice. Il crut que cet homme
le connaissait ou croyait le reconnaître.

— Ça, c'est un pédé, et un vrai.

Jonas ne se trompait pas. Il était moins beau que Querelle,
ce dont ce dernier ne se doutait pas, ignorant même que sa propre
beauté envoûtait les hommes.

— Ces mecs-là i-z-ont du fric d'habitude, et plus que nous,
les vaches, dît-il en ralentissant.

— Oui, mais on l'a pas, voilà.

— Oh, je dis pas qu'i' faudrait marcher avec, mais des types
comme ça, c'est des gonzesses, c'est pas des hommes. Je leur
casserais la gueule rien que pour le plaisir.

En prononçant cette phrase Jonas baissa le ton : pour se permettre d'abord d'avoir une voix plus grave (ce qui le fortifiait dans
sa virilité, l'écartait du pédé, lui donnait du poids, le rapprochait

de Querelle et sauvait la Marine) enfin par prudence car en tournant à demi la tête il avait vu le passant revenir sur ses pas. Jonas se tut une seconde. Il marchait, de se savoir ou se croire distingué, avec plus d'assurance, plus de virilité (ses muscles des cuisses et des fesses tendaient la toile blanche du pantalon) mais en s'obligeant à l'indignation artificielle la colère montait en lui, s'établissait dans tous ses membres — comme il est à remarquer que de toutes les émotions c'est la colère et la peur qui animent à la fois tous les membres, font frémir en même temps le mollet et la lèvre, la colère rend méchants les orteils et l'ultime phalange des doigts — il dit encore d'une voix légèrement tremblante :

— Des mecs comme ça ils se font mettre en l'air et je les plains pas. Je donnerais plutôt un coup de main. Pas toi?

Il regarda Querelle :

— Moi? T'as raison. Je pense comme toi. Seulement on peut pas le mettre en l'air ici. Y a trop de monde.

Confiant cette fois, sûr que son copain entrait dans le coup, Jonas baissa encore le ton.

— Faudrait qu'on fasse semblant d'entrer avec lui.

Il s'arrêta net de parler. Le promeneur les doublait, lentement. Les deux mains dans les poches de son pantalon, Jonas contre son ventre tira la toile blanche, espérant faire saillir ce qu'il savait déjà que les pédés appellent le paquet : la bitte et les couilles. Querelle souriait. Le promeneur se retourna, mais très vite.

— Il a mordu, mais faudrait savoir lequel qu'i' veut. Si on reste deux y va pas marcher. Le mieux c'est qui en aye un qui reste tout seul puis l'autre va suivre. Tu crois pas?

— Oui, je crois que c'est le mieux. Tu restes, toi. Moi je connais pas bien. C'est guère mon boulot.

— D'accord. Moi non plus je suis pas un habitué mais je vais le baratiner. Je vais essayer de l'emmener vers la plage. Suis-nous sans te faire voir. Ça va? Quand on va passer à côté de lui tu vas faire çui qui s'en va.

— Ça va.

Ils accélèrent un peu. A la hauteur de l'homme ils se tendirent la main et Querelle dit à haute voix :

— Alors à demain. Moi y faut que je rentre. Toi t'es verni d'avoir une perm' de nuit. Allez, salut, vieux.

Il quitta le trottoir directement, en longues enjambées pour passer au trottoir opposé. Jonas sortit une cigarette de sa poche et ralentit sa marche. Avec plus d'adresse, il s'appliqua à faire se balancer le bas de son pantalon sur ses chaussures de toile blanche. La dernière phrase de Querelle lui accordait soudain une disponibilité qui rendait naturelle la nonchalance de sa démarche toute vouée à ce jeu de l'étoffe. Il était normal que sa désinvolture fut le résultat non prémédité de cette soudaine vacance et normal encore que cette vacance fût spécialement voulue afin de permettre au matelot de se livrer au jeu délectable du pantalon, à cette démarche belle entre toutes qui est la gloire de la Marine, à la possession de soi qui est toute contenue dans cette démarche (étant celle même du matelot) à la possession du soir dont les ténèbres étoilées sont contenues dans cette démarche qui est la plus troublante. Il dansait. Jonas dansait devant Hérode. Il sentait derrière lui les yeux du tyran couvert d'or mais vaincu, détailler la merveilleuse lenteur du matelot de plus en plus nonchalant, puisque la nonchalance est le prétexte de cette danse, en est l'essence. Quand l'homme le doubla, l'un et l'autre simultanément tournèrent la tête : ils avaient l'un et l'autre une cigarette, mais si Jonas l'avait au bec l'homme tenait la sienne modestement à la main.

— Pardon... Oh, vous n'avez pas...

Jonas sourit :

— Non, j'ai pas de feu. Ah ! attendez, j'ai peut-être encore une flambante au fond de mes fouilles...

Il fit semblant de bouleverser le fond de ses poches et de l'une il sortit une allumette. Poliment, il alluma d'abord la cigarette du promeneur. C'était un homme plutôt fluet au visage très blanc, allongé de deux rides immenses de chaque côté de la bouche. Il était vêtu d'un élégant costume de soie beige. Tout en tirant sur sa cigarette pour l'allumer, il fixait avidement le cou nu du matelot. Jonas ne se préoccupa pas de l'âge, mais de la corpulence du pédé.

— Un mataf, ça trouve toujours. Dans la marine, c'est comme ça : on flambe.

— Il faut reconnaître que les navigateurs sont rarement pris de court — car on dit de court, n'est-ce pas ? — et c'est aussi ce qui fait leur charme plus éclatant. J'ose parler surtout, n'est-ce pas, des navigateurs français.

Il inclina la tête en un léger salut à Jonas. Il avait parlé d'une voix extrêmement fragile, tremblante légèrement de s'aventurer à parler à un matelot si monstrueusement existant, en chair et en os, et si bon de vouloir bien l'écouter.

— Ah dame, nous autres y faut bien qu'on... qu'on se débrouille. On est des fois des semaines et des semaines en mer sans voir personne.

Tout à coup Jonas comprenait que le type appartenait au genre cérémonieux et qu'il l'effaroucherait avec des mots trop durs ou des pensées trop vives.

— Des semaines !

Le promeneur fit un geste délicat pour agiter les deux gants qu'il tenait à la main.

— Des semaines, dieux du royaume céleste ! Que cela doit être d'une incomparable noblesse ainsi seul sur l'infini ! Loin des siens ! Loin d'une affection !

La voix était un peu plus vigoureuse mais allégée autrement de ne prononcer que des exclamations très douces, sottes et artificielles. Il n'eût pas été surprenant que ce promeneur devînt un cerf-volant de papier froissé, frisé, cousu de fil et par l'un, armé d'un hameçon lui sortant de la bouche, accroché par la gorge, ni que dans cette soirée pleine d'étoiles il fût simplement entraîné par l'une d'elles. Il ne souriait pas. Il marchait à côté de Jonas qui continuait à balancer son pantalon.

— Ça pour de l'affection, n'en a pas lerche.

— Pas lerche ? Qu'est-ce que lerche ? Est-il argot ?

— Oui, c'est de l'argot. Et de Paris. Pourquoi, vous, vous êtes pas Français ?

— Je suis Arménien. Mais de cœur si Français. La France est Corneille et le divin Verlaine. J'ai étudié dans une Mission Mariste. Maintenant je suis commerçant. Je vends des boissons fraîches. Des limonades gazeuses.

Se sentant soudain libéré d'une oppression, de lourdeurs maintenant précises, Jonas comprit que depuis un moment il redoutait que le pédé ne fût Français. Non qu'il eût un scrupule de fumée. L'Arménien toucha, non le bras, mais un pli aigu que l'étoffe faisait au coude du matelot, et plus doucement encore, presque tremblant de son audace, il dit :

— Venez. Que risquez-vous ? Je ne suis pas un monstre.

Il rit, hésitant soudain sur les derniers mots, en retirant sa main engourdie, parcourue d'étincelles givrées, d'un rire qui agita toute sa personne comme s'il eût grelotté. S'étant retourné pour savoir si Querelle les suivait, il ne vit personne. Il craignait, puisque les deux matelots s'étaient si vite séparés, qu'ils n'eussent comploté un mauvais coup contre lui. Le même froid, mais provoqué par une autre raison, pénétrait en Jonas immobile, les jambes écartées et les mains dans les poches, sûr que cette attitude était la meilleure :

— Ah ! je sais bien que je risque rien, seulement je peux pas. J'ai rien à risquer. Je suis mataf, je cherche à rigoler, je fais de mal à personne. Moi quand y s'agit de rigoler, je m'occupe de rien. J'ai les idées larges, moi, je comprends tout.

— Oh, n'est-ce pas, mon cher ami. Sur ce monde on doit avoir les idées larges. Moi-même je suis libéré de tous préconçus. Je n'aime que la beauté.

— Moi su' l'bateau, c'est «Pas de Bile» qu'on m'appelle. Ça veut dire que je m'en fais pas. J'ai jamais jugé personne. Tout le monde est libre. On s'amuse comme on veut. Le principal c'est de pas faire du mal à personne.

— J'aime entendre ce que vous dites, de votre voix si belle. Et de plus en plus je me sens en harmonie avec vous. Vraiment (il prit le matelot par le bras et l'étreignit avec toute sa pauvre force nerveuse qu'il appela toute pour ce geste au point de faire mal à Jonas) vraiment vous viendrez chez moi boire quelque liqueur. Un marin français ne peut refuser. Voyons, mon très cher ami, venez.

Son visage cette fois était tout à fait grave, d'une grande tristesse et d'un espoir fou portés presque tout dans ses grands yeux noirs. Il ajouta encore, mais plus bas :

—Vous êtes si étonnamment sympathique. Et puis... (sa glotte se serra, sa pomme d'Adam fit un mouvement de déglutition) et puis vous dites que vous êtes si libre à l'égard du bonheur. J'aimerais, car je suis si seul, j'aimerais vous voir un peu auprès de moi.

— On a pas besoin d'aller dans une chambre. On peut se promener un peu.

— Mais, ô mon ami, vous avoir isolé auprès de moi.

— On peut aller au bord de la mer. On peut trouver un coin où y a personne.

De lui-même il fit quelques pas apèrs avoir jeté sa cigarette. L'Arménien le suivit un peu.

— Ma chambre est si évocatrice. Je voudrais qu'elle conserve un peu de votre venue.

Jonas éclata de rire. Il regarda le pédé. Gentiment il dit :

— Ma parole vous avez le béguin. C'est une déclaration d'amour.

— Oh ! vous me... oh !... je suis confondu... mais ne croyez pas, ne vous fâchez pas... je vous aime sans doute...

— Ça va, ça va, moi j'y vois pas de mal. Je vais pas me fâcher pour ça. Pourquoi? Y a pas de mal. Seulement je peux pas. Ça y a rien à faire. Je peux pas aller chez vous. Si vous voulez on marche un petit moment, il fait bon, on va du côté de la mer, ou dans le jardin public... On sera tranquille, on peut faire ce qu'on veut...

— Je ne puis. Je ne puis. On peut me reconnaître.

— Et en allant chez vous? Encore plus.

Ils en étaient à une discussion serrée. L'insistance du matelot pour le bord de la mer inquiéta l'arménien qui, avec une autorité plus forte que celle de Jonas, imposa leur marche en direction du centre de la ville. La fureur montait en Jonas. Il sentait la résistance presque invincible de ce petit bonhomme d'où sourdait la méfiance. Il savait depuis longtemps que les tantes se défendent parfois avec acharnement : chez elle il ne pourrait que la tuer. Il le pensa un moment. Enfin, il savait qu'elles ont souvent le culot d'aller se plaindre à la police. Il maudissait de ne réussir à l'entraîner, et il redoutait les sarcasmes de Querelle.

« Le pédé se doute de quelque chose. Il doit avoir les jetons ».

Jonas ne pouvait savoir que l'arménien avait désiré Querelle. En le voyant quitter son camarade, le regret, davantage, le faisait désirer Querelle. Il se contenterait bien sûr du matelot restant mais contre qui se développait un système de résistances dont l'arménien n'avait même pas en soi le soupçon, et qu'il ne pouvait contrôler. Subtilement, ainsi que beaucoup de pédés, il craignait de s'isoler trop avec un homme plus fort que lui. Aller au bord de la mer accuserait encore sa faiblesse, car la mer est la complice des marins. Chez lui, à portée de sa main, il avait fait installer un procédé d'alarme. De plus, la poésie, pour lui, résidait dans une chambre ornée de fleurs, de cadres noirs incrustés de nacre, de tapis, de rubans, de coussins mauves, de lumières voilées. Il voulait s'agenouiller devant le matelot dévêtu et prononcer des paroles suaves. Et toutes ces raisons puisaient leur force dans celle-ci que Jonas ignorait : le pédé regrettait Querelle et sourdement, lourdement, espérait qu'en lâchant prise, en se libérant de Jonas, il le retrouverait. Enfin à toutes ces raisons, a ces peurs, s'ajoutait une autre peur : plus il aime un garçon et plus il le redoute, et déjà il aime Querelle mais il porte sur Jonas la crainte qu'il aurait eue de Querelle.

— Alors, qu'est-ce qu'on fait?

— Venez chez moi.

— Allez, ça va, va. Salut. On se quitte bons copains. On se reverra peut-être un de ces jours.

Ils étaient dans une rue éclairée et très fréquentée. Jonas, très vite, presque brutal, avait saisi la main de l'arménien effrayé et disparaissait à longues enjambées houleuses, à larges masses des épaules, à lointaine allure dont le rythme de plus en plus lourd et vaste, croissant à mesure que Jonas s'en allait, entrait dans le cœur, où il s'entassait, du pédé désespéré. Jonas ne retrouva pas son camarade. Mais dix minutes après cette dernière scène, alors qu'il rentrait chez soi, à un angle de rue, l'arménien buta contre la marche blanche et haute de Querelle.

— Oh !

Il ne put retenir l'exclamation. Querelle sourit.

— Qu'est-ce qu'i y a ? Je vous fais peur ? Je suis pas si terrible.

— Oh !... vous êtes terriblement éblouissant.

Querelle sourit plus fort. Il était sûr, instantanément, que Jonas n'avait rien « pu faire » avec le type mais il ignorait ce qui s'était passé.

— Vous... vous étincelez ! Votre visage m'illumine !

Ironique et souriant Querelle fit entendre un léger sifflement dans lequel il mit, naturellement, tant de facile tendresse qu'à son tour l'arménien sourit. En quittant Jonas il avait éprouvé, à l'égard de soi, une grande rage de laisser s'enfuir une conquête si bien faite, et si belle en somme. De ne retrouver dans un soir peuplé de gens silencieux le matelot entrevu, son désespoir mêlé à sa rage et à la joie si brusque de cette rencontre, lui donnèrent une rare audace qu'encourageait encore le sourire et la gentillesse amusée du matelot. La carrure et la taille de Querelle l'écrasaient mais le sourire prouvait que ce monstre de vigueur était possédé par l'arménien.

— Vous au moins vous savez jacter !

Très vite l'Arménien persuada Querelle de l'accompagner chez lui. Il refit toutes les mômeries auxquelles il s'était livré devant Jonas, mais il les refit plus brèves, plus serrées, plus compactes. Il était exalté. Il oublia toute prudence, jusqu'à chasser de son esprit la pointe inquiétante de cette idée : « Pourquoi ce matelot a-t-il dit devant moi qu'il rentrait à bord ? Et je le retrouve loin du port ». Dans sa chambre il alluma un bâtonnet d'encens. Querelle admira cet intérieur calfeutré et douillet qu'il croyait somptueux. Une étrange douceur l'engourdissait, le reposait. Les coussins étaient moelleux, le tapis épais, les fleurs compliquées. Le bois noir des meubles et des cadres contenait toute l'essence du repos. Tant de mollesse écrasait Querelle et lui accordait la paix des noyés. Son attention s'émoussait.

— Vous êtes chez vous. Vous êtes le seigneur de cet empire. Disposez.

« Disposez » troubla Querelle mais ce trouble encore était de nature ensevelissante. Il pensa, mais plutôt qu'avec des mots, — et encore qu'il y eût des mots ci et là dans cette vague musique—à l'aide d'images de fleurs aux formes bizarres et savantes, constamment mouvantes, formant une longue guirlande ou mélodie qui voulait dire ceci (dont elle causait l'inquiétude haussée jusqu'à l'angoisse et retombée à l'acceptation): « Faudra tout de même pas que j'aille jusqu'à me faire enculer ». Car pour Querelle un pédé ce n'est encore qu'un gars qui en baise un autre. Si tant de haine (celle qu'il avait remarquée autour de lui, n'en portant soi-même aucune) se répand sur ceux qu'entre matelots on nommait les tantouzes, c'est qu'évidemment (même s'ils ont des manières de femmes) ils cherchent à faire de vous une femme. Sinon — dans le cas inverse — pourquoi les haïr ? Querelle détenait cette candeur que l'on confond volontiers avec la pureté. Pourtant son inquiétude, non seulement dura peu, mais encore qu'elle fût nauséeuse, elle ne le marqua pas. « On verra bien ». Impassible au fond des coussins, fumant par longues goulées, il regardait l'arménien de plus en plus affolé par l'approche du moment espéré. Querelle le regardait minauder, se poudrer, servir avec les gestes nerveux de mains ravissantes de petitesse et de soins qu'il admirera plus tard chez le lieutenant de vaisseau, une liqueur rose dans de minuscules tasses à café.

— C'est rigolo. Si c'est ça les pédés, c'est pas méchant.

— Je m'appelle Joachim. Et toi, mon bel étoilé ?

— Moi ?

— Il était surpris. Il était délicieusement envahi par cette douceur qu'il connaîtra plus tard, quand, sur le quai d'embarquement, le lieutenant Seblon, entraîné par le poids charmant de ses lourds seins blancs, se penchera sur lui en songeant :

— Mes globes d'albâtre !

Ces globes d'albâtre pesaient. L'officier les savait pâles, laiteux, lunaires, durs et tendres à la fois, mais surtout gonflés d'un lait dont il était sûr de pouvoir nourrir Querelle relevant déjà la tête.

— Oui, toi?

— Moi, je m'appelle Querelle. Matelot...

Il hésita, car déjà il avait compris que l'erreur était commise. Suspendu quelques secondes sur le vide, il se résolut pourtant et dit : ...Querelle.

— O! quel beau nom!

— Oui, Querelle. Matelot Georges Querelle.

Sur les coussins l'arménien était à genoux devant lui. Le kimono de soie rose pâle brodé d'oiseaux d'or et d'argent était entrebaillé sur un torse et sur des jambes parfaitement blancs et lisses. Querelle, à cause de sa fatigue, vit cet étrange dispositif s'avancer vers lui avec l'enormité soudaine des choses qu'on rêve et dont le grossissement paraît être le fait d'une loupe puissante rapprochant l'objet regardé jusqu'à ce qu'il se confonde avec soi. C'était curieux : Querelle sourit. Jusqu'à sa bouche l'Arménien haussa la sienne. Querelle pencha la tête décidant d'aller au devant du premier baiser qu'il recevait d'un homme. Un léger vertige s'empara de lui. Il lui plaisait de tout oser dans cette chambre destinée à cela vraiment, où il était si peu en vie, si peu éveillé. Il lui semblait faire une conquête. Il souriait mais il était grave. Nous ne pouvons dire mieux que ceci : il était dans cette chambre aussi tranquille qu'à l'intérieur d'un ventre maternel. Il avait chaud.

— Ton sourire est une étoile.

Querelle sourit davantage. Ses dents blanches brillèrent. Il n'était pas troublé par le jeu de Joachim, ni par la vue de sa peau blanche (il le sera un peu tout à l'heure en découvrant que toute cette peau est poudrée et parfumée) mais il le fut légèrement par le trouble amoureux qu'il découvrit dans les beaux yeux noirs fixés sur les siens et battus de longs cils recourbés.

— Oh! tes dents sont étoilées !

Joachim laissa glisser sa main jusqu'aux couilles du matelot. Par-dessus la toile blanche il les caressa en murmurant :

— Ces trésors, ces bijoux...

Querelle écrasa violemment sa bouche sur celle de l'Arménien. Il le serra très fort dans ses bras.

— Tu es une étoile immense et cette étoile toujours illuminera ma vie. Tu es une étoile d'or ! Protège-moi...

Querelle l'étrangla. Il sourit durement en regardant le pédé mourir par ses doigts crispés, mourir la bouche ouverte, la langue tendue affreusement, les yeux exorbités, semblable, crut-il, à ce qu'il était lui-même pendant ses jouissances solitaires. Un flot merveilleux scandait le silence de ses oreilles. Le monde bourdonnait. La mer murmurait.

> « C'est l'étoile d'amour...
> ... Tous les marins ont une étoile
> Qui les protège...
> Quand à leurs yeux rien ne la voile
> Le malheur ne peut rien contre eux »...

Les yeux de l'arménien s'immobilisèrent tout à coup, se ternirent. Plus rien ne chanta. Querelle fut attentif à la mort, au changement soudain du sens des objets. C'est très doux, un petit pédé. Ça meurt gentiment. Sans rien casser.

Afin de respecter une tradition devenue cérémonie rituelle, née en lui par la nécessité (afin de couvrir sa fuite, comme cette ombrelle posée ouverte près d'elle et semblant protéger du soleil la jeune fille assassinée dans un pré) de travestir le crime, de grimer le tableau final du meurtre, grâce à un objet qui, disposé d'une certaine façon, semblait avoir « suspendu » la vie, Querelle, inspiré par l'expression heureuse du visage de la victime, lui entr'ouvrit la braguette et arrangea les deux mains mortes, prêtes pour le plaisir. Il sourit. Les pédérastes, au bourreau, présentent un cou délicat. On peut affirmer — nous le verrons plus tard que c'est la victime qui fait le bourreau. Cette inquiétude chronique, éternelle, que l'on sent trembler dans la voix des tantes, même les plus arrogantes, est déjà un tendre appel à la main terrible de l'assassin. Querelle vit son visage dans la glace : il était très beau. Il sourit à son image, à ce double d'un assassin vêtu de blanc, de bleu, et cravaté de satin noir. Querelle prit tout l'argent qu'il trouva et très calme il sortit. Dans l'escalier un peu sombre il croisa une femme. Le lendemain matin tous les matelots du « Vengeur » étaient rassemblés sur le pont. Les deux jeunes gens qui avaient rencontré la veille Joachim avec Jonas cherchèrent à découvrir le visage du matelot. Ils désignèrent Jonas qui se débattit pendant six mois contre les interrogatoires, lutta, combattit avec violence et tristesse le mystère d'une femme voilée de noir rencontrant sur le matin un matelot français dans l'escalier d'un arménien avec qui lui-même s'était promené quelques heures plus tôt dans la rue. Et cet arménien était étranglé à l'heure même où Jonas marchait en direction du « Vengeur ». Par politesse à l'égard d'un pays sous mandat français, à cause aussi de l'attitude révoltée de l'accusé, le tribunal maritime condamna Jonas à mort. Il fut exécuté. Querelle avait son étoile. Il quitta Beyrouth chargé de trésors. Chargé de cette étoile d'abord, des beaux noms que lui avait donnés le pédé, et de la certitude d'avoir entre les jambes un trésor accroché. Ce meurtre avait été facile. Et inévitable puisque Querelle avait donné son véritable nom. Il permettait que Jonas — un vrai pote — fût tué. Ce sacrifice accordait à Querelle le droit absolu de disposer sans remords de la petite fortune en livres syriennes et en monnaies de toutes les nations du monde, dérobée dans la chambre de Joachim. Ç'avait été la payer assez cher. Enfin, si un pédé c'était comme cela, un être aussi léger, aussi fragile, aussi aérien, aussi transparent, aussi doux, aussi délicat, aussi brisé, aussi clair, aussi bavard, aussi mélodieux, aussi tendre, on pouvait le tuer, étant fait pour être tué comme un cristal de Venise n'attend que la main large du guerrier qui l'écrasera sans même se couper (sauf peut-être la coupure insidieuse, hypocrite, d'une aiguille de verre, aiguë et brillante, et qui restera dans la chair). Si c'est cela un pédé, ce n'est pas un homme. Ça ne pèse pas lourd. C'est un petit chat, un bouvreuil, un faon, un orvet, une libellule dont la fragilité même est provocatrice et précisément exagérée afin qu'elle attire inévitablement la mort. En plus, ça s'appelle Joachim.

Alors qu'il venait de monter à contre-voie dans le train pour Nantes, les inspecteurs s'emparèrent de Gil Turko. Ils avaient été prevenus par un coup de fil venant d'une cabine téléphonique de la gare : un individu ressemblant à l'assassin du matelot et du maçon, cherchait, en se dissimulant, à monter dans le train. C'est Dédé qui téléphona. Sur Gil les inspecteurs ne découvrirent qu'une minime somme d'argent. Ils emmenèrent le jeune garçon au Commissariat où ils l'interrogèrent sur son existence entre la date du dernier crime et l'arrestation. Gil prétendit avoir couché de droite et de gauche, dans les docks et dans les remparts. Querelle connut la douleur d'apprendre, dans le journal, l'arrestation de Gil et le transfert de celui-ci à la prison de Rennes.

Le mouvement de ce livre doit s'accélérer. Il serait important de décharner le récit dont l'os seul subsisterait. Les notations ne peuvent suffire pourtant. Voici quelques explications : Si l'on s'étonne (nous disons s'étonner plutôt que s'émouvoir ou s'indigner afin de mieux montrer que ce roman veut être démonstratif) de la douleur éprouvée par Querelle en apprenant l'arrestation qu'il provoqua la veille, que l'on veuille examiner la démarche de son aventure. Il tue pour voler. Le meurtre accompli, le vol se trouve, non justifié — on songerait plutôt à hasarder cette proposition que le meurtre se peut voir justifier par le vol — mais sanctifié. Il apparaît que le hasard ait fait Querelle connaître la force morale du vol orné et détruit par un crime. Si l'acte de voler quand le pare, le magnifie le sang, perd de son importance apparente au point de quelquefois complètement s'ensevelir sous les fastes du meurtre — encore qu'il ne périsse tout à fait mais continue à corrompre par une haleine nauséeuse l'acte pur de tuer, — il fortifie la volonté du criminel quand la victime est son ami. Le danger qu'il court (sa tête jouée) suffirait déjà pour que s'établisse en lui un sentiment de propriété contre quoi peu d'arguments résisteraient. Mais l'amitie qui le lie à la victime — et qui fait de celle-ci le prolongement de la personnalité de l'assassin — provoque un phénomène magique que nous essaierons d'énoncer ainsi : je viens de courir une aventure où une partie de moi-même était engagée (mon affection pour la victime). Je sais exécuter une sorte de pacte (non formulé) avec le Diable, à qui je n'abandonne pas mon âme ni mon bras, mais quelque chose d'aussi précieux : un ami. La mort de cet ami sanctifie mon vol. Il ne s'agit pas d'un apparat formel (encore qu'il existe des raisons plus fortes que les lois du code dans les pleurs, le deuil, la mort, le sang, en tant qu'objets ou gestes ou matière) mais d'un acte de véritable magie qui fait de moi l'authentique possesseur de l'objet contre lequel un ami s'est *volontairement* échangé. Volontairement puisque ma victime, en tant qu'ami, était (ma douleur l'indique) feuillage plus ou moins à l'extrémité de mes branches, muni de mes sèves. Querelle connut que personne, sans commettre un sacrilège, que lui-même saurait interdire jusqu'au bout de ses forces, ne parviendrait à lui arracher ces bijoux volés car son complice (et son ami) qu'il avait, pour se sauver plus vite, abandonné aux mains des flics, était condamné à cinq ans de réclusion. Ce n'est pas exactement à son chagrin que s'aperçut Querelle posséder vraiment les objets dérobés mais à un sentiment que nous devons dire plus noble — où n'entre aucune affection — une sorte de virile fidélité au compagnon blessé. Non que notre héros ait eu l'idée de conserver à son complice le butin, mais de préserver celui-ci intact des atteintes de la justice des hommes. Chaque fois nouvelle qu'il volera, Querelle éprouve alors le besoin de s'assurer d'un lien mystique entre les objets volés et lui-même. Le droit de conquête prend un sens. Querelle transforme ses amis en bracelets, en colliers, en montres d'or, en boucles d'oreilles. S'il réussit à monnayer un sentiment — l'amitié — sans doute s'agit-il là d'une opération qu'aucun homme ne peut juger. Cette transmutation ne regarde que lui. Quiconque tenterait de « lui faire rendre gorge » commettrait un viol de sépulture. L'arrestation de Gil causa donc un mâle chagrin à Querelle, qui en même temps, sentait s'incruster presque dans sa chair les imaginaires bijoux d'or représentés par l'argent de tous les vols accomplis avec l'aide de Gil. Nous revendiquons comme courant le mécanisme décrit plus haut. Il n'appartient pas aux consciences compliquées mais à toutes les consciences. Sauf que celle de Querelle, ayant davantage besoin de toutes ses ressources, devait constamment tirer celles-ci de ses propres contradictions.

Quand Dédé lui eut raconté la bagarre des deux frères et précisé malicieusement les insultes de Robert à Querelle, Mario éprouva tout à coup comme une immense délivrance d'il ne savait quoi de très net encore. Elle venait de ceci : qu'à son esprit apparaissait, bien qu'imprécise, l'idée de la culpabilité de Querelle relativement au meurtre du matelot Vic. Idée imprécise, car le policier fut d'abord soulagé — éclairé. Il se sentit sauvé, par cette seule idée si peu claire pourtant. Peu à peu, et comme partant de ce sentiment de salut, il établit des rapports effectifs entre le meurtre et ce qu'il croyait savoir des pédérastes : s'il était vrai que Nono se le tapait, Querelle était « de la pédale ». Il serait donc normal qu'il fût mêlé à l'assassinat d'un marin. Ce que Mario s'imaginait de Querelle était faux sans doute, c'est cela même, cependant, qui lui permit d'atteindre la vérité. Rêvant un peu sur Querelle et sur le crime, il fut d'abord gêné par cette idée admise comme certaine au Commissariat et dont il ne pouvait se défendre, refusant de la combattre ouvertement afin de ne se point trahir, que Gil était coupable des deux meurtres, puis, très vite, il osa des rapprochements précis, encore que hasardés. Enfin il s'adonna délibérément au jeu délicat des hypothèses. Mario pouvait supposer Querelle amoureux de Vic, et le tuant dans un accès de jalousie — ou Vic amoureux de Querelle qu'il voulait tuer. Un jour entier Mario remua ces pensées dont aucune ne pouvait être vérifiée, mais peu à peu s'établissait la certitude de la culpabilité de Querelle. Mario évoqua son visage pâle malgré le hâle de la mer. Pâle et si pareil à celui de Robert. En Mario cette ressemblance provoquait une confusion charmante, un barbouillage de pensées qui n'étaient pas à l'avantage de Querelle. (Par confusion charmante, nous voulons dire un trouble léger mais sensible, qui brouilla sa personnalité, en confondit un peu les traits et de ce fait, fit osciller cette beauté parfaite dans l'indécision, la fit un instant vaciller, rechercher son équilibre et sa netteté, avec une hésitation touchante de se manifester à la surface d'une matière si dure). Un soir même, dans les fossés, en les regardant, il éprouva un peu de ce malaise que nous avons dit éprouvé par Madame Lysiane. Mario tirait à lui chaque trait avec lesquels il recomposait en soi-même sans effort, le visage de Robert. Peu à peu ce visage l'emplissait, occupait la place du sien. Dans la nuit, sous les branches, pendant quelques secondes Mario demeura immobile. Il se débattit entre la vision réelle et l'image. Il crispa les sourcils. Son front se rida. Le visage présent et immobile de Querelle le gênait pour imaginer Robert. Les deux gueules se confondaient, puis se brouillaient, se combattaient, s'identifiaient. Ce soir, rien ne pouvait les différencier, pas même le sourire qui faisait de Querelle l'ombre de son frère (son sourire étendait sur tout son corps une ride mouvante, un voile tremblant, très fin, cassé de plis d'ombre, ajoutant à la fraîcheur de son corps nonchalant, souple et vif quand la tristesse de Robert était faite de passion pour soi-même : au lieu de l'assombrir, elle établissait en lui un foyer sans rayonnement, mais paraissant encore plus étouffant par l'immobilité du corps aux mouvements lourds et sûrs. Le charme n'en dura pas. Le policier s'insurgea contre ce tourbillon écœurant.

— Lequel des deux, pensa-t-il?

Mais il ne lui paraissait pas douteux que l'auteur du meurtre fût Querelle.

— A quoi qu'tu penses?

— A rien.

Il refusa d'accepter d'être dupe de cette ressemblance des deux frères, où il se sentait sur le point de chavirer. Il eut, à l'égard de Querelle, le sentiment un peu narquois qu'aurait pu faire naître cette pensée : « Toi, mon pote, t'essayes de brouiller les cartes, mais faut pas me la faire ». Et délibérément, il rejeta cette complication qu'une ruse policière ne pouvait déjouer. Une complication qui n'était pas tissée expressément afin que lui, Mario, s'y heurte et s'y prouve. Bref, cela ne le concernait pas. Toutefois il dit :

— T'es un drôle de mec.

— Pourquoi qu'tu dis ça?

— Pour rien. J'le dis comme ça.

Si Mario, avons-nous dit, éprouvait une sorte de délivrance, c'est que la culpabilité du matelot brusquement lui avait laissé « voir » la possibilité d'un rachat. Sans en connaître la raison, et sans se le formuler, il comprit qu'il ne devrait jamais parler de sa découverte. Secrètement il fit à soi-même le serment de se taire. En protégeant le meurtrier, devenir volontairement le complice d'un meurtre suffirait peut-être pour que lui fût pardonnée sa trahison envers Tony. Non que Mario redoutât surtout la vengeance mortelle de son ancien copain ni de tous les dockers de Brest, mais plutôt il avait peur de l'universel mépris. Si nous n'osons parler d'une psychologie du policier, du moins tenterons-nous de montrer comment le développement et l'utilisation de certaines réactions générales — leur culture — obtient cette plante étonnante, suant le bonheur : un flic. Mario aimait d'abord ce geste : faire tourner autour du majeur sa chevalière d'or, à l'écusson très large dont les arêtes blessaient délicatement l'index et l'annulaire de la main baguée. Il l'accomplissait surtout quand, assis devant son bureau, il cuisinait un voleur des Docks ou des Entrepôts. A la Sûreté Nationale, il partageait avec son collègue une pièce où chacun d'eux disposait d'une table de travail. Mario était élégant (il ne peut être question de l'excellence de son goût). Il aimait paraître bien habillé. Remarquons encore la sévérité de ses vêtements, l'austérité surtout de la façon dont il les porte, la rigidité de ses traits, enfin la sobriété de ses gestes et leur assurance. De posséder un bureau accordait à Mario, aux yeux de ces délinquants qu'il interrogeait, le sentiment d'une indiscutable autorité intellectuelle. Parfois il le quittait, avec une apparente négligence, comme on s'écarte sans risque d'une chose qu'on sait bien préservée. Il allait alors consulter un des nombreux fichiers. Ce travail encore lui accordait un autre sentiment très fort :

celui de la possession des secrets de plusieurs milliers d'hommes. S'il sortait, son visage devenait un masque aussitôt. Il ne fallait pas qu'on soupçonnât, au café ou ailleurs, de se confier à un policier. Or, c'est derrière ce masque — le port d'un tel accessoire supposant un visage pour le soutenir — que Mario composait un visage de policier. Pendant quelques heures il devait être celui qui doit découvrir la faille des hommes, leur péché, la légère indication pouvant, le plus sûrement possible, conduire l'homme le plus insoupçonnable, au châtiment le plus terrible. Métier sublime qu'il serait fou de rabaisser à la pratique d'écouter aux portes, ou regarder par le trou des serrures. Mario n'éprouvait aucune curiosité à l'égard des gens, ni ne désirait commettre d'indiscrétion, mais ayant enfin détecté ce léger indice du mal, il devait procéder un peu comme l'enfant avec la mousse de savon : de l'extrémité d'une paille choisir le fragile élément capable d'être travaillé jusqu'à devenir une bulle irisée. Mario connaissait alors un sentiment d'exquise allégresse quand il allait de découverte en découverte, quand il sentait, comme de son propre souffle, le crime se gonfler, se gonfler encore, enfin se détacher de lui et monter seul dans le ciel. Sans doute, Mario se disait quelquefois que son métier était utile et parfaitement moral. Dédé, pendant plus d'un an, avait supporté qu'en lui-même cohabitassent ces deux principes : de voler avec celui de dénoncer à la police les voleurs. Attitude d'autant plus étrange qu'afin d'entretenir son habitude de la délation Mario lui répétait quelquefois :

— T'es utile, tu comprends. Tu *nous* aides à arrêter les fripouilles.

Aucune inquiétude ne troublant le gosse cet argument ne le pouvait toucher que grâce au *nous* par lequel il avait l'impression de participer à une vaste aventure. Il vendait les fripouilles et volait avec elles, tout naturellement.

— Gilbert Turko, tu le connaissais, toi?

— Oui. J'peux pas dire qu'on était copain, mais j'l'connaissais.

— Où il est?

— J'en sais rien.

— Allez...

— Mais ma parole, Mario. J'en sais rien. Si le l'savais, je te l'dirais.

Le gosse, avant même que le policier le lui eût ordonné, avait fait son enquête sans rien découvrir. Sans avoir exactement reconstitué les passes amoureuses échangées de Gil à Roger, au moins avait-il deviné le véritable sens de leurs sourires et de leurs rencontres, mais l'ingénuité accordait à Roger une adresse que refuse souvent ce que l'on nomme l'habileté.

— Faut que tu cherches !

A sa propre inquiétude, Mario devinait obscurément que le mépris universel, noté déjà, dont il lui paraissait éprouver l'écume des premières vagues, serait conjuré quand il aurait le secret du meurtrier et que son corps serait un tombeau le contenant.

— J'vais encore essayer. Mais j'ai idée qu'il est parti de Brest.

— On en sait rien. S'il était parti il aurait pas pu aller loin. Il est signalé. Toi, ce qu'i te faut, c'est ouvrir doucement tes mirettes et tes esgourdes, et de ramasser ta frimousse en sourdine.

Légèrement ébahi, Dédé regarda le policier qui rougit violemment. Soudain, il se sentit indigne de parler une langue ayant sans doute pour fonction un échange d'idées pratiques, mais dont la beauté surtout transmet de celui qui la parle à celui qui l'écoute le sentiment indicible autrement, presqu'immédiat, d'une fraternité secrète, énigmatique — non du sang ni du langage — mais de l'impudeur et de la pudeur monstrueuses, essences contraires, de ce langage. Et le sacrilège de l'avoir voulu parler alors que Mario n'était plus en état de grâce provoquait ce scandale : ne plus entendre ce qu'il signifiait et prononcer une phrase aussi ridiculement littéraire. Mario n'était plus qu'un policier, mais l'étant sans son contraire (c'est-à-dire sans ce contre quoi le policier luttait) il l'était moins. Il ne pouvait l'être qu'à l'extérieur de soi, en s'opposant au monde qu'il combattait. Or, il ne pouvait obtenir en soi cette consistance, cette profonde unité, qui *est* la lutte en soi-même des désirs opposés. Tant qu'il était le policier, Mario connaissait en soi la présence du délinquant, voire du criminel — dans tous les cas la présence du voyou qu'il eût été effectivement à la place du policier — mais sa trahison envers Tony le coupait du monde criminel, lui interdisait de se référer à lui, face auquel il devait rester, s'y tenir en juge, et non plus le pénétrer comme un élément sympathique capable d'être travaillé. Cet amour que tout artiste doit à la matière, la matière le lui refusait. Enfin il attendait dans l'angoisse. Il confondait dans un seul pressentiment de délivrance, le châtiment des dockers et la preuve lumineuse de la culpabilité de Querelle. Dans la journée, il plaisantait avec ses camarades à qui jamais il n'avait parlé des menaces dont il était l'objet. Il retrouvait Querelle presque chaque soir à cet endroit de la ville où le remblai surplombe la voie ferrée. N'ayant pas eu l'idée que la découverte du briquet auprès du cadavre de Vic pouvait expliquer, si Querelle était coupable, la complicité de Gil et du matelot, Mario ne songea pas à faire pister celui-ci. En revenant du bagne, Querelle passait sur le remblai. A l'égard du policier il n'éprouvait aucune amitié, mais une habitude l'y attachait, tenant au fait qu'il était à sa merci. Enfin il se croyait protégé. Il lui sentait naître des racines. Dans l'obscurité un soir, il murmura :

— Si tu me prenais en train de faucher, tu m'enverrais en cabane ?

Prise à la lettre, l'expression « sur le point de défaillir » est fausse, cependant la fragilité à quoi elle réduit celui qui la provoque, nous oblige à l'employer : Mario fut « sur le point de défaillir ». Par esprit de taquinerie, il répondit :

— Pourquoi pas ? Je ferais mon devoir.

— Ça s'rait ton d'voir de m'envoyer en tôle ? T'es pas marrant !

— Ben alors. Et si tu assassinais c'est pareil. Je t'enverrais à Deibler.

— Ah !

Sitôt redressé, après ce que ni le policier ni lui n'osaient nommer l'amour, Querelle redevenait un homme en face d'un autre. Il souriait un peu, en boutonnant son pantalon, en bouclant derrière son dos la courroie lui servant de ceinture : il voulait que cet acte fut une blague. Cette scène ayant lieu au début des amours de la patronne avec Querelle, celui-ci incapable de débrouiller l'enchevêtrement des rapports entre Nono, le flic, Mario et son frère, ne fut pas loin de redouter une sorte de conjuration. Il eut peur. Le lendemain soir il ordonna la fuite à Gil. Dès son entrée dans le bagne, il exécuta avec méthode les gestes qu'il avait prévus la nuit comme indispensables à sa sauvegarde : d'abord il retira à Gil son revolver. Sournoisement il dit :

— T'as le flingue ?

— Oui. Il est là. Planqué.

— Fais voir ?

— Pourquoi ? Qu'est-ce qu'y a ?

Gil n'osa pas demander si l'heure était venue de s'en servir, mais il le craignit. La voix de Querelle fut très douce. Il devait procéder avec beaucoup d'adresse afin de ne pas éveiller les soupçons de Gil. Nous pouvons écrire qu'il agit en grand comédien. Retardant l'explication mais rendant impossible un refus de Gil.

une hésitation même de lui, il ne dit pas : « Donne », mais « montre voir, j'vais t'expliquer »... Gil regardait Querelle le regarder, l'un et l'autre éperdus par la douceur de leur voix, augmentée encore, et jusqu'à la tendresse, par la tristesse des ténèbres. Les ténèbres et cette douceur les plongeaient nus, écorchés vifs, dans un même baume. Querelle éprouva vraiment de l'amitié, de l'amour pour Gil qui le lui rendait. Nous ne voulons pas dire que Gil soupçonnait *déjà* ce vers quoi (cette fin sacrificielle et nécessaire) le conduisait Querelle, notre rôle étant de signifier l'universel d'un phénomène particulier. Parler de pressentiment en pareil cas serait une erreur. Non que nous ne croyions pas à ceux-ci mais qu'ils relèvent d'une étude qui n'est plus de l'œuvre d'art — puisque l'œuvre d'art est libre. Il nous a paru d'une exécrable littérature qu'on ait écrit d'une peinture voulant représenter l'Enfant Jésus : « Dans son regard et son sourire se distinguaient déjà la tristesse et le désespoir de la Crucifixion ». Pourtant, afin d'obtenir la vérité quant aux rapports de Gil et de Querelle, le lecteur doit nous permettre d'utiliser ce détestable lieu commun littéraire que nous condamnons et nous laisser écrire que Gil connut soudain le pressentiment de la trahison de Querelle et de sa propre immolation. Ce trait de banale littérature n'a pas pour seule utilité de préciser plus vite et plus efficacement les rôles des deux héros : l'un en rédempteur, l'autre en personnage par qui la rédemption ne saurait être ; il reste autre chose que nous découvrirons avec le lecteur. Gil fit un mouvement qui le libéra un peu de cette engourdissante tendresse qui le liait à son meurtrier. (C'est l'endroit de dire qu'un autre sentiment que la haine peut, sous les yeux consternés et scandalisés du public, faire un père parler amicalement à l'assassin de son fils, questionner doucement celui qui fut témoin des derniers instants de l'être adoré). Gil se retira dans l'ombre où Querelle le suivit, d'un mouvement naturel.

— Tu l'as ?

Gil releva la tête. Il était accroupi, cherchant l'arme sous un tas de cordages.

— Hein ?

Puis il rit, d'un rire un peu grêle.

— J'suis cinglé, ajouta-t-il.

— Fais voir ?

Querelle demanda doucement le revolver et doucement s'en saisit. Il se crut sauvé. Gil s'était relevé.

— Qu'est-ce que tu vas faire ?

Querelle hésita. Il tourna le dos à Gil pour retourner dans le coin où celui-ci se tenait d'habitude. Enfin, il dit :

— Faut que tu te tailles. Ça commence à chauffer.

— Sans blague?

Heureusement que le mot se terminait par une voyelle muette, Gil n'eût pas réussi à prononcer une troisième syllabe sonore. La terreur de la guillotine, depuis longtemps refoulée à l'intérieur de lui, soudain provoqua cet étrange phénomène : en faisant refluer à cœur tout le sang de son corps.

— Oui. On te cherche. Mais faut pas t'énerver. Faut pas croire non pus que j'vais te laisser choir.

Gil cherchait à comprendre, mollement et sans y parvenir à quoi servirait son revolver, quand il distingua Querelle le mettre dans la poche de son caban. Qu'une trahison s'accomplissait, l'idée l'illumina en même temps qu'il éprouvait un profond soulagement d'être débarrassé d'un objet qui l'obligeait à l'action, et probablement au crime. En allongeant la main, il dit !

— Tu m'le laisses?

— Faut comprend'. J'vais t'expliquer. Ecoute-moi bien, j'dis pas qu'tu vas être pris, j'suis sûr que non, mais des fois on n'sait jamais. Vaut mieux pas que t'ayes d'arme.

Le raisonnement de Querelle était celui-ci : s'il tire sur les poulets, les poulets tirent aussi. Ils le descendent ou ils le loupent. S'ils l'arrêtent, ils sauront — par Gil blessé — ou par un enquête sérieuse — que le revolver appartenait au lieutenant Seblon qui ne pourra qu'accuser son ordonnance. En voulant préciser le mouvement psychologique de nos héros, nous voulons mettre au jour notre âme. Noter librement l'attitude que nous choisirions — en vue peut-être ou plutôt en *prévision* d'une fin convoitée — nous conduit à la découverte de ce monde psychologique donné sur quoi s'appuie la liberté du choix mais, s'il le faut, pour le déroulement de l'intrigue, que l'un des héros prononce un jugement, réfléchisse, nous nous trouvons tout à coup en face de l'arbitraire : le personnage échappe à son auteur. Il se singularise. Nous devrons donc admettre qu'un facteur le composant sera — après coup — décelé par l'auteur. Dans le cas de Querelle, s'il faut une explication, hasardons celle-ci, ni meilleure ni plus détestable qu'une autre : son peu de sensibilité ayant un rapport avec son peu d'imagination, il jugeait mal l'officier, qui, son journal en témoigne, eût préféré qu'on l'accusât plutôt que dénoncer Querelle. Selon une note du carnet intime le lieutenant Seblon souhaite désigner Querelle comme l'auteur du meurtre, mais nous verrons l'usage sublime qu'il fera de ce désir.

Gil s'affollait. Il ne parvenait pas à comprendre les intentions, de son ami. Il s'entendit prononcer :

— A poil, alors. J'pars à poil.

Querelle venait de réclamer les effets du matelot. Plus rien ne devait rester de ce qui pourrait désigner Querelle à la police.

— Tu pars pas à poil, eh, tranche !

Gil étant sur le point de se révolter — à quoi peu à peu l'incitait l'attitude de Querelle, douce et un peu lointaine — l'expression particulièrement blessante le soumit. Querelle comprit admirablement qu'il prouverait être encore le maître, d'oser traiter avec tant de mépris celui qui pouvait le perdre. Magnifique de toupet et de science, il aggrava son jeu le rendant grave au point que la plus vénielle erreur perdrait le joueur. Flairant, le mot nous paraît juste, le succès de cette trouvaille, il misa sur elle, à fond.

— Tu vas pas m'faire chier, non ? Et commencer à faire le dur. Ton boulot c'est d'm'écouter.

Mais il devint, en parlant ainsi et sur ce ton, proche d'un tel péril, (une lueur de lucidité de Gil pouvant faire celui-ci céder à l'agacement) qu'il discerna avec encore plus d'adresse, de clarté, d'agilité d'esprit, les mille nuances nécessaires à provoquer par la mort de Gil et son silence, son propre salut. Aigu, rapide, vainqueur déjà, il tempéra son mépris et sa hauteur capables de faire craquer — ou rompre — l'équilibre se poursuivant vers la joie, ou la liberté gagnée et conservée. (Querelle, notons-le, distinguait si clairement le mécanisme au bout duquel était la réussite, parce qu'il était, et se connaissait être, au cœur de la liberté) tempéra son mépris et sa hauteur d'un peu de bonhomie. En souriant de travers légèrement, afin, dans son esprit, de signifier à Gil l'ironie et le peu de gravité de la situation, il dit :

— Et puis, quoi ? c'est pas un mec comme toi qui va se dégonfler. Surtout, faut qu'tu m'écoutes. T'as compris ? Hein ?

Il posa la main sur l'épaule de Gil, à qui maintenant il parlera comme à un malade, à un moribond, les dernières recommandations concernant davantage l'âme que le corps de Gil.

— Tu rentres dans un compartiment vide. Tu planques d'abord ton fric. Tu le planques sous un coussin. Sur toi tu gardes pas grand chose. Tu comprends. Faut pas que t'ayes trop de fric.

— Et les fringues ?

Gil eut l'idée de dire : — Tu me laisses partir comme ça, mais, indiquant une intimité trop grande, une dépendance sentimentale dont il avait la pudeur déjà, des deux garçons, cette formule risquait d'irriter Querelle. Il dit :

— J'vais me faire repérer.

— Mais non. Faut pas croire. Les péquenots i'savent plus comment qu' t'étais habillé.

Querelle continua sur le même ton, à la fois impérieux et tendre. Le bonheur — sorte d'affection, au sens aussi de maladie née des humeurs circulant dans le système vasculaire de l'événement — voulut encore un accident précis. En serrant Gil aux épaules, Querelle prononça ces mots :

— « T'en fais pas. On en fera d'autres ».

Il parlait de leurs cambriolages, et Gil le comprit ainsi, mais l'émotion qu'il éprouva, mettons-la sur le compte du double sens et secret qui fait l'expression parler d'enfants et, indistinctement, révéler à Gil sa préoccupation, bref, prouver entre le complice et l'amant une confusion délicieuse. Pour Gil, la Révélation. Nous n'enregistrerons qu'une faute : celle précisément que commettent les survivants à presser d'espoir et de courage les moribonds. Avec délicatesse, demandant à Gil de ne pas le trahir, si par malheur la police le prenait, il dit :

— Tu comprends, ça n'arrangerait rien. Toi, d'toute façon, tu risques rien. Au sein même de l'innocence Gil demanda :

— Pourquoi ?

— Ben. T'es déjà condamné à mort !

Gil sentit son ventre se vider, se nouer, se déplier, et la boule terrestre l'emplir. Il s'appuya à Querelle qui le serra dans ses bras. Indiquons dès à présent que Gil ne parlera jamais de Querelle aux policiers. Avant qu'il ne fût dirigé sur Rennes, Mario s'arrangea pour assister à tous les interrogatoires. Il craignit un peu que Gil ne prononçât le nom de Querelle. S'il était certain que le jeune maçon avait commis l'un, de l'autre meurtre il était innocent. Dès son arrestation il avait oublié Querelle, s'il ne l'évoqua pas, c'est que personne ne le lui suggéra. N'insistons pas, le lecteur comprend aisément pourquoi Gil ni les policiers (sauf Mario) ne pouvaient apercevoir la liaison entre le meurtre du matelot et la vie terrée de l'assassin d'un maçon. Quant à Mario, sa situation à l'égard de l'événement devient curieuse. Afin de lui donner une signification extrême, et peut-être définitive, nous devons avoir recours au roman. Dédé était — ou croyait l'être — au courant de toutes les intrigues sentimentales des petits gars de Brest. Afin de mieux servir — Mario, sans doute, et plutôt que lui, la Police, mais surtout *servir* — il donnait forme à soi-même (et ceci semble avoir son origine dans son agilité physique et morale, dans l'habileté de son œil) par la rapidité de ses observations. Avant qu'il n'eût — et avec lui l'inquiétude — le sentiment de sa conscience, Dédé fut une merveilleuse machine à enregistrer. Mettons à part cependant son admiration pour Robert. Cette mission d'observer Querelle que lui donna Mario, avait le sens profond de découvrir un nouveau rapport sympathique entre les voyous trahis par le policier et le policier lui-même. Dédé n'osa jamais rappeler à Robert la bataille des deux frères dont il fut témoin, mais il croyait savoir que Roger était le mignon de Gil. Il n'eut jamais l'idée d'observer son comportement, de le suivre. Un jour il dit à Mario :

— C'est le p'tit Roger, l'copain à Turko.

Vers la même époque, Gil déclarait à Querelle qui l'ignorait :

— Des fois, si j'étais arrêté, p'tête que je pourrais m'arranger avec Mario.

— Pourquoi?

— Hein? Des fois...

— Pourquoi?

— On sait jamais. C'est un pédé. Il est copain avec Dédé.

Le sentiment est courant que cette réflexion trahit. Dès qu'il est arrêté, l'adolescent songe à utiliser ce facteur : l'homosexualité. Puisque nous indiquons une réaction générale, hors de nous-même, n'entreprenons qu'un explication rapide et discutable : l'enfant accepte-t-il d'accorder le plus précieux de soi-même; ou le danger le livre à ses plus secrets désirs ; espère-t-il apaiser le destin par cette immolation ; a-t-il soudaine connaissance de la toute puissante fraternité des pédérastes et croit-il en sa vertu ; croit-il à la vertu de l'amour? Il suffirait pour le savoir d'habiter un instant la continuité de Gil et nous n'avons plus le temps de le faire. Ni la foi. Ce livre dure depuis trop de pages et nous ennuie. Enregistrons donc le profond espoir des jeunes détenus quand ils apprennent que leur juge ou leur avocat est une tante.

— Qui c'est Dédé?

— Dédé? Oh t'as dû l'voir avec Mario. C'est un jeune. Il est souvent avec lui. Seulement faut pas croire. Dédé c'est pas une donneuse, hein?

— Comment il est ?

Gil le décrivit. Quand il le rencontra, un soir, sur le point de quitter Mario qui venait à sa rencontre, Querelle fut déchiré d'une profonde blessure. Il reconnaissait le gamin témoin de la dispute avec Robert, et son propre rival auprès de Mario. Toutefois, il lui tendit la main. Dans l'attitude, le sourire, la voix de Dédé, Querelle crut distinguer un sens narquois. Quand le gosse se fut éloigné d'eux, en souriant, Querelle dit à Mario :

— Qu'est-ce que c'est? C'est ton môme?

La voix souriante, un peu moqueuse, Mario répondit :

— Pourquoi tu t'occupes de ça? C'est un môme. T'es pas jaloux, non?

Querelle rit et eut l'audace de dire :

— Et alors. Pourquoi pas?

-- Allez, va...

La voix bouleversée, cassée, le policier ajouta : — « Fais-moi jouir ». La rage se saisit de Querelle qui baisa Mario, furieusement désespérément, sur la bouche. Avec plus d'ardeur que d'habitude, et de précision, il exigea d'avoir conscience de la pénétration de sa gorge par la verge du flic. Mario sentait ce désespoir. A la crainte flottant au-dessus de lui que le matelot, hors de soi, ne tranchât son membre d'un coup de mâchoire, le policier ajoutait encore par l'accumulation de hoquets érotiques et d'une dangereuse confession, libérée sous forme de râles ou de prière. Sûr que son amant jouissait d'être agenouillé devant un flic Mario exhala son ignominie. Les dents serrées, le visage tendu vers le brouillard, il murmurait :

— Oui j'suis un flic! Suis un salaud! J'en ai baisé des mecs! I' sont tous en tôle! J'aime ça, tu sais, mon boulot... »

A mesure qu'il évoquait son abjection, ses muscles se tendaient, durcissaient, imposaient à Querelle une présence impérieuse, dominatrice, invincible et bonne. Quand ils furent à nouveau face à face, debout, se boutonnant, redevenus hommes, ni l'un ni l'autre n'osèrent évoquer leur délire, mais afin de chasser l'inquiétude qui les isolait l'un de l'autre, Querelle sourit et dit :

— Alors tu m'l'as toujours pas dit, si c'est ton môme?

— Tu veux l'savoir, c'que c'est?

Querelle fut soudain effrayé. Il dit d'une voix calme :

— Ben alors ?

— C'est mon indic.

— Sans blague.

Maintenant ils pouvaient parler du métier. A voix basse mais selon un timbre clair afin de ne pas permettre à l'étrangeté ni à la honte de la troubler, ils continuèrent la conversation jusqu'à cette déclaration de Querelle :

— Moi j'peux t'faire arrêter Turko.

Mario ne broncha pas.

— Ah, oui ? dit-il.

— Si j'ai ta parole que tu causeras pas de moi.

Mario jura. Déjà il abandonnait ses précautions, il oubliait sa réconciliation mystique avec les voyous : *il ne pouvait pas ne pas faire acte de policier.* Il se refusa d'interroger Querelle sur la source de ses renseignements, ni sur leur valeur. Il lui fit confiance. Très vite, ils décidèrent des mesures à prendre afin que le nom de Querelle demeurât ignoré.

— Arrange-toi avec ton môme. Mais i' faut qu'i se doute de rien.

Une heure plus tard Mario recommandait à Dédé de surveiller à la gare les trains en partance, et de prévenir le Commissariat dès qu'il reconnaîtrait Turko. Le gosse n'hésita pas. Il vendit Gil. Par ce geste, Dédé se détachait du monde de ses semblables. Dès lors, il commence cette ascension dont l'importance vous fut exposée.

A bord du « Vengeur » Querelle continuait son service auprès de l'officier, mais celui-ci paraissait dédaigner Querelle qui en souffrit. D'avoir été le prétexte à une agression, le lieutenant tirait assez d'orgueil pour sentir en lui se développer le germe de l'aventure. Du carnet intime nous détachons ceci :

« Je ne suis pas inférieur à ce jeune et merveilleux voyou. J'ai résisté. Je me suis fait tuer ».

Afin de le récompenser d'avoir favorisé l'arrestation de Gil, le commissaire de police chargea Dédé de missions précises, presque officielles. Il fut choisi pour dépister les jeunes garçons, les matelots et les soldats qui volent aux étalages de Monoprix.

Cependant, qu'en se laissant porter par l'escalier automatique, Dédé mettait ses gants de peau jaune, il avait le sentiment d'être « porté ». C'était un poulet. Tout le portait. Le transportait. Il était sûr de soi. Arrivé au sommet de cette apothéose, dans la salle où il allait commencer sa carrière, il connut encore ce sentiment : être arrivé. Ses gants étaient mis, le sol était plan, Dédé était maître en son domaine, libre d'être magnanime ou vache.

L'armée, la Marine de Guerre, à ceux qui sont incapables d'en poursuivre une en eux-mêmes, offrent toute faite l'aventure, méthodiquement développée, finalement soulignée du trait rouge de la Légion d'Honneur. Or, au cœur même de cette aventure officielle, le lieutenant venait d'être choisi par une autre beaucoup plus grave. Non qu'il allât jusqu'à se penser un héros, mais il connaissait l'étrange sentiment d'être en rapport direct, intime, avec la plus méprisée, la plus vomie et la plus noble des activités sociales : le vol à main armée. On venait de le détrousser au détour du chemin. Le voleur avait un charmant visage. Si, plus merveilleux encore serait d'être soi-même ce voleur, il était beau déjà d'être le volé. Le lieutenant ne cherchait plus à s'échapper des masses de rêveries qui le bousculaient délicieusement. Il était sûr que rien de cette aventure secrète (celle qu'il menait en tête à tête avec le voleur) n'en serait deviné. « Rien n'en peut transpirer, » pensait-il mot à mot. Derrière son visage sévère il était à l'abri. « Mon ravisseur ! c'est mon ravisseur ! il sort de la brume à pas de loup et me tue. Car j'ai défendu l'argent jusqu'à la mort ». Soigné quelques jours à l'infirmerie, tous les jours il passait au bureau. Le bras en écharpe, il se promenait sur le pont ou restait dans sa cabine allongé.

— J' vous prépare le thé, Lieutenant ?

— Si vous voulez.

Il regrettait que le ravisseur justement ne fût pas Querelle. « Quel bonheur j'eusse éprouvé à lui disputer ma sacoche ! Il m'eût enfin été donné de manifester mon courage. L'aurais-je dénoncé ? Etrange question qui me conduit à découvrir qui, en moi-même ? Rappelons-nous la visite du policier et mon vertige ».

« Il s'en est fallu de peu que je ne livre Querelle. Je me demande même, si, par mon attitude, mes réponses, le policier n'a pas lu qui je lui désignais. Je hais la police et j'étais sur le point extrême de faire acte de flic. Il est fou de croire autrement qu'en rêve, Querelle assassin de Vic. Si j'aimerais qu'il le fût c'est afin sans doute de permettre à ma rêverie de reconstituer un drame amoureux. Pour offrir à Querelle mon dévouement ! N'en pouvant plus de remords, de tourments, les tempes vibrantes, les cheveux mouillés de sueur, poursuivi par son crime, qu'il vienne se confier à moi ! Que je sois son confesseur et que je l'absolve ! Que je le console dans mes bras et, pour finir, que je le suive au bagne ! Que je crusse un peu plus qu'il est l'assassin et je le dénonçais afin de m'offrir tout de suite le bénéfice de le consoler et partager son châtiment ! Sans qu'il s'en doute, Querelle vient d'être au bord d'un péril effroyable ! Il s'en est fallu de si peu que je ne le livre aux flics ! ».

Le lieutenant n'imaginait pas Querelle, ironique certes, mais à qui l'expression «gouailleur» s'appliquant mal, exiger de l'argent. Surtout il ne parvenait pas à remplacer par la sienne l'image du faux matelot armé d'un revolver. Il eût ainsi adoré Querelle. Il se fût rencontré avec lui, se fût joint à lui, dans cette lutte au centre de laquelle, le temps d'une torsion plus serrée et plus lasse à se dénouer, ils se fussent compris pour se mieux opposer ensuite. Aux instants de solitude, le lieutenant mettait au point un dialogue héroïque qui eût pu s'échanger alors, et par quoi sa plus secrète beauté eût été rendue visible à Querelle ébloui. Un dialogue bref, sourd, réduit à l'essentiel. La voix *souverainement* calme l'officier eût dit :
— « Tu es fou, Geo. Pose ton revolver. Je ne dirai rien. »
— «Refile-moi le fric et pas d'histoire. »
— « Non. »
— « Je tire si tu résistes. »
— « Tire. »
Sur le pont, la nuit, le lieutenant se promena longtemps seul, évitant ses camarades, hanté par ce dialogue auquel il ne savait donner quel épilogue. « Subjugué, il jette son arme. Mais alors mon héroïsme reste inconnu. Subjugué encore il tire, et justement par estime pour moi, afin d'être à ma hauteur. Mais s'il me tue je meurs sottement au bord de la route. » Après de longues inquiétudes, le lieutenant choisit ce dénouement : « Querelle tire, mais

l'émotion le fait me rater. Il me blesse ». A son retour à bord, il n'eût pas donné le signalement de Querelle (comme il le fit de celui de Gil). Alors il eût été plus fort que lui qui l'eût aimé.

— J'peux vous demander une perm' de deux jours, Lieutenant?

Pour poser cette question, cessant de verser le thé, Querelle releva la tête et dirigea son sourire sur l'image, dans la glace, de l'officier, mais celui-ci se retira en soi, précipitamment. D'une voix sèche, il répondit :

— Oui, je vous la signerai.

Quelques jours plus tôt, il eût été inquiet. A Querelle il eût posé d'insidieuses questions, décrivant autour de la plus essentielle, des cercles de plus en plus étroits, jusqu'à la frôler, jusqu'à même la révéler par endroits, mais jamais tout entière. Querelle l'agaçait. Son visage présent ne pouvait dissiper l'image de l'audacieux voyou s'évanouissant dans le brouillard du matin. « Ce n'était qu'un gosse. Il avait du cran ». Parfois il songeait avec un peu de honte qu'il en faut moins pour s'attaquer à une tante. Querelle avait eu l'insolence de prononcer, en face du lieutenant, et sur un ton un peu outré de menace à l'égard du voleur : « Ces gars-là i'save à qui qu'i s'adressent ? » Evidemment, le « ravisseur » savait l'inconsistance de sa victime. Il n'avait pas eu peur. De toute façon Querelle sentait l'officier s'éloigner de lui au moment même qu'il eût accepté, lentement il est vrai et avec mille retenues, de se laisser couler dans la tendresse profonde et généreuse que seul un pédé peut offrir. Quant à l'officier, cette aventure lui proposa quelques réflexions, suscita certaines attitudes dont nous rendons compte, et à partir de quoi s'élabore assez de violence pour lui permettre de conquérir Querelle.

« Aimé de Querelle, je le serai de tous les marins de France. Mon amant est un comprimé de toutes leurs vertus viriles et naïves ».

« L'équipage d'une galère appelait le capitaine : « Notre Homme ». Sa douceur et sa dureté. Car je sais qu'il ne peut qu'être cruel et doux, c'est-à-dire qu'il ordonne les tortures avec, non seulement un léger sourire des lèvres, mais seulement avec un sourire intérieur, quelque chose comme le soulagement paisible de ses organes secrets (le foie, les poumons, l'estomac, le cœur). Cette paix se manifestait dans la voix même, si bien que les tortures sont ordonnées d'une voix, d'un geste, d'un regard suaves. Sans doute me formé-je du capitaine, illustrant mon désir, une image idéale et parfaite — qui toutefois ne sera pas arbitraire d'être née de moi. Elle correspond à la réalité du capitaine pour les galériens. Cette image de douceur, se poser sur la face atroce d'un homme quelconque, vient de leurs yeux — et, de plus loin encore, du cœur des galériens. Ordonnant des supplices réputés, le capitaine était cruel. Il infligeait à leur chair de profondes blessures, il lacérait les corps crevait les yeux, arrachait les ongles (il ordonnait cela, plus exactement) afin d'obéir aussi à un règlement ou plutôt de maintenir la crainte, la terreur, sans quoi lui-même n'eût pas été le Capitaine. Or, par son grade — qui est le mien ! — possédant l'autorité, s'il exigeait les tortures, c'était sans haine (il ne pouvait qu'aimer cet élément grâce à quoi il existait, l'aimer d'un amour travesti) si bien qu'il travaillait cruellement cette chair que les Cours Royales lui livraient, mais il la travaillait avec une sorte de jouissance grave souriante et triste. Je redis que les galériens voyaient un capitaine cruel et doux.

— « Illustrant mon désir », ai-je écrit. Si je désire posséder cette autorité, cette forme admirable suscitant la crainte amoureuse qu'attire à soi — avec quelle violence — la personne historique du capitaine, je la dois susciter dans le cœur des matelots. Qu'ils m'aiment. Je veux être leur père et les blesser. Je les marquerai : ils me haïront. En face de leurs tortures je resterai immobile. Mes nerfs ne flancheront pas. Peu à peu un sentiment d'extrême puissance m'emplira. Je serai fort d'avoir dominé ma pitié. Je serai triste aussi en face de ma pitoyable comédie : le sourire léger éclairant mes ordres, la suavité de ma voix.

« Moi aussi je suis une victime des affiches. Particulièrement de l'une d'elles qui représentait un fusilier-marin, guêtré de blanc, montant la garde au seuil de l'Empire français. Une rose des vents piquait l'un de ses talons. Un chardon rose le couronnait. »

Je sais que je n'abandonnerai jamais Querelle. Toute ma vie lui sera vouée. Le regardant fixement je lui ai dit :
— Vous avez un peu de strabisme ?
Au lieu de se fâcher, d'oser quelque impertinence, ce gars

splendide m'a répondu d'une voix soudain triste, révélant une légère mais inguérissable blessure :

— C'est pas d'ma faute.

Sur le champ j'ai compris que voilà cette faille par où je peux couler ma tendresse. Son orgueil crevant sa cuirasse, Querelle n'est donc plus tellement de marbre mais de chair. Ainsi Madame Lysiane était bonne et soignait ses clients malheureux.

« C'est quand je souffre que je ne puis croire en Dieu. Je sentirais trop péniblement mon impuissance d'avoir à me plaindre d'un Etre — et à Lui — impossible à atteindre. Dans la douleur je ne m'en prends qu'à moi. Dans le malheur, d'en pouvoir remercier quelqu'un. »

« Querelle est si beau et si pur apparemment — mais cette apparence est réelle et suffisante — qu'il me plaît le charger de tous les crimes. Or, je m'inquiète de savoir si je veux souiller Querelle, ou détruire le mal, le rendre vain, inefficace, en en faisant commettre l'apparence humaine par le symbole même de la pureté ? »

« Les chaînes des galériens se nommaient : les branches. Porteuses de quelles grappes ! »

A quoi se peut-il livrer s'il descend à terre ? Quelles aventures l'emportent ? Il me plaît et il m'agace d'imaginer qu'il sert à la joie de n'importe quel passant, d'un égaré du brouillard. Avec d'étranges précautions il lui propose de l'accompagner un peu. Querelle, sans s'étonner, souriant, le suit en silence. Et quand ils ont découvert un abri, l'angle d'un mur, Querelle toujours souriant et toujours sans un mot, ouvre sa braguette. L'homme s'agenouille. Quand il se relève, il met cent francs dans la main indifférente de Querelle, et il s'éloigne. Querelle rentre à bord ou va chez les filles.

« A méditer un peu sur ce que je viens d'écrire, cette fonction servile, cet emploi d'objet souriant, ne convient pas à Querelle. Il

236

est trop fort, et le voir ainsi c'est ajouter à sa force, c'est en faire une machine hautaine capable de me broyer sans s'en apercevoir. »

« J'ai dit avoir désiré qu'il soit un imposteur ; dans la solennelle et puérile tenue de matelot il dissimule un corps agile et violent, et dans ce corps l'âme d'un escarpe : Querelle est cela, j'en suis sûr. »

« Il m'a semblé le surprendre dans un mouvement de sa machine, dans une crispation, m'adressant toute sa haine. Querelle *doit* me haïr. »

« Plutôt qu'un guerrier c'est un très précieux objet gardé par des soldats que j'ai voulu être en devenant officier. Qu'ils me gardent jusqu'à leur mort ou même, et de la même façon, que j'offre ma vie pour les sauver. »

« C'est grâce à Jésus que nous pouvons magnifier l'humilité, puisqu'il fit d'elle le signe même de la divinité. Divinité à l'intérieur de soi — car pourquoi se refuser les puissances terrestres — s'opposant à ces puissances il faut que cette divinité soit forte pour triompher d'elles. Et l'humilité ne peut naître que de l'humiliation. Sinon elle est fausse vanité. »

Cette dernière note du carnet intime correspond à cet incident que l'officier ne rapporte pas. Ayant frôlé assez audacieusement un jeune docker, il l'emmena dans un fourré des remparts, dont nous avons dit qu'ils étaient jonchés d'étrons. La fortune du lieutenant voulut qu'après avoir baissé son pantalon pour mieux se faire enfiler, il s'allongeât sur la pente du fossé, le ventre contre une merde. L'odeur instantanément enveloppa les deux hommes. Silencieusement, le docker s'enfuit. Le lieutenant resta seul. Il s'aida d'herbes sèches mais heureusement mouillées par le brouillard, pour nettoyer sa vareuse. La honte commença son travail. Il voyait ses belles mains blanches — qui enfin étaient à lui tant elles étaient humiliées — maladroites et dévouées faire leur besogne. Dans la buée où s'ancrait définitivement le paysage désolé, il voyait encore ses manches sombres cerclées d'or. L'orgueil ne pouvant naître que de l'humilation, l'officier se sentait présent au centre d'elle. Il commençait à connaître sa propre dureté. Quand il fut sur la route comme un lépreux évitant les endroits fréquentés, les découvertes où le vent eût soufflé son odeur, il commençait à savoir que toute naissance dans une étable est un signe grandiose. La pensée de Querelle (qui avait rendu si douloureux son travail de nettoyage car étant vague, sournoise, elle semblait se confondre avec l'odeur emanant de son ventre) maintenant se précisait. Devant elle l'officier éprouva d'abord une honte qui le ramassait en lui-même, qui ramenait de tous ses bords, de ses plages les plus éloignées la vie dans son cœur, puis, peu à peu, il osa songer avec désinvolture au matelot. Un souffle de vent passa sur lui. Il pensa, d'une voix profonde dite à l'intérieur de lui : — « J'empeste ! J'empeste le monde ! » De ce point particulier de Brest, au centre du brouillard, sur la route surplombant la mer et les docks, une légère brise effeuillait sur le monde, plus douce et embaumée que les pétales de roses de Saadi, l'humilité du lieutenant Seblon.

Querelle était donc l'amant de Madame Lysiane. Le trouble qu'elle éprouvait en songeant à l'identité — pour elle de plus en plus parfaite — des deux frères, atteignit un degré tel d'exaspération, qu'elle sombra.

Voici les faits. Gil, inquiet de ne plus recevoir la visite de Querelle, envoya Roger s'informer. Le gosse hésita longtemps, passa et repassa devant la porte épineuse de « La Féria », enfin se décidant, il entra. Querelle était dans la salle. Intimidé par les lumières, les femmes dévêtues, Roger s'approcha de lui d'une démarche mal assurée. Encore impériale d'allure mais déjà corrompue par son mal, Madame Lysiane assista à la rencontre. Elle ne put, très consciemment, remarquer et leur donner un sens, le sourire gêné de Roger ni l'étonnement et l'inquiétude de Querelle, mais son âme en enregistra tous les signes. Il suffit qu'une seconde après, Robert apparût dans la salle et s'approchât de son frère et du gosse pour qu'elle reconnût en elle-même la présence de ce qui n'était pas encore une pensée mais qu'elle sentait le devenir et se formuler ainsi :

— Ça y est, c'est leur gosse !

Jamais — non plus à cet instant — la patronne n'avait songé que les deux frères se fussent aimés de telle façon qu'un enfant leur naquît, cependant cette ressemblance physique, pour opposer à son amour un obstacle si dur, ne pouvait être que l'amour. Or, cet amour — elle n'en voyait que la manifestation terrestre — depuis si longtemps la troublait que le moindre incident pouvait lui donner corps. Elle n'était pas éloignée de l'attendre sortir d'elle-même, de son corps, de ses entrailles, où il était déposé pareil à une matière irradiante. Soudain, elle voyait à deux pas d'elle et pourtant loin d'elle, les deux frères réunis par un jeune inconnu qui, tout naturellement, devint la personnification de cet étrange amour fraternel que son angoisse élaborait. Quand elle eut osé s'abandonner à la formule, Madame Lysiane se jugea ridicule. Elle voulut se préoccuper des clients et des putains mais elle ne réussit pas à oublier les deux frères à qui elle tournait le dos. Elle hésita, enfin choisit le prétexte d'interpeller Robert sur une livraison d'alcool afin de dévisager le gosse. Il était adorable. Il était digne des deux amants. Elle le toisa.

— ... Et si le Cinzano s'amène dis-lui de m'attendre.

Elle fit mine de quitter la salle, mais se ravisant aussitôt, souriante, elle désigna Roger :

Et souriant davantage :

— Tu sais que je peux avoir des histoires. Faut pas rigoler avec ça.

— Qui c'est ?

Robert, indifférent, interrogeait Querelle.

— C'est le frangin à une copine. Une petite copine que j'chasse dedans.

Ignorant tout des amours masculines, Robert crut que le môme était encore une aventure de son frère. Il n'osa le regarder. Aux cabinets Madame Lysiane se branla. La ressemblance des deux frères provoquait en elle ce remous d'angoisses. Comme la patronne, Roger fut bouleversé, et quand il sortit de « La Féria » pour se rendre au bagne, sa fragilité était si grande — usons un mot hideux mais révélateur — que Gil sans efforts lui cassa le pot. Si Querelle, comme elle le lui dit avec un peu de tristesse, bandait mou, du moins cette verge ne la décevait pas, dont elle avait tant rêvé. C'était une queue lourde, épaisse, un peu massive, non élégante mais capable de vigueur. Enfin Madame Lysiane connut un peu de paix, tant cette verge était différente de celle de Robert. Les deux frères, enfin se distinguaient là. D'abord Querelle accueillit nonchalamment les avances de la patronne, mais dès qu'il eut découvert qu'il pourrait ainsi se venger de l'humiliation causée par son frère, il accéléra l'aventure. La première fois, pendant qu'il se dévêtait, sa rage, l'approche de la vengeance, donnèrent à ses gestes une précipitation que Madame Lysiane porta sur le compte du désir. En réalité, Querelle allait à ce combat à son corps défendant. Sa soumission amoureuse à un vrai flic l'avait délivré. Il était tranquille. S'il rencontrait Nono, ne désirant plus leurs ébats secrets, il ne s'étonnait pas de le voir si peu s'empresser à les lui rappeler. En effet, Mario ne le prévint pas que, par ses soins, Nono était au courant de tout. Il ne restait donc à Querelle qu'à satisfaire sa vengeance. Madame Lysiane se dévêtait plus lentement. La fougue apparente du matelot la ravissait. Elle eut même la naïveté de se croire provoquer cette excitation. Tant qu'elle ne fut pas tout à fait nue, elle espéra que le faune impatient, mouillé déjà, surgirait d'un bond, cassant les feuillages pour la renverser dans les flots de ses dentelles déchirées. Il s'allongea près d'elle. Il avait enfin l'occasion d'affirmer sa virilité et de ridiculiser son frère. Le lendemain, il la baisa, deux jours après encore, enfin une quatrième fois. Voici par quoi nous devons éclairer sa conduite avec, le lieutenant d'abord, ensuite Mario. Le séjour à Brest du « Vengeur » allait cesser. L'équipage savait que, dans quelques jours, on appareillait. Chez Querelle l'idée de ce départ se traduisait par une angoisse sourde. S'il quittait la terre et l'enchevêtrement de ses aventures dangereuses, il en perdait aussi le bénéfice. Chaque instant qui le rendait plus étranger à la ville le rattachait davantage à la vie sur l'aviso Querelle pressentait l'exceptionnelle importance de cet énorme objet d'acier. Qu'il appareillât pour une croisière dans la Baltique, et plus loin peut-être, dans la Mer Blanche, le faisait inquiétant. Sans qu'il s'en rendît compte d'une façon précise, Querelle ménageait déjà les éléments du futur. C'est le second jour de sa liaison avec Madame Lysiane que nous placerons l'incident noté déjà dans le carnet intime. Querelle, quand il marchait dans la rue, narguait les filles. Faisant mine de les embrasser, il les repoussait si elles étaient dociles. Il les embrassait quelquefois, il les moquait surtout, d'une moue ou d'un mot drôle. Sa coquetterie voulait encore que fussent reconnues ses qualités de séducteur. Rarement il s'arrêtait avec la fille décrochée au passage, mais plutôt il continuait sa marche lente et souple. Sauf ce soir. Heureux d'échapper, grâce à Madame Lysiane, à la sécheresse de ses rapports inhumains avec Nono, et maintenant avec Mario, vainqueur, fier d'avoir trompé son frère et baisé une femme, il descendit en sifflotant la rue de Siam. Il était joyeux, un peu ivre. L'alcool chauffait sa poitrine, ensoleillait sa vision. Il souriait.

— Alors, mignonne !

Son bras serra la fille aux épaules. Elle fit demi-tour et se laissa conduire par la démarche hardie de ce grand corps de bagarreur. Querelle n'attendit même pas qu'ils fussent sortis de la zone lumineuse, entre deux boutiques, dans un pan d'ombre il la plaqua contre un mur. Emue, à peine inquiète d'être vue, la fille l'étreignait, se retenait à son torse. Querelle soufflait sur ses cheveux, embrassait son visage, murmurait à son oreille des mots indécents qui la faisaient rire nerveusement. Il lui emprisonnait les jambes dans les siennes. Parfois il reculait un peu son visage de celui de la fille, pour jeter à droite et à gauche un coup d'œil. De constater l'animation de la rue le rendait plus fier. Son triomphe était public. C'est alors qu'il vit s'avancer, entre deux officiers d'un autre bateau, le lieutenant Seblon. Querelle ne cessa de sourire à la fille. Quand l'officier passa à la hauteur du pan d'ombre où les deux jeunes gens se tenaient, Querelle la serra plus fort et l'embrassa sur la bouche où il saisit sa langue, mais alors, en conservant en lui une idée de sourire, il donnait à son dos, à ses épaules, à ses fesses, toute l'importance de l'instant, bref, toute sa volonté de séduction se transportait sur cette partie de son corps qui devenait sa véritable face, sa face de matelot. Il la voulait souriante, capable d'émouvoir. Querelle désira cela si fort qu'un imperceptible frémissement parcourut son échine, de la nuque à la croupe. Il dédiait à l'officier le plus précieux de soi-même. Il était sûr d'avoir été reconnu. Quant au lieutenant son premier mouvement fut d'aller à Querelle pour le punir d'oser en pleine lumière une attitude indécente. Son respect de la discipline était en étroit rapport avec son goût de la parade — et son sentiment d'avoir une réalité grâce à la rigueur d'un ordre sans lequel son grade ni son autorité n'agiraient — et trahir, fût-ce très peu, cet ordre, c'était se détruire soi-même. Toutefois, il ne broncha pas. Il ne l'eût pas tenté même sans la présence de ses camarades car, tout en reconnaissant en lui le besoin de faire respecter cette discipline, l'enfreindre, ou tolérer une infraction, lui causait un plaisir de liberté et de complicité avec le fauteur. Enfin il lui paraissait élégant et « suprêmement savoureux » (ce fut le mot dont il se servit mentalement) de montrer une indulgence souriante à l'égard d'un aussi ravissant couple d'amants. Querelle abandonna la fille, mais n'osant continuer vers le port, où les officiers descendaient, il remonta la rue lentement. Il était à la fois heureux et mécontent. Quand il fit demi-tour, une jeune fille, rieuse, se détacha d'un groupe, traversa la chaussée en courant. Déjà elle était auprès de Querelle. Elle tendit la main pour toucher (cela porte bonheur!) le pompon du matelot qui lui donna une gifle terrible. Rouge autant de honte que de douleur, la jeune fille demeura interdite sous le regard furieux de Querelle. Elle balbutia :

— Je vous faisais pas de mal.

Mais déjà il était le centre — ou plus justement l'attraction — d'un rassemblement où les gars choisissaient sa gueule pour y écraser leur poing. Querelle fit sur ses jambes immobiles, se tourner lentement son corps. Il comprit le péril contenu dans le visage et l'attitude des jeunes gars. Un instant il songea à appeler des marins à son secours, mais aucun n'était en vue. Les hommes l'insultaient, le menaçaient. L'un d'eux le bouscula : — « Dégueulasse ! Tu t'attaques à une fille ! Si t'es un homme... »

— Faites gâfes, les gars, il a un couteau.

Querelle les regardait. L'alcool dramatisait sa vision de lui-même, magnifiait son danger. Autour de lui on hésitait. Il n'était pas une femme qui ne souhaitât qu'un si beau monstre fût abattu par le poing d'un des hommes, déchiré, piétiné, afin de la venger, de n'être pas la bien-aimée protégée par son bras, par son torse qu'elle savait vainqueurs déjà grâce à la seule protection de sa beauté. Querelle sentit son regard flamber. Un peu d'écume apparut aux coins de sa bouche. Il regardait à travers le visage immense et transparent du lieutenant Seblon — remonté seul après avoir abandonné ses camarades — une aurore naître en un point du globe, s'épanouir, rejoindre d'autres aurores naissantes dans chacun des endroits où il avait caché le produit de ses meurtres et de ses vols, cependant qu'il était attentif à prévenir les gestes menaçants et craintifs des hommes.

— Ne fais pas l'idiot. Viens avec moi.

Le lieutenant, écartant la foule, doucement, amicalement posa sa main sur un bras de Querelle. Maintenant encore il eut l'idée de le punir pour ivresse. Non qu'il se crût responsable de la bonne tenue de la Marine, au contraire, dans un tel cas, à ses yeux, la bonne tenue consistait à accepter la bagarre, mais plutôt il éprouvait, de faire connaître la force spirituelle de ses galons d'or, le besoin mêlé à cette angoisse légère qu'une blessure était causée à l'ordre, donc à la vérité. Avec une sûreté étonnante il comprit qu'il ne fallait pas toucher au bras armé, et c'est sur l'autre qu'il avait posé sa main blanche. Toutes les audaces enfin lui étaient proposées. Pour la première fois il tutoyait Querelle, et les circonstances permettaient que ce fût d'une façon très normale. Ayant écrit dans son carnet intime que, ce qui d'abord il lui importait, c'était moins, en devenant officier, d'être un chef, redouté ou non : un chef, une sorte d'esprit animant des masses musculeuses, des comptoirs de viande nerveuse, nous comprenons alors son anxiété. Il ne sait pas encore si ce corps vigoureux, tout puissant, chargé, gonflé de méchanceté et de rage, fera l'une et l'autre fondre à un seul geste de l'officier ou, mieux encore, diriger cette rage et cette méchanceté selon ses ordres... Il était déjà préparé pour recevoir sur lui le respect et l'envie de toutes les femmes quand il partirait sous leur nez au bras de la plus belle brute vaincue et charmée par son chant.

— Rentre à bord. Je ne veux pas qu'il t'arrive des histoires. Donne moi ça.

C'est alors qu'il tendit la main vers le couteau. Mais Querelle, s'il acceptait l'intervention de l'officier, refusa que celui-ci confisquât l'arme. Il referma le couteau, en appuyant la lame sur sa cuisse, et le mit dans sa poche. Il s'approcha du cercle et, toujours silencieux, il le rompit pour passer. La foule s'écarta en grognant. Quand le lieutenant le rencontra près du débarcadère, Querelle était saoul. Titubant légèrement, il s'approcha de l'officier, et lui posant pesamment la main sur l'épaule il lui dit :

— T'es un pote ! C'est des cons. Mais toi, t'es un vrai pote.

Accablé par l'ivresse, il se laissa choir sur une bitte d'amarrage.

— Tu peux m'demander c'que tu veux.

Il vacilla. Pour le retenir, le lieutenant le prit aux épaules. Doucement il dit :

— Calme-toi. S'il y avait un officier...

— Je m'en fous ! Y a qu' toi !

— Crie pas, je te dis. Moi je ne veux pas que tu sois bouclé.

Il était heureux de n'avoir pas succombé au désir de le punir. Dès lors il s'écartait du policier. Il s'écartait de cet ordre qu'il avait trop respecté. Et, comme machinalement mais avec une précision concertée, il porta la main au béret de Querelle, où il la maintint, légèrement d'abord, puis sur ses cheveux lourdement. Querelle vacilla encore. Ce dont profita l'officier pour retenir avec sa hanche la tête du matelot qui y appuya la joue.

— Ça me ferait de la peine que tu ailles en prison.

— C'est vrai? Oh, tu dis ça! Toi t'es officier, tu t'en fous!

C'est alors que le lieutenant Seblon osa caresser l'autre joue et dire :

— Tu sais bien que non.

Querelle entoura sa taille de son bras, l'attirant contre soi et, l'obligeant à se pencher, il le baisa violemment sur la bouche, mais dans le geste qu'ensuite il accomplit pour se relever, en se suspendant au cou de l'officier, il mit tant d'abandon, de langueur pour la première fois, qu'un flot de féminité, affluant d'on ne sait où, fit de ce geste un chef-d'œuvre de grâce virile car, ces bras musclés conscients d'être en corbeille autour de la tête plus charmante qu'un bouquet, osaient se dépouiller de leur sens habituel, en revêtir un autre qui signalait leur véritable essence. Querelle sourit d'être si près de la honte d'où on ne peut plus remonter et en quoi il faut bien découvrir la paix. Il se sentit si faible, si bien vaincu qu'en son esprit se formula cette pensée désolante à cause de ce qu'elle évoquait pour lui d'automnal, de souillures, de blessures délicates et mortelles :

— Le v'là qui m'marche sur mes brisées.

Le lendemain, nous l'avons dit, le commissaire de Police arrêtait l'officier.

« Je ne connaîtrai la paix que baisé par lui, mais de telle façon qu'enfilé il me gardera, allongé sur ses cuisses, comme une « Piéta » garde Jésus mort. »

Nono conservait l'air placide, indifférent. Il dit :

— I' s'engueulent. I' se tapent su' la gueule. On sait pas bien ce qu'i' font.

— Qu'est-ce qu'ils se disent?

— Tu le sais pas, non? Tu vas pas commencer à jouer les pucelles? Et pas me prendre non pus pour un con. T'entends? Qu' tu te farcisses des jeunes je m'en fous, mais ce que je t'demande c'est de pas amener le pétard ici.

La voix du patron était sévère. Il ne regardait pas sa femme. Il continuait d'arranger les bouteilles. Il ajouta :

— I' n' se battent pas pour de bon va. I' s' donnent des coups qui s'ront vite guéris. C'est des chats.

En elle-même le drame s'accélérait. Immobile à sa caisse devant la salle vide et éblouissante, elle assistait au déroulement qu'elle voulait commander, préciser dans les détails les plus délicats. En même temps elle ne cessait de s'exalter au rythme de pensées de plus en plus pressantes. Ne sachant par quel moyen justifier son crime aux magistrats, elle choisit d'incendier le bordel. Mais cet incendie devant lui-même s'expliquer, elle comprit qu'après l'avoir allumé il ne lui restait plus que la mort. Elle s'étranglerait donc. Elle respirait si fort quelquefois que sa poitrine, en se durcissant, se tendait, emportant toute sa personne dans un début d'ascension. Les yeux secs sous les paupières brûlantes, fixaient le vide effroyable des glaces et des lumières, tandis que circulaient ces thèmes exaspérants dont elle suivait avec précision la démarche : « Même séparés ils vont s'appeler d'un bout de la terre à l'autre... « Si son frère prend la mer la figure de Robert sera toujours tournée vers l'ouest. Je serai mariée à un tournesol... » « Les sourires et les injures vont de l'un à l'autre, s'enroulent autour d'eux, les attachent, les ligotent. On saura jamais qui est le plus fort. Et leur môme traverse tout ça sans rien déranger... » Madame Lysiane sentait se dérouler dans le précieux palais de chair blanche de nacre et d'ivoire de son corps les riches banderolles de moire où étaient brodées ces phrases somptueuses qu'elle déchiffrait avec peur et admiration. Elle assistait à l'histoire secrète des amants que rien ne sépare. Leurs batailles sont criblées de sourires, leurs jeux ornés d'insultes. Les rires et les insultes changent de sens. Ils s'injurient en riant. Et jusqu'à la porte de cette chambre, jusqu'au seuil de Madame Lysiane ils se lient l'un à l'autre par des cérémonies. Ils ont leurs fêtes où leurs visages sont de la partie. A chaque minute ils célèbrent leurs noces. La pensée de l'incendie revint plus précise. Pour mieux y songer, pour décider de l'endroit où elle viderait le bidon d'essence, Madame Lysiane laissa son corps s'affaisser dans une sorte d'oubli, mais elle se rappela à lui dès qu'elle eut décidé. Ses deux mains saisirent par dessous la robe, les deux bords du corset. Elle se redressa.

— Il faudra que j'aie la taille bien raide.

Mais à peine l'avait-elle pensé, qu'elle s'affaissait dans la honte. Sotte, Madame Lysiane voyait écrit ce qu'elle prononçait, mais écrit selon l'orthographe qu'elle possédait. Songeant à ses amants elle voyait ceci :

— « Ils chante ». En face de Querelle, Madame Lysiane n'éprouvait déjà plus ce que les gens d'escrime appellent le sentiment de l'épée. Elle était seule. Elle le reconnaissait à une espèce de gentillesse affectée sous quoi Querelle n'arrivait pas à dissimuler son impatience. Quand il fut dévêtu, allongé près d'elle, Madame Lysiane commença ses plaintes et ses menaces. Querelle en rit d'abord. Pour la calmer il plaisanta. Mais peu à peu, par un glissement habituel, la plaisanterie à laquelle se prêtait Madame Lysiane, le conduisit à faire l'aveu de ses aventures avec Nono.

— C'est pas vrai.

— Quoi, c'est pas vrai? Pisque j'te l'dis? Demandes-y.

Madame Lysiane était atterrée. Il lui paraissait évident, si Querelle avait couché avec Nono, qu'il avait aimé Robert au point d'avoir un enfant de lui. De plus en plus elle était hors du jeu. Le plus beau, le plus monstrueux s'accomplissait sans elle. Elle dit :

— Des histoires. Je sais bien qu'il y a des hommes et des femmes qui font ça. Mais de la part de Nono c'est pas vrai. C'est des histoires qu'on raconte.

Querelle éclata de rire.

— Si tu veux. Si t'y tiens, tu sais, moi ça me laisse froid.

Elle releva un peu, comme avec pudeur car elle sentait que là résidait sa honteuse féminité, les cheveux qui glissaient sur son visage et regardant Querelle avec une hardiesse désespérée, elle dit :

— Alors, tu es un tapette.

Le mot tapette le blessa. Mais il rit parce qu'il savait que l'on dit : « une » tapette.

— Ça te fait rire?

— Moi? Qu'est-ce tu veux que ça m'fasse? Nono aussi alors, c'en est une.

— Et Robert?

— Quoi Robert? J'm'occupe pas d'lui. J'fais c'qui m'plaît.

N'osant pas l'injurier franchement, elle dit :

— « Ça me dégoûte ». Elle reprit ses plaintes embrouillées mêlées de salive et de cheveux. Querelle d'abord la caressa pour la consoler puis agacé, il fit mine de partir. Madame Lysiane s'accrocha à lui qui s'échappait cependant, dont le corps lisse glissait, remontant vers le haut du lit quand celui de sa maîtresse, en tirant à elle, descendait. Gémissante, dépeignée, elle n'eut bientôt entre les mains que le talon délicat du matelas qui s'arrachait du lit, les bras nus, tendus vers le papier du mur comme pour se coller à lui, accrocher ses doigts aux bouquets bleus et roses, aux corbeilles fragiles, l'escalader. Quand il fut tout à fait, la verge molle, les cheveux défaits, hors des draps, debout, Madame Lysiane en face d'elle n'avait pas deux adversaires quelconques que l'on peut vaincre par d'habiles coquetteries, c'est un ennemi qui l'écrasait d'emblée par des forces non ajoutées, mais multipliées à l'infini puisque entre ces deux visages existait une entente qui n'était plus d'amitié ou d'utilité mais d'une autre nature, indestructible par le fait d'être scellée, forgée dans le ciel sublime où les ressemblances s'épousent, et plus profondément encore dans le ciel des ciels où s'est à elle même épousée la Beauté. Au pied du lit, Madame Lysiane fut certaine de son abandon.

— Tu vois ! Tu vois !

Elle ne pouvait répéter que ces pauvres mots, mêlés à ses larmes et à sa morve.

— Mais c'est toi que je comprends pas. Avec vous autres on sait jamais. Oh puis dis, tu me courres avec tes larmes. J'suis un marin, moi. Ma femme, c'est la mer ; ma maîtresse, c'est mon capitaine.

— Tu me dégoûtes !

Madame Lysiane éprouvait cruellement, passionnément, que c'était grâce à Querelle qu'elle était, comme Mario et Norbert, sortie de la solitude où son départ les faisait rentrer. Il était apparu au milieu d'eux avec la soudaine promptitude et l'élégance du joker. Il brouillait les figures mais leur donnait un sens. Quant à Querelle, en quittant la chambre de la patronne, il connaissait un étrange sentiment : il la quittait avec peine. Cependant qu'il s'habillait, lentement, avec un peu de tristesse, son regard se posa sur la photo du patron, accrochée au mur. L'un après l'autre il revit les visages de ses amis : Nono, Robert, Mario, Gil. Il éprouva comme une sorte de mélancolie, une crainte à peine consciente qu'ils ne vieillissent sans lui et, vaguement, bercé déjà jusqu'à l'écœurement par les soupirs et, dans l'armoire à glace, les gestes trop distingués de Madame Lysiane, qui s'habillait derrière lui, il désira les entraîner dans le crime afin de les y figer, afin qu'ils ne puissent aimer ailleurs ou autrement qu'à travers lui seul. Quand il s'approcha d'elle, Madame Lysiane était vidée de tous sanglots. Sur son visage les cheveux que les épingles retenaient mal étaient collés par les larmes, le rouge des lèvres coulait un peu. Querelle la serra contre lui déjà rigide dans son armure de drap bleu marine, et il l'embrassa sur les joues.

Ouvrage reproduit
par procédé photomécanique.
Impression S.E.P.C.
à Saint-Amand (Cher), le 3 mai 1988.
Dépôt légal : mai 1988.
Premier dépôt légal : août 1981.
Numéro d'imprimeur : 835.

ISBN 2-07-026329-0./Imprimé en France.